Thorsten Feldbusch

Mit Ohne

In dem Dorf in Sepia, das es nicht gibt

Shaker Media

Bibliografische Information der Deutschen Nationalbibliothek
Die Deutsche Nationalbibliothek verzeichnet diese Publikation in der Deutschen Nationalbibliografie; detaillierte bibliografische Daten sind im Internet über http://dnb.d-nb.de abrufbar.

Printed in Germany.

ISBN 978-3-86858-986-3

Shaker Media GmbH • Postfach 101818 • 52018 Aachen
Telefon: 02407 / 95964 - 0 • Telefax: 02407 / 95964 - 9
Internet: www.shaker-media.de • E-Mail: info@shaker-media.de

TAK

Es ist der unbekannte Soldat, unverzichtbar, weil verzichtbar.
Frank Schätzing: Nachrichten aus einem unbekannten Universum, S. 259

Wo warst du im Krieg?
Weißt du, was ich meine?
[…]
Ach, ich spring' ins Leere
Halleluja, Schwestern
Ich hab' den Text vergessen
Ich bin mein Fragezeichen
Rio Reiser und R.P.S. Lanrue – Ton, Steine Scherben IV: Jenseits von Eden

Wir hatten vergessen, dass Kriege von Kindern ausgefochten werden.
Kurt Vonnegut: Schlachthof 5 oder der Kinderkreuzzug, S. 106

I'm child and man and child again
The boy never gets older […]
The boy broken toy soldier
The Raconteurs: Broken Boy Soldier

Hut ho hee up
Comp'nee
Halt
Preeeezent!
Arms!
Make a grave for the unknown soldier
Nestled in your hollow shoulder
The unknown soldier
The Doors: The unknown soldier

Doch eines Menschen Wiederkehr wird nicht erbeutet.
Homer: Illias, IX, 408

Inhalt

Was machen Sie hier? – Ich weiß es nicht

Im Sanatorium von Rodez, jenem hübschen Hügelstädtchen in der Region Midi-Pyrénées, nennt man mich tagsüber Antoine und abends Malik. Ich weiß nicht, warum. Es spielt auch keine Rolle, denn ich will eine Geschichte erzählen.

Es ist eine wahre Geschichte, um ganz genau zu sein. Zwar ist der Unterschied zwischen einer vergangenen Wirklichkeit und einem erdachten Geschehen gar nicht so groß, wie man gemeinhin meint, aber ich möchte wenigstens darauf hinweisen. Letztlich geht es darum, ob die Geschichte gut ist. Erzählt wird immer auf ähnliche Weise, mag die Geschichte auf Tatsachen fußen oder erlogen sein.

Dies hier ist die Geschichte von Anthelme, die ich, so sehr ich sie mir ins Gedächtnis rufe, beinahe selbst nicht mehr zu glauben vermag.

Dabei war ich Zuschauer, Zuhörer und auf meine bescheidene Weise ein Beteiligter. Nicht die besten Voraussetzungen für einen unaufgeregten Abstand. Wie auch immer: Anthelme hat uns alle verblüfft und bis zu seinem Tod im März 1948 vollkommen irritiert.

Kennen gelernt habe ich ihn in der Nervenheilanstalt des Ortes. Aber sein Arzt war ich nicht. Ich bin ein gewöhnlicher Orthopäde, Knochenheiler oder -brecher, je nachdem, wie man möchte. Es ist kaum zu glauben, wie viel mehr Beine oder Arme, Handgelenke oder Köpfe man in einem solchen Sanatorium im Unterschied zu Nerven zu heilen hat.

Der eine oder andere suchte zu entkommen, manche rammten plötzlich ihren Kopf gegen die Wand, mochten sie auch im Augenblick zuvor still wie ein Lamm auf der Veranda im Korbstuhl gesessen haben, und viele stürzten einfach im Schlaf aus den Betten heraus als wären sie Äpfel im Herbst.

Aber Anthelme war keiner von denen. Er gehörte vielmehr zur Gruppe heimatloser Kriegsversehrter, die zwar den großen Krieg 1914–1918 überlebt, nicht aber überstanden hatten.

Diese Gruppe verhielt sich in der Regel vollkommen ruhig. Ich sehe noch, wie sie vereinzelt und doch sichtbar beisammen vorn bei der Laube im Garten standen und mit ein wenig Abstand in verschiedene Richtungen blickten. Wenn sie nicht gerade rauchten, trugen sie meist die Arme verschränkt hinter dem Rücken, als hätte sie jemand gefesselt.

Es waren, glaube ich, zuerst zehn. Später, als der Chefarzt und Gründer der Anstalt, Dr. Fenayarou, die ersten von Ihnen wieder in die Gegenwart der üblichen Ängste zurückgeholt hatte, sechs: Neben dem zierlichen Anthelme mit seinem Schnauzbart und der hohen Stirn erinnere ich mich an den einer Fotografie Marcel Prousts nicht unähnlichen Clément, den stets mit einer zerfurchten Stirn umherlaufenden Pascal, den leicht indisch wirkenden Serge, den an Montagen mit dem rechten und an Freitagen mit den linken Bein humpelnden Édouard sowie den stets hinter derselben Zeitung – *Le Petit Parisien* vom 7. November 1919 – verborgenen Frédéric.

Sie alle hatten eine besondere Stufe des Wahnsinns oder der Verrücktheit erreicht. Beide Bezeichnungen sind für mich passend: Wahnsinn in seiner absoluten Bedeutung von Eigensinn oder Eigenheit, die außerhalb von allem steht, und Verrücktheit als andere Ausdruck dafür, dass jemand sich selbst verloren hat und abseits steht. Ich könnte auch sagen „entrückt", doch das waren sie ja nicht: Träumer oder Ähnliches. Vielmehr *befanden* sie sich hier bei uns in Rodez, nur dass sie kein Bewusstsein davon besaßen, warum, seit wann und für wie lange. Der Punkt ist, dass sie keine Ahnung hatten, wer sie waren. Sie hatten sich selbst vergessen. Ihre Gegenwart war das Einzige, was sie wahrnahmen, unfähig, sie als bloßen Sekundenschlag, als das Flüchtigste auf dem unendlichen Flusslauf zwischen den Quellen der Vergangenheit und dem Meerdelta der Zukunft zu begreifen. Sie waren aus diesem Fluss Gestiegene, Menschen, denen man zuwinkt, ohne sie zu erreichen, aus der Zeit Verschobene, oder so etwas wie Möbelstücke, die zwecklos geworden, auf den Speicher gestellt, verstauben dürfen.

So wussten sie alle weder ihren Namen noch das Jahr ihrer Geburt. Sie konnten nicht sagen, ob sie verheiratet waren und Kinder hatten oder ob ihre Eltern sich ihr Geld als Schäfer, Bankiers oder Trapezkünstler verdienten und ein Muttermal auf dem Schulterblatt trugen.

Entsprechend sind ihre Namen, die ich gerade erwähnte, reine Notlösungen mangels amtlich anerkannter Taufbescheinigungen.

Dr. Fenayarou aber wusste etwas anderes. Sein Fachgebiet, die Beziehungen von sich selbst zu sich selbst zu untersuchen und wieder in einen Einklang zu bringen, also die Psychologie, besitzt viele Wörter für das Außerordentliche. Er kannte die Bezeichnung für die Art ihres Leidens, was ihn allerdings zumindest im Fall von Anthelme auch nicht weitergebracht hat.

Er nannte es nach Morels Werk *Traite des Maladies Mentales* „dementia praecox", also vorzeitige Demenz. Gemeint ist damit eine Art geistiger Erschlaffung in Verbindung mit dem mehr oder minder schweren Verlust emotionaler und sozialer Fähigkeiten. Wichtig dabei ist: Ein derart versehrter Mensch hatte einmal ein Gedächtnis und eine

Erinnerung, er hatte Pläne und Überzeugungen, Liebschaften und Geheimnisse, Bedürfnisse und unbezahlte Rechnungen. Es gab bei ihnen keine Minderbegabung von Geburt an. Vielmehr verlor er das, was er einmal erworben hatte, als hätte ein Kind einem Schmetterling über die Flügel gestrichen, sodass er nicht mehr fliegen kann und vor sich hindämmern muss.

Wirre Gedanken, Desorientierung, Gleichgültigkeit begleitet von völligem Desinteresse gegenüber allen Lebensmomenten, die Unfähigkeit, für sich selbst zu sorgen, zusammenhanglose Sätze – so wie man sie aus Schüleraufsätzen kennt –, Antworten, die keinen Bezug zur ursprünglichen Frage erkennen lassen und überspannte bis bizarre Gesten, all das, dieser ganze Strauß psychischer Mangelfeststellungen, so lässt es sich in der medizinischen Fachliteratur nachlesen, sind Symptome einer solchen Umnachtung.

Damit will ich nicht sagen, dass unser gesamtes Grüppchen da vorn an der Gartenlaube wirr, gleichgültig und sprachlos gewesen wäre. Vielmehr schmückte sich jeder auf seine Weise. Jeder brachte mehr oder weniger seine eigene Demenzblüte hervor. Clément etwa neigte dazu, bevor überhaupt eine Frage an ihn gerichtet wurde, bereits mit dem Ausdruck tiefster Überzeugung eine Antwort zu geben. Nur wunderte er sich dann, wenn man auf seine vorschnelle Erwiderung, wie zum Beispiel er halte diesen oder jenen Präsidenten für unfähig, einfach nur fragte, ob er nicht dringend wohin müssen, denn seine Hose sei ganz nass.

Pascal hingegen bewies sich als enorm wissbegierig. Alles, was er für nachforschenswert befand, schrieb er spontan auf kleine Zettelchen, beispielsweise: Können Fische vom Blitz erschlagen werden? Oder: Gibt es Vögel, die rückwärts fliegen und habe ich schon einmal einen gesehen? Hatte er einen Zettelhaufen zusammen, machte er sich mit großen Schritte auf zur Bibliothek des Sanatoriums, nur um kurz vor der Tür mit den Worten: „Nein, lieber doch nicht“, umzukehren und die Zettelchen aus dem nächsten Fenster hinausflattern zu lassen.

Von Serge weiß ich nicht mehr viel und Édouards Beinmarotte habe ich ja schon kurz geschildert. Dafür sei aber von Frédéric erwähnt, der zwar jeden Tag dieselbe Zeitung las, aber bereits beim Umblättern keine Ahnung mehr davon besaß, was er soeben gelesen hatte; vielleicht konnte er es auch gar nicht. Nur wer genau hinhörte, vernahm, dass er unermüdlich denselben Satz wälzte: „Ich muss nachschauen, ob Louis Phillip tot ist. Ich befürchte, ihn hat der Schlag getroffen. Ich muss nachschauen …“

Und Anthelme? Er beobachtete. Ja, das ist das Wesentliche, was ich von ihm zunächst sagen kann. Denn am liebsten hatte er es, wenn man ihn in Ruhe ließ.

Kennen Sie einen Menschen, der sie anschaut, ohne Sie anzuschauen? So einer war Anthelme. Ich möchte sogar sagen, dass in seinem Wesen eine fast meerhafte Ruhe lag. Den Kopf stets leicht vorgeschoben, den Nacken gewölbt, betrachtete er seine Umgebung, als sei sie eine Kulisse, in der er zufällig eine Pause vom Leben machte. Auf seiner Bühne gab es keine Stücke mehr, nur Momente, die ihn aus seinen Betrachtungen, worin sie immer bestanden, herausreißen wollten. Andere Menschen waren solche Momente, vor allem Ärzte. Erst spät begriffen sie, dass sich in seinen Augen keinerlei Interesse spiegelte. Es hätten genauso gut Glasscheiben sein können, durch die man hinein- und hinausschauen konnte, ohne dass auf seiner Seele ein Abdruck oder in der Landschaft eine Spur entstanden wäre. Wer Zug fährt, kann zuweilen Ähnliches erleben. Städte, Häuser, Dörfer, Wiesen, Flüsse und Wälder jagen an einem vorbei, ohne zu berühren, ja, man bewegt sich nicht einmal von selbst. In dieser Hinsicht war Anthelme ein stiller Fahrgast auf einer Ringbahn, auf der es keine Weichen mehr gab.

Wenn Dr. Fenayarou mal wieder nicht mit ihm oder mit einem von den anderen weiterkam, dann brüllte er durch das ganze Haus: „Ist Ihnen klar, dass ich der Überzeugung bin, dass Sie simulieren? Und sofern Sie das nicht selbst wissen, sage ich Ihnen, dass gerade das Ihre Krankheit ist!"

Ich weiß, er heilte keinen damit.

Unter uns Angestellten und besonders bei den Pflegern hießen sie schlicht das „Gemüse".

Man mag eine solche Bezeichnung bedenklich finden, vor allem in einer Anstalt, deren erstes Anliegen es ein sollte, sich mit Sorge und Hingabe um die Insassen zu kümmern. Doch vor aller Sorge und Hingabe kommen die Selbstsorge und der Abstand, um zu verkraften, was man sieht. Außerdem sagte „Gemüse" genau das aus, was sie waren: Lebewesen ohne erkennbaren Verstand, die man ohne Murren hierhin und dorthin pflanzen konnte. Stille Menschenfrüchte eben.

Nachdem allerdings Politik, Presse und Kunst auf sie aufmerksam geworden waren, nannte man sie die „lebenden unbekannten Soldaten" oder mit den Tränen des Patrioten in den Augen die „lebenden unbekannten Veteranen".

Ich finde, beide Titel – ob Soldat oder Veteran – besaßen Ironie und Charme. Ein Soldat oder Heimkehrer ist entweder tot oder lebendig. Das sind die ihnen zugewiesenen logischen Erscheinungsweisen: Uniform oder Sarg. Was sollte es dazwischen geben? Daher hat unser durchaus lebendiges „Gemüse" auch nichts mit dem unbekannten Soldaten unter dem Arc de Triomphe in Paris zu tun. Der ist wirklich tot, gefallen in Verdun, sein Körper hat eine Ruhestätte gefunden, sein Name blieb in den Schützengräben. Jedoch eigens zu betonen, dass ein Soldat oder Veteran nicht gefallen ist und gleichzeitig keinen Namen mehr hat, versinnbildlicht einen Schwebezustand des Seins, der vielleicht nur mit dem einer Fliege vergleichbar ist, die auf einem Spinnennetz auf ihre Befreiung oder ihr Ende wartet. Die Schere am seidenen Faden deiner Identität zittert eh schon bedenklich, wenn du in dem großen, graugrünen Topf einer Armee zu einer Divisionsnummer wirst. Lässt du dir diese wegschießen, dann wird es wirklich tragisch. Vor allem der Tod fordert deinen Ausweis, und den hatten weder Anthelme noch die anderen bei sich behalten.

„Besser ein Bein als meinen guten Namen!" So jedenfalls hat es der nicht wirklich alte Grégoire gesehen. Eine der tragenden Säulen eines Krieges ist, dass die Menschen nicht gerade ermutigt werden, eigenständige Persönlichkeiten zu bleiben. Vielmehr werden sie zu Körperteilen, von denen sie am Ende mehr oder weniger noch alle beisammen haben. Obwohl Grégoire erst knapp dreißig war, besaß er bereits dieses schlohweiße Haupt. Tatsächlich fehlten ihm beide Unterschenkel. Gern sonnte er sich direkt neben der Gartentreppe, wo er im Handstand an der Wand lehnte und seine Stümpfe U-Bootspährohren nicht unähnlich nach oben streckte. „Meinen Kopf trifft kein Kugelfeuer", sagte er, „so nicht."

„Dann treffen sie deine Eier." Den Scherz erlaubte sich das Personal, und man konnte nicht sagen, ob Grégoire es ihnen Übel nahm. Einen roten Kopf hatte er ohnehin und antworten tat er nichts, genauso wenig wie die anderen Insassen. Der Wahnsinn besitzt seine eigene Folgerichtigkeit.

So gehörte Grégoire zu der Sorte Bewohner, an deren Berechtigung, hier im Sanatorium zu sein, kein Zweifel bestand. Ihm fehlten die Beine, andere beugten sich armlos über ihre Suppe oder suchten blind nach den Bildern ihrer Liebsten. Es gab die halb Verbrannten und diejenigen, die auf einer Viertellunge keuchten. Wir sorgten für die Stumm gewordenen und ewig Brüllenden, für die Bettnässer und Geschlechtslosen sowie für die Fische, also Männer, denen eine Granate oder Ähnliches den Unterkiefer zerfetzt hatte, sodass sie nun mit offenen Mund und grässlichem Erstaunen in die Welt blickten.

Die Verletzung von Anthelme, Clément, Pascal, Serge, Édouard und Frédéric erschien dagegen kaum der Rede wert, ja, manchen auch kaum glaubwürdig. Man sah nicht sofort, was ihnen fehlte, und sie behaupteten auch nicht, dass es ihnen nicht gut ging. Sie waren nur unfähig geworden, auf die Frage nach ihrer Person mit klaren, nachprüfbaren Angaben zu antworten. Man könnte es so ausdrücken: Ihnen fehlte kein

Körperteil und bis auf Édouard humpelte auch keiner im rhythmischen Wechsel. Sie glichen vielmehr Geisterschiffen, die weder einen Heimathafen kennen noch auf Spuren ihrer Fahrt verweisen konnten. Zwar hatte sie das Meer wieder angespült, doch gleichzeitig mit seinem Salz ihr Erinnerungsvermögen zersetzt. Kurz: Ihnen fehlte der amtliche Bürgersinn, sich mit sich selbst zu identifizieren.

Wenn daher Dr. Fenayarou mal wieder durch das Institut brüllte, dass sein spitzer Kinnbart wackelte, er würde es nur mit Simulanten zu tun haben, und er werde das genauestens prüfen, so suchte er nur nach vernünftigen Worten für seine Wut des Scheiterns. Denn wer „ich werde das prüfen" sagt, weiß bereits zu gut, dass er im Treibsand des Unberechenbaren steckt, obwohl er behauptet, er hätte alles im Griff. Ich glaube, zwei von ihnen, Serge und Frédéric, standen eine Zeitlang unter ganz besonderem Verdacht. Vor Fenayarou allerdings brauchten sie keine wirkliche Angst zu haben. Er bevorzugte die sanfte Methode zur Heilung: heiße Bäder, regelmäßige Mahlzeiten, eine Menge Schlaf, viel Erholung und zu festgesetzten Stunden Stuhlgang und danach sportliche Übungen.

Doch warum sollten sich die Soldaten noch verstellen? Der große Krieg war längst vorbei, und eigentlich gab es keinen Grund mehr für sie, sich davor zu fürchten, an die Front zurückkommandiert zu werden.

Als ehemalige Insassen solcher Anstalten wie die von Clemont-Ferrand oder Bron bei Lyon hatten Serge und Frédéric jedoch Behandlungen erlebt, die bei uns in Rodez außerhalb der Regel blieben. Wer die Vernunft als Wegweiser verloren hat, so die therapeutische Vermutung, und nur noch durch das Leben taumeln kann, dem sollte man schon einmal einen Stock zwischen die Beine stecken, damit er im Fallen vor Schreck wieder die richtige Orientierung gewinnt. Neben Schlafentzug, Essigreinigungen des frisch rasierten Körpers und unfreiwilligen eiskalten Bädern lautete das gängigste Rezept Elektroschock. Durch die Qual von der Qual geheilt – die Vernunft ist manchmal ein seltsamer Genosse. Zwar wurden damit ohne Zweifel außerordentliche Erfolge erzielt, nur eben nicht bei unserem Gemüse.

Fenayarous Kritik an solchen Methoden war eindeutig: „Leider nehmen viele meiner Kollegen an, dass man einen Menschen nur auf die niedrigste Stufe ihrer Existenz bringen müsse, indem man ihnen alles raubt, was sie grundlegend bedürfen: Wärme, Ruhe, Freunde, Gespräche, Nahrung und Achtung der Persönlichkeit. Und dann bieten sie die rettende Hand und können ihnen ein Sein eintrichtern, was uns wieder genehm ist. Darum geht es aber nicht: So arbeiten Folterknechte und Diktaturen, und das ist Menschen wie Anthelme möglicherweise durch den Krieg widerfahren. Das

Ich des Menschen mag ein wackliges Etwas sein, desto mehr muss man ihm mit Achtung begegnen, wenn es bereits mit Füßen getreten worden ist. Zerstörung bewirkt Zerstörung – nichts anderes“

Umso mehr blieb ich bei meiner Devise: Die meisten Irrenhäuser machen erst Irre. Nach einer solchen Erläuterung darf man als altgedienter Orthopäde solche Schlüsse schon einmal ziehen.

Ich habe gehört, dass auch Anthelme zunächst in solch zweifelhafte Quälanstalten untergebracht worden ist, bevor er zu uns nach Rodez kam. Doch seine Odyssee hat ihn wohl sichtlich nie beschäftigt. Geredet hat er auf jeden Fall nicht davon, was er ohnehin von sich selbst aus nie tat, denn dann hätte sich wohl oder übel an etwas erinnern müssen.

Tatsächlich brachte er auch eine empfindliche Beinverletzung mit. Vielleicht hat sie ihn vor den drastischeren Therapiemethoden geschützt, weil es bis dahin im gewissen Sinne gleichgültig war, ob er nicht ganz richtig tickte. Denn mit jener sich immer wieder öffnenden und stark blutenden Wunde über dem rechten Knie konnte man ihn kaum als geheilt entlassen – egal wohin.

Bei welcher Schlacht er sich diese Wunde zugezogen hatte? Man weiß es nicht. Hätte man es gewusst, so wäre diese Geschichte kaum nötig. Eigentlich ist in Anthelmes Fall nur eines sicher: Dass er aus dem Nebel kam, der aufsteigt, wenn Züge ihre Aufenthalte verlassen.

Paul Bringuier, der Schaffner am Bahnsteig Nr. 7, Toulouse-Lyon, wischte sich über die Stirn. Langsam wurde ihm das alles zu viel. Und nun ausgerechnet dieser Gefangenentransport. Woher kam er noch? Er würde Konstanz sagen. Genau: Konstanz, wenn man ihn fragte.

Das musste ein einfacher Mann, der nur seiner Arbeit nachgeht, nun tagtäglich verkraften. So viele Züge mit Heimkehrern, Verwundeten und Alleingelassenen kamen hier an seinem Bahnsteig an, dass er zuweilen die Kursbücher und Fahrpläne vor ihm für gute Märchen halten mochte. Vom organisatorischen Aufwand ganz zu schweigen. Ihr mit knapper Not angekündigtes Eintreffen wurde zur Norm. Und er gab ihnen über den Lautsprecher mit seinen zur allgemeinen Vorsicht gemahnenden Ansagen eine erste Wahrheit. Behagen konnte ihm das nicht. Das stumme Erstaunen in den Augen der ehemaligen Gefangenen war mindestens so eigenartig und grob wie der Dreck in ihren Haaren und auf ihren Händen. Doch selten bekam Bringuier mehr von ihnen zu sehen. Lässig ließen sie ihre Arme aus den Fenstern baumeln, stoisch nah-

men sie hin, dass sie wieder woanders waren. Und hatten sie nicht Recht? Auch sein Bahnsteig bedeutete nur eine Durchgangsstation im Wirrwarr ihrer Wege nach Hause, zu Höfen, zu Arbeitsplätzen und leeren Orten. Die Liebsten waren ihm ohnehin diejenigen, die ohne jeglichen Halt durchfuhren. Kein Stopp, keine Scherereien.
Später malte sich Bringuier diese Szene in allen Farben aus. Zu oft würde er noch nach dem gefragt werden, was er in dieser Bahnhofsroutine des allseitigen Chaos erlebt hatte. Wenn aber nicht einmal mehr auf Ankunfts- und Abfahrtszeiten Verlass war, wie sollte er dann seinen Erinnerungen trauen?
Also erzählte er: „Diesen 1. Februar 1918 werde ich nie vergessen. Nachdem der Transport aus Konstanz durch war, hatte ich mir ein schönes heißes Tässchen verdient. Das ist wie ein ordentliches Durchatmen nach getaner Arbeit. Das Teewasser für meine Kräutermischung kochte bereits. Das sollte eine gute Kanne werden. Die Bronchien, wissen Sie. Wenn man immer ungeschützt in diesem Wind dort draußen stehen muss, da hilft es auch nicht, den Kragen hochzuschlagen oder wie ein Tänzerin auf- und abzuzappeln. Der Wind kriegt einen. Ist eine findige Faust mit vielen Fingern. Wasser hat einen kleinen Kopf, sagte immer mein Vater hab ihn selig, Wasser kommt überall durch. Ich bin mir sicher, er kannte nicht die Kniffe des Windes besonders, wenn er eiskalt ist. Der braucht dich gar nicht zu berühren, der greift so lange nach dir und hält dich in seinen Armen, bis du deinen Arsch mit dem Kuchenteig in einer Ofenform tauschen möchtest. Verzeihung, aber diese Gedanken kommen einem so in solchen Wintertagen. Und dieser Februaranfang war furchtbar kalt. Eisiger Regen, ja, ich glaube, den gab es auch noch. Da können Sie Dächer über die Bahnsteige bauen, wie Sie wollen. So ein Regen sagt sich, prima, ich muss nicht nur gerade zur Erde fallen, viel zu langweilig, ich kann das auch quer tun, und husch, ist er auch schon an dir vorbei und auf dir drauf, obwohl du zwei Meter entfernt vom Gleisbett im angeblich Trockenen stehst.
Dennoch musste ich bald wieder raus. Der übliche Kontrollgang. Tee hin, Tee her. Ziehen musste er ja auch noch. Ich trinke ihn nur, wenn der Löffel drin stehen bleibt. Nur so weiß ich, dass es da eine Veränderung gegeben hat. Ich bin ja kein Pfarrer, der das auf Latein mit Brot und Wein kann. Ich brauche dazu ganz reell einen bitteren Geschmack. Ich bin also raus, und sage mir: Paul, wenn für dich ‚Pflicht' ein Fremdwort wäre, würdest du jetzt schön drinbleiben und den Bahnsteig Bahnsteig sein lassen. Ich heiße aber Paul, Paul Bringuier, Sohn eines Bäckers und einer Näherin, und kenne meine Pflichten, und die heißen: Scheiß egal, Paul, da musst du durch.

Meine persönliche Uhr zeigte 21:30. Die auf dem Bahnsteig 16:59 Uhr. Das kam daher, dass irgendeiner unserer Helden mit seinem Gewehr zwei Tage zuvor draufgehalten hat. Im Freudentaumel vermute ich. Wenn du plötzlich keine richtigen Feinde mehr hast, scheint mir, rücken die Gegenstände des Alltags in ein ganz anderes Licht, also wenigstens die, die dir zu schaffen machen. Der hatte sich wohl gesagt, für ihn gehen die Uhren nun anders oder gar nicht und Bumm! Kaputt!
Mit der Blendlaterne in der Hand mache ich meine Runde. Zuerst zu den Treppenabgängen hin, dass sich niemand, der da nicht hingehört, aufhält, und dann hin zum Bahnsteigende, dass sich da niemand verlaufen hat. Alles schon passiert. Man glaubt gar nicht, wo Menschen hinlaufen können, wenn sie nicht geradeaus gefahren werden. Keine Ordnung in den Füßen. Schon beim Aussteigen wird's ein Durcheinander: Sie laufen, rennen und stolpern, als ob es hier bei mir ein Buffet gäbe, und in der Halle unten … ich will gar nicht davon reden.
Im letzten Viertel des Bahnsteigs, dort, wo er flacher wird und zwischen dem brüchigen Teer Disteln wachsen, dort versperren einem ein paar Rohre den Weg. Aus ihnen qualmt es ohne Unterlass. Man könnte meinen, das kommt direkt aus der Hölle, sind aber nur Heißwasserrohre für die Versorgung. Kein Mensch hat sie bisher dicht gekriegt. Kinder glauben, dort lebt ein Gespenst und bei solch einem verfluchten Wetter wie an diesem 1. Februar hätte ich selbst daran glauben wollen. Lieber im Warmen und Trockenen als sich in eisig-nasser Kälte durch den zischenden Nebel seinen Weg suchen.
Und da stand er plötzlich. Lehnte hinter den Rohren als seien sie seine persönliche Haltestelle. Also ich rum und erst einmal dem Menschen gehörig ins Gesicht geleuchtet. Wissen Sie, wie der einen angeschaut hat? Keine Miene hat der verzogen, nicht einmal geblinzelt hat er. Ich meine fast, er starrte mich an, ohne mich zu sehen. Ein merkwürdiges Gefühl. Lachen Sie nicht, wenn ich sage, dass Tote einen so fixieren können. Aber tot war der ganz und gar, nur eben sehr still.
Ich fragte: ‚Hey, was machen Sie hier?‘
‚Ich weiß es nicht', antwortete er seltsam tonlos.
Aber so leicht konnte ich mich ja nicht abspeisen lassen; ich hakte nach: ‚Sind Sie mit dem Transport aus Konstanz gekommen?‘
Wieder: ‚Ich weiß nicht.‘
Also nahm ich ihn mir genauer vor. Ich leuchtete ihn von oben bis unten ab. Er musste mit dem Transport gekommen sein. Und genau so sah er auch aus, wie alle eben. Ein „Poilus“, ein Haariger, ein Rückkehrer von der Front. Unter der verfilzten

Kappe ein wächsernes Gesicht, über das der Regen lief und Spuren wie ein Sackkarren im Schlamm hinterließ. Ein Bart von biblischem Alter. Der dreckige Blaumantel eines Infanteristen, darunter gerippte Hosen, die in Stiefeln steckten, wobei ich nicht mehr zu sagen weiß, wer mehr Löcher besaß: die Stiefel oder die Hosen oder ein Emmentaler. Plötzlich tat er mir leid. Er wirkte zwar nicht hilflos, aber doch unendlich allein. Ich fragte: ‚Wie ist dein Name?'
Jetzt dürfen Sie dreimal raten, was er antwortete. Richtig: ‚Ich weiß nicht.'
Mitleid hin, Mitleid her. Ich musste ihn zu nächsten Wache bringen, und das tat ich dann auch. Er kam im Übrigen anstandslos mit. Musste er auch, denn mein Tee wartete auf mich, und wenn ich meinen Tee nicht kriege, dann – na, denken Sie sich ihren Teil."

So weit die Geschichte Bringuiers. Ich habe sie oft gehört, und doch glaube ich nur wenig davon. Damals war es weniger eine Erkenntnis als ein Gefühl. Man wird ja sehen. Wer den Zügen nachsieht, neigt dazu, seine Fantasie anzuheizen, um dann unter Volldampf davonzufahren. Zudem mochte es für ihn nur eine Begebenheit unter vielen gewesen sein. Konnte er wissen oder damals schon ahnen, dass er Zeuge der Geburt Anthelmes geworden war?
In Wahrheit darf man sich die Szene ganz in schwarz-weiß denken. Und so war sie vermutlich auch. Unsere Welt hatte nicht nur kurzfristig diese Farben angenommen. Schauen Sie sich die Bilder der Geschichte an, schauen Sie in das Kino der Zeit. Gewiss, es gibt darin auch das Karminrot der Leidenschaft, das Sepia der Umgegend, der Landschaft und Erinnerung und das Blau der Nacht, doch das sind Farben, die verbleichen und jenen melancholischen Eindruck zurücklassen, der vor allem in Kontrast sein Wesen gewinnt.
Genauso können wir uns Anthelme als einen Menschen vorstellen, der vielleicht nur auf einer Bank am Bahnsteig wartete, dort gegenüber die große Uhr verfolgte, eine zusammengeknüllte Zeitung an seinen Füßen vorbeifliegen ließ und seine Hände in die Abendsonne hielt, die sich das letzte Wolkenhaar aus der Stirn wischte.
Dann wird Bringuier ihn entdeckt haben. Immerhin betrachtet er von seinem Wärterhäuschen aus die Plattform Nr. 7, Toulouse-Lyon, zu beiden Seiten hin. Bringuier wird gedacht haben: Was macht dieser abgerissene Bursche dort auf meiner Bank? Es ist seine Pflicht, auch die Bahnsteigkarten zu kontrollieren. Er trinkt seinen Tee mit Schuss: Dreiviertel Schuss, zwei Tropfen Tee, altes Familienrezept gegen zu viel Amtseifer. Soll er doch, der arme Soldat da vorn. Viele wissen in diesen Zeiten nicht,

wohin. Selbst die Züge scheinen weder ihre Abkunft noch ihre Ziele zu schätzen, so qualvoll und traurig wirken sie. Mögen auch manche Passagiere brav jubeln, ihr Grundrhythmus bleibt der Takt zur Melodie der Fragen: Wie wird es werden? Wird es wieder so sein? Wartet sie noch auf mich? Wie heißen meine Kinder? Sicher auch der arme Kerl da. Wird Zeit, dass ihn jemand hilft, jemand mit Herz. Das ist Bringuier, er steht auf. Vorher gießt er noch einen Becher voll Tee ein. Dieses Mal ist es wirklich nur Tee. Er will ihn dem Mann geben. Wie lange sitzt er da schon? Drei Stunden? Vier Stunden? Mit welchem Zug mag er gekommen sein? Ist er überhaupt aus einem Zug gestiegen? Wahrscheinlich ist er es, nach seiner Kluft her zu urteilen: Militärmantel und so. Allerdings passen dessen zivilen Hosen gar nicht zu seinem sonstigen Aussehen.

Bringuier geht auf ihn zu. Vom gegenüberliegenden Gleis weht Dampf. Er will etwas Belangloses sagen, so etwas wie: Morgen soll es schöner werden,; er denkt: Eigentlich soll jeder Morgen schöner werden.

Oder doch besser offiziell nach der Fahrkarte oder dem Bahnsteigausweis fragen? Da ergreift ihn die Pflicht. Ist es normal, so die ganze Zeit dazusitzen und durch die Gegend zu starren? Man ist auf einem Bahnhof, da muss man weiter, so gehört sich das.

Also bringt sich Bringuier räuspernd in Positur: „Salut, mein Herr, was machen Sie hier!“ Ja, das ist wirklich die beste Frage. Freundlich, interessiert, bestimmt, und doch mit ein wenig Gefühl.

Wie der Mensch schaut, durch ihn hindurchschaut und flüstert: „Ich weiß es nicht. Ich weiß es wirklich nicht.“

Anthelmes Gürtel

In dem Dorf in Sepia, das es nicht gibt, stelle ich mir vor, dass Anthelme mit sechs Jahren seinen ersten Gürtel bekommt. Während die anderen Kinder nur Knöpfe kennen, mit denen sie ihre Hosen und Hemden in Schach halten, ist er der stolze Besitzer eines abgewetzten Ledergürtels, und er trägt ihn stolz wie ein Husar. Er schnürt den Gürtel nicht um die Hüfte herum, sondern er schmückt sich mit ihm, indem ihn über seine rechte Schulter wirft und über seiner Brust schließt. So hat er es auf einem Bild gesehen. Anthelme glaubt an die Bilder, selbst an die, die in der Kirche hängen, obwohl er sich nicht erinnern kann, dass dort jemand einen solchen Gürtel wie er umhat. Das sieht alles eher nach Hanfseilen aus, mit denen man für gewöhnlich die Ochsen durch das Dorf zieht.

Es ist der Gürtel seines Vaters, und der hat ihn von seinem Vater, und der wiederum von seinen und immer so fort. Ein echtes Familienband, sagt seine Mutter.

Zuletzt nutzte ihn Anthelmes Vater für die Küferei. Bevor er die Eisenringe um die Fässer schlug, schnürte er zunächst den Gürtel um sie herum, damit er den Dauben auf diese Weise den nötigen Zusammenhalt gab. Das war eine von seinen Methoden. Der Vater kennt viele davon. Anthelme ist sich sicher, auch sein Vater musste einst ein Husar gewesen sein, bevor er der beste Küfer Frankreichs wurde.

Zu Anthelmes Freunden gehören Pierre, den alle „Schnodder" nennen, da er niemals ohne zwei Rotzstriemen unter der Nase auftaucht, der große und zwei Jahre ältere André, der nicht eigentlich groß ist, aber schmal wie ein Türspalt und deshalb groß wirkt, sowie Lucas, der Pisser. Das ist keine Beleidigung. Es bedeutet eine Auszeichnung dafür, dass er sich es als einziger getraut hatte, in den Kühlerrost der Limousine des Hoteliers am Ort zu pinkeln. Danach war der Wagen kein Stück mehr gefahren, wobei sie vergaßen, dass dieser sich auch zuvor kein Stück mehr bewegt hatte. Denn der Hotelier braucht ihn vor allem als Ersatzteillager für sein kleines Motorrad mit Beiwagen. Nicht mit dem Auto, sondern mit dem Krad transportiert er Gepäck und Gäste. Wie auch immer, der Pisser ist in Anthelmes Augen auf dem besten Weg, ebenfalls ein Husar zu werden, obwohl ihm der Gürtel fehlt und allein ein einzelner Knopf dessen Hose festhält.

Doch nicht Lucas, der Pisser, sondern vor allem der Türspalt André müht sich, ihm seine Angst vor Katzen auszutreiben – ein nicht leichtes Vorhaben, denn im Dorf besitzt etwa jede zweite Familie mindestens eine. Sie schnurren in Türeingängen, starren

Anthelme aus den Fenstern der Wohnstuben an oder dösen mitten auf der Straße, über die er gerade gehen will.
Deshalb wird Anthelme oft von ihnen in die Mitte genommen, also entweder zwischen Pisser und Schnodder, während der Türspalt vorangeht, oder zwischen dem Türspalt selbst und Schnodder, sodass der Türspalt auf ihn einreden kann:
„Du kannst Angst vor Hunden, Spinnen und einem gerade kastrierten Schwein haben, aber nicht vor Katzen. Die tun nichts. Die sind nur eigensinnig."
„Was heißt eigensinnig?", fragt Anthelme, und er weiß, dass es genau das ist, was ihn so furchtsam werden lässt.
„Du hast doch einen Gürtel?", weicht der Türspalt ihm aus.
Stolz bläht Anthelme seine Brust und streicht mit der Hand über das Leder: „Ja, klar!"
„Wenn du wirklich Angst vor Katzen hast oder sie dir nicht aus dem Weg gehen wollen, dann nimm einfach deinen Gürtel und schlag nach ihnen. Schau dich aber besser vorher um. Nicht jeder schätzt es, wenn man sein Miezekätzchen wie unserer Ärsche zu Hause verdrischt."
Anthelmes Katzenfurcht nimmt durch diesen Rat zwar nicht ab, aber er ahnt, dass sein Vater noch mehr im Sinn hatte, als er ihm den Gürtel schenkte.
Und wie er zuschlägt. Zwar nicht auf Katzen, dazu ist er dann doch zu feige, dafür auf die Dinge, auf die niemand im Dorf etwas gibt. Tschack, macht es, wenn er die Schafsgarben oben bei den Scheunen köpft. Ssssst, zischt es durch die Luft, wenn er sich einem Heer von Brennnesseln gegenübersieht. Brrruschsch, lässt er das Johanniskraut wissen, wenn sein Gürtel darauf niedersaust und die gelben Blüten sich im Matsch wiederfinden.
Am liebsten treffen sich die Vier oben bei dem Hang knapp hinter dem Dorf. Während vor diesem Gefälle ein kleiner Weg verläuft, der zur Nachbargemeinde führt und gleichzeitig zu einer Senke hin ein Stück unbearbeitetes Land abtrennt, das aus Ginsterbüschen, wildem Gras und Brombeerdornen besteht, beginnt oberhalb des Hangs eines der zu vielen sauberen Furchen gekehrten Felder. Besonders wenn im Sommer das Stroh zu großen Haufen zusammengebracht wird und die Hitze sich wie ein Volltrunkener aus der Dorfbar *L'accordéoniste* kein Stück mehr von ihrem Platz wegrühren will, dann kennen sie kein Halten mehr. Sie toben über das Feld, bis sie genug von dem Ausgedroschenem gesammelt haben, um es in der Senke auszulegen. Danach geht es nur noch um das Stoßen, Schubsen, Schwanken, Umfallen und Brüllen, während sie sich gegenseitig in die weiche Tiefe werfen.

Der Bauer sieht das nicht gern, aber er lässt es geschehen. Es bleibt ihm immer noch genug ordentlich zusammengerauftes Stroh übrig, das er in seine Scheune bringen kann. Was sollen ihm die vier Jungen schon wegnehmen? Einen Kuhfurz können sie ihm allenfalls stehlen. Er ahnt ja nicht, welche Mengen Anthelme allein dadurch schafft, dass er seinen Gürtel um die Strohballen bindet als wären sie die Fässer seines Vaters.

Seitdem ist Anthelme nie wieder so leicht gefallen. Er stürzt in Berge von Stroh, während Schnodder bereits hinter ihm herstrauchelt. Er landet kopfüber in diesen Kissen, die kratzen, stauben und seine Haut wund scheuern, ohne auf den Türspalt zu achten, der hustet und spuckt, weil er zu viele Halme in den Mund bekommen hat. Im Sprung denkt er, wie gut das Leben doch ist, wenn Freunde, die einen stoßen, selbst gestoßen werden wollen – Kunststück, denn der Abgrund scheint ein Meer aus Watte zu sein.

Daran denkt er nicht mehr, als er nach einstündiger Suche seinen rechten Schuh nicht wiederfinden kann. Platt und ausgewalzt liegt die einstige Strohpyramide in der Senke verteilt, doch sein Schuh bleibt verschwunden. Er prügelt sich sogar mit Pisser, weil er ihn verdächtigt, ihm seinen Schuh geklaut zu haben.

Anthelme lernt, nachdem er spät nach Hause zurückgekehrt ist, dass ein Gürtel zwar gut, richtig gebundene Schnürsenkel aber nicht schlechter sind.

Zwar knallt der Vater den Husarengürtel auf dessen Hintern als wäre er eine Zirkuspeitsche, doch weinen kann Anthelme erst später. Dann, als ihn niemand mehr sieht.

Anthelme will ein richtiger Junge sein – mit oder ohne zwei Schuhe.

Regnet es – etwas, was im Dorf nur sonntags vorkommt, denn unter der Woche ist es nur ein Schauerchen, das vergeht, weil man einen Wolkenbruch nur an solchen Tagen brauchen kann, wenn man nichts zu tun hat – regnet es also, dann versammeln sich die Vier meist in der Werkstatt des Vaters.

„Wie gut es hier immer nach Holz riecht." Pisser kommt als letzter herein und hebt bedeutend die Nase.

„Das ist das Harz", sagt der Türspalt, während er sich einen Platz sucht. Schließlich fegt er mit den Handrücken einige Werkzeuge von einem Hocker und setzt sich mit Schwung hin.

„Pass doch auf", schimpft Schnodder. Eine Metallschelle hat ihm direkt auf dem nackten Schienbein getroffen.

„Pass doch selbst auf", mault der Türspalt, nimmt aber, eine Entschuldigung murmelnd, Schnodder in den Arm und besieht sich das Bein.

Anthelme ist überrascht. Er hat immer gedacht, der Werkstattgeruch käme vom Schweiß seines Vaters. Dieser riecht so, seit er denken kann: nach einem Wald frisch geschlagener Hölzer. Es wundert ihn, dass es nach Meinung seiner Freunde die Werkstatt selbst ist, die ihren Geruch auf seinen Vater übertragen haben soll. Das kann nicht sein. Wer ist hier der Meister? Doch eher die schweißbedeckten Arme seines Vaters, die er liebt und fürchtet. Anthelme beschließt zu schweigen. Sollen sie doch meinen, was sie wollen.
Der Türspalt kippelt gelangweilt auf seinem Hocker herum. Pisser bohrt sich in der Nase. Schnodder reibt sich sein Bein. Man weiß kaum mehr, weshalb es rot ist: von der Schelle oder durch seine übertriebene Aufmerksamkeit?
Draußen pladdert der Regen nachdenklich gegen die Scheiben und auf das Dach.
„Also gut", sagt der Türspalt. Er mag es, Entscheidungen zu fällen, vor allem, wenn ihn niemand um eine gebeten hat. Dabei hätte Pisser lieber weiter wie ein Angler seinen Finger betrachtet, den er mit großem Bedacht in seinen Nasensee wirft, um ihn nach einer Weile wieder herauszuziehen. Schnodder hingegen kratzt sich sein Bein und verkündet: „Ich glaube, die Stelle wird ganz blau."
Nur Anthelme hebt den Kopf. Er ist der Kleinste von ihnen und trotz seines Gürtels erscheint es ihm günstig zuzuhören, wenn ein Großer spricht. Er findet, das ist keine Bewunderung, sondern Vorsicht.
„Also gut", wiederholt der Türspalt, „bevor ihr hier an der eigenen Blödheit krepiert, werde ich besser vorschlagen, was wir jetzt machen können."
„Was?", fragt Anthelme.
Der Türspalt tippt an sein Kinn: „Was wohl?"
„Das Buchstabenspiel?"
„Ach nee!" Pisser schnippt den Dreck aus seiner Nase gegen die nächste Wand.
„Schon wieder. Ich hab' keine Lust."
„Und du?"
Schnodder lässt von seinem Bein ab „Wie? Zu was?"
Das Spiel ist ganz einfach, sofern man das Alphabet beherrscht und weiß, wie man dieses oder jenes Wort und alle Ausnahmen schreibt. Entsprechend hat der Türspalt die besten Chancen, denn er ist der Älteste und geht am längsten in die Schule. Dass er dennoch nicht häufiger gewinnt, versteht er selbst nicht.
„Die Kleinen müssen auch mal gewinnen, damit sie nicht die Lust verlieren", sagt er.
„Du hast doch keine Ahnung von der Rechtschreibung. Ich weiß gar nicht, weshalb du das immer spielen willst?", fragt Pisser.

Schnodder springt gerade noch dazwischen, bevor der Türspalt dem Pisser eine reinhauen kann.
Währenddessen fängt Anthelme einfach an. Freudig schaut er in die Runde. Sein erstes Wort lautet: „Gürtelschnalle."
Er weiß, jetzt muss der Nächste einen Begriff finden, der mit dem letzten Buchstaben seines Wortes beginnt, also „e". Sie spielen das manchmal in der Schule bei Monsieur Gremiond. Doch da müssen sie auch noch zwischen Verben, Nomen und Adjektiven unterscheiden, das heißt, sie dürfen auf ein Nomen nur ein Nomen nennen und so weiter. Da es den Türspalt ständig überfordert, lassen sie hier in der Scheune diese Quälerei beiseite.
Schnodder sagt: „Epiliergerät."
„Was?"
„Epiliergerät", wiederholt Schnodder.
„Was soll das denn sein? Das ist doch kein Wort. Das hast du gerade erfunden, weil dir nichts Besseres einfällt."
„Doch, das gibt es. Meine Mutter hat neulich so ein Ding gekauft, und sie hat es mir erklärt."
Er reibt sich das Bein. „Damit kam man sich überflüssige Haare auszupfen."
„Ärgh", Anthelme spuckt angewidert auf den Boden.
„Könnte meine Mutter auch gebrauchen", röhrt der Türspalt, „der wachsen ganze Büschel auf der Oberlippe."
„Vielleicht leiht meine Mutter das Gerät ja deiner."
„Ist das so eine Art Zange?", will Pisser wissen.
„Hm", nickt Schnodder.
Beglückt hebt Pisser die Arme: „Dann ist es wohl auch gut für Popel!?"
„Weiter", drängt Anthelme, und während der Türspalt noch lacht, wirft Pisser das Wort „turnen" ein.
„Niemals" sagt Anthelme.
„Du bist gar nicht dran", herrscht ihn der Türspalt an, „sondern ich", und ergänzt: „Wollte ich auch sagen, also: niemals."
„Suppe"
„Ekel."
„Lumpen."
„Note."
„Erbse."

„Ente."
„Eiche."
„Los du bist dran, oder du verlierst", Schnodder boxt den Türspalt in die Seite. Er findet, dass dieser bereits länger als erlaubt nachgedacht hat.
„Ihr immer mit eurem *e*. Habt ihr nicht mal ein anderes Wort?"
Pisser grinst: „Klar, wie wäre es mit: Entengrütze."
„Ente hatten wir schon."
„Aber Grütze noch nicht. Wie auch immer: *e* bleibt *e*." Er tippt sich an den Kopf: „Los, denk mit deiner da oben nach!"
Nervös klopft sich der Türspalt auf seine Beine. Dann schaut er fragend zu Anthelme: „Warst du nicht eigentlich dran?"
Anthelme will den Kopf schütteln. Aber wozu hat er seinen Gürtel? Der macht ihn sicher. Liebevoll streicht er über das Leder. „Wie du meinst", erwidert er. Es fällt ihm schwer, das Wort, das ihm gerade eingefallen ist, auszusprechen. An den Löchern seines Gürtels zählt er jeden Buchstaben einzeln ab.
Schließlich bekommt er es heraus: „Emlehtna."
„Ist das jetzt etwa wieder so ein Gerät? Kann sie dich damit besser verdreschen oder dir den Hintern abputzen?"
„Emlehtna", wiederholt Anthelme.
„Anthelme", sagt der Pisser. „So, der Nächste ist dran. Wieder ein e-Wort."
„Halt, halt!", Gebieterisch hebt der Türspalt die Hände. „Erst will ich wissen, was er mit seinem Dingsda meint. Da könnte ja jeder kommen und irgendetwas erfinden."
„Du bist doch zu blöd."
„Sag' das noch mal!"
Genüsslich schiebt Pisser seinen Finger wieder in die Nase: „Emlehtna heißt *Anthelme*. Das ist einfach der Name in Spiegelschrift."

Nummer 13

Nachdem mein erster Sohn geboren war, versuchte ich mir, während er schlief, spielte, trank oder den Fliegen nachsah, die Gestalt und vor allem das Gesicht vorzustellen, das er später einmal haben würde. Es gelang mir nicht. So natürlich es sein kann, auf einem Foto eines Erwachsenen das Echo des Kindes zu erkennen, so beinahe unmöglich ist es, eine umgekehrte Ähnlichkeit festzustellen. In einem Kindergesicht die ältere Frau oder den älteren Mann zu sehen, scheint ein Tabu der Zeit. Und niemals heißt es, die Eltern, der Vater oder die Mutter, gleichen dem Kind, sondern nur: „Ihr Sohn oder Ihre Tochter ist Ihnen aber wie aus dem Gesicht geschnitten."
Bei Anthelme gelang mir keinerlei Vorstellung. Ich hatte einfach kein Bild von ihm. Und ich schätze, Commissaire Malard, dem zivilen Sonderbeauftragen der Region Midi-Pyrénées für die Rückführung Kriegsvermisster, erging es ebenso.
Da man Anthelme, nachdem ihm Bringuier auf seinem Bahnsteig entdeckt hatte, so ganz ohne Personalien nirgendwo zuordnen oder irgendwohin entlassen konnte, wurde er schließlich zum Commissaire mit jenem besonderen Aufgabenressort gebracht.
„Sie heißen?"
Anthelme schaute durch Malard hindurch. Das war umso unglaublicher, da Malard von seiner bloßen Körpermasse beinahe walfischähnlich zu nennen war. Die meisten musterten ihn zumindest mit dem Interesse an Menschen, deren Erscheinung sozusagen aus dem gewohnten Rahmen fällt. Brust und Kinn schienen beinahe naht- und halslos ineinander überzugehen und wenn er stand, konnte man meinen, dass ein ovaler Kürbis Lebendigkeit erlangt hätte.
Der Commissaire runzelte seine Stirn und nippte an seiner Tasse mit warmem Bier. Kalt konnte er das Getränk nicht ertragen und über Zimmertemperatur hielt er für seine Gesundheit äußert zuträglich. Was ist das denn für ein Fall, fragte er sich, während er den schwindenden Schaum in der Biertasse betrachtete. Auf diese gleichgültige Weise reagierte kaum jemand an diesem Ort und auf ihn. Entweder sie behaupten irgendetwas oder sie sind unverschämt. Aber ein derart erstarrtes Schweigen?
„Ich bin übrigens Commissaire Malard, und das dort hinter der Schreibmaschine ist mein fleißiger Sekretär, Monsieur ..." Er wies in eine Ecke des Raums. Der Soldat schaute nicht einmal hin.
Früher, also vor etwa zwanzig Jahren, als er gerade bei der Gendarmerie als einfacher Polizist anfing, da hatte es ihn schnell aufgeregt, wenn sie ihm so dämlich kamen.

Dann war ihm in der Regel furchtbar heiß geworden und er hatte sich immer wieder an den Hals gefasst, um seinen Gegenüber nicht gleich an den Schultern zu packen und zu schütteln. Und da er schon immer etwas kräftiger gewesen war, bedeutete das meist nichts Gutes für den, der so in seine Mangel geriet.
Von diesen Erfahrung und den energischen Belehrungen seiner Vorgesetzten blieb seine Marotte zurück, ab und zu an seiner Krawatte zu nesteln, wenn er mit der Befragung nicht weiterkam und lieber handgreiflich werden wollte.
„Nun, also. Sie wollen mir Ihren Namen nennen?"
Anthelme reagierte nicht. Hörte er ihn überhaupt?
„Das fängt ja gut an", seufzte Malard. Dies war seine zweite Marotte: das Seufzen.
Er nahm einen Schluck Bier. Das tat gut und beruhigte.
Nein, auch das Seufzen hatte er sich abgewöhnt. Er würde nicht unmittelbar nach Beginn einer Vernehmung seinen Gegenüber anbrüllen. Den einzigen, den das erschreckte, war meist er selbst. Und so ein Soldat mochte es ohnehin bis zum Erbrechen gewöhnt sein. Die Devise hieß: Man muss Vertrauen aufbauen, ein wenig Verzweiflung mimen, Schwächen zeigen, damit der Mann aus seiner Sicherheit heraus leutseliger wird. Seit die Verwirrten und Verstörten, die Verkrüppelten und Verzweifelten aus den täglich anrollenden Zügen zu ihm gebracht wurden, verließ er sich auf diese Methode mochten sich sein Nervensystem auch gern dagegen sträuben.
Immer auf Augenhöhe bleiben!
Beherrscht sah Malard Anthelme an. Seine Erfahrung sagte ihm, dass dieser hier ein besonderes Subjekt war. Diese Gleichgültig, gepaart mit einer durchaus freundlichen Miene, konnte nicht gespielt sein.
„Sie sind mit dem Transport aus Konstanz gekommen?"
Das war eine schlechte Frage, zu formal. Die hätte er sich gleich schenken können.
„Nun, Soldat", begann Malard erneut, während er sich über seine Glatze fuhr, „man hat bei Ihnen nichts gefunden, was Sie identifizieren könnte. Keine Papiere, keine Hundemarke."
Spähte da jetzt die Katze vorsichtig durch einen Türspalt? Regte der andere sich endlich? Für einen Moment hatte Malard das Gefühl, dass sein Gegenüber sich ganz leicht zu ihm beugen würde. Schließlich begriff er, dass er sich täuschte, denn Anthelme blieb stumm, noch bewegte er sich.
„Ich weiß, ich weiß, ihr Kerle", fuhr Malard fort, indem er ins brüderliche *Du* verfiel, „obwohl man jedem von euch vorschreibt, eine Hundemarke um den Hals zu tragen, bindet ihr sie euch lieber um das Handgelenk als wäre es eine Armbanduhr oder noch

schlimmer, ihr steckt sie einfach in eure Brief- oder Jackentasche. Was würde ich darum geben, hätte ich deine Marke. Du müsstest gar nichts sagen, könntest dich bequem zurücklehnen und uns machen lassen. Auf deiner Marke stünde dein Vor- und Nachname, der Tag deiner Einberufung und deine Identifikationsnummer. Alles, was unsereins braucht, um mehr über dich zu wissen, als du über dich selbst. Dann ließen wir dich jetzt fein in Ruhe und morgen wärst du schön zu Hause, bei deiner Frau, bei deinen Kindern, als hätte dich ein fliegender Teppich zu ihnen gebracht. Es sei denn, du hast keine Familie ..."

Malard führte den letzten Satz nicht aus. Er hoffte, dass die Erwähnung der Verwandten genügen würde, um die Zunge des anderen zu lösen. Erinnerungen an die Heimat gingen noch jedem Mann unter die Haut. Etwas Gefühl in die Sache legen, und selbst ein altes Frontschwein würde zu Tränen gerührt. Eine Seele hatte jeder, davon ging er aus.

„Familie?", wiederholte der Commissaire.

Das Wort schwebte durch den Raum, zog eine erwartungsvolle Linie über den schwarzen Augenbrauen Malards und verebbte schließlich im minelosen Gesicht Anthelmes.

Nachdenklich sah Malard zu seinem Sekretär hinüber, der still auf das erste Zeichen seines Chefs wartete, um endlich loszutippen. Er erwiderte dessen Blick und ging weiter in Habchatstellung, wobei er ein wenig seine Lippen unter seinem Schnurbart schürzte.

Es war wohl so eine Sache mit der Augenhöhe.

Langsam begann Malard, einen Bogen Papier zu zerknüllen. Er spürte die aufkeimende Verärgerung, die er doch nach so vielen Dienstjahren mit guten Willen und viel Vernunft zu unterdrücken gelernt hatte. Mit dem Papierknäuel in der Hand gelang es ihm, sich etwas abzulenken. Er knetet es in einer nachlässigen Dringlichkeit. Wer die Geste verstand, mochte die aufkeimende Anspannung auf der einen Seite und den allmählichen Grad der eigenen Verlorenheit erkennen. Sonst blieb Malard ganz ruhig. Allein das Papier raschelte.

Nach einer Weile warf es in den Papierkorb. Er musste erkennen, dass Anthelme nicht aus der Reserve zu locken war. Stattdessen hob der Soldat seine Augen zur Decke, als erwartete er, dort jeden Moment einen von ihm gebastelten Papierflieger zu sehen.

Also gut. Malard überlegte: Wann hatte er dieses Gefühl zum letzten Mal losgelassen? Wann war ihm zum letzten Mal der Kragen geplatzt? Sollte er es vielleicht mal wieder

auskosten? Musste er das noch länger aushalten? Wer würde es ihm Übel nehmen, wenn er seinen vollen ebenso professionellen wie menschlichen Zorn auf diesen Panzer der Gleichgültig aufprallen ließ? Würde es überhaupt etwas schaden? Ein Fisch im tiefen Meer, über dem der Sturm tobt. Der Herr hier war er, wenn auch nicht, wie er sich eingestehen musste, der Herr der Lage. Letztlich konnte es sogar gesund sein. Sein Arzt würde es begrüßen. Ein Herz in einem derart mächtigen Dampfkessel wie dem seinen braucht seine Ventile. Der Soldat würde es verkraften und für seinen Sekretär, obwohl bereits fünf Jahre bei ihm, mochte es eine neue Erfahrung sein. Kommt Zeit, kommt Wut! Augenhöhe hin, Augenhöhe her.
Sein Kinn begann zu beben: „Weißt du eigentlich, wie viele Mütter und Väter in Frankreich es gibt, die gerne mehr von ihren Söhnen hätten als das Souvenir ihrer Überreste? Du musst es doch wissen!?"
Malard starrte in eine interessenlose Miene.
„Hör zu: Fast eineinhalb Millionen französische Männer sind im Feld geblieben oder werden vermisst. Im Jahr 1915, wo es am schlimmsten war, zählte man bereits 300 000, von denen man keine Spur mehr besitzt, und bis 1919 kamen noch einmal 100 000 hinzu, sodass wir, Frankreich, das Rote Kreuz und jeder, der damit zu tun hat, für etwa 400 000 Familien Nachforschungen betreiben müssen. Lass dir die Zahl mal auf der Zunge zergehen. Sie ist leicht ausgesprochen, aber das Schicksal hinter jeder einzelnen Ziffer würde Bände und Bände füllen, die du in einem Leben nicht lesen kannst. Viele kennen die Gräber ihrer Männer, ihrer Väter und Söhne, nicht aber diese 400 000. Und jetzt nimm diese 400 000 und betrachte unser Land."
Malard hieb seine Pranke auf eine große Landkarte hinter sich: „Geh davon aus, dass es in jedem Dorf, in jeder Gemeinde, in jeder Stadt mindestens eine Familie gibt, die ein solches Opfer zu beklagen hat. Nicht zu wissen, wo der Geliebte, der Verwandte ist, kein Grab besuchen und beweinen zu können, ja, nicht einmal zu wissen, ob der Vermisste möglicherweise doch noch lebt, durch ein Wunder beispielsweise oder weil ihn die Deutschen immer noch irgendwo gefangen halten, nicht wirklich trauern zu können, das ist das Elend einer endlosen Hoffens und Bangens, die für viele furchtbarer ist als der Krieg selbst. Ich kenne genügend davon. Geh selbst durch die Straßen, kehr zurück zu den Bahnhöfen, und du wirst sie erkennen. Die einen sind bereits dem Wahnsinn nah, die anderen ertragen die Qualen und sind selbst so grau und verknittert wie die Fotografien, die sie dir mitten ins Gesicht halten. Und das ist kein böser Albtraum, das ist die Realität. Denn eines ist dabei allen klar geworden: Schwerer als der Tod ist nur das Verschwinden eines geliebten Menschen zu ertragen.

Ich habe gehört, dass allein zehn Millionen Francs für die Suche ausgegeben werden. Zehn Millionen, um Tausende Quadratkilometer Erde zu durchforsten. Da wühlt man in Schlachtfeldern, da schreibt man tröstende Briefe an die Familien, und dann kommst du daher und bist nicht einmal bereit, deinen Namen zu nennen, wenn man dich höflich danach fragt. Nun? Ich frage dich noch einmal!"

Anthelmes Blick wanderte von der Karte zurück zu dem Schreibtisch, auf den Malard seine beiden Fäuste stemmte. Nur der Sekretär zuckte zusammen, da der Commissaire den letzten Satz nicht mehr in seinem gewohnt disziplinierten Ton, sondern lautstark und voller Ungeduld hervorgestoßen hatte. Unsicher ruckte er sein Papier in der Maschine zurecht und beobachtete weiter seinen Vorgesetzten, der offenbar gedachte, seine Haltung Haltung sein zu lassen. Und Malard gewann an Fahrt: Zeit, das hier abzuschließen. Es gab wichtigere Angelegenheiten, als die Überlebenden an ihren Namen zu erinnern.

Tatsächlich spitzte Anthelme auch schon den Mund. Mehr als einen leisen Pfiff hörten man aber nicht. Danach hob Anthelme die eigenen Hände, ballte sie zu Fäusten und brachte sie ebenfalls auf die Tischplatte – allerdings ganz leise.

„Das findest du wohl lustig?", zischte Malard, wobei er innerlich über diese Steilvorlage jubelte. Er durfte sich aufregen. Dieser Mensch dort brachte ihn dazu:

„Spielst hier nicht den Papageien, sondern eine Art stummen Schattenclown? Na, wenn du mir so deine Hände zeigst, dann können wir ja gleich ganz amtlich werden."

Malard stemmte seinen voluminösen Körper hoch und wühlte wild in einer Schublade neben sich. Als er nicht fündig wurde, entleerte er die nächste, wobei er den Inhalt achtlos um sich verteilte. Alles Mögliche flog plötzlich im Büro herum und aus der Tasse schwappte Bier heraus. „Scheiße", fluchte Malard, kümmerte sich jedoch nicht weiter um die Lache auf Tisch und Boden.

„Sie wollen ihm seine Fingerabdrücke nehmen?", fragte der Sekretär. Allmählich fand er es notwendig einzugreifen.

„Wundert Sie das?"

Der Schreiber schüttelte den Kopf und rückte weiter in seine Ecke. Vor Feierabend musste er nicht noch etwas abbekommen.

Natürlich wusste Malard nur zu gut, dass er mit dieser neuen Technik der Daktyloskopie oder der Fingerschau, wie man sie hier auf dem Revier ein wenig spöttisch nannte, auch nicht weit kommen würde. Weder gab es in Frankreich eine genügend geordnete Vergleichskartei noch hatte bisher jemand eine Möglichkeit gefunden, derartige Spuren am Tatort zu sichern. Der blutige Fingerabdruck neben der Leiche blieb

ein seltenes Glück. Es brauchte immer noch den Zufall, um diesen auch einem Täter zuzuordnen – ganz zu schweigen von der übrigen Beweisführung.
„Ah“, seufzte Malard, nachdem er das Tintenkissen und ein vorbereitetes Formular zu Abdrucknahme unter einem Stapel Akten gefunden hatte: „Ihre Finger.“
Grob fasste er Anthelmes rechte Hand, um die Fingerkuppen einzeln auf das Kissen und auf die dafür vorgesehenen Kästchen auf dem Papier zu drücken. Wie das schmierte. Viel Übung hatte er nicht darin, dennoch befriedigte ihn diese Tätigkeit. Sie schien ihm etwas Sinnvolles zu haben. Für einen Moment hatte er sich Luft verschafft, was aber nicht hieß, dass er hier nun stundenlang den wütenden Kasper abgeben musste. Möglicherweise konnten ihn Anthelmes Fingerbilder später weiterbringen. Mochte er auch bloß ein Aufräumarbeiter für das Elend der Vergangenheit sein, so wusste er dennoch, dass man einen Fall nicht nur aus der Gegenwart heraus betrachten und untersuchen darf. Oft genug löst er sich gerade dann, wenn man genügend vorbereitet von der Zukunft aus dachte.
„Und nun ihre linke Hand!“
„Pascal Mattie“, sagte Anthelme. Seine Stimme klang weich und zeigte nicht die Spur von Aufregung.
„Wie bitte?“
Auch der Sekretär fuhr auf.
Da Anthelme sofort wieder schwieg, fragte Malard zu seinem Schreiber gewandt:
„Haben Sie das verstanden?“
„Er sagte, glaube ich: Pascal Mattie.“
„Das ist also dein Name?“ Erleichtert ließ sich der Commissaire auf seinen Stuhl sinken. „Schreibt man ihn so, wie man ihn hört oder gibt es irgendwo ein *h* dazwischen?“ Schnell notierte er den Namen auf einen Zettel und zeigte ihn Anthelme: „So? Du brauchst nur zu nicken oder den Kopf zu schütteln.“
Er hätte damit rechnen sollen. Eine Antwort gab es nicht.
„So lange du mir das nicht bestätigst, kann ich ebenso annehmen, dass dies auch der Name deines Onkels, deines Hundes, deines Vorgesetzten, deines Hausschweins oder deiner Fantasie ist.“
„Soll ich das wirklich protokollieren?“, fragte der Schreiber.
Malard machte eine wegwerfende Geste: „Notieren Sie, was Sie für richtig halten.“ Dann widmete er sich wieder Anthelme.
Jeden einzelnen Buchstaben des Namens *Mattie* formte er mit seinem Mund überdeutlich aus als wäre er ein Fisch, der das sprechen lernt. Der Sekretär unterdrückte

bei diesem Anblick sein Lachen, bis er bemerkte, dass der Soldat dem Commissaire interessiert zu folgen schien. Wenigstens zeigte er eine Reaktion. Leicht senkte er den Kopf, bevor er ihn nach einem kurzen Moment wieder hob und erklärte: „Pierre Lucas."

„Also doch nicht Pascal Mattie?" Malard zerknüllte den Zettel, der auf seinem Schreibtisch lag, und warf ihn hinter sich. „Und wie nun? Pierre Lucas oder Lucas Pierre? Was ist der Vor-, was ist der Nachname?"

„Ich weiß nicht", sagte Anthelme.

„Ja, hallo, das ist mal endlich eine direkte Antwort. Du weißt es nicht richtig? Dann schreibe ich dir auch diesen Namen auf, damit du sehen kannst, ob er dir bekannt vorkommt."

Wie ein konzentriertes Kind bleckte Malard die Zunge, während er die zweite Namensnennung aufschrieb. Anthelme schaute wieder an die Decke. Fertig, drehte der Commissaire das Ergebnis zu ihm hin und wartete, bis ihm jener seine Aufmerksamkeit erneut zuwenden würde. Er musste mit dem Zettel kräftig wedeln, bevor das geschah. Doch kaum senkten sich Anthelmes Augen, zerriss Malard auch schon das Papier: „Hast du gedacht, was? Denkst, du kannst dir einen Spaß mit mir erlauben. So nicht. Sag mir lieber, welchen Namen du mir gerade genannt hast. Dürfte ja nicht schwierig sein."

Anthelmes Stimme blieb weich und seltsam unberührt: „Ich weiß nicht."

„Herrgott noch mal!"

„Herrgott?"

„Willst du mich jetzt vollends auf den Arm nehmen? Wie viele Namen willst du mir noch nennen?"

Anthelme antwortete: „Mangin."

„Mangin? Ist das nun dein richtiger Name?"

„Nein."

„Weshalb sagst du dann Mangin?"

„Ich weiß nicht."

Malard krampfte seine Finger ineinander und hieb sich gegen die Stirn. Vorhin hatte er wütend werden wollen, weil der Mann so eisern schwieg, und er hatte sich diese Wut auch kurz gegönnt. Kaum sprach der Mann wirklich mit ihm, wurde er richtig zornig. Er nestelte an seiner Krawatte herum, aber auch das beruhigte nicht. Er griff zu seiner Tasse, aber das Bier war verschüttet und der Rest kalt. Verdammt.

„Ich weiß nicht. Ich weiß nicht. Ich weiß nicht. Kannst du überhaupt etwas anders sagen? Halt, sage nichts dazu, denn ich kenne die Antwort darauf. Und starr nicht immer irgendwo hin. Sieh mich an! Diese Namen, die du nennst. Woher hast du sie? Sind das Freunde? Gefallene Kameraden? Wir können das leicht feststellen. Mein Sekretär notiert alles, schnell beim militärischen Dienst nachgefragt und schon …"
Er hielt inne. Natürlich! Er musste nur mit diesen Namen kommen und prüfen lassen, zu welcher Einheit sie gehörten und wo diese zuletzt stationiert gewesen waren: Pascal Mattie, Pierre Lucas oder Lucas Pierre und ein gewisser Mangin. Hätte man sie zugeordnet, dann könnte man auch feststellen, ob einer von diesen fehlte, ob einer davon diesem verfluchten Soldaten hier ähnlich sah, oder wer in einer Einheit alles als vermisst galt. Vorausgesetzt, diese Namen waren keine Erfindungen. Insgesamt hatte er noch nicht viel in der Hand, aber es bedeutete immerhin eine erste Möglichkeit, die Identität des unbekannten Soldaten aufzudecken, wenn er sie schon nicht mehr selbst preisgeben wollte – oder konnte?
Malard griff zum Telefonhörer und leitete die nötigen Maßnahmen ein: „Und fügen Sie eine Beschreibung hinzu. Ich würde sagen, etwa dreißig Jahre alt, knapp 1,70 m groß, versteht und spricht Französisch, wenn er denn spricht, und dies, so schätze ich, in einer Färbung, die in einer Gegend in Mittelfrankreich üblich ist. Weitere Merkmale? Nun ja ..." Malard musterte Anthelme. Merkwürdig, jetzt hatte er ihm die ganze Zeit gegenübergesessen und dennoch hatte er kaum eine Vorstellung von ihm – nicht mehr als einen Allerweltseindruck. Er fuhr fort: „Setzen Sie hinzu: rundes Gesicht, braune Haare, brauner Vollbart, braune Augen, Geheimratsecken, ein erster Ansatz zur Glatze, keine sichtbaren Narben, Neigung zu Sommersprossen, falls es sich nicht einfach nur um Schmutz handelt, angewachsene Ohrläppchen, im Ganzen recht blass."
„In der Tat blass", kommentierte der Sekretär, während er gleichzeitig seine Schreibmaschine mitklappern ließ. „Das ist eine Beschreibung für jedermann. Die trifft auf Hunderte zu."
„Ich weiß", der Commissaire schob sein Kinn vor, „aber anders malen kann ich ihn mir auch nicht." Plötzlich fuhr er herum und rief im militärischen Ton: „Mangin!!!"
Ein Hund, der neugierig sein Herrchen angafft, dürfte ähnlich geschaut haben. Anthelme neigte den Kopf ein wenig zur Seite, aber auf das „Jawohl, hier!", das Malard hatte hervorlocken wollen, wartete er vergeblich.

„Dann also nicht. Doch keine Bange, wo du schon aufgelesen worden bist, werden wir auch einen schönen Namen, eine feine Herkunft und eine wunderbare Familie für dich finden."
Er hob den Zeigefinger, hielt ihn nachdenklich vor den Mund und fragte seinen Sekretär: „Sagen Sie, der wievielte Fall ist das heute?"
Dieser zählte schnell seine Papiere durch: „Der Dreizehnte!"
„Gut, also nennen wir ihn in Ermangelung eines besseren Namens Nummer 13."
„Meinen Sie das ernst?"
„Gewiss. Lassen Sie ihn abführen. Ich denke, das Beste wird sein, ihn morgen in ärztliche Obhut zu übergeben. Veranlassen Sie das. Sollen die sich für eine Weile mit ihm rumschlagen, während wir unsere Arbeit machen." Er tippte sich an die Schläfe und nickte dem anderen zu: „Gaga, wenn Sie mich fragen."
Nachdem Anthelme das Büro verlassen hatte, ging Malard ein wenig auf und ab. Schließlich blieb er vor der Frankreichkarte stehen. Erneut kamen ihm die Zahlen in den Sinn, und wie schon so oft las er die Namen der Dörfer und Städtchen, die scheinbar weitab vom Kriegsgeschehen ihren ganz eigenen Krieg erlebten. Er wusste, es gab nicht nur das Schicksal der unglücklich Vermissten, der Verstümmelten und Toten, sondern es gab auch die Geschichten der Heimgekehrten, die ihre Frauen in den Armen eines neuen Mannes wiederfanden, die sich fremden Kindern gegenübersahen oder selbst zu einem ganz anderen Menschen geworden waren, sodass man glauben konnte, ein Körper hätte seine Seele gewechselt.
Balzacs „Colonel Chabert" kam ihn in den Sinn, eine Erzählung, die er in seiner Schulzeit hatte lesen müssen. Eine der wenigen Texte, an die er sich wirklich erinnerte. Er lockerte vollends seine Krawatte und dachte, in der menschlichen Tragikkomödie ist es doch stets das Gleiche. Wie ging die Geschichte noch?
Für tot auf dem Schlachtfeld von Eylau zurückgelassen, kehrt Chabert nach langen Wanderungen überraschend nach Paris zurück, nur um festzustellen, dass Rose, seine Frau und Exprostituierte, nun nicht mehr seinen Familiennamen trägt, sondern zur Gräfin Ferraud aufgestiegen ist. Glücklich kann man ihr Wiedersehen nicht nennen. Während er sie trotz allem wiederhaben möchte, macht sie ihm deutlich, dass sein Platz auf dem Feldherrenhügel verloren ist. Lieber solle er in die Reihen derjenigen zurückkehren, die im Gleichschritt marschieren und umfallen, und die man nicht kennt, weil sie zu klein für das Leben geblieben sind. Hatte Chabert schon in der Schlacht nichts gewonnen, so verliert er im Frieden jeglichen Respekt. Der Colonel tritt zurück ins Glied, bleibt anonym, da Rose es so will, und wird zu einem Vagabun-

den in einem Land, für das er gekämpft hat. Malard seufzte: Großes ist nicht zu erreichen, wo kein Herz mitschlägt.
Und nun dieser Namenlose hier bei ihm! Welche Gründe mochte er haben, mit ihm Katz und Maus zu spielen? Spielte er überhaupt? Oder ist er tatsächlich so verrückt, wie Colonel Chabert es am Ende seiner Geschichte geworden ist?
Er wusste selbst nicht warum, doch mit einem Mal griff er die Landkarte und riss sie von der Wand zu Boden. Die Nadeln, die sie festgehalten hatten, rieselten hinterher und fielen teilweise in die langsam trocknende Bierlache. Im selben Moment war es ihm peinlich. Glücklicherweise hatte sein Sekretär den Soldaten mit nach draußen geführt, sodass dieser sich für heute nicht noch mehr über seinen Chef wundern musste. Mühsam bückte sich Malard und sammelte die Nadeln auf. Etwas länger brauchte er, um den frischen Riss durch die Karte mit Klebeband fast unkenntlich zu machen. Schließlich brachte er die Karte wieder an, bevor er sich in seinen alten Mantel zwängte. Mit dem Ellenbogen öffnete er die Bürotür und murmelte, während er sie mit der Fußspitze hinter sich schloss: „Nur noch nach Haus."
Er wusste wenigstens, wo das war.

Anthelmes Oben

In dem Dorf in Sepia, das es nicht gibt, dort, wo zwei mannshohe Feldsteine den Weg zur Einfahrt markieren, kurz davor zur Linken findet sich ein kleiner tiefblauer See. Nur an einer schmalen Stelle kommt man direkt an ihn heran, sonst ist er von Schilf umgeben. Jenen freien Zugang hat man genutzt, um einen Steg zu bauen. Ein marodes Boot dümpelt daran und erinnert an ein Kind, das am Arm der Mutter zerrt. Fische fängt hier keiner aus dem Dorf. Es lohnt sich nicht.
Ungestört können hier Anthelme, der Türspalt, Pisser und Schnodder ihre langen Tage verbringen. Manchmal liegen sie nur auf dem Steg, schauen der Himmelspost mit ihren Wolkenbriefen zu und kauen auf Grashalmen, die sie manchmal anzünden als wären es Zigaretten.
Weil Anthelme es bisher nicht gelernt hat, Schwebfliegen von Wespen und Mücken von Bremsen zu unterscheiden, lachen ihn die anderen aus, wenn er bei ihrem Gesumm in Panik gerät. Einmal ist er dabei zappelnd und schreiend ins Wasser gefallen. Zu nah hatte er sich an der Stegkante befunden. Zum Glück konnten ihn seine Freunde herausziehen. Aber seitdem ist er zumindest davon überzeugt, schwimmen zu können.
„Wir könnten das Boot nehmen und paddeln", meint der Türspalt.
„Und wohin? Es gibt keine Insel im See und am anderen Ufer liegt nur unser Dorf." Pisser schmeißt einen Stein ins Wasser.
„Mach du doch einen besseren Vorschlag!"
„Still!" Anthelme liegt bäuchlings auf dem Steg und starrt ins Wasser. „Ich glaube, da ist etwas."
„Ein Toter oder dein Gesicht", vermutet Schnodder.
„Blödmann", erwidert Anthelme und konzentriert sich weiter auf das, was er entdeckt hat. „He!?" Schnodder hat ihn an beiden Beinen gepackt und droht mit breitem Lachen, ihn in den See zu werfen. „Mach schon. Ich hab' keine Angst!" Bis auf die Unterhose hat Anthelme eh nichts mehr an – und Schwimmen kann er ja. In der Hitze des Tages baumeln sein Hemd und seine Hose vom Ast einer Weide herab.
„Ganz wie du willst", ruft Schnodder. Mit einem Ruck will er Anthelme ins Wasser stoßen, da bekommt er auch schon einen Tritt vor den Oberschenkel.
„Mensch, das tut weh!"
„Halt mich lieber weiter so fest und zerr nicht an mir herum. Gleich hab ich es."

Verwundert betrachten die anderen, wie Anthelme im Wasser herumfischt. Gleich zwischen dem ersten Stegpfosten und dem ersten Schilf versucht er, etwas mit vorsichtigen Bewegungen an Land zu holen.
Der Türspalt denkt sich seinen Teil und fasst sich an den Kopf.
„Ich lass dich gleich fallen“, stöhnt Schnodder, der sich seinen Scherz anders vorgestellt hat. Endlich hört er Anthelme sagen, dass er ihn jetzt hochziehen könne, und gemeinsam mit Schnodder bringt er ihn zurück auf den Steg. Der Türspalt hilft nicht. Ihm ist das zu blöd.
„Was soll das denn sein?“
Fragend blicken Pisser und Schnodder in die zu einer Schale geformten Hände Anthelmes. In einer Art durchsichtigem, zu Schnüren geformten Gelee erkennen sie kleine schwarze Punkte. Anthelme hält seinen Fund gegen das Licht, sofort tanzen funkelnde Sonnensternchen über seinen Schatz hinweg.
„Ist das schön!“ Anthelme wiegt die weiche Masse hin und her.
„Gibt es davon da unten noch mehr?“
„Jede Menge.“
„Ich will auch“, ruft Pisser, während der Türspalt sich abwendet und spöttisch lacht.
„Ich kann dir aber nicht helfen, frag' Schnodder“.
Anthelme jedoch schert sich nicht mehr um sie. Geschickt erhebt er sich aus seinem Schneidersitz, um sofort ins Dorf zu rennen. Hemd oder Hose hat er nicht an. Anthelme spürt weder die spitzen Steine unter seinen Füßen noch schert er sich um die Blicke derjenigen, die ihm, den Kopf schüttelnd, nachschauen. Selbst eine Katze überspringt er ohne Angst. Er sieht sie kaum. Wie schön die Welt sein kann!
Erst als er vor der Haustür eines zweistöckigen Gebäudes am Südende des Kirchplatzes zum Stehen kommt, schöpft er Atem. Mit den Fäusten anklopfen, kann er nicht, da in seinen Händen immer noch seinen Perlenschatz hält – wenigstens das, was ihm nicht durch die Finger geronnen ist. Mit seiner Fußspitze tritt Anthelme gegen die Tür.
„Ja, doch“, hört er von drinnen.
Er weiß, dass es nun ein wenig dauern wird, denn sein Großvater ist nicht mehr gut zu Fuß, zumal er die Treppe vom oberen Wohnzimmer nach unten in die Diele hinuntersteigen muss. Mit einem lahmen Bein und einem Buckel keine einfache Sache.
„Irgendwann wachse ich kopfüber in den Boden so wie ein Vogelstrauß“, hat er einmal gemeint, und Anthelme hat sich ernsthaft vorgestellt, wie er von da an mit den Füßen seines Opas würde reden müssen.

Die Großmutter steht schon lange nicht mehr aus ihrem Bett auf, es sei denn der Arzt kommt. Im Sepiadorf, das es nicht gibt, kennt man ihn als Doktor Zehn, da er gleich welchem Leiden, Beinbruch oder Wassersucht stets zehn Pillen von rötlicher Farbe und erdbeerartigem Geschmack verschreibt. „Zehn täglich und es geht ihnen besser, zehn regelmäßig genommen und Sie haben zehn mal zehn Erdentage mehr auf dem Buckel.“ Diesen Scherz lässt er sich selten nehmen.
Sein Besuch erfolgt alle zwei Wochen und an diesen Tagen zieht die Großmutter ihre ewig beste Schürze über ihr Nachthemd, kneift sich bis zu seiner Ankunft fortwährend in die Wangen, um lebendiger auszusehen, und sagt: „Nein, mir geht es blendend, ist mir nie besser gegangen, mein Mann kümmert sich ja um mich.“
Das geht nun etwa vier Jahr so.
Anthelme kennt es nicht anders, dass sie oben liegt, während sein Großvater den Haushalt besorgt und immer krummer wird.
„Wenn sie mal nicht mehr ist“, sagt er gern, „lege ich mich auch hin – für immer!“, „Und wann wird das sein?“ Anthelme hat keine Ahnung, was Nicht-mehr-ist zu bedeuten hatte.
„Nie, hoffe ich!“
Endlich geht die Tür auf, und sein Großvater blickt ihm mit der für ihn typischen Hakengestalt mehr oder weniger direkt in die Hände.
„Was bringst du uns da?“
„Einen Schatz.“ Anthelme müht sich, dass ihm nicht noch mehr abhandenkommt. Zu seinen Füßen bildet sich eine bedenkliche Pfütze.
„Du meinst Froschlaich!?“
„Nein, sieh’ hin. Es glänzt und kleine Perlen finden sich auch darin.“
„Es ist weiterhin Froschlaich. Du hast es aus dem See beim Steg geholt, nicht wahr? Zieh dir beim nächsten Mal lieber etwas an, bevor du von dort zu uns kommst.“
Anthelme schaut ertappt.
„Ist schon gut, hab’ ich auch früher gemacht.“
„Wirst du es Oma erzählen?“
„Warum nicht? Ist ja nicht ihr Laich.“
„Sie denkt sicher, ich bin noch klein.“
Er streichelt ihm über den Kopf: „Das denkt sie ohnehin. Aber sie würde es auch morgen, übermorgen und nach zehn und nochmal zehn Pillen denken. Du weißt doch, ihre Tage sind gezählt, und weil sie es sind, verlängert sie jeden Tag ins Unermessliche und glaubt damit, der Zeit ein Schnippchen schlagen zu können. Steht sie

nicht auf, beginnt auch nicht der Tag, als ob die Uhr nur ticken würde, wenn sie das Essen kocht und den Boden wischt. Ich befürchte, sie hat oder will nicht mehr begreifen, dass wir wirklich alt sind und dich, mein Junge, nicht mehr als Erwachsenen sehen werden. Deshalb bleibst du für sie immer fünf oder sechs, so groß ist der Unterschied ja nicht. So ist halt ihr Glaube. Der hat nichts mit dem Pfarrer und der Kirche zu tun. Es ist ihr ganz eigener, und weil dieser sie glücklich macht und lebendig hält, sage ich auch nichts – und ...", er hebt den Zeigefinger, „... du auch nicht!"
„Dann brauchst du ihr ja auch nicht hiervon zu erzählen."
„Wenn du das, was davon übrig ist, endlich wegtun würdest, können wir uns darüber einig werden. Und nun komm' endlich herein!"

Oben in der Stube bei den Großeltern gerät er in eine andere Welt. Zwar besitzt Anthelme noch keinen Begriff dafür, aber dieses Bild entspricht in etwa seinem Gefühl, das vor allem eins umfasst: Verlust und Beisammensein.
Ohne Zurechtweisungen darf er auf dem Sofa herumspringen, dass die Federn quietschen, ohne Ermahnungen mag er einen Gabelochsen durch seinen Haferbrei auf dem Teller ziehen und Staudämme mit Soße bauen. Er darf einfach schweigen, wenn er nicht antworten will, gemeinsam mit Großvater Däumchen um die Wette drehen und vorsichtig die Beulen an dessen rechter Schläfe befühlen, die ihm ein Schrapnell in der Schlacht bei Gravelotte 1870 am Kopf hinterlassen hat.
Wie jedes Kind will Anthelme mehr wissen: „Hast du jemanden erschossen?"
„Vielleicht."
„Du hast doch richtig gezielt?"
„Sicher."
„Dann hast du bestimmt auch getroffen."
„Mag sein."
„Aber du hast sie doch fallen sehen."
„Man sieht wenig. Außerdem weißt du in einem Wespenschwarm auch nicht, wer gerade sticht."
„Auf jeden Fall: Du hast unser Land verteidigt."
„In erster Linie habe ich meinen Arsch gerettet."
„Gustave!", ruft die Oma vom Bett aus. „Sprich nicht so vor dem Kind!"
Er nimmt wieder Anthelmes Hand. Er darf die Beulen weiter streicheln: „Ach, das tut gut."

Seine Großmutter fasst er hingegen nicht so gern an. Ihre faltige Haut erinnert ihn an trockene Lappen und sie stinkt am ganzen Körper nach Urin. Schon wenn man in die Stube hineinkommt, hängt dieser säuerliche Geruch in der Luft. Selbst bei geöffnetem Fenster bleibt er da als gehöre er zur Wohnungseinrichtung. Er lernt: Bevor ein Mensch verschwindet, riecht er schlecht. Vielleicht macht gerade das den Abschied leichter ...

In den seltenen Momenten, wo es sich nicht vermeiden lässt, kneift Anthelme die Augen zu, sobald sie ihn berührt.

„Du hast da einen Fleck über der Lippe. Komm' mal zu mir mein Junge."

Er gehorcht jedes Mal.

Dann spuckt sie in ihr Taschentuch und reibt ihm damit den Mund sauber. Er kann nicht vermeiden, dass er die Nase rümpft. Anthelme befürchtet, von diesem Taschentuch selbst Beulen zu bekommen.

Heute fragt sie: „Mein Junge, du hast uns etwas mitgebracht?" Sie kichert: „Ich hab' gelauscht, jedoch nicht alles verstehen können. Die Tür zum Treppenflur stand nur einen Spalt offen."

„Ich hab's verloren."

„Was war es denn?"

„Vom See."

„See?"

„Opa sagt, dass es …"

„Anthelme hatte uns Pusteblumen mitgebracht." Der Großvater lächelt ihn an. „Nicht wahr? Und als ich die Tür unten aufmachte, hat ein Luftstoß alle Schirmchen fortgeweht."

„Wie schade." Dann dreht sie sich zur Seite und schließt die Augen. „Pusteblumen habe ich früher auch so gern gehabt. Und erst vorher den Löwenzahn, wenn er gelb blühend auf der Wiese stand ..."

Großvater flüstert ihm ins Ohr: „Jetzt träumt sie sich in ihre eigene Zeit zurück."

„Was heißt das: in ihre eigene Zeit?" Für Anthelme hat es seine Großeltern immer gegeben; unverrückbar wie das Dorf und die Sterne.

„Nun, sie denkt an ihre Kinderzeit."

Erstaunt blickt Anthelme zu ihr hin: die krausen weißen Haare, die über das Kopfkissen verteilt ein Netz weben, in dem sie beinahe stillhält, die wenigen harten Stoppeln unter ihrem Kinn, die vom Leben zerkratzte Haut und die Hände, die offenbar genauso rund gebogen sind, damit sie den Saum des Oberbettes umfassen kann – er konnte darin beim besten Willen kein junges Mädchen erkennen.

Und obwohl er sich nicht ganz sicher ist, ob es möglicherweise doch nur der Staub sein könnte, der im Fensterlicht sein Diamantenspiel spielt, sieht es fast so aus, als würden feinste Löwenzahnflugschirmchen durch den Raum schweben. In einem Wirbel tanzen sie über ihren Kopf hinweg, steigen einem Vogelschwarm ähnlich zum Fenster auf und pochen daran, um endlich in Freiheit mit dem nächsten Windzug wohin zu reisen.

Anthelme denkt, dass es am besten wäre, wenn er gleich zum See zurücklaufen würde. Vielleicht könnte er da ein paar ihrer Lieblingsblumen pflücken. Dort in der frischen Luft.

Außerdem lassen sich die Löwenzahnblätter bestens an seine Kaninchen verfüttern.

Bis aufs Blut

Anthelme kam ohne Vornamen zu uns nach Rodez. In den Akten hatte man sorgfältig den zuletzt von ihm genannten Nachnamen vermerkt und daneben die Zahl 13. Weil Dr. Fenayarou aber nicht nur ein Mediziner, sondern auch ein Mensch war, ließ er die Zahl außer Acht.

„Welchen Namen wollen wir ihm geben?"

Er fragte in die anwesende Runde der Ärzte und Pfleger, da er wusste, dass jetzt noch nicht die Zeit gekommen war, um über die Erkenntnis hinaus, dass der neue Patient einsilbig war, mehr zu erfahren: „Wir können ihn schlecht nur als Nummer rufen. Das ist unwürdig."

Während die anderen den Neuankömmling musterten, nannte ich den erstbesten Namen, der mir einfiel: „Anthelme".

Heute, wo ich weiß, welchen Namen er wohl wirklich trug, frage ich mich, ob es da ein stilles Band zwischen uns gegeben hat. Man muss sich das vorstellen: Noch immer trug er seine zerschlissene Uniform, das unverfälschte und doch nicht statthafte Bild eines Soldaten, und lächelte in den Raum. Ja, anders kann ich das nicht beschreiben: in den Raum. Denn so sehr man seinen Blick zu begegnen suchte, es gab keine Begegnung, und so sehr man in seinem Gesicht einen Anflug von Interesse sehen wollte, so wenig Interesse brachte er uns als seiner vorerst neuen Familie entgegen.

Ja, ich gab ihm einen Namen, obwohl ich nicht einmal wusste, woher er kam. Während wir uns vielleicht selbst immer wieder fragen, wer wir sind, wo unsere Wurzeln liegen, und wie wir uns selbst erkennen können, interessierte diesen verlorenen Menschen nichts mehr von alldem – wenigstens nicht sichtbarerweise und, so konnte ich mich im Laufe der Jahre überzeugen, auch nicht in den entferntesten Winkeln seiner Seele. Möglich, dass man sich zuweilen erträumt, alles hinter sich zu lassen, aber das denkt man nur, wenn man sich eine Zukunft denken kann. Als bloße Hülle seiner selbst gibt es keine Zeit mehr. Man wird zum Loch, in das man starrt, und das Loch ist man selbst, auf das andere blicken. Ich glaube, meine Faszination an Anthelme rührte von Anfang an daher, dass ich ihm eine Geschichte geben wollte, weil ein Mensch ohne Geschichte so etwas wie eine Eisfläche ist, vor der man Angst hat. Man könnte auf ihr ausrutschen. Zudem lässt sie einen frieren, also sucht man sich etwas zum Wärmen. Es ist also das genaue Gegenteil von dem, was manche, mein Vater zum Beispiel, einem lesenden und erzählenden Menschen vorwerfen: Man würde der Wirklichkeit fliehen. Wo aber keine wirklichen Fakten sind, schafft man sich welche

und antizipiert an dem, was alles möglich wäre, weil so viel möglich ist. Absolut eigennützig demnach.
„Heißt jemand in Ihrer Verwandtschaft so? Einer, der ihm ähnlich sieht?", fragte Fenayarou.
Ich schüttelte den Kopf.
„Warum nicht, Dr. Gerron. Nennen wir ihn vorerst so. Bitte, hier stelle ich Ihnen Anthelme vor!"
Fenayarou fasste ihm sanft unter dem Arm: „Gut, Anthelme, ich führe dich nun in dein Zimmer. Es hat ein Fenster zum Garten hin. Es wird dir gefallen."
Anthelme ging ohne jegliches Zögern mit.
Viele denken – auf den einfachsten Nenner gebracht: Namen sind Schall und Rauch. Sie seien das Leerste und bedeuteten nichts. Dabei steht er mit der Geburt für uns fest, und wenn wir ihn – anders als im Fall Anthelmes – verlieren, dann verlieren wir einen guten Namen, weil das Gebäude unserer Identität, das wir zu ihm von uns gebaut haben, zu einer Ruine haben werden lassen. Er ist ein Etikett, das Geschlecht, Stammbaum, Abkunft, Aussehen, Leistungen, Verfehlungen, liebenswerte und bodenlose Eigenschaften in sich vereinigt. Er ist ebenso eine Tätowierung und nur Dichter meinen, er sei nicht in die blutige Haut gestochen, sondern bloß auf Wasser geschrieben. In einem kleinen Gedichtband las ich:

Ich betrachte das Schiff,
Ich betrachte die See.
Hinter uns den Kurs zurück
Die Gischt.
Verloschen die Spur
So wie mein Name vergeht,
Wenn nicht einer die Erinnerung an
Die Fahrt
Dem Logbuch anvertraut.

Was aber, wenn einem wirklich der eigene Name abhandenkommt? Wenn es nicht nur die Papiere sind oder die Hundemarke der Soldaten? Hier geht es nicht darum, dass man dir nicht glaubt oder ein Mann wie Commissaire Malard dich eines Besseren belehrt – „Jacques Leville willst du heißen? Ich lehre dich Jacques Leville. Mangin Nummer 13 heißt du, ja du!" – Die Sache ist vielmehr die, dass dein Leben dir selbst

zu einem Geheimnis wird, sobald deine Erinnerung ausgelöscht ist und mit ihr der Name, der für deine Vergangenheit, Gegenwart und Zukunft steht.
Das war das Besondere an Anthelme: Es war das mit ihm verbundene Dilemma der Umkehrung: Während es für die meisten Kriegshinterbliebenen noch Namen gab, zu denen der vermisste Mensch gesucht wurde, damit man wieder seinen Körper berühren, ihn riechen und umarmen und seine Stimme hören konnte, ging Anthelme bei uns in Rodez umher, aß, trank, ging austreten und schlafen und vermisste scheinbar nichts im Gegensatz zu uns, die seinen Körper zwar sahen und pflegten, ihn aber nicht zu identifizieren vermochten.
Ich langweile? Ich schwätze? Ich schweife ab? Sicher tue ich das. Bei Anthelme kann man nur abschweifen, da er ja selbst nichts zu seiner Geschichte beiträgt. Rufen Sie, Antoine, Malik oder Monsieur Gerron, Sie schwätzen. Wie auch immer. Aber lassen Sie mich wenigstens noch das Folgende erwähnen: Es gibt nämlich eine weitere Theorie, die besagt, dass nicht der Name uns, sondern wir dem Namen ähnlich werden. Nur wem ist Anthelme ähnlich geworden? Seinem eigenen Geist des Vergessens?
Also nannten wir ihn Anthelme: A wie der erste Buchstabe im Alphabet, ein Anfang, der eine Fortsetzung will. Zudem steckt im Namen das Wort „Helm“; das ist die Rüstung oder der Schutz und das Verborgensein hinter einer Maske. Und wer ganz genau hinhört, nimmt auch den Klang wahr, der bis ins letzte Echo der Buchstaben mitschwingt. Darauf verwies mich zumindest eine Freundin, die als Lehrerin ein feines Gespür für das Gesagte und Gemeinte, für das Verschwiegene und Versteckte besitzt. Sie dachte sofort an Lethe, die griechische Göttin der Vergesslichkeit.
„Anthelme – Lethe“, sagte sie, „das hat eine Verbindung.“
„Und Mangin“, fragte ich durchaus beeindruckt, „was bedeute das?“
Sie zuckte die Achseln: „In meiner Gegend heißt jeder Zweite so.“
Nachdem Fenayarou Anthelme sein Zimmer gezeigt hatte, führte er ihn durch den Garten. Fenayarou nahm diese erste Besichtigung des Sanatoriums stets persönlich vor. Er verstand dies als vertrauensbildende Maßnahme.
Unser „Gemüse“, unser stilles Menschenallerlei – Clément, Pascal, Serge, Édouard und Frédéric – stand in nichtssagender Einigkeit an ihrem gewohnten Platz bei der Laube und schien den Neuankömmling kaum zu bemerken. Vom Fenster aus beobachtete ich, wie Frédéric seine Zeitung leicht neigte und Édouard, vielleicht überrascht, von einem Bein auf das andere trat, als hätte er vergessen, mit welchem er heute humpeln musste. Doch ich konnte mich auch täuschen. Genauso hätte es der

Wind sein können, der Frédérics Blatt für einen Augenblick nach vorn umschlug, sowie eine vorbeiflitzende Feldmaus, die Édouard kurz irritierte.
Fenayarou klopfte Anthelme auf die Schulter und ließ ihn bei den Fünfen stehen. Ohne jegliche Geste einer Begrüßung gesellte sich Anthelme zu ihnen, wobei er seine Arme hinter seinem Rücken verschränkte, stehen blieb und bis auf Weiteres zur nächsten Baumkrone hinübersah.

Mit Malards Ergebnissen konnte sich Fenayarou nicht zufrieden geben.
„Nummer 13 aus Konstanz? Sollte das ein Scherz sein?"
Mit gewohnter Entschlusskraft machte er sich an die Arbeit. Die Hand der Amnesiekranken hatte mit Anthelme jetzt sechs Finger. Es galt, sie wieder auf fünf zu stutzen und am Ende möglichst alle aus der Anstalt zu entlassen. Seine Aufgabe bestand darin, ihn dadurch zu heilen, indem er mit ihm seine Erinnerungen und seine Identität wiederfand. Dazu brauchte es Zeit und Geduld, denn Anthelme war zwar nicht verstockt, aber eben äußerst schweigsam.
Wer war er? Darum ging es.
Mit einer eigens einberufenen Besprechung eine Woche später hatte aber keiner von uns gerechnet. Solche Veranstaltungen pflegte Fenayarou nur abzuhalten, wenn einer neuer Kollege kam oder ein Patient verabschiedet werden konnte. Und so war es denn auch.
Er begann ohne Umschweife: „Anthelme wird uns morgen wieder verlassen."
Fenayarou rückte seine Brille vor auf die Nasenspitze und es war mir unmöglich zu erkennen, ob seine Mundwinkel sich zu einem Lächeln formten oder eher ein Zeichen der Skepsis ausdrücken wollten.
„Er wird ins Sanatorium Sainte-Marie-de-l'Assomption in Clemont-Ferrand überführt. Dort wird man sich weiter mit ihm befassen."
Diese Mitteilung war zu ungewöhnlich, als dass sie nicht eines Kommentars bedurft hätte. Fenayarous Fähigkeiten galten etwas in Fachkreisen. Weshalb nahm man ihm den Fall wieder weg?
Bevor sich einer von uns zu Wort melden konnte, beantwortete Fenayarou die im Raum stehende Frage selbst: „Es scheint mir nämlich gelungen zu sein, ihm seinen letzten Wohnort entlockt zu haben." Er hielt einen Zettel hoch: „Anthelme hat es sogar aufgeschrieben: rue Sélastras in Vichy. Er teilte mir sogar mit, dass er am 1. März geboren sei. An das Jahr erinnerte er sich allerdings nicht."

„Welch ein Zufall“, meinte einer der Pfleger hinter mir, „Serge hat auch am 1. März Geburtstag. Serge, der so indisch aussieht, meine ich. Na, einer vom Gemüse halt.“
Fenayarou blinzelte irritiert, fuhr dann aber fort: „Da Clemont-Ferrand weitaus näher an Vichy liegt als unser Haus hier in Rodez, habe ich mich entschlossen, Anthelme meinen Kollegen dort anzuvertrauen. Wenn Sie bitte alles vorbereiten würden. Oder haben Sie noch Fragen?“
Keiner wandte etwas ein. Weshalb auch? Offenbar war man Anthelme oder das, was er gewesen zu sein behauptete, eine Spur nähergekommen. Es war nur zu verständlich, dass man vor Ort mehr für ihn tun konnte. Rodez bedeutete für Anthelme sicher nicht mehr als eine Fremde, doch in Vichy, so die Hoffnung, würde er auf bekanntes Terrain treffen, ein Stück Heimat erkennen, vielleicht vertrauten Gesichtern begegnen und auf diese Weise sich das Puzzle seines ehemaligen Lebens wieder zusammensetzen.
Gleich in der Frühe des nächsten Morgens reiste Anthelme ohne ein von ihm ausgehendes Wiedersehen ab. Selbst Malard, der ihn begleitete und dort die notwendige weitere Recherche anleiten sollte, ignorierte er vollkommen. Man konnte sogar meinen, er hätte den imposanten Commissaire, der sich da im Bemühen, seiner Körperfülle Herr zu werden, in das Auto hinaus- und hineinquetschte, noch nie gesehen.
Entsprechend war Malard nicht vor Ort, als am selben Nachmittag ein kleiner Artikel in der Lokalpresse erschien. An sich keine große Sache, und doch erwähnenswert, weil dieser Artikel noch ein ganze Reihe weitere nach sich ziehen würde.
Kurz und bündig fasste er zusammen, dass in unserem Haus sechs Veteranen betreut würden, deren Identität nicht einwandfrei geklärt sei. Insbesondere ein Neuzugang würde Rätsel aufgeben.
Der Artikel wirkte wenig engagiert und zollte zuvorderst der im Land herrschenden Sehnsucht Tribut, jegliche noch so winzige Information zu veröffentlichen, die man über vermisste Soldaten erhalten konnte. Man kennt das: Wird ein Mensch tot in einem Wald gefunden, werden plötzlich täglich tote Menschen in einem Wald gefunden. Anschließend muss ein Verantwortlicher das Ganze zur Chefsache erklären, bis endlich, sagen wir, zum Beispiel ein Tiger frei herumläuft und mit diesem Schreckschuss ab sofort in jeder Gegend Tiger frei herumlaufen und schon immer frei herumgelaufen sind, aber man hätte die Warnungen ja bisher nicht hören wollen.
So war es jedoch in unserem Falle nicht. Wie erwähnt, wir hatten keine Ahnung, welche Signalwirkung dieser Artikel haben und welchen Dramen sich in seiner Folge für uns auftun würden.

Offenbar hatte es Anfragen gegeben, weshalb einige Nummern später unser Gemüse in voller Pracht mit Fotos in der Zeitung gezeigt wurden nebst einigen Zeilen zu ihrem Befinden. Ich hätte zu gern Frédérics Gesicht gesehen, wenn er mal nicht in der ihm angestammten *Le Petit Parisien* vom 7. November 1919 geblättert hätte, sondern in der aktuellen Tagespresse, um dann dort das eigene Konterfei zu entdecken. Auch Pascal hätte sicher mehr als üblich seine ohnehin krause Stirn in noch tiefere Falten gelegt.
In zwei Reihen zu je drei Bildern blickten sie geradeheraus in die Kamera und damit jeden Leser an. Durch den mangelhaften Druck ließen sich Feinheiten in ihren Gesichtszügen gar nicht erkennen. Bei Clément waren kaum die Augen auszumachen und über Serges Gesicht lag ein Schatten, den man entweder als unrasierte Wangenpartie oder als zu viel an Druckerschwärze deuten konnte. Den einzigen Vorteil, den ich in dieser Art Passfotografie sah, bestand darin, dass die Form ihrer Köpfe umso mehr hervorstach. Mir war bis dahin nicht bewusst gewesen, welchen kleinen Kopf Édouard im Vergleich zum kantigen Haupt Pascals besaß. Anthelmes Silhouette schien durchaus oval, während Frédérics obere Schädelhälfte, ebenfalls von einem lichten Haaransatz betroffen, fast schon flach wirkte. Von allen aber ging etwas Teilnahmsloses aus. Mitleid vermochten sie meiner Ansicht nach kaum zu erwecken – es sei denn, ein Herz wusste ihnen ihre Geschichte wiederzugeben.
Fenayarou tobte. Wer auch immer die Aufnahmen gemacht oder herausgegeben hatte, man hätte ihn um Erlaubnis fragen oder in Kenntnis setzen sollen. Das war jedoch nicht geschehen. So störten sie nur die laufende Behandlung, brachten Unruhe hinein und untergruben seine Autorität als Leiter der Anstalt. „Die sehen ja aus wie Verbrecher", schimpfte er. Ich musste ihm Recht geben
Selten habe ich Fenayarou derart die Türen knallen hören. Eigentlich entsprach das nicht seinem Wesen.
Im Vergleich zum ersten Artikel hatte sich der Verfasser dieses Mal mehr Mühe gegeben, den Nerv und die Sorgen seiner Leserschaft zu treffen. Unter anderem schrieb er, dass man sich mit der Publikation der Bilder erhoffe, Familien wieder zusammenführen zu können. Wer sind diese Männer? Wer erkennt sie? Würden sie helfen, weiteren, durch den Stachel der Ungewissheit hervorgerufenen Schmerz abzuwenden? Könnten sie Bitternis und Hoffen in Glück und Klarheit verwandeln? Verwandte und Freunde, die wissen, wer diese Männer sind, sollten bei Kontakt nicht nur Name, das genau Alter und die Herkunft nennen, sondern darüber hinaus eine genaue Beschreibung mitliefern. Haarfarbe, Größe, Narben, Tätowierungen, etwaige Sprachfehler und

Dialektgewohnheiten oder auch der Zustand der Zähne dienten dazu, die Identifizierung so sicher wie nur möglich zu machen.
„Was soll das? Wer ist diese Frau?“
Fenayarou, noch immer verärgert über das unabgesprochene Vorgehen der Zeitung, mühte sich nicht zu der schmalen Frau herunter, die vor dem Eingang stand. Stattdessen dröhnte er aus dem Fenster im ersten Stock: „Wenn Sie jemanden besuchen wollen, dann halten Sie sich bitte an die offiziellen Besuchszeiten.“
„Ich möchte zu meinem Bruder.“
„Wie gesagt, wir haben Besuchszeiten“, womit er das Fenster schloss.
Ich sehe noch, wie die Frau unten auf dem Hof auf die Knie fiel und Fenayarou durchaus unschlüssig von seinem Büro aus die Szene verfolgte. Offenbar wurde ihm die Situation unangenehm, denn kaum später öffnete er das Fenster erneut und rief: „Lassen Sie das bitte!“
Ergeben schaute sie hoch, während er mit den Wagenknochen malte.
„Bitte!“, wiederholte er, schon weniger erbost, woraufhin sie sich erhob.
„Sie können doch nicht ...“, begann er, fuhr sich durchs Haar, um schließlich nachsichtiger zu werden: „Ich habe Sie noch nie hier gesehen. Sie kommen wegen des Zeitungsberichts?“
Sie nickte.
„Sie glauben, dass einer unserer Patienten Ihr Bruder sein könnte.“
„Ist!“, verbesserte sie ihn.
„Ist es einer von denen dort?“ Der Doktor zeigte mit ausgestrecktem Arm zur Laube hin, wo unser seit Anthelmes Weggang zu einem Fünfblatt geschrumpftes Gemüse wie üblich stand.
Die Frau beantwortete seine Frage mit einem Kopfschütteln.
„Wer soll es denn sein?“
Ihre Antwort klang wie ein Weinen, Flehen und Jubeln zugleich: „Es ist Albert, Albert Mazenc, wohnhaft in Vors, geboren am 13. August 1877 in Sauveterre.“
Fenayarou setzte seine Brille ab: „Niemand hier nennt sich Albert Mazenc, es sei denn, Sie sind wegen …“
„Ich meine einen anderen aus der Zeitung. Tja, woran soll man ihn erkennen? Er hat einen Schnurrbart. Ich habe erfahren, Sie nennen ihn Anthelme Mangin.“
„Albert Mazenc – Anthelme Mangin“, er kratzte sich am Kopf, „unähnlich klingt das nicht. Möglicherweise hat Malard den Nachnamen nicht richtig verstanden. Anthelme nuschelt schon mal gern. – Kommen Sie bitte herauf.“

Ebenso ließ er nach mir schicken. Er wollte einfach einen Zeugen haben, da er glaubte, dass ich nicht nur Anthelme gut einschätzen konnte, sondern auch durch meine spontane Namensgebung ein gewisses Interesse besitzen würde sowie das Recht erworben hatte zu erfahren, wer unser bis dahin unbekannter Soldat in Wahrheit sei.

„Ich heiße Dr. Paul Fenayarou. Ich leite das Haus. Und das hier ist Dr. Antoine Gerron, einer meiner Mitarbeiter“, stellte er uns vor.

Sie mochte um die vierzig Jahre sein. Ihre vor der Brust gefalteten Hände verrieten die Wäscherin. Ich kannte das aus meiner eigenen Familie. Rot und trocken und doch kräftig von der schweren Walkarbeit. Unter ihrem schwarzen Kopftuch lukten früh ergraute Haare hervor.

„Ich bin Louise Mazenc, verheiratete Vaysett.“

„Bitte setzen Sie sich. – Was macht Sie so sicher, dass Anthelme Albert ist?“

Verständnislos gab Sie die Frage zurück: „Wie meinen Sie das? Ich werde doch wohl meinen Bruder erkennen!“

„Er selbst gibt aber seinen letzten Wohnort mit Vichy, rue Sélastras, an. Das liegt von uns aus bekanntlich circa 200 Kilometer nördlich, während Vors gleich hier um die Ecke liegt. Das wäre ja ein schöner Zufall, dass er praktisch und ohne unser Wissen in der Nähe seines Heimatdorfes zur Pflege verbracht worden ist. Auch fällt nach seinen Angaben sein Geburtstag nicht auf den 13. August, sondern auf den 1. März.“

„In Vichy ist er nie gewesen, seinen Lebtag nicht.“ Madame Vaysett ließ keinen Zweifel daran, dass sie Anthelmes Angaben für völligen Unsinn hielt und nicht wusste, warum Fenayarou ihr nicht sofort Glauben schenkte. Seine Spitze ob der Nähe der Anstalt zu Vors beachtete sie gar nicht.

„In der Zeitung wurde dazu aufgerufen, den Vermissten näher zu beschreiben. Herkunft, Gewohnheiten, besonderen Merkmale – was Ihnen einfällt und wichtig für seine Identifizierung sein könnte. Unser Anthelme hatte zum Beispiel eine Narbe am Bein. Wissen Sie davon?“

„Wie denn? Er hatte doch meistens lange Hosen an. Er war mein Bruder, nicht mein Ehemann.“

Blödsinnigerweise meldete ich mich wie ein Schüler und warf ein: „Die Beinnarbe hat er sich im Krieg zugezogen. Die rührt wahrscheinlich von einer Schusswunde her.“

Fenayarou wies mich zurecht: „Keine Hinweise von uns aus. Er könnte ihr davon ja geschrieben haben. Ein Brief, und wir hätten vielleicht einen Beweis.“

„Albert und Schreiben?“ Madame Vaysett fing an zu lachen. „Lieber sagt er gar nichts.“
Ich behielt für mich, dass das allerdings gut zu Anthelme – Albert passte. Fenayarous Miene bewies, dass er wohl dasselbe dachte.
„Er war … ist Witwer, wissen Sie“, fuhr sie fort. „Kindbett, die Mutter, wenn Sie verstehen. Zwei Kinder muss er seitdem großziehen, einen jetzt zehn Jahre alten Jungen und ein sechsjähriges Mädchen, Robert und Charlotte. Deshalb wurde er zunächst im August 14 nicht gezogen, so viel Unglück. Aber er konnte in seinem Beruf weiterarbeiten. Er ist Stellmacher, hat die Rad- und Achsenwerkstatt von unserem Vater geerbt. Außerdem machte ihn das so etwas wie unabkömmlich. Im Krieg braucht man ja Räder, sagte er immer. Wenn nichts wohin rollt, kann es auch keinen Krieg geben. Dann kam es doch anders. Natürlich. Der Herrgott hat die Welt nicht gemacht, damit unsereins sich auf ihr wohlfühlt. Schlimmer und schlimmer wurde es. Wem sag ich das? So viele Tote, Verwundete, Vermisste. Wir hatten ja gedacht, das alles würde schnell vorübergehen, aber wenn der Mensch schon einmal denkt und hofft, dann schlägt der Teufel ihm ein Schnippchen. Weitere Männer mussten an die Front, schließlich auch Albert. Die Behörden meinten, die beiden Kinder könnten auch bei mir bleiben. Opfer seien nötig und den eigenen Neffen und die eigene Nichte im Haus wären ja kein wirkliches Opfer. Na, die haben mir die Zeit und das Geld für die Ernährung der Blagen auch nicht geschenkt. So lange schon. Im Oktober 15 ist er schließlich weg, und seitdem haben wir nichts mehr von ihm gehört.“
„Sie haben Nachforschungen angestellt?“
„Was glauben Sie denn? Das Rote Kreuz und alles. So viele Briefe, so viele Sorgen, so viele Jahre. Keiner seiner Kameraden sah ihn fallen, keine sterblichen Überreste“, sie schluchzte, „kein Kriegsgefangenenlager kennt seinen Namen. Nichts, einfach Nichts, nichts als Nichts.“ Sie trocknete mit einem Taschentuch ihre Augen.
„Können Sie uns noch mehr mitteilen?“
Sie seufzte laut und überlegte. Jetzt ging es weniger um das Leben als um Daten: „Nun, Albert ist ein durchaus stattlicher Mann. 1,80 m, wenn sie mich fragen.“
„Spricht er so wie Sie?“
„Wie sollte er denn sprechen. Chinesisch? Oder meinen Sie Fremdsprachen? Englisch, Deutsch? Nein, kann er alles nicht.“
„Ich meine, Sie sprechen den Dialekt der Gegend, Patois, wie man so sagt, nicht wahr?“

Madame Vaysett hob die Brauen: „Wird wohl so sein. Wie die feinen Leute in Paris reden wir nicht."
„Ich halte somit fest", Fenayarou formte seine Hände zu einer Pyramide, „Albert ist relativ groß, während unser Anthelme gerade an die 1,70 m heranreicht. Er müsste demnach im Krieg gewachsen sein, was ungewöhnlich wäre. Oder, Madame, Sie irren sich. Irren ist aber in einem solchen Fall gar nicht gut. Auch zwei Kinder hat er nie erwähnt; ich will das mal auf seine allgemeine negative Amnesie zurückführen. Und Patois, nein, Dialekt spricht …"
Das Läuten seines Telefons unterbrach ihn. Er nahm ab, hörte aufmerksam zu, schmunzelte an einer Stelle und erwiderte, bevor er auflegte: „Sicher, das hätten wir auch einfacher haben können."
Für mich war es mittlerweile an der Zeit, Madame Vaysett bestimmt und höflich hinauszubitten. Sie hatte ihre Angaben vorbringen dürfen, sogar persönlich – jetzt reichte es. Allein Größe und Sprache zeigten, dass Anthelme und Albert bei aller Liebe doch zwei verschieden Personen sein mussten. Und hätte nicht Rodez auf Grund der Nähe zu Vors einen Funken von Wiedererkennen in seine Augen zaubern müssen? Mir tat sie durchaus leid. Die Hoffnung ist oft genug ein Antrieb, der sich blind gegenüber den Realitäten verhält.
Stattdessen sagte Fenayarou: „Madame, ich habe eine gute Nachricht für Sie. Anthelme, den Sie Albert Mazenc nennen, wird die Tage zu uns nach Rodez zurückkehren und hier verbleiben. Wahrscheinlich ist es besser, wenn Sie ihm direkt gegenübertreten, als dass wir hier nur Geschichten und Merkmale austauschen. Sie dürfen ihn bald besuchen. Übermorgen, sofern Ihnen das passt."
Vor Freude sprachlos schlug sie die Hände vors Gesicht.
Ich hingegen kniff die Lippen zusammen, um nichts Falsches zu sagen.
Er spürte mein Missbehagen und schuldete eine Erklärung: „Dr. Gerron, Sie werden sicher ganz richtig vermuten, dass Malard in Vichy nichts erreicht hat, außer zu erfahren, dass es in ganz Vichy keine rue Sélastras gibt."
„Das hätten wir wirklich einfacher haben können", zitierte ich ihn.
„So in etwa denkt Malard in seiner ersten Enttäuschung. Immerhin hat er auch alle möglichen Abwandlungen des Namens versucht und in der Stadt die rue Sélan, die rue Sébastian, die rue Sélalardine und so fort aufgesucht, aber, wo er auch hinkam, einen Mangin kannte man dort nicht und auch sein Bild kam keinem Menschen bekannt vor. Völlige Fehlanzeige. Wir müssen demnach neu anfangen und ohne falsche Hast vorgehen."

Ich geleitete die immer noch überwältigte Louise Vaysett zur Tür hinaus. Eine kleine Frage brannte mir jedoch auf der Seele. Entsprechend kehrte ich in Fenayarous Büro zurück: „Sie haben vorhin bei ihrem Telefonat mit dem Commissaire geschmunzelt. Gibt es etwas Amüsantes an der Sache?“
„Wie man es nimmt.“ Er ging zum Fenster und sah der vermeintlichen Schwester Anthelmes nach. „Der leitende Arzt in Sainte-Marie-de-l'Assomption will in einem Gespräch mit Anthelme herausgefunden haben, dass er eigentlich Adrien Mongin heißt. Nach Malards Ansicht, würde Anthelme sich ebenso Roosevelt nennen, wenn man ihn nur in Ruhe ließe.“
„Das hat er dem Arzt dort so gesagt?“
Fenayarou nickte.
Ich stellte mir die Szene vor und grinste.
„Warum glauben Sie, ist sich die Schwester derart sicher, obwohl Zweifel offensichtlich angebracht sind?“
„Darf ich meine Mutter zitieren?“
„Natürlich.“
„Nicht das Blut, die Liebe zählt.“
Ich musste noch am selben Abend erneut an diese Wort denken. Fenayarou war nicht anwesend. Also ließ man mich als Verantwortlichen rufen; er hatte es so veranlasst. Er stellte mich einer Madame Agnes Defouil vor. Sie zeigte auf Anthelmes Zeitungsbild und sagte: „Der da ist mein Sohn!“

Anthelmes Rélie

In dem Dorf in Sepia, das es nicht gibt, stelle ich mir vor, dass sich Anthelme an diesem Tag verliebt.
Er steht vor dem Spiegel und färbt sich den Flaum auf seiner Oberlippe mit Schuhwichse schwärzer. Sollen sie alle sehen, dass er ein Mann ist.
Mit dem Kamm streicht er seine Haare glatt und klemmt eine besonders widerborstige Strähne hinters Ohr. Er ist sich nicht sicher, ob das für heute genügt, doch irgendwann ist ja wohl einmal Schluss mit dieser Herrichterei. Los jetzt! Der Spiegel wird ja schon grau, hätte der Türspalt gespottet, aber der ist zum Glück nicht hier. Mit einem letzten Blick – und noch einen – und noch einen – geht er zur Haustür.
Man will sich sehen lassen, dort auf dem Dorfplatz. So macht man das!
Schnell die Jacke an und das Kinn hoch. Schwungvoll will er hinaus, mit einem Ruck reißt er die Tür auf, als wollte er sagen: Seht nur her!
Der Faust kann er gerade noch ausweichen.
„Hoppla!", rufen sie beide. Anthelme und das Mädchen, das er beinahe umgerannt hätte. Es hatte gerade anklopfen wollen.
Sie ist die erste, die sich nach dem kleinen Schreck fängt: „Sind deine Eltern da?", fragt sie.
Verblüfft starrt er auf ihre Faust an, die sie noch nicht heruntergenommen hat.
„Bist du stumm? Ich will nur wissen, ob deine Eltern da sind!"
Er schüttelt den Kopf. Seine Eltern sind um diese Zeit beide auf dem Feld. Der Vater ist ein einfacher Bauer und die Mutter die Bäuerin. Das weiß doch jeder. Aber woher soll sie das wissen? Anthelme sieht sie das erste Mal.
Er fasst sich an seinen kaum vorhandenen Bart und verschmiert etwas von der der Schuhfarbe über seine Wange. Sie lächelt und schweigt zu seinem Missgeschick.
Endlich findet er seine Stimme wieder. Sie klingt auf einmal rau und heiser. Er meint selbst, sie käme aus der Tiefe der Stube hinter ihm: „Neu hier?", fragt er zurück.
Sie nickt und hält ihm eine Büchse direkt vor die Nase. Ihm fällt ein: Richtig, das muss die Pfarrerstochter sein. Erst gestern sind sie zugezogen, nachdem vor zwei Monaten der alte Pfarrer in einem seiner üblichen Anfälle von unmäßigem Durst die Brennspiritusflasche mit dem Selbstgebrannten verwechselt hatte und erst am Abend mit gebrochenem Genick unten an der Kellertreppe aufgefunden worden war.
„Ich wollte mich den Leuten hier vorstellen und dabei etwas für die Armen sammeln." Erneut raschelt die Büchse. Anthelme merkt es sofort: So gut gefüllt sie sich

anhört, es sind kleine Kieselsteine, die da in der Dose kollern. Er kennt diesen Trick zur Genüge, um vorzutäuschen, wie freigiebig die anderen Menschen sind. Sind sie aber nicht!

„Ich bin Aurélie Maintenant."

„Aha", sagt Anthelme.

Die Sonne fängt eine ihrer Haarspitzen, die unter der roten Wollmütze hervorschauen, und spielt damit sorglos im Wind. Sie lächelt und zwei Grübchen bilden sich rechts und links neben ihren Mundwinkeln.

„Das ist schön. Du lachst gar nicht. Die meisten müssen nämlich über meinen Namen lachen. Sie rufen: *Maintenant*, komm her! Aber *maintetant* – sofort. Versprich mir, dass du mich nie so rufen wirst."

Anthelme kramt in dem Universum seiner Hosentaschen nach den Centimesstücken, die ihm sein Vater eigentlich für den Krug Bier gegeben hatte. Den muss er ihm allabendlich aus der Wirtschaft holen. Er wirft sie ihr alle in die Büchse. Die Schläge, die er dafür mit Sicherheit bekommen wird, heiligen einen guten Zweck.

„Mehr habe ich nicht", sagt er wahrheitsgemäß. „Aber ich kann noch hinten in der Küche schauen, dort verwahrt meine Mutter ihr Kleingeld …"

„… in der Zuckerbüchse?", unterbricht sie ihn. „Genau wie meine!"

Beide müssen sie lachen; er schüchtern, sie aus vollem Halse, wie es in jedem dritten Satz des Romans heißt, den Anthelme gerade für die Schule lesen muss.

„Du hast es mir noch nicht versprochen."

„Was?"

„Na, dass du mich niemals wegen meines Nachnamens aufziehen wirst."

„Würde ich nie tun."

„Versprich es!"

Er hebt seine Hand zum Schwur und will es versprechen, da fasst sie ihn am anderen Arm und zieht seine Hand aus der Hosentasche: „Nicht dass du mir heimlich die Finger kreuzt und den Schwur aufhebst."

„Nein", stammelt er, während er nichts lieber möchte, als weiter ihre Berührung zu spüren. Wie eigenartig das ist. Noch nie hat er sich darüber Gedanken gemacht, aber im selben Moment weiß er, dass Menschen sich schon immer verschieden angefühlt haben: der Vater mit seiner Schwielenhand, die Mutter, deren Haut immer ganz rot und rissig ist, so als hätte sie Stroh gewaschen, die Freunde, die ihn mit ihren knochigen Gliedern ebenso hart wie herzlich anfassen, und die Tante, deren Umarmungen ihn an ein kratziges Leinenhemd erinnerten. Er hat einmal gehört, dass es elektrische

Berührungen geben würde, ein Zwicken und ein Feuer auf der Haut verbunden mit der Gewissheit der Zuneigung. Das ist aber bei Aurélie nicht der Fall. Er spürt nur ihre Wärme – nicht mehr. Doch diese Wärme ist eine, bei der er sich einfach wohlfühlt. Auch ein Stein, der in der Sonne gelegen hat, kann angenehmen warm sein; er bleibt jedoch ein Stein. Ganz weich ist ihre Handfläche, beinahe vertraut. Sie drückt ihn sanft, so als hätte sie ihn schon hundertfach berührt.

„Schwörst du jetzt?"

Er hebt seine Rechte. Seine Linke umfasst ganz selbstverständlich eine ihrer Hände.

„Ich vertraue dir", sagt sie und klimpert mit der Dose. „Wie heißt du überhaupt?"

Sie schreibt seinen Namen auf eine Liste. „Damit ich weiß, bei wem ich überall schon gewesen bin."

„Das Dorf ist doch gar nicht so groß", wundert sich Anthelme.

„Für dich vielleicht nicht, aber wenn du irgendwo neu bist, so sagt mein Vater immer, hat selbst eine Schublade tausend Ecken."

Anthelme nickt, ohne recht zu verstehen. Darüber hat er sich noch nie Gedanken gemacht. Das Sepiadorf ist für ihn einfach da. Es hat einen Kirchturm in der Mitte, eine große, fast gerade Straße, die es von Anfang bis Ende durchquert, einen bescheidenen Festplatz, den man rundherum mit bunten Fähnchen schmücken kann, kleine Nebengässchen mit geduckten, ineinandergeschachtelten Häusern, die meistens im Sandsteinbraun der Gegend gehalten sind und die in ihren Hinterhöfen über kleine Zugehwege verfügen, mit deren Hilfe man die eh kurzen Wege noch mehr verkürzen kann, sowie das prächtige Hotel, das für ihn prächtig ist, weil er kein anderes kennt, eine verqualmte Spelunke, in der es süße Mandeln mit Zuckerüberguss für ihn gibt, wenn der Vater mal mit ihm einkehrt, und nicht zuletzt Laurences Laden, in der seine kleine Welt einkauft. Und von Weitem ist es nichts anderes als ein hübsches Baukastendorf, das fein säuberlich in eine Landschaft aus Wiesen und Wäldern gestapelt wurde. Wie soll man sich da nicht zurechtfinden?

„Willst du nicht wissen, wo ich vorher gewohnt habe?", fragt sie.

„Du bist die Tochter des Pfarrers." Anthelme schämt sich augenblicklich für diese Antwort. Natürlich ist sie das. Wer sollte sie sonst sein? Ein Hut aus Paris? Was ist bloß mit ihm los? Er will sich zusammenreißen.

Sie lacht: „Aha, du meinst also, das erklärt alles. Pfarrerstöchter werden aus den Bäumen geschüttelt, oder was?"

„Nein, nein, ich …"

„Wir kommen aus Bresnaç."

Von diesem Ort hat er noch nie gehört und genauso schaut er für einen Moment.
„Kenne ich“, lügt er.
„Wirklich?“ Vor Freude springt sie ihm beinahe um den Hals.
„Na klar, ein Onkel von mir wohnt dort. Wohnte“, verbessert er sich schnell, damit sie nicht nachfragt und ihm auf die Schliche kommt. „Er ist schon lange fortgezogen, um in einem anderen Dorf in einer Werkstatt anzufangen. Manchmal redet er aber noch von Bresnaç. Dort sei man stets so freundlich zu ihm gewesen, hätte er nur Arbeit gehabt.“
„Das erstaunt mich. In Bresnaç mag man Fremde nicht besonders. Die alteingesessenen Familien bleiben für sich und heiraten lieber untereinander, was meinen Vater oft zur Weißglut getrieben hat. Außerdem gibt es dort eine Tuchfabrik, die nach Lyon liefert. Ich meine, die hätten immer Arbeit.“
„Na ja, mein Onkel erzählt sowieso alles Mögliche.“ Anthelme tippt sich zur Erklärung an seine Stirn und lächelt dazu. „Wie Onkel so sind, wenn sie Eindruck schinden wollen.“
„Wahrscheinlich“, bestätigt sie.
„Soll ich noch nach ein paar Centimes suchen?“
„Lass mal. Du hast mir doch schon etwas gegeben. Du lebst ja nicht allein im Dorf. Ich glaube, ich muss jetzt weiter, damit ich meine Runde für heute schaffe.“
Sie lässt seine Hand los.
„Ja, sicher“, sagt er.
Beim Fortgehen winkt sie ihm zu: „Wir sehen uns!“
„Ja, sicher“, wiederholt er und denkt: Neu und alt in der Schublade …
Und bevor sie um die Ecke verschwindet, bleibt sie noch einmal stehen und ruft: „Du darfst mich übrigens Rélie nennen! Das ist besser als Aurélie.“
„Rélie“, flüstert er.
Nun könnte er die Tür wieder schließen, aber er bleibt regungslos stehen und sieht dorthin, wo sie ihm eben noch zugewunken hatte.
Der Dorfarzt kommt auf seinem Fahrrad vorbei und grüßt. Anthelme zuckt nicht einmal mit den Mundwinkeln. Sein Vater hätte ihm für diese Unhöflichkeit eine schallende Ohrfeige versetzt.
Schließlich geht Anthelme in die Küche und sucht das Kleingeld seiner Mutter. Wie gehabt, die Zuckerdose. Er nimmt nicht alles, nur ein paar Münzen, steckt sie in seine Hosentasche und geht wieder zur Haustür. Mit einem Blick sucht er die Straße ab. Keine Rélie. Vielleicht muss sie bald in die Gegenrichtung, und dann würde sie bei

ihm vorbeimüssen. Er hofft es und betet, dass das nicht schon geschehen ist, während er das Geld geholt hat.
Er würde einfach rufen: Hallo, Rélie. Ich will dir doch noch etwas geben.
Er würde rufen: Rélie, Rélie. Mir ist das peinlich, nur so wenig gespendet zu haben. Bitte nimm!
Er würde rufen: He du, he du Rélie. Meine Mutter war eben hier und sie will unbedingt noch ihren Teil dazutun.
Er würde rufen … Gar nichts würde er rufen, denn sie kommt nicht, so sehr er sich auch die Augen aus dem Kopf sehnt.
Bald fährt der Arzt wieder zu seiner Praxis zurück. Irritiert schaut er zu Anthelme, wie dieser immer noch bei der offenen Tür steht. Er will ihm zunicken, doch in diesem Augenblick kreuzt eine Katze seinen Weg und er muss rasch ausweichen. Beinahe wäre er gestürzt. Er brüllt: „Verdammtes Biest!“, und vergisst dabei Anthelme völlig.
Später wird ihm kalt. Also sucht Anthelme das Fenster auf, von dem aus er die Straße ebenso überblicken kann.
Anthelme weiß, dass er etwas Neues erlebt und er begreift, dass es Dinge gibt, von denen er bisher nicht wusste, dass sie ihn in Atem halten würden. In diesem Falle waren es Rélies schlanke Unterarme, auf denen kleine blonde Härchen berührt werden wollten.
Das Fenster beschlägt von seinem Atmen. Mit seinem Hemdärmel wischt er darüber. Als er fünf Jahre alt war, hat er auch immer sein Gesicht an das Fenster gedrückt und dessen Kühle gespürt. Damals hatte er mit der Zunge oder den Fingern Muster auf die Scheibe gemalt. Damals war die Welt vor allem interessant, ab jetzt irritiert sie ihn. Nun denkt er nicht an Muster. Er sieht die Straße. Er sieht den Staub als Spaziergänger in der Luft. Er spürt das Glas an seiner Wange. Er überlegt und träumt.
Anthelme will Rélie die Geschichte vom Wind erzählen. Dort in der Scheune vom Vater. Er kann es sich gut vorstellen, wie sie in seinem Armen liegt, das weiche Heu in ihrem Rücken, Halme im Haar, den Duft maintenant für immer in der Erinnerung. Ja, dort in der Scheune, deren Wesen die Geduld in der Zeit ist. Davor wuchern die Ranken hoch, begraben Nesseln zerbrochene Wagenräder und ein altes Pfluggerät steht in seinem Rost, doch drinnen dampft höchstens die Spreu und faltet das Sonnenlicht seine Schattenmuster.
Dort würde er erzählen: „Meine Mutter hat mir immer die Geschichte von Wind erzählt, wenn ich nicht einschlafen konnte, weil zum Beispiel ein Gewitter aufzog oder

drüben im *L'accordéoniste* der Namenstag eines Heiligen gefeiert wurde. Kennst du die Geschichte?"
Rélie würde den Kopf schütteln, ganz leicht, sodass er es gerade auf seiner Brust spürt.
„Es muss zur Zeit unserer Ururgroßeltern gewesen sein, damals, als die Menschen noch keine Häuser besaßen und kein selbst gebautes Dach, um sich vor dem Sternenhimmel, schwarzen Gestalten, Regen, Hagel oder Schnee und ihren Fantasien zu schützen. Und wie sie damit lebten, so lebte auch der Wind mit ihnen – nicht anders als ein Mensch, der in einem Augenblick seine Ruhe haben will und im nächsten dich schon umarmt und gar nicht von dir lassen kann.
Das ging auch lange gut, wären die Menschen nicht älter geworden, während der Wind so jung und ungestüm blieb wie eh und je. Es gefielt ihm weiterhin, sie mit frostigen Fingern anzufassen, ihnen die Hüte und Hauben vom Kopf zu stehlen, das Feuer auszuhusten, Staub in die Augen zu fegen oder im heißesten Sommer einfach fortzubleiben, obwohl man allenthalben nach ihm rief. Ist aber auf jemanden kein Verlass, so müssen die Dinge ohne ihn laufen.
Unsere Vorfahren begannen zu fragen: Können wir dem Stein nicht mehr vertrauen als dem Wind?
Sie wollten wissen: Ist nicht das Holz brauchbarer als die Luft, die es in den kalten Jahreszeiten zu erwärmen gilt?
Wer aber fragt, der schafft eine Ordnung.
Sie mochten nicht mehr angefasst werden, wenn sie es nicht wollten, und sie wollten nicht von allen Seiten durchnässt werden, nur weil der Wind seine Freude daran hatte, mit dem Regen Jagen zu spielen.
Also bauten sie aus Steinen und Holz ihre Häuser. Zuerst ein großes für viele von ihnen, dann viele einzelne, für diejenigen, die lieber ganz unter sich bleiben wollten.
Der Wind staunte nicht schlecht, als er eines Tages wieder in diese Gegend kam. Dabei hatte er einige Überraschungen in seinem Gepäck. Er freute sich schon darauf, sie zu verteilen, am besten alle auf einmal: schwarze Wolken von den Meeren, Eisdecken aus dem Norden, Schwaden von Hitze aus dem Süden und tollwütige Windhosen von überallher.
Er rief, aber keiner kam.
Er rief ein zweites Mal, doch noch immer ließ sich keine Seele blicken.
„Will sich denn niemand von mir durchs Haar zausen lassen?", seufzte er enttäuscht.

„Dann komme ich zu euch!“, schimpfte er, bevor er an die erstbeste Tür klopfte. Sie blieb verschlossen. Er versuchte es an der nächsten. Wieder nichts. Weiter und weiter flog er zu den Häusern, aber auf keines seiner Zeichen hin, ob Pochen, Poltern, Schlagen oder Tosen, öffnete sich auch nur eine Tür.
„Wollt ihr wohl“, brauste er, „wollt ihr mir wohl aufmachen! Wartet, ich komme durch jede Lücke, ich komme von oben und durch jede Ritze.“
Weil man das aber vorhergesehen hatte, stand vor jedem Spalt, an jedem Kamin und hinter jedem noch so kleinen Durchlass ein Mensch, der dem Wind kräftig auf die Finger trat, sobald er sich hineinzuzwängen versuchte.
„Autsch!!!“, schrie er, „seid ihr verrückt!?“
„Wir sind nicht verrückt, wir haben nur genug von dir. Trockne uns die Wäsche“, antwortete man ihm, „das reicht.“
„Wollt ihr mir wohl aufmachen!“, brüllte der Wind wie von Sinnen, wobei er sich heftig den Kopf an einem spitzen Dachvorsprung stieß.
Zuerst bemerkte er den Schmerz gar nicht. Voller Wut fuhr um das Haus herum, um einen Spalt für sich zu finden.
„Wollt ihr mir wohl …“, lärmte er, als auch schon sein Donnern in ein Jaulen und Wehklagen überging. Er begriff nichts mehr, zumal sein Kopf höllisch zu schmerzen begann und sich sein Herz qualvoll zusammenzog.
„Wollt ihr mir wohl …“, weinte er, „wollt ihr wooouu …, wollt ihr … wooouuu … woouuu …“
Die Menschen aber blieben hart. Das Weinen und Greinen waren sie von ihren Kindern gewohnt. Da muss man auch nicht immer gelaufen kommen.
Und seither heult der Wind. Meistens, wenn man ihm die Tür weist, und immer, wenn er einsam ist, mag er auch die ganze Welt bewohnen. Denn, so sagt meine Mutter, seit wir Häuser bauen, sind wir auch die Herren über das Draußen. Seitdem haben vor dem Wind nur noch die Kleinsten Angst, die nicht wissen, dass der Wind selbst ein Kind ist, der sich lieber den Kopf einrennt, als schön zu Hause zu bleiben und zu schlafen.
„Kannst du die Haustür nicht schließen?“ Seine Mutter rüttelt ihn wach.
„Ich wollte gerade …“ Dann schaut Anthelme auf die halbleere Zuckerdose, die sie ihm genau vor seine Nase hält.
„Und kannst du mir das erklären?“
„Ich hab’s der Pfarrerstochter gegeben.“
„Ach, ohne mich zu fragen!? Und wofür?“

„Für die Armen“, sagt er.
Sie hält für einen Moment inne und langt dann doch zu. Er duckt sich, kann aber ihrem Schlag nicht ausweichen.
„Wofür?“, ächzt er.
„Das wirst du schon wissen. Und wenn nicht, dann frag’ deinen Vater.“

Mutter und Schwester

Die Nacht träumte ich vom Meer. Von einem Felsen aus beobachtete ich sein wildes Beißen und Fluchen, indem er sich als ein Gast mit schlechten Manieren mit Schaum vorm Mund herumliegende Steinbrocken einverleibte. Mir war nicht kalt, obwohl ich weder Hemd noch Hose anhatte. Ich sah, dass es auf meinem Felsen mehrere Seile gab, die an Pflöcken befestigt waren und in die Tiefe führten. Prüfend schritt ich die Pflöcke ab und wusste nur eines: Ich musste mich entscheiden. Nach und nach rüttelte ich an jedem Pflock und prüfte die Seile. Ich musste einen finden, der wirklich fest im Stein saß und ein Seil mit Knoten besaß, damit man leichter hinabklettern konnte. Aber auf einmal gab es weder die Seile noch den Felsen mehr. Stattdessen stand ich vor der Tür meines Elternhauses und hörte ein Klingeln.
Seitdem habe ich den Traum öfter gehabt, jedoch ohne das Läuten zum Schluss. Denn dieses rührte vom Portal des Sanatoriums her.
Die Uhr zeigte Sieben. Die Besuchszeit begann erst ab Neun. Jemand würde schon hingehen und die Leute zurechtweisen.
Noch hatte ich keine Ahnung, dass Madame Vaysett und Madame Defouil gemeinsam darauf warteten, ihren Bruder oder Sohn wiederzusehen.
Madame Defouil hatte ich als eine alte Dame von etwa sechzig Jahren kennen gelernt. Im Unterschied zur Vaysett kam sie nicht aus der Gegend, sondern bewirtschaftete verwitwet einen Bauernhof bei Bergerac in der Dordogne. Es reichte geradeso zum Leben. Weiß der Himmel, wie sie von Anthelme erfahren hatte. Sie faselte in ihrer ersten Aufregung etwas von Ministerium und gute Verbindungen; sofort aufgebrochen und so weiter. Auch zeigte sie mir einen Brief, den sie an die staatliche Vermisstenhilfe und ihr Organ *La Recherche de disparus* geschrieben hatte.
Folgende Zeilen sind mir eindringlich in Erinnerung geblieben:

Ich kann nicht aufhören, an ihn zu denken. Ich würde alles tun, damit er wieder bei mir wäre, denn er ist alles, wofür ich lebe. Ich denke jede Sekunde an ihn. Finden Sie ihn für mich. Geben Sie ihn mir zurück.

Eine Mutter, die ihr Kind vermisst. Seit über drei Jahren habe sie kein Lebenszeichen mehr von Alfons erhalten. Drei Jahre in ungestillter Sehnsucht seien die Hölle auf Erden. Aber sie gehören nicht zu denjenigen, die „verschollen“ mit „tot“ gleichsetzen

würden. Sie nicht! Noch feiere Sie alljährlich am 8. April mit „Hoch soll er leben" seinen Geburtstag.
Ich bin eben zu gutmütig. Sie hatte mich damals an einem guten Tag erwischt. Von Mitleid getrieben, hatte ich ihr, ohne Fenayarou um Erlaubnis zu bitten, die gleiche Möglichkeit wie Louise Vaysett gewährt, Anthelme nach seiner Rückkehr aus Clemont-Ferrand zu besuchen. Die Definition von Fehlern ist halt, anderen Recht zu geben und ihnen Rechte einzuräumen.
„Sollen wir die beiden Frauen wirklich bis neun Uhr vor dem Tor stehen lassen?" Ich rieb mir den Schlaf aus den Augen.
Fenayarou seufzte: „Haben Sie eine Mutter?"
„Natürlich."
„Und eine Schwester?"
„Ja."
„Dann lassen Sie das Tor öffnen."
Anthelme verhielt sich in gewohnter Weise teilnahmslos. War er überhaupt fortgewesen? Erkannte er den Unterschied zwischen Rodez und irgendeinem anderen Ort in Frankreich? Kein Wort drang über seine Lippen.
Zu meiner Verwunderung unterhielten sich die beiden Frauen überaus angeregt. Kein Zeichen von Rivalität. Anscheinend glaubten beide derart fest an ihre Wahrheit, dass ihnen gar nicht in den Sinn kam, die andere könnte ihr zuvorkommen – und ein gemeinsames Schicksal verbindet.
Ich führte sie nach oben und ließ sie noch ein Weilchen plaudernd auf einer Bank im Gang sitzen. Ich selbst lehnte meine Bürotür nur an, neugierig wie ich war.
„Man berichtet", sagte Madame Defouil, „die Deutschen hätten geheime Lager, von denen weder das Rote Kreuz noch die anderen Länder etwas wissen – offiziell, meine ich. Berlin hat Paris gegenüber unsere Söhne und Männer für tot erklärt, sodass es gar keine Vermissten gibt. In Wirklichkeit aber müssen sie in unterirdischen Fabriken schuften und neue Waffen herstellen."
„Entsetzlich", ereiferte sich Louise Vaysett, „wir sollten es den Krauts gleichtun und den Deutschen hier verbieten, ihren Verwandten in der Heimat zu schreiben. Auge um Auge …"
„Richtig, auch sie verbieten ihnen ja jeglichen Kontakt und fangen jede Nachricht ab. Selbst die Verwundeten müssen arbeiten. Zwar werden sie gepflegt, aber nur so weit, bis sie wieder in die Fabriken gehen können. Denn völlig gesund brauchen sie nicht mehr zu werden. Wer gut beieinander ist, flieht leichter."

„Furchtbar. Woher weiß man trotzdem davon?“
„Wasser sickert überall durch, es hat einen kleinen Kopf. Das hat mein Alfons immer gesagt. Ebenso ist das mit Nachrichten. Mögen die da oben auch nichts wissen wollen – Diplomatie, wie man sagt –, am Ende lassen sich Tatsachen nicht verbergen. Die Sehnsucht deckt alles auf. Das hat, so wurde mir zugetragen, eine ehemalige Krankenschwester geschrieben, die in einem solchen Ort der Untoten, genau das war ihr Name dafür, gearbeitet und sich zu unserem Glück ihrer Menschlichkeit wiedererinnert hat. Sie müssen sich in zwei Schichten quälen. Die eine am Tag, die andere nachts. Pausen gibt es nicht.“
„Ort der Untoten – unsere Regierung spielt dieses grausame Spiel mit?“
„Ist Ihnen nicht aufgefallen, dass es keine amtliche Mitteilung gibt, die die Existenz dieser Lager abstreiten würde!? Warum nicht einmal das? Wäre doch so einfach. Macht doch jedes Kind. Das eine behauptet: Das ist jetzt so, und das andere sagt: Stimmt gar nicht. Doch unserer Herren schweigen. Sind ja keine Kinder mehr. Mein Alfons hat immer gesagt: Wenn es keine faulen Äpfel gibt, dann kann man auch sagen, dass es sie nicht gibt.“
„Aber wir haben doch gesiegt. Wer bei uns sollte ein Interesse haben, diese Lager zu verschweigen?“
„Ach, Politik. Haben die nicht genug andere Probleme? Wer weiß, wie der jetzige Zustand unserer Männer dort ist? Das kostet doch Unsummen, sie zurückzuholen. Sie brauchen nur auf die Bahnhöfe von Lyon, Bordeaux oder Paris zu gehen, um selbst zu sehen, in welchen Massen sie schon jetzt heimkehren, zerschunden, um Jahre gealtert, krank an der Seele und am Körper. Wie viele Krüppel sind darunter, die man lebenslang bezahlen muss? Dann lieber die ganze Schuld den Deutschen geben. Dafür sind sie wirklich gerade richtig.“
Ich hörte ein helles, pfeifendes Schmatzen. Das typische Geräusch dafür, dass jemand gleich auf den Boden speien will. Die Pause und das nicht folgende Ausspucken überzeugten mich glücklicherweise davon, dass sie sich eines Besseren besonnen hatte. Um Weiteres zu verhindern, ich hatte sie auch schon lange genug warten lassen und im Büro eigentlich nicht mehr ernsthaft zu tun, ging ich hinaus und bat sie, mir zu Anthelmes Zimmer zu folgen.
Im Gehen setzten sie ihre Unterhaltung fort, als hätte ich sie nie unterbrochen.
„Und die Kirche?“, wollte die Vaysett wissen, „die hält auch still?“
„Nein, das nicht. Sie unterstützt, wo sie kann. Ich habe mich sogar auf Anraten unseres Priesters an den Bischof gewendet, und der hat sich wiederum direkt beim Vatikan

um meine Sache bemüht. Stellen Sie sich vor, sie haben mir einen Brief geschrieben – aus Rom!"
Beide bekreuzigten sich: „Vom Papst selbst?"
Ich gebe zu, ich hätte dieselbe Frage wie Louise Vaysett gestellt.
„Die Unterschrift konnte ich nicht entziffern, aber Dinge von solcher Wichtigkeit werden schon über seinen Schreibtisch gehen. Schauen Sie selbst."
Während ich sie durch eine der Flügeltüren geleitete, griff die alte Dame in ihre Manteltasche und zog einen sorgfältig in Leinen geschlagenen Brief hervor. Ohne ihn zu öffnen, zitierte sie: „Wir werden nicht die Suche nach demjenigen aufgeben, nach dem sie uns gefragt haben. Zu unserem großen Bedauern können wir jedoch nichts Näheres zu der von Ihnen vermissten Person sagen. Alles, worüber wir zu informieren in der Lage sind, ist, dass der Name Ihres Verwandten bisher nicht auf einer der behördlichen Listen der Verwundeten oder Gefallenen aufgetaucht ist. Bete, wie wir dich in unsere Gebete aufnehmen. Denn wisse, selbst ein Baum hat Hoffnung, auch wenn er abgehauen ist; er kann wieder ausschlagen, und seine Schösslinge bleiben nicht aus, Hiob 14,7."
„Das ist schön gesagt."
Wir kamen an Anthelmes Tür und ich bat um Ruhe: „Sie sind bereit? Was ist, wenn er nicht Ihr Alfons oder Ihr Albert sein sollte?"
Sie lächelten. Agnes Defouil führte erneut das Wort: „Wie kann man nicht auf die Heimkehr des geliebten Sohnes oder Bruders hoffen?"
Ich seufzte: „Also, bitte sehr!"
Anthelme saß in seiner Anstaltskleidung auf dem Bett. Fenayarou hatte ihm den Besuch angekündigt. Eine Reaktion war natürlich ausgeblieben. Um ehrlich zu sein, rechnete ich zu keiner Zeit damit, dass er eine von beiden in seine Arme schließen würde. Das tat er auch nicht. Er blieb, wo er war und betrachtete uns als wären wir Fliegen, die ihn umschwirrten, aber nicht störten.
„Alfons!"
„Albert!"
Sie riefen es beide im Chor. Und während die Vaysett ihr Glück zunächst nicht zu fassen vermochte, stürmte die alte Defouil auf Anthelme zu, um ihn in beide Arme zu schließen. Er ließ es geschehen. Ich war überrascht.
„Hören Sie! Hören Sie! Er hat mich *Maman* gerufen! Ach, mein kleiner Alfons, wie du dich verändert hast."

Unsanft wurde sie von der Vaysett beiseite gestoßen, die ihn ihrerseits umfangen wollte. Ich tat nichts und schaute nur verwundert zu.
Sie jubelte: „Er hat mir einen Kuss gegeben. Albert! Ja, ich bin's, deine Schwester. Bald kannst du auch wieder deine Kinder küssen. Robert und Charlotte."
„Ach, was, Kuss! Den wollte er mir geben, bis Sie dazwischenfuhren. Ein Sohn küsst seine Maman. Sie hat er nur ungläubig angeschaut, weil Sie plötzlich vor ihm standen."
„Was erlauben Sie sich? Hat er nicht gerade *Louise* sagen wollen? Louise, da bist du ja endlich. Von wegen *Maman! Madame, was machen Sie hier?*, das hat er gefragt. Aber Sie haben ihn ja nicht ausreden lassen mit ihrem dauernden Herumgedrücke und Mamangetue!"
„Das wird eine Mutter ja wohl nach so vielen Jahren dürfen. Er ist doch mein Ein und Alles. Den nehmen Sie mir nicht weg, Sie Lügnerin, Sie Betrügerin, Sie …"
„Waaas!?"
Bevor Louise Vaysett zuschlagen konnte, löste ich mich aus meiner Erstarrung. Schon hatte ich ihren Arm ergriffen und sie vom Bett und Anthelme fortgezogen: „Sie glauben ihr doch nicht etwa?"
„Er ist Arzt, er muss es ja wissen." Madame Defouil triumphierte, ehe sie bemerkte, dass Fenayarou sie um die Hüfte gepackt hatte und ebenfalls zur Seite schob. Seine Stimme bebte: „So geht das nicht. Eine oder beide lügen. Die Wahrheit ist hart und lässt nur einen herein. Was denken Sie, Dr. Gerron?"
„Nun", räusperte ich mich, „ich habe schon zuvor an einer Verwandtschaft gezweifelt. Das geht mir alles zu schnell, zumal die Angaben der beiden sich zu wenig mit der wahren Gestalt unseres Anthelmes hier decken. Und schauen Sie sich ihn an. Anstatt sich zu freuen, sitzt er nur da und blickt zum Fenster heraus. Ein Wiedererkennen stelle ich mir anders vor. Ich verstehe ja, wenn die Damen vor lauter Hoffnung und Glauben einen Moment die Wirklichkeit nicht sehen wollten, aber bedenken Sie auch, dass Anthelme, wer immer er in Wahrheit sein mag, auf keinen Fall mehr der Mensch ist, der er einmal war. Er hat kein Gedächtnis mehr. Was er liebte, ist aus seinem Empfinden verschwunden. Er benötigt Pflege und keine Illusionen."
Zwar hatte ich nicht vermutet, dass meine Worte die beiden von ihrem Wunsch hätten abbringen können, in Anthelme Alfons oder Albert zu sehen, doch eine derart heftige Gegenwehr überraschte auch mich. Die Vaysett riss sich los und sprang erneut zu Anthelme, während Fenayarou mit Mühe gerade noch die Defouil halten konnte, indem er beherzt nachfasste.

„Lassen Sie mich los", schrie die vermeintliche Schwester, „Sie wollen mir meinen Bruder stehlen!"
Ich musste sie an beiden Handgelenken fassen und sie vom Bettpfosten loseisen, damit sie Anthelme in Ruhe ließ und nicht gar noch verletzte.
Diese heftige Attacke tat dieses Mal seine Wirkung. Erstaunt beobachteten wir, wie er zusammenzuckte, seine Schultern an sich zog und seinen Kopf im Kissen verbarg.
„Bitte, Sie ängstigen ihn. Macht so etwas eine Schwester?"
Sofort hörte sie auf zu strampeln: „Das wollte ich nicht", und zu Fenayarou gewendet: „Entschuldigung, aber die Situation ..."
„Was stellt Sie da mit meinem Kind an?" Fenayarous Klammergriff konnte sie nicht entkommen. Auch hatte wohl die Defouil eingesehen, dass es nicht weiter günstig für ihre Sache war, handgreiflich zu werden, wenn es um Anthelme ging.
„Wir dürfen ihn vielleicht später wiedersehen? Dann, wenn er sich beruhigt hat, der Arme. So Vieles auf einmal. Ist ja auch nicht einfach für ihn."
Fenayarou warf mir einen Blick zu. Auch mir schien es das Beste zu sein, die beiden Frauen in dem Glauben zu lassen, wir würden sie heute oder morgen erneut zu ihm lassen. Ansonsten hätten wir wohl nur noch mit zwei Pferdekutschen und dreißig Gäulen eine Chance, sie aus seinem Zimmer zu bekommen.
„In Ordnung", sagte er. „Sofern Sie sich benehmen."
Sie nickten. Hätte Fenayarou gewollt, dann hätten Sie ihm das auch auf die Bibel geschworen. Sie kannten halt diesen weichen Mann mit den strengen Grundsätzen nicht: Weder Louise Vaysett noch Madame Defouil sollte nach seinem Willen je wieder einen Fuß über die Schwelle seines Sanatoriums setzen.
Zu diesem Zeitpunkt konnte er keine Ahnung davon haben, wie sehr ihn die Geschichte noch überfahren sollte.
Nachdem die beiden Frauen das Haus verlassen hatten, atmeten wir erleichtert auf.
„Irgendwie kann ich Anthelme verstehen", murmelte ich.
Fenayarou schmunzelte: „Wenn es an sich nicht so traurig wäre."
„Warum macht man so etwas? Ich meine, Hoffnung hin, Hoffnung her. Es kann doch nicht sein, dass man so blind ist, und sich aus dieser Not heraus einen wildfremden, kranken Menschen ins Haus holt."
„Ich könnte Ihnen als Psychologe antworten und einen Vortrag über depressiv-nazistisches Projektionsverhalten zum Besten geben. Ich könnte Ihnen Theorien darlegen und ausmalen, was es in einer Zeit der Opfer bedeutet, einen möglichen Verwandten in einem – verzeihen Sie mir jetzt diesen gebräuchlichen Ausdruck – Irren-

haus zu wähnen. Muss man ihn da nicht rausholen? Wäre es nun endlich einmal möglich, sich gegen eine Macht zu stellen, die einen sonst den Bruder, den Sohn, den Ehemann fortnahm? Doch sollten wir, davon abgesehen, nicht die ganz profanen Beweggründe vergessen, also jene, die unser Freund Commissaire Malard als Erstes vermuten würde.“

Ich verriegelte die Tür. Auf keinen Fall wollte ich, dass die beiden wieder hereinstürmten. Zwar waren sie inzwischen bis vor das Außentor geleitet worden, doch lieber wollte ich ihren Ausschluss mit eigenen Händen erledigen. Ich rüttelte sogar an ihr, um zu sehen, ob sie fest verschlossen war.

„Welche profanen Gründe meinen Sie?“

„Nun, wussten Sie, dass nach einem Gesetz von 1793 jeder Soldat Frankreichs, der im Krieg verletzt oder dienstunfähig verwundet wurde, ein Anrecht auf eine Pension besitzt?“

„Aha!“

„Ja, das sind die Errungenschaften unserer Revolution. Wer für das Land zum Krüppel wird, soll dafür wenigstens einen Ausgleich zum Leben erhalten.“

„Sie finden das keine gerechte Einrichtung?“

„Mir wäre lieber, niemand müsste zum Krüppel werden, weil sich die Verantwortlichen nicht einigen können.“

„Eine solche Welt gibt es nicht.“

„Ich weiß, in dieser Hinsicht bin ich ein naiver Träumer. Und dafür gibt es wiederum Pensionen; seit 1831 in sechs Stufen je nach Art und Grad der Invalidität. Unser Gemüse“, ich hörte Fenayarou zum ersten Mal diese Bezeichnung für unsere unbekannten Soldaten verwenden, „gehört im Übrigen in die vierte Stufe, wobei diese sich selbst wieder in mehrere Klassen aufteilt.“

„Ich möchte annehmen, dass Anthelme der höchsten Stufe zuzurechnen ist.“

„Wird er, wird er – oder besser: würde er. Zwar haben die geistig Versehrten im Unterschied zu den körperlichen Invaliden das Glück, dass nicht sie selbst, sondern ein Arzt sich um ihre Pensionsansprüche kümmern muss, doch dazu bräuchte es etwas, was er und die anderen nicht haben.“

„Sie meinen: einen Namen!“

„Einen amtlich verbürgten Namen, um genau zu sein. Sonst könnten wir ihn ja wirklich Anthelme taufen oder meinetwegen Ismael nennen lassen.

Ich lächelte: „Wie der weiße Seemann in Moby Dick.“

Fenayarou nickte: „Wer keine nachweisbare Identität besitzt, kann auch keine Pension erhalten. Keine Papiere, keine finanzielle Zuwendung. So einfach stellt sich das dar. Wer anonym existiert, der lebt jenseits der Bürokratie."

Ich wollte es nicht fassen: „Ihr Krankheitsbild besteht doch gerade darin, nichts mehr zu erinnern."

„Tja, wie heißt es da so treffend: Da beißt sich die Katze in den Schwanz …"

„… und die Schlange isst den Apfel selbst", setzte ich fort.

„Wenigstens bekommen wir vom Gesundheitsamt in Montpellier die Kosten für seinen Aufenthalt bei uns erstattet. Das sind immerhin sieben Francs pro Tag."

„Und wie hoch wäre seine Pension?"

„Hm, ich habe das nie ausgerechnet. Kommt darauf an, wie lange er lebt. Ich schätze eine Summe zwischen 20 000 und 60 000 Francs."

„Dann sollte er sich nicht mehr zu lange im Hotel Fenayarou aufhalten, damit er noch etwas davon hat."

„Vorausgesetzt, man rechnete ihm nicht die Kosten für seine Heilung von seiner Altersversorgung ab."

„Sie meinen …"

„Jede Erinnerung kostet. Erst recht, wenn man keine mehr hat. Strafe muss immer sein, sobald dabei Geld eine Rolle spielt."

Anthelmes Wunderlernen

In dem Dorf in Sepia, das es nicht gibt, war Anthelmes Großvater Gustave schon immer alt. Anders kann sich Anthelme seine Welt nicht vorstellen. Manchmal weiß er nicht, ob zuerst das Dorf oder der Großvater da war, so sehr sind die beiden miteinander verflochten: Die Gassen sind hart und fest oder sind sie es von seinen Schritten? Die Mauern sind verwittert und von Flechten überzogen oder sind sie durch seinen Schatten dunkel geworden? Die Dächer neigen sich vor Alter tief hinunter oder wollen sie ihn nur besser sehen können, wenn er umherstreift? Jeder kennt ihn, weil er vor allen, allen Dingen da war. Oder hat man ihn so gut kennen gelernt, dass man durch sein Erscheinen weiß, dass die Dinge schon bessere Zeiten gesehen haben?
Es ist nicht zu entscheiden. Nur eines bleibt sicher: Gustave wird in den Boden wachsen, desto mehr sich sein Rücken in furchtbarer Weise krümmt. Damit gleicht er einer Angelrute, die vom Gewicht eines Fisches nach unten gezogen wird, und dem Heer schwarzer Witwen, die in Scharen in den Himmel buckeln.
Gustaves wettergegerbte Haut lässt keinen Schweiß zu, er versiegt in ihr. Warum er sich dennoch ab und an mit einem Taschentuch, das von seiner enormen Größe her ebenso ein Nachthemd sein könnte, die tadellose Stirn tupft, bleibt Anthelme ein Rätsel. Über einem karierten Hemd trägt der Großvater eine wollene Jacke, sobald er zur Haustür hinaustritt. Eine grobe Sicherheitsnadel hält seine Hosenträger über Kreuz auf dem Rücken zusammen, doch das sieht man nur, wenn er zu Hause und damit ohne wollene Jacke ist. Die Träger ziehen ihm die Hose bis hoch zur Brust, das ist so bei den Männern des Sepiadorfes üblich – oder bei Kindern, die in langer Unterwäsche Großvater spielen.
Immer wieder berührt Anthelme Gustaves winzige Beulen an der linken Schläfe. Sie ähneln Warzen, doch es sind keine. Vorsichtig streicht Anthelme über sie und stellt sich dabei die Schützengräben der Gravelotte-Schlacht vor, in der diese Beulenwarzen entstanden sind.
„Tut dir das weh?“, fragt er.
„Nein.“
„Aber als du verwundet wurdest, da hat es wehgetan?“
„Was glaubst du denn? Natürlich!“
„Ist es schlimm, verletzt zu sein?“
„Mir fehlt kein Bein, wenn du das meinst.“
„Warum verletzen sich Menschen?“

„Mein Junge, du prügelst dich doch auch."
Anthelme denkt nach. Er beobachtet eine Fliege, die sich auf die Stirn seiner schlafenden Großmutter setzt: „Meistens mit Schnodder. Der Türspalt ist mir zu groß. Aber das ist nur so ein Spiel. Wir tun uns nicht wirklich weh, das heißt, nicht so, dass wir einen Arm verlieren oder auf ewig Narben haben."
„Das wird anders, sobald du dich mit der Geschichte auseinandersetzen musst."
„Das versteh' ich nicht."
„Als Kind rauft man sich mit anderen Kindern. Das habe ich auch getan. Als Erwachsener jedoch streitest du dich entweder mit deinem Verwandten und Nachbarn oder eben mit der Geschichte. Ich sage dir, Vorsicht vor der Geschichte, sie kann brutal sein. Wenn einer von ihr spricht und sich dabei die Faust vor Stolz auf die Brust schlägt, dann ist da etwas faul. Denn wer die Geschichte ins Feld führt, der kann nur die neuen Verhältnisse der Gegenwart nicht ertragen. Bei solchen Menschen wird sie zu dem viel Größeren, wobei sie doch für die meisten eine Unbekannte ist. Jeder meint, er kenne etwa den Deutschen oder den Engländer, aber eigentlich kennt er niemanden, denn er hat ja immer in seinem Dorf gelebt. Und da leben nur Franzosen. Das ist Geschichte. Und so geht es in den Krieg. Man kennt irgendetwas und man weiß, dass man den Feind hassen und bekämpfen muss. Das war schon immer so, das ist schon oft in der Vergangenheit geschehen und wird auch in Zukunft so sein, und das ist wiederum Geschichte."
„Das lernen wir in der Schule. Die Schlacht von Salamis, die Schlacht von Pharsalos, die Schlacht bei Azincourt …
„Richtig. Was ihr da aber nicht lernt, ist die Tatsache, dass es sich bei all diesen Schlachten um eine große chinesische Angelegenheit handelt. So habe ich es wenigstens deiner Großmutter erklärt, denn sie musste mich ja zurücknehmen mit all diesen Wärzchen am Kopf."
Unwillkürlich nimmt Anthelme seine Hände von Gustaves Schläfen weg.
„Chinesisch?"
„Weiß du, in China gibt man den Dingen vorher einen Fehler. Stell dir zum Beispiel eine der blau geblümten Tassen aus dem Lieblingsgeschirr deiner Großmutter vor."
Anthelme schließt die Augen und sieht die Tasse auf dem gedeckten Küchentisch stehen.
„Du weißt, letztens ist mir beim Spülen eine heruntergefallen. Sie ist nicht kaputtgegangen, aber sie hat einen Riss davongetragen. Der ist ziemlich gut sichtbar."
„Oma hat mit dir geschimpft."

„Und wie. Das wäre nicht passiert, wenn deine Großmutter chinesisch ticken würde. Denn dort gelten die Dinge erst dann als wertvoll, sobald sie einen Kratzer oder Knacks davongetragen haben. Vorher ist Neues von Neuem kaum zu unterscheiden. Mit einer Blessur hingegen sind die Dinge von einem auf den anderen Tag Teil einer Erzählung. Fortan sind sie ins wahre Leben eingebettet, das eben nicht vollkommen, sondern in der Regel schadhaft ist. Nun sind sie nicht mehr wie alle, sie sind etwas Besonderes geworden. Du kannst dich auf deinem Lieblingssessel zurücklehnen und sagen: Ach, weißt du noch, wie mir die Tasse beim Spülen auf den Boden gefallen ist. Welch ein Glück, dass sie dabei nicht in tausend Scherben zerbrach. Du warst an diesem Tag äußerst zerstreut, weil du vergessen hattest, mir einen Kuss mit auf dem Weg zum Arzt zu geben. Wie gut, dass es diese Tasse noch gibt, und dass sie mich daran und an uns erinnert."
„Sie findet deine Kriegsbeulen so schön wie ich?"
„Das vielleicht nicht gerade, aber sie ist wohl froh, dass sie mich überhaupt zurückhat, nun allerdings mit einem Schaden."
„Ist denn Liebe auch eine chinesische Angelegenheit?"
Gustave blickt zu seiner Frau. Regelmäßig hebt sich die Bettdecke mit jedem ihrer Atemzüge. Gustave scheint zufrieden: „Sicher, denn auch sie schafft Wunden, wunderbare Wunden und Zeichen. Unsichtbare und …", er deutet auf seinen Ehering und auf seinen Enkel Anthelme, „… sichtbare!"

Wenn Anthelme in der Schule sitzt und aus einem der Klassenfenster hinausschaut, sieht er oft Gustave, wie dieser durch das Sepiadorf streift. Immer dorthin oder dorthin. Ganz wirr wird man davon im Kopf. Was er nur zu tun hat?
Anthelme kann sich das leisten: Das Hinausschauen und das Wirr-im-Kopf-sein, denn er ist kein schlechter Schüler. Von Anfang an hat Gustave seinen Unterricht begleitet. „Du musst in ungeraden Wegen denken, um ans Ziel zu kommen", predigt er.
Anthelme versteht kein Wort.
„Dann komm mit."
Gemeinsam verlassen sie das Haus, um zu den Eltern zu gehen. Dazu müssen sie die Gasse hinunter, rechts am Hof des Ortsvorstehers vorbei, über die Dorfstraße mit dem Kramladen und quer über den Kirchplatz, um schließlich die kleine Anhöhe hinaufzuwandern, wo Anthelme in der Nachbarschaft sechs weiterer Wohnhäuser lebt.
„Wie bist du nach Hause gekommen?", fragt Gustave.

Anthelme schaut verblüfft. Was diese Frage soll? „Ich bin mit dir gegangen. Du kennst doch den Weg genauso wie ich."
„Beschreib mir den Weg."
Er stöhnt: „Das ist ja wie in der Schule. Der Dativ bei Ortsangaben, der Akkusativ bei Richtungen. Oder war das jetzt umgekehrt?"
„Den Quatsch meine ich nicht. Beweg in deinem Kopf noch einmal deine Füße und sage mir, wie genau du mit mir hierhergekommen bist. Geh ruhig ins Detail."
„Darf ich dazu die Augen schließen?"
„Nur zu!"
Und Anthelme erinnert sich, wie sie das Haus der Großeltern durch den dunklen Flur verlassen haben, um rechts am Hof des Ortsvorstehers vorbeizugehen, dort, wo sie die ganze Zeit, hinter einem Bretterzaun verborgen, der Hund angebellt hat, eine Art unsichtbarer Höllenpinscher mit großer Schnauze. Danach lag die um diese Zeit menschenleere Dorfstraße mit dem geschlossenen Kramladen vor ihnen, der sie still folgten, bis sie quer über den Kirchplatz pilgerten, wobei Anthelme versuchte, mit einem Sprung nicht den Schatten des Kirchturms zu berühren. Und mindestens zweimal tat er es doch, bevor sie den krummen und ziemlich staubigen Weg zu der Anhöhe hinaufnahmen, die unter anderem zum Wohnhaus der Eltern führt.
„Kein sehr gerader Weg, um an das Ziel zu kommen."
„Stimmt", sagt Anthelme, „es sei denn, wir wären über die Dächer und durch die Gemüsegärten der anderen gegangen. Dieser Weg wäre der direkteste."
Sein Großvater lächelt so sehr, dass seine Krähenfüße um die Augen sich kaum mehr entspannen können: „Das wäre eine schöne Strapaze für meinen Rücken, und ich weiß nicht, was die Leute im Dorf dazu sagen würden, wenn wir über ihre Dachpfannen und durch ihren Salat marschieren würden. Trotzdem hast du Recht, das wäre der absolut gerade Weg. Aber welchen haben wir genommen, um das zu verstehen?"
Anthelme braucht nicht zu raten. Er kennt Gustave: „Den krummen", antwortet er.

Beobachtet Anthelme Gustave von seinem Klassenraum aus, fragt er sich zwangsläufig, welche Richtungen er heute noch alle einschlagen wird. Trotz seines schiefen Gangs hat er einen leichtfüßigen Schritt, trappelnd wie ein Käfer. Es gibt allerdings auch jenen schweren. Dann sieht Gustave aus, als müsste er einen endlosen steilen Hang hinaufklettern.
An diesem Tag erkennt Anthelme den schweren Gang. Er weiß, es ist der mühevolle Gang der Besorgungen. Sicher hat ihn wieder die Großmutter geschickt, und man

sieht ihm an, dass er nicht mag, was er erledigen soll. Denn in der Regel kosten die Besorgungen für die Großmutter mehr Geld, als er auszugeben bereit ist. Also schleicht und schleppt er sich und fühlt sich noch viel älter und gebeugter, als er sein könnte.
Anthelme sieht ihn vor seinem inneren Auge im Dorfladen verschwinden. Er kann die Türglocke nicht hören, dennoch klingelt sie in seinen Ohren. Im Geschäft wird Gustave den Inhaber Laurence nicht fragen, er wird feststellen: „Du hast doch sicher keine Sahne da."
„Natürlich habe ich Sahne. Siehst du."
„Ich sehe keine Sahne, und wenn ich Sahne sehen würde, dann ist es verdammt teure Sahne."
„Ich muss auch meinen Teil verdienen."
„Teuer."
„Willst du nun Sahne oder nicht? Gustave, bitte, du hältst die Kundschaft auf."
„Hast du billige Sahne?"
„Nein."
„Sagte ich doch, du hast keine Sahne."
„Nicht die, die du offenbar kaufen willst."
„Gib zu Laurence, ich hatte von Beginn an Recht. Sachen, die ich hier kaufen könnte, gibt es nicht, und ich muss es meiner Frau erklären, die sie sich so sehr wünscht. Tja, was soll man da machen?"
Laurence empfiehlt: „Dich zum Beispiel erschießen!"
Ähnlich geht es mit Brot, wenn es knapp ist, und fast immer mit kandierten Früchten, die Großmutter über alles liebt.
„Du hast doch sicher keine solchen verzuckerten Früchte da."
„Natürlich halte ich sie vorrätig. Für dich immer!"
„Sind sicher teuer."
„Gustave, ich hasse dich!"
„Nein, du liebst mich, denn ich halte deinen Schuppen hier in Schwung."
Weil die Großmutter es bald satt hat, schickt sie am Ende Anthelme. Der soll die Besorgungen erledigen.
„Bitte", sagt Gustave, „wie du willst." Augenzwinkernd schaut er zu Anthelme, der nicht ahnt, dass dies für ihn nur eine neue Art der Probe bedeutet.
Dieses Mal ist es die Sache mit den Wörtern. Was immer die Großmutter aufgeschrieben hat, Gustave überarbeitet die Liste und kürzt sie auf ein Minimum. Anders als ein

Mann, der eine Maschine erst einmal auseinandernimmt, um die Einzelteile zu betrachten, kehrt Gustave auf der Liste alle Einzelteile zusammen und benennt gleich das Ganze. So schreibt er eben nicht *sechzehn Eier, drei Zwiebeln*, *Butter* und *Meersalz* auf, wenn es zum Abend Zwiebelomelett geben soll, sondern tatsächlich nur *Zwiebelomelett.* Dann kann Anthelme sehen, was er dafür einholen muss.
Schwieriger ist es mit einem Gericht wie *Coq au Vin*. Er muss ich fragen: Wie viele Hähnchenschenkel brauche ich und gibt es sie, das heißt, ist ihr Preis im Rahmen des für seinen Großvater erträglichen? Ferner: Ist noch roter Burgunder im Haus und genügen die Zwiebeln – oder sind diese alle für das Omelett zwei Tage zuvor draufgegangen? Er muss die Küchenschubladen und die Vorratskammer durchstöbern, jene, die so herrlich nach altem Schmauch riecht und für ihn einen wunderbaren Kessel der Erinnerungen bedeutet. Auch die Anzahl der Knoblauchzehen und getrockneten Lorbeerblätter will geprüft werden, ebenso wie die Güte des Schinkens und die Menge der Butter und des Mehls. Nur Salz und Pfeffer scheinen in ihren Fässchen nie zur Neige zu gehen. Und zuletzt muss er in den Garten entschwinden, wo es hoffentlich noch frische Zweige von Thymian und Bohnenkraut und Petersilie gibt sowie Frühlingszwiebeln und Champignons.
Bei den anderen häuslichen Verrichtungen ist es nicht anders: *Waschen, Putzen, Licht, lose Kleiderstange* steht da, und Anthelme darf erraten, was die beiden dazu wirklich brauchen. Denn worin besteht zum Beispiel der Unterschied zwischen Waschen und Putzen, wenn man es selbst selten machen muss?
Auf diese Weise wird Laurences Laden zu einem neuen Universum für Anthelme. Wo zuvor nur eine Theke und hohe, gut gefüllte Regale standen, gibt es jetzt erschließbare Zusammenhänge, unsichtbare Fäden. Diese führen zum Beispiel von einem Salatkopf zu einer Holzschüssel oder von einer Schachtel Würfelzucker zu einer Dose Malzextrakt. Und all das umwoben von einem Duft aus heimischen Kartoffeln, fernem Zimt und nützlichem Soda.
Es ist sein Lehrer, Monsieur Gremiond, der begreift, dass die Einkaufszettel Gustaves den Grundstock aller Poesie darstellen. Zuvor hatte er Anthelme im Laden getroffen und gemeinsam mit ihm über die Möglichkeiten des Wortes *Johannisbeerkern* gegrübelt, das da zuunterst auf der Liste stand, bis Anthelme einfiel, dass sein Großvater oft genug darüber klagte, dass er sich beim Genuss dieser kleinen Früchte die Kernchen – ob in Kuchen oder Marmelade – in die Zahnzwischenräume biss. Das hieß, er benötigte entweder eine neue Mundbürste oder Streichhölzer, die er anspitzte und so als Zahnstocher nutzte. Monsieur Gremiond tippte auf die Bürste, Anthelme auf die

Hölzchen. Am Ende bekamen beide Recht, weil, wie Anthelme später von Gustave erfuhr, eben beides geht.
Gremiond aber ist es eine Lehre. Er versteht, auch in Gedichten ist so manches zweifelhaft und zum Leidwesen seiner Schüler auf das Schlimmste wässrig. Mit Gustaves Einkaufslisten im Hinterkopf hat er nun endlich eine Methode gefunden, mit ihnen die Lyrik der Vergangenheit in die Gefühls- und Gegenstandwelt ihres Alltags zu übersetzen, um auf diese Weise das vielleicht Gemeinte gescheiter zu entschlüsseln. Er probiert sie gleich aus, und zwar anhand seines Lieblingsgedichts *Der Schnee* von Alfred de Vigny:

Wie süß doch ists, wie süß, Geschichten anzuhören,
Geschichten aus verschollner Zeit,
Wenn schwarz im Walde stehn die Föhren
Und Fels und Flur umher der Winter eingeschneit,
Wenn in das blasse Grau des Himmels kahl und jähe
Die Pappel ragt, vom Schnee den Mantel umgetan,
Und reglos auf dem Ast sich schaukeln lässt die Krähe
Wie auf dem Glockenturm der schwarze Wetterhahn!

Bevor Gremiond es lesen lässt, um dann wie üblich in verständnislose Schüleraugen zu schauen, bereitet er sie auf das Gedicht vor. Er sagt: „Stellt euch vor, jemand würde euch sagen, bald ist Winter. Was müsstest ihr dann für zu Hause erledigen? Schreibt in Stichworten auf, was ihr besorgen müsstet."
Nach zehn Minuten kontrolliert er die Hefte und liest: *Tabak, Holz, Kohlen, Stopfgarn, Öl, Dochte, Einweckgummis,* …
„Aha", bemerkt er, „und wofür das alles?"
Nacheinander nimmt er dran. Die Jungen erläutern:
„Damit wir den Kamin anfeuern können."
„Damit wir Licht haben."
„Damit wie die warmen Sachen ausbessern können."
„Damit wir Pflaumenmus für Brot und Pfannkuchen haben."
Er fragt: „Wer hat *Schraubgläser, Laub* und *Ameisen* geschrieben?"
Der kleine Pisser meldet sich: „Die Schraubgläser brauche ich, um alles Mögliche hineinzutun, was es im Winter nicht gibt. Das Laub war nur ein Beispiel. Ich kann dann daran riechen, genauso wie am Stroh oder an den Steinen aus dem Bach. Denn der ist

dann ja zugefroren. Die Ameisen kommen mit Erde in ein eigenes Glas, weil ich wissen will, was sie im Winter machen."
„Idiot, die frieren ein."
Gremiond gibt dem Türspalt eine Kopfnuss. Sofort verstummt der kichernde Rest der Klasse.
„Nicht in diesem Ton, mein Lieber."
„Manchmal sieht es aber so aus", ruft Schnodder dazwischen, „ich seh' schon die Spatzen, wie sie sich aufplustern und nur noch dahocken. Die anderen Vögel fliegen ja weg."
Instinktiv heben alle den Kopf als könnten sie den Zug eines Wildgänsedreiecks an der Klassenzimmerdecke beobachten.
Gremiond ist zufrieden: „Weiß denn jemand genau, was die Ameisen in der kalten Jahreszeit im Unterschied zu den Wildgänsen machen? Anthelme?"
„Ich denke, sie ziehen sich in ihr Nest zurück und machen ganz wenig. Es ist ja so kalt."
„Sehr richtig. Fast wie die Menschen, nicht wahr, wenn sie ihre Arbeit vor allem auf das Haus beschränken. Und jetzt möchte ich, dass ihr eure Liste erweitert. Stellt euch vor, ihr sollt ein Winterbild zeichnen! Was würdet ihr alles malen? Welche Farben würdet ihr nehmen?"
Die Kinder schreiben. Gremiond lässt weitere zehn Minuten verstreichen, bevor er ihre Ergebnisse hören will. Was sie sagen, notiert und ordnet er selbst an der Tafel:
weiß, grau, schwarz, blassblau, wintersonnengelb, blattlose Bäume, kahle Wälder, zugefrorene Seen, Schneeberge, überdeckte Felder, freigeräumte Wege, Dampf vor den Mündern, Schornsteinrauch, Schlitten, Schneebälle …
„Gut, gut", sagt Gremiond, „hübsche Bilder werden das. Malen könnt ihr – auch mit Worten. Jetzt schaut euch aber das hier an. Schlagt eure Fibel auf Seite 47 auf. Mir will scheinen, der Autor des Gedichts, das dort steht, hat eure Winterlisten gelesen, bevor er seine Verse verfasst hat. Es heißt *Schnee*."
„Keiner hier hatte *Föhren* auf seiner Liste!" Sonst würde der Türspalt niemals vor dem Lehrer auf solchen Korinthen bestehen, aber es muss etwas sagen, um die Kopfscharte von vorhin auszuwetzen. Schließlich ist er der Älteste.
„Weil du keine Ahnung hast, was das ist."
Ausgerechnet Pisser fällt ihm in den Rücken? Damit hatte er nicht gerechnet. Nur weil er ihn vorhin lächerlich gemacht hatte. Hier mussten sie doch zusammenhalten. Beleidigt verschränkt er die Arme und wirft zornige Blicke um sich: „Föhren, pah."

Während der kleine Streit nun richtig losgeht, achtet Anthelme schon nicht mehr auf ihre Gezänke. Monsieur Gremiond wird die Sache sicher gleich beenden und mit seinem Holzlineal dazwischengehen.
Er blickt lieber zum Fenster hinaus, weil er dort einen Schatten bemerkt hat. Manchmal sieht man etwas fallen, bevor es fällt. So geht es Anthelme. Was gehen ihn in einem solchen Moment die Föhren an? Er nimmt Rélie wahr, ehe sie überhaupt im Fensterschnitt zu sehen ist. Ganz seltsam bewegt sie sich. Zunächst meint er, dass sie bloß auf und ab ginge. Dann erkennt er, dass es Kreise sind, die sie beschreibt, erst ein kleiner, schließlich ein etwas größerer und danach noch ein größerer, der wiederum zum Folgenden kleiner ist, so als würde man einer auf den Boden gezeichneten Schnecke nachgehen. Und je mehr sich die Schnecke ausbreitet, desto länger bleibt Rélie aus dem Fensterrahmen verschwunden.
„Was soll das?"
„Ich weiß es nicht", sagt Anthelme, bevor er zusammenzuckt, weil plötzlich Monsieur Gremionds Lineal mit dem gehörigen Schmatzen neben seinen Händen auf die Tischplatte knallt.
„Was starrst du hinaus? Ist es dort interessanter?"
„Der sieht Föhren!" Die Klasse lacht und beobachtet, glücklich über die nächste Ablenkung. Anthelmes Minenspiel bewegt sich zwischen der Furcht vor dem nächsten Schlag und dem lippenbebenden Versuch, aus dieser Situation wieder herauszukommen.
Ein weiteres Mal fliegt das Lineal neben seine Hände, glücklicherweise weniger heftig. Starr sitzt Anthelme da, und Monsieur Gremiond fragt erneut: „Nun, Junge?" Gleichzeitig bestreitet ein Lächeln dessen Züge.
Endlich sagt er: „Lass gut sein", und zur Klasse gewendet: „Das gilt auch für euch!", während Anthelme dem Blick des Lehrers zum Fenster hinaus folgt, wo Rélie soeben wieder aufgetaucht sein musste, mit dem Unterschied, dass sie in ihren Kreisen innegehalten hat, um ihrerseits zur Schule zu schauen. Anthelme meint, eine krause Stirn über hochgezogenen Augenbrauen zu entdecken. Und sie winkt.
Sie steht noch an derselben Stelle, als die Schule endlich vorbei ist. Es gibt dem Türspalt, Pisser und Schnodder vor, etwas im Klassenraum vergessen zu haben. Erst als sie in den Gassen verschwunden sind, traut er sich wieder hinaus. Nun kann er, ohne dass sie es mitbekommen, auf Rélie zugehen.
„Hallo."
„War's schlimm? Hat er dich getroffen?"

„Ach, gar nicht. Und wenn schon."
„Lass mal deine Hände sehen."
Anthelme reicht sie ihr, zieht sie aber dann doch schnell zurück: „Musst du gar nicht zur Schule?"
„Doch schon. Aber nicht hier. Mein Vater unterrichtet mich selbst."
„Wie langweilig", stöhnt Anthelme.
Sie seufzt: „Stimmt!"
„Und das hier? Was sollen eigentlich diese Kreise?" Er zeigt auf den Boden. „Warum läufst du so komisch? Ist das ein Spiel?"
„Machst du mit?", fragt sie stattdessen.
„Warum sollte ich?"
„So kann ich es dir besser erklären."
Abermals beginnt Rélie, ihre unsichtbare Schneckenbahn am Boden abzugehen. Anthelme, in der Hoffnung, dass sie niemand beobachtet, folgt ihr mit gespieltem Desinteresse. Er hat ja gerade erst selbst gesehen, wie merkwürdig das aussieht.
Zu Beginn drehen sie nicht mehr als ihre Absätze, bevor erste zaghafte Schritte daraus werden, einer vor den anderen, um schließlich in einen normalen Gang zu geraten, wenn da nicht der Umstand gewesen wäre, dass sie nicht geradeaus oder in einer bestimmten Richtung durch das Dorf gingen, sondern in einer lang anhaltenden Spiralbewegung.
„Ich versteh' es immer noch nicht."
„Bist du jemals schon fremd in einem Dorf gewesen?"
„Ich? Nein, nie!"
„Stell es dir einfach mal vor. Versetz' dich an meine Stelle. Wie würdest einen neuen Ort kennen lernen können?"
Anthelme setzt bedächtig seine Füße voreinander: „Ich schätze, ich würde die Leute nach den Weg fragen, wenn ich wohin wollte."
Rélie breitet die Arme aus.
„Sag' jetzt nicht", fährt Anthelme fort, „dass es in deinem fremden Dorf keine Leute gibt, die Bescheid wissen. Die gibt es immer und überall, und irgendeiner davon wird schon wissen, wo es langgeht."
„Das wollte ich auch nicht einwenden. Es ist gut, wenn man sich auf andere verlassen kann. Ich meine nur, wenn du gar nicht weißt, wohin du gehen willst."
„Warum sollte ich das nicht wissen?"

Sie senkt die Arme wieder: „Du kennst das Dorf doch gar nicht. Wie solltest du also eine Ahnung davon haben, wo du hingehen könntest?"
„Da ist etwas dran." Anthelme runzelt die Stirn. „Ich könnte aber eine Liste machen mit den Orten, die ich auf jeden Fall brauche …"
„… wie zum Beispiel die Schule", unterbricht sie ihn lachend.
Anthelme ächzt hörbar: „Bloooß nicht!"
„Siehst du, der gute Anthelme würde sich die Dinge aufschreiben, die er sehen will, und sie nacheinander aufsuchen. Das ist *deine* Methode. Die feine Rélie jedoch streicht erst einmal alles Bekannte und Wichtige aus dem Kopf und erkundet die Gegend von Anfang an in alle Richtungen, sprich in Kreisen, ganz langsam wie ein Schnecke und in Wirbeln wie ein Drache, der sich nach oben schraubt. Das ist *ihre* Methode. So lernt sie das Dorf von sich aus umfassend kennen und braucht keine Leute, die ihr sagen, wohin sie muss, denn Leute lügen und machen sich einen Spaß daraus, dich auch mal in die falsche Richtung zu schicken."
„Welche falsche Richtung?" Anthelme läuft vor und überholt sie. „Du kennst doch gar keine. Demnach kann sie auch nicht falsch sein."
Was dann passiert, kann Anthelme schlecht einordnen. Für eine Weile scheint sie in sich zu erstarren, was er erst bemerkt, nachdem er bereits einen Kreis weiter ist und neben ihr zum Stehen kommt. Plötzlich schießen ihre Arme hervor und umrunden seinen Nacken. Dann zieht sie ihn ganz nah an sich heran und flüstert: „Vielleicht bis du ja auch so eine falsche Richtung", und drückt ihm einen Kuss auf den Mund.
Es ist genauso schnell vorbei, wie es geschehen ist, denn mitten in seiner Verwunderung wird ihm nichts anderes klar, als dass sie wieder zusammengesunken und nachdenklich neben ihm steht.
Wie seine Unsicherheit überspielen? Sein Körper fühlt sich müde und zugleich äußert lebendig an. Ein flaches Segel im auffrischenden Wind. Weil er irgendetwas tun muss, beschließt er, rückwärts zu gehen, so lange, bis er sie mit dem Rücken anstößt: „Aber als du zum ersten Mal bei mir warst und Geld sammeltest, da hast du doch wissen müssen, wohin du gehst."
„Na, das war nicht meine Idee, sondern die meiner Eltern, und dann hab' ich mich einfach von Tür zu Tür gehangelt. Und damit ich mir merken konnte, wo ich bereits gewesen bin, habe ich an jeden Türpfosten ein Zeichen gemacht." Sie zieht ein Stück Kreide hervor: „Hier!"
Er dreht sich um: Unversehens hat er einen blauen Kreidestrich auf der Nase.
„He, ich bin kein Pfosten."

„Aber manchmal genauso schüchtern.“
„Ich???“ Anthelme will ihr das Stück Kreide aus der Hand reißen und sie auch ein wenig anmalen. Gleichzeitig möchte er sie am liebsten umarmen und einen zweiten Kuss auf ihren Mund drücken, um ihr das Gegenteil zu beweisen. Nein, schüchtern ist er nicht, er ist nur schrecklich … ihm fehlt das Wort.
„Sag' ich doch: schüchtern wie ein Türpfosten“. Sie zeigt ihm eine Grimasse und rennt fort. Ihre Haare wippen dabei unter ihrer Mütze auf und ab.
Verdattert schaut Anthelme ihr hinterher: „He, du verlässt den Kreis!“
Doch Rélie blickt sich nicht mehr um.

Das Hinten der Hoffnung

Ich war nur eine Woche für einen Urlaub bei meiner Familie fortgewesen. Am Bahnhof von Rodez wartete mein Fahrrad. Als ehemaliger Großstadtbewohner hatte ich es ordentlich mit einer dicken Kette abgeschlossen. Hier schüttelte man nur den Kopf darüber. Vielleicht meinte deshalb jemand, dass er die Luft aus beiden Reifen herauslassen musste – die verdiente Strafe für das Misstrauen in die Provinz.
Ich pumpte die Reifen wieder auf und stelle fest, je ein Nagel steckte im Vorder- und im Hinterrad.
Fluchend ließ ich mein Farhrrad stehen und brachte meinen Koffer zurück ins Bahnhofsgebäude. Ich gab ihn zur Aufbewahrung; ich konnte ihn später abholen, erst einmal musste ich mir Flickzeug besorgen.
Auf meinen Weg ins Sanatorium dachte ich an Anthelme und an den Artikel, den ich während der Zugfahrt gelesen hatte. Er passte zu gut zu unserer Situation, trug den bezeichnenden Titel *Unbekannt Bekannt* und berichtete von einem Herumstreuner, den man in Turin beim Stehlen eines Mopeds erwischt hatte. Da er sich nicht ausweisen konnte, nichts bei sich trug, woran man ihn erkannt hätte, und überdies nicht bereit war, seine Identität preiszugeben, sperrte man ihn zunächst ein. Auch im Gefängnis schwieg er sich über seine Herkunft aus, weshalb man endlich in einer Sonntagsausgabe der *Corriere della sera* sein Foto veröffentlichte, verbunden mit der Aufforderung, den Mann zu identifizieren. Niemand hätte ahnen können, dass dies zu einem erbitterten Rechtsstreit zwischen zwei Ehefrauen führen würde, der ehrwürdigen Professorengattin Signora DeCalla und der Signora Berandi, Weib eines Hinterhofbauern aus der Lombardei. Beide hatten ihre Männer zuletzt im Fronturlaub von vor drei Jahren gesehen und beide wollten einen Ehegatten zurück, mit dem man sich sehen lassen konnte. Denn, so führte der Autor des Artikels genüsslich aus, der unbekannte Dieb hätte es ohne Umschweife mit einem Filmstar wie Bartolomeo Pagano aufnehmen können, einer Herkulesfigur mit adonischen Zügen. Ihn von dorther für einen Professor für Münzkunde zu halten, wie den verschwundenen DeCalla, fiel schon schwer genug, weil man sich solche Leute besser mit Nickelbrille, schwacher Brust und durchaus redselig vorstellt, doch die hochgestellte Signora beharrte vielleicht aus sehr weiblichen Gründen auf ihrer Behauptung und brachte sogar einen Zeugen bei, einen Doktoranden, der sich weiß der Himmel etwas von seinem Meineid und ihrem Geldbeutel versprach. So viel Presse sollte er nie mehr als Gelehrter bekommen wie bald als Lügner, Karrierist, Liebhaber, Gefallsüchtigen und Krauterer, denn schließlich

wurde der Dieb aus Turin mit Hilfe der Polizeiakten selbst überführt. So konnte man ihm tatsächlich ein paar Fingerabdrücke zuordnen, die man 1913 in Bergamo von ihm abgenommen hatte. Wer war er wirklich? Tatsächlich handelte es sich um Ettore Berandi, der zwar die äußeren Daten seiner Identität, also Name, Wohnort, Geburtstag, Familienstand komplett vergessen hatte, nicht aber die Art seines Nebenverdienstes, nämlich zu stehlen, wenn er Dinge benötigte. Signora Berandi jubelte und zeigte der Professorenfrau die nackte Faust, bekam sie doch endlich ihren Mann und Arbeiter zurück sowie eine Versehrtenpension obendrein. Die Geste hätte sie besser bleiben lassen sollen. Gedemütigt ging die DeCalla in Revision, beschäftigte die besten Anwälte und hätte es beinahe geschafft, ihn in ihr neues, selbst gewähltes Exil in Brasilien zu entführen, wenn nicht das Fluchtauto aus der nächsten Kurve getragen und am erstbesten Baum zerschellt wäre. „Tragisch“, resümierte der Autor, „Er wusste, wohin er gehörte“, schluchzte die Berandi, jetzt wirklich Witwe, während Signora DeCalla vom Zuckerhut aus wissen ließ: „In seinem alten Leben hätte Ettore nur Unverstand und Mühsal gefunden, bei mir aber die Belohnung, wie sie ein Kriegsheld verdient, und das ist weder Vergessen noch Tod, sondern allein Liebe.“
Kurz vor dem Sanatorium hielt mich ein Polizist davon ab, weiterzugehen.
„Sie können hier nicht lang.“
„Was ist denn los? Ein Ausbruch? Feuer?“
„Nichts davon“, brummte der Beamte genervt. „Sehen Sie sich doch um! Zu viele Leute halt.“
Ich versuchte, über die Büsche zu spähen, die das Haus in Form eines natürlichen Walls umgaben, bevor das schmiedeeiserne Tor und die kleine Mauer mit dem Gitterzaun die eigentliche Begrenzung bildeten. Den rechten Flügel des ehemaligen Herrenhauses und die geschwungene Freitreppe davor konnte ich gerade noch ausmachen, die übrige Hälfte jedoch blieb für mich unsichtbar. Dennoch brauchte ich keine Fantasie, um mir vorzustellen, wie sich auch dort die Menschen drängelten, um etwas zu sehen. Nur, was?
„Ich arbeite hier“, sagte ich.
„Ich auch“, bekam ich zur Antwort.
„Man erwartet mich.“
„Und wenn es so wäre, wie sollen Sie da durchkommen? Sobald das Tor geöffnet würde, hätten Sie plötzlich mächtig viel Besuch.“
„Es gibt einen Hintereingang“, hörte ich mich sagen, wobei ich gleichzeitig lächeln musste. „Klingt wie aus einem Kriminalroman, nicht wahr?“

Der Polizist verzog das Gesicht und gab ein Zeichen in die Menge.
Eine feiste Gestalt löste sich. Diese Umrisse konnten nur zu Malard gehören.
„Dr. Gerron“, stellte ich mich vor. Wir hatten es uns bisher nur flüchtig kennen gelernt, und ich war mir nicht sicher, ob er sich noch an mich erinnerte.
„Ihr Chef ist ein Idiot“, entgegnete er grußlos.
Ich äußerte still meine Verwunderung, indem ich beide Augenbrauen hob.
„Hat sich gedacht, er könnte seine unbekannten Soldaten unters Volk bringen, wenn er in einer großen Tageszeitung Fotos von ihnen veröffentlichen lässt. Die kleine Serie der hiesigen Presse hat ihn wohl auf die Idee gebracht. Hatte er dies nicht zunächst verfluch? Wie auch immer, da hat er nun den Salat und unsere Leute die Scherereien. So etwas muss man im Stillen bewegen und behutsam abgehen. Halb Frankreich vermisst seine Kinder. Wenn man ruft, man habe welche, dann steht auch halb Frankreich vor der Haustür. Was den Hinterbliebenen oft als einziges bleibt, ist die Hoffnung, und die ist eine tückische Krankheit. Glauben Sie mir, ich weiß das. Ich beschäftige mich seit Jahren mit ihr. Verzweifelt setzt man auf das Morgen, da sie unablässig den falschen Traum einer heilen Vergangenheit heraufbeschwört. Sie bohrt, macht unzufrieden und lässt die Menschen sich nicht abfinden. Dieser Krankheit darf man nur einen Spalt weit die Tür aufmachen, sie aber nicht derart weit aufstoßen wie Ihr Fenayarou. Wissen Sie, ich komme einigermaßen weit herum, um meine Aufgabe zu erfüllen, und ich schätze entsprechende Absprachen. Dieser Alleingang Fenayarous war dumm, einfach dumm. Ein Psychologe sollte nicht so geistlos sein.“ Er schmunzelte über seinen eigenen Witz.
„Kann ich zu ihm?“
„Haben Sie einen fliegenden Teppich zur Hand?“
„Ich könnte von der anderen Seite aus hereinkommen.“
„Er kennt einen Hintereingang“, raunte ihm der Polizist zu.
„Kennt er?“ Malard zögerte, bevor er sich entschloss: „Bitte, nach Ihnen.“
Ich schlug einen größeren Bogen um das Haus, um die allgemeine Aufmerksamkeit nicht auf uns zu lenken. Allerdings ächzte der Commissaire wie ein menschlicher Traktor mit Kolbenfresser hinter mir, sodass ich mir meine Vorsicht hätte sparen können. Er erahnte wohl meine Gedanken: „Machen Sie sich keine Sorgen. Ihr beinloser Kopfstandkünstler …“
„… Sie meinen Grégoire!“

„Genau der! Grégoire hält die Menge bei Laune. Steht da eisern an der Mauer, reckt seine Stumpen in die Höhe und brüllt, dass er als Mann immer noch alles habe, was eine Frau brauche."
Ich wollte nicht darüber lachen.
„Kommen Sie, das Elend hält man doch nur aus, wenn man ihm auch mal den Hintern zeigt."
„Ich sage ja nichts. Sie sind es, der sich zuletzt über die Situation hier aufgeregt hat."
Er schnaubte und blieb für einen Moment stehen: „Das ist etwas anderes. Ich unterscheide gern zwischen Dingen, die man nicht mehr ändern kann, und Dingen, die noch zu bewegen sind."
„Ist das eine Art Philosophie?"
„Nennen Sie es besser eine reine Überlebensstrategie für den Fall, dass man am Seil hängt oder ein solches vor einem Abgrund in der Hand hält."
Zu Malards Unglück mussten wir ein steileres Stück Feld bezwingen, bis wir an die rückwärtige Gitterzeile gelangten. Er betupfte sich die Stirn: „Der Hintereingang", fragte er, „wo befindet er sich?"
Ich wies auf den Zaun: „Hier!"
„Ich verstehe nicht."
„Wir müssen hier hinüberklettern."
„Soll das ein Witz sein?"
„Kein Witz, vielmehr eine Notlösung. Sie sagten doch selbst, dass man den Dingen auch mal die Rückseite zeigen müsse. Hier am Zaun können Sie es gleich versuchen."
Der Commissaire vergrub die Händen in seine Jackentaschen: „Ich hasse es, wenn man mich falsch zitiert."
Obwohl ich recht sportlich war, kostete es mich ein wenig Geschick, über den Zaun zu klimmen, da das Gitter durchaus hoch war. Man musste vor allem die Eisenspitzen überklettern und sich mit seinem Schritt von ihnen möglichst entfernt halten. Zwar schienen diese fast stumpf zu sein, aber man konnte ja nie wissen. Schaden macht klug oder kinderlos. Endlich auf der anderen Seite sprang ich den letzten Meter und klopfte mit die Hände ab.
„Jetzt Sie", forderte ich Malard auf.
Er grinste: „Das ist mir zu umständlich. Ich werde doch lieber vorn herum und durch das Tor gehen."
„Aber die vielen Menschen?"

„Wozu bin ich Commissaire und Sonderbeauftragter? Die Dienstmarke gezückt, ein Beamter zur Seite und schon haben Sie die schönste Gasse wie seinerzeit Moses am Roten Meer.“
„Also hätte ich es mir auch ersparen können, hier herüberzuklettern. Schauen Sie, meine Hose ist ganz schmutzig.“ Ärgerlich wischte ich darüber.
Malard aber hatte sich bereits abgewendet und dampfte wieder den Hügel hinab, nicht ohne einmal seinen Rockschoß zu heben und sich wie ein Schuljunge, ein wenig vorgebeugt, auf seinen Hintern zu klopfen.
Ich behielt jeglichen Kommentar für mich, lief über die Wiese zum Haus und suchte an meinem Schlüsselbund denjenigen für die Kellerpforte. Diese befand sich einige Treppenstufen abwärts unterhalb der Grasnarbe in einer Ecke zwischen dem hervorspringenden Rund des Essensaals und der linksseitigen Außenmauer.
Zunächst wollte ich mein Zimmer aufsuchen, um mein Jackett gegen den obligatorischen weißen Kittel zu tauschen – wie alle Ärzte komme ich mir im Dienst ohne ihn seltsam nackt und unprofessionell vor – doch das Wortgefecht, das ich bereits von Weitem aus Fenyarous Büro hörte, hielt mich davon ab.
Die beiden weiblichen Stimmen kamen mir recht bekannt vor; ich konnte sie allerdings nicht sofort zuordnen, da sie mir nur gedämpft entgegendrangen. Darunter mischte sich eine männliche Stimme, die bestimmt nicht Dr. Fenayarou gehörte.
Statt hineinzugehen, lauschte ich.
Ein Mann tobte: „Ich will keinen Verrückten bei uns haben. Die beiden Kinder reichen völlig. Hier ist er gut versorgt, hier fehlt ihm Nichts. Zu Hause würde er uns nur zur Last fallen. Was sollen die Leute sagen?“
„Er ist dein Bruder, er war im Krieg“, schluchzte die Frau. Ich überlegte einen Augenblick – richtig, die da weinte, musste Louise Vaysett aus Vors sein.
„Wenn er es ist! Da bin ich mir, was mich angeht, nicht so sicher. Das Foto sieht ihm ähnlich, ja, anderseits ist es so undeutlich, dass ich auch sagen könnte, es handle sich um Laurence Vigul.“
„Was hat unser Metzger im Dorf mit Albert zu tun?“
„Das sollte nur ein Beispiel sein. Er sieht eben aus wie jeder Zweite oder Dritte.“
„Albert ist nicht irgendwer, er ist …“
„… mein Sohn, Alfons!“, fuhr die andere Frauenstimme dazwischen. Kein Zweifel, die alte Defouil hatte sich zu Wort gemeldet.
„Bitte!“, sagte der Bruder, „da hast du es. Soll die ihn nehmen.“
„Du hast kein Herz, Yves.“

„Ach, der Teufel. Du meinst, bei tausend Sorgen macht eine zusätzliche nichts aus?"
„Zumal er gar nicht Ihr Albert ist", bemerkte die Defouil spitz.
Der Streit begann von vorn und ich fragte mich, weshalb die beiden Frauen überhaupt wieder bis zu Fenayarou durchgedrungen waren. Sein weiches Herz konnte es kaum sein; er wusste sehr wohl zwischen bloßem Verständnis und notwendiger Strenge auf Grund von Realitäten zu unterscheiden. Wahrscheinlich hatte sie ein unbedarfter Mitarbeiter eingelassen. Ich verwarf diese Gedanken sofort wieder, denn in diesem Fall hätte er auch all die anderen Leute vor dem Sanatorium einlassen müssen. Ich wollte denjenigen sehen, der sich aus einer Menge drei heraussucht und dreihundert anderen, die am Zaun rütteln, die Tür weist.
„Sie haben eine behördliche Erlaubnis." Ich zuckte zusammen. Malard lächelte mich an. Wie hatte es dieser körperlich ausufernde Mann nur geschafft, sich derart anzuschleichen? Seine Fähigkeit, meine Gedanken zu lesen, hinterfragte ich nicht weiter. Berufsmarotte eben.
„Sie stehen hier und horchen. Sie wundern sich, warum die hier drinnen sind und die anderen dort draußen warten. Nun, das gelingt, wenn man die richtigen Papiere hat. Man schreibe und klage der Behörde zur Regelung der Angelegenheiten Kriegsvermisster und bevor die sich die Bude niedertrampeln lassen, schicken sie die Familien lieber gleich ohne Gegenwehr an den Ort ihrer Wünsche."
„Im Sanatorium gilt einzig das Wort Fenayarous." Ich wusste, dass das nicht stimmte. Irgendetwas wollte ich aber entgegen, um nicht ganz so dumm dazustehen.
„Papperlapapp, wir sind hier nicht in der Kirche. Außerdem muss er ein Interesse daran haben, seine Namenlosen wieder zu richtigen Menschen mit einer ordentlicher Adresse zu machen. Das wäre die beste Form der Heilung. Zudem hat er noch keine eindeutigen Beweise dafür, dass es sich bei Anthelme weder um Albert Mazenc noch um Alfons Defouil handelt."
„Na ja", wendete ich ein, „nach Louise Vaysetts Beschreibung ist Anthelme um die zehn Zentimeter kleiner als ihr Albert und was Alfons Defouil betrifft, so …"
Ich kam nicht weiter, da mich Malard unterbrach: „Zu Defouil gibt es Beweise."
„Ach!", staunte ich: „Welche?"
„Kommen Sie mit."
Ohne ein „Herein" abzuwarten, öffnete der Commissaire die Tür, schob die drei Streitenden beiseite und legte den überraschten Fenayarou ein Dokument vor, das er in einem bereits geöffneten Umschlag aus der Innentasche seiner Jacke gezogen hatte.
„Guten Tag", grüßte ich in die kleine Verwirrung hinein.

Fenayarou nickte mir freundlich, aber unaufmerksam zu, um sich sogleich dem vor ihm ausgebreitetem Dokument zu widmen. Einige Satzbruchstücke las er flüchtig-leise vor sich hin, die typische Art desjenigen, der die für ihn entscheidenden Zeilen sucht.
„Madame Defouil", begann er schließlich, wobei er seine Brille absetzte. „Ich habe Ihnen eine wichtige Mitteilung zu machen."
„Nein!", rief sie schwach, während der Bruder Vaysetts triumphierend auf seine Schwester herabblickte. Große Männer schienen in dieser Familie wahrscheinlich üblich zu sein. Yves Mazenc überragte auch mich um einen Kopf.
Ihm entglitten seine Gesichtszüge, als Fenayarou die maßgebliche Textstelle vortrug: „Gefallen während eines kurzen Gefechts am 23. Dezember 1916, liegt der am 8. April 1889 bei Bergerac im Departement Dordogne geborene Alfons Defouil, Sohn der Eheleute Bertrand und Agnes Defouil, begraben auf dem großen Kriegsgräberfriedhof von La Motte, Departement Côtes-d'Armor, Sektion A, 9. Reihe."
„Was hat das zu bedeuten?", entfuhr es der Vaysett, „ich verstehe nicht."
„Dass Alfons Defouil schon lange tot ist, und zwar bekanntermaßen und amtlich. Das bedeutet es leider, liebe Schwester."
Malard und ich stürzten uns gleichzeitig hin, um die alte Frau davor zu bewahren, ohnmächtig auf den nackten Boden fallen. Federleicht war sie. Ich spürte ihre knochigen Gliedmaßen unter ihrer Kleidung. Ich ließ den Commissaire sie in einen Sessel setzen, um selbst ein Glas Wasser und ein Beruhigungsmittel zu bringen.
Sie seufzte heftig, gleich würde es aus ihr herausbrechen.
„Armes Geschöpf", gab Malard in die Runde, „aber Wahrheit muss Wahrheit bleiben. Das ist mein Beruf. Bei Ihrem weiß ich das nicht immer so genau. Ich bin eben Laie und Bulle. Verzeihen Sie mir meine Worte, lieber Dr. Fenayarou, und verzeihen Sie mir, wenn ich Sie da so ohne Vorwarnung mir nichts, dir nichts mit einbezogen habe. Sie haben das prächtig gemacht. Nach meiner Erfahrung ist oft der Schock die beste Kur. Nehmen Sie es als kleine Rache für den Auflauf dort draußen."
„Ja, ja", knurrte Fenayarou, womit er das Dokument zerknüllte und auf den Schreibtisch warf. Dann stellte er sich neben den Sessel, auf dem Agens Defouil mit geschlossenen Augen schluchzte, und schaute zum Fenster heraus. Wir blickten sie beide an und schwiegen.
Unvermittelt begann er zu erzählen: „Sie kennen sicher das Märchen vom Totenhemdchen. Als kleiner Junge hat es mich immer getröstet. Warum, weiß ich nicht,

denn jetzt, wenn ich so offen sein darf, macht es mir langsam angst. Die Geschichte geht so:
Es hatte eine Mutter einen Jungen von sieben Jahren. Dieser war so schön und lieblich, dass ihn niemand ansehen konnte, ohne mit ihm gut zu sein. Und auch die Mutter hatte den Jungen lieber als alles auf der Welt. Da geschah es, dass er krank wurde und starb. Die Mutter blieb untröstlich und weinte Tag und Nacht. Bald darauf aber, nachdem der Junge begraben war, zeigte sich das Kind nachts an den Plätzen, wo es sonst im Leben gesessen und gespielt hatte. Weinte die Mutter, so weinte es auch, und wenn der Morgen kam, so war es verschwunden. Als jedoch die Mutter gar nicht aufhören wollte zu weinen, kam das Kind in einer Nacht mit dem Kränzchen auf dem Kopf und seinem weißen Totenhemdchen, mit welchem es man in den Sarg gelegt hatte. Es setzte sich zu ihren Füßen auf das Bett und sprach: ‚Ach Mutter, höre doch auf zu weinen, sonst kann ich in meinem Grab nicht einschlafen, denn mein Totenhemdchen wird nicht trocken von deinen Tränen, die alle darauf fallen.‘ Da erschrak die Mutter, als sie das hörte, und weinte nicht mehr. Und in der anderen Nacht kam das Kindchen wieder, hielt in der Hand ein Lichtchen und sagte: ‚Siehst du, nun ist mein Hemdchen bald trocken, und ich habe Ruhe in meinem Grab.‘ Da befahl die Mutter dem Herrgott ihr Leid und ertrug es still und geduldig, und das Kind kam nicht wieder, sondern schlief in seinem unterirdischen Bettchen.“
Yves brach zuerst das Schweigen. Er rollte die Augen: „Sind denn hier jetzt alle komplett irre? Muss ich mir hier Kindermärchen erzählen lassen und dabeistehen, wie man notorische Lügnerinnen überführt!? Reicht es nicht, wenn meine Schwester den Verstand verliert und Albert sieht, wo sie Albert sehen will. Ich vermute fast, dass hat sie erst hier gelernt.“ Er wendete sich direkt an Malard: „Ihre Schockmethode gefällt mir. Ich meine, auch ich sollte einmal dem verlorenen Bruder von Angesicht zu Angesicht begegnen, um über Wahrheit oder Märchen entscheiden zu können.“
„Mir scheint, Sie sind nicht ganz unvoreingenommen.“ Neben Mazenc wirkt der Commissaire umso mehr wie eine barocke Gesamtausgabe seiner selbst. „Würden Sie uns wirklich die Wahrheit sagen, selbst wenn sie in Anthelme ihren Verwandten erkennen? Sie sagten doch, dass Sie ihn daheim gar nicht gebrauchen könnten. Er würde nur Ärger machen. Die Familienbande ist bei Ihnen offenbar wenig eng geknüpft.“
„Woher wissen Sie, was ich gesagt habe? Sie sind doch gerade erst hereingeschneit. Wollen Sie mich etwa als Lügner bezeichnen?“
Malard ließ die erste Frage außer Acht und konzentrierte sich auf die zweite: „Bisher haben Sie nichts getan, was auf eine Lüge schließen ließe.“

„Das will ich meinen.“ Er überlegte einen Moment.
Auf Anhieb dachte ich: Man sieht, wie es in ihm denkt. Ich hatte den Satz einmal aufgeschnappt, nun besaß ich eine Vorstellung davon.
„Wir waren noch Jungs“, begann er, „mein Bruder Albert und ich, vielleicht neun und elf Jahre alt. Wir spielten, was Jungen halt so spielen. Dabei ging es manchmal ganz schön zur Sache. Einmal schnitzte ich mir aus einem jungen Weidenast eine Lanze.“ Er breitete die Arme aus: „Ungefähr so lang. Im Stall fand ich einen krummen Nagel, den klopfte ich gerade und befestigte ihn vorn an der Lanze. So eine Waffe hatte noch kein Junge im Dorf gesehen. Ich versteckte sie, weil es genügte, dass sie mir gehörte, dass ich sie gemacht hatte. Sie war mein, ein Schatz meiner Fantasie, wenn sie verstehen, und doch ganz real wie der Nagel, in den ich gern ganz sanft meinem Daumen drückte.“ Er stockte: „Wie Albert meine Lanze gefunden hatte, weiß ich bis heute nicht. Vermutlich hat er mich beobachtet, wie ich sie in einer schattigen Ecke hinter ein paar losen Brettern versteckte, vor denen unser Vater die schartigen und rostig gewordenen Feldgerätschaften lagerte. Als ich ihn damit sah, geriet ich außer mir. Ich griff ihn an und riss ihm die Lanze aus der Hand. Er wollte wegrennen, aber so sollte er mir nicht entkommen. Ich warf die Lanze nach ihm und traf ihn auch. Gott weiß, wie viel Prügel ich damals dafür von meinem Vater bekommen habe.“
„Das stimmt!“, rief seine Schwester. „Die Narbe muss er noch heute haben. Wie konnte ich das nur vergessen?“
„Vielleicht, weil es peinlich ist.“
„Peinlich? Wieso peinlich?“
Ihr Bruder griente: „Du weißt, ich traf ihn in den … Arsch.“
Wir ließen Madame Defouil in der Obhut eines Pflegers. Ob sie überhaupt etwas mitbekommen hatte? Sie sollte Anthelme nicht noch einmal sehen, während es für den Fall Vaysett-Mazenc nun absolut notwendig war.
Auf dem Weg zu Anthelmes Zimmer wechselten wir kein Wort. Der Hall unserer Schritte schallte uns durch die Flure voraus. Fenayarous Kittel bauschte sich in seinem Rücken zu einem geflügelten Umhang.
Wie üblich reagierte Anthelme auf unsere Ankunft mit dem geringsten Grad an Aufmerksamkeit. Er neigte kurz den Kopf, um dann wieder hinaus zu den Bäumen zu blicken, die sich vor seinem Fenster gegen den Wind stemmten.
„Albert“, sagte Louise Vaysett, „schau einmal, wen ich dir mitgebracht habe: Yves!“
Erneut neigte Anthelme kurz den Kopf, doch seine Augen blieben leer.

Da nahm sie den Arm ihres Bruders, um ihn zu Anthelme zu führen: „Hier ist er. Begrüße ihn.“
Yves kam zwei Schritte mit, bevor er sich energisch losmachte: „Lass das!“
„Du willst ihn allein in den Arm nehmen?“
„Einen Teufel werde ich tun. Er ist es nicht. Er ist nicht Albert. Ich kenne doch meinen Bruder. Und wenn Sie ihm tausendmal die Erinnerung weggeschossen und auf der Backe geröstet hätten, das ist er nicht.“
„Wie kannst du nur …?“
„Jetzt hör’ auf mit deinen Geschichten und akzeptier’ die Wahrheit.“
Malard schob sich vor beide: „Bitte, einer von Ihnen kann nicht Recht haben; genauer: Einer lügt!“
Sowohl Louise Vaysett als auch Yves Mazenc zeigten zugleich auf den anderen.
Malard seufzte: „Geschwister, natürlich. Fragt sich, ob Anthelme dazugehört. Ein möglicher Beweis steht ja noch aus. Doktores!“
Gemeinsam mit Fenayarou legte ich Anthelme auf sein Bett, nachdem ich zuvor seinen Gürtel geöffnet hatte. Bevor ich ihm Hose und Unterhose herunterstreifte, hob ich die Tagesdecke etwas an, um vor dem Besuch wenigstens noch den Schein des Anstands zu bewahren. Anthelme ließ es mit sich geschehen, und Louise Vaysett hatte sich eh zur Wand umgedreht.
„Schauen Sie, hier.“ Fenayarous Zeigefinger deutete auf den rechten unteren Rand des linken Gesäßmuskels. „Kaum zu erkennen, wenn man es nicht ahnt.“
Eine winzige Narbe versteckte sich nah zum Schritt hin. Sie maß kaum mehr als drei Millimeter und hob sich allein dadurch hervor, dass ihre Oberfläche geringfügig unebener und dunkler wirkte als die übrige Haut.
„Ein spitzer Gegenstand war es bestimmt.“
„Könnte die Verletzung auch von einem Granatsplitter oder einer Kugel herrühren?“, fragte Malard.
„Ich bin kein Spezialist“, antwortete ich, denn hier schien eindeutig der Anatom gefragt, „es wäre zumindest nicht unmöglich.“
„Ist sie alt oder jüngeren Datums?“
„Ich persönlich würde sie für jünger halten. Die Verwundung mit der Lanze ist ja bereits einige Zeit her. Ein Junge in dem Alter entwickelt sich ja noch enorm und wächst quasi aus seiner eigenen Haut heraus. Sofern die Verletzung jedoch recht tief war, sie sich vielleicht entzündet hatte und der Junge auch sonst zu einer schlechten Wundheilung neigte, dann könnte sie auch älter sein.“

„Verzeihung, Sie antworten wie ein Bauer: Kann sein, kann aber auch nicht sein.“
Ich verschränkte die Arme: „Dann, mein lieber Commissaire, erläutern Sie mir, worum es sich handelt. Möglicherweise hat er sich die Wunde drüben am Zaun geholt, als er hinüberklettern wollte, weil man ihm am Tor nicht einließ.“
„Schon gut, schon gut“, Malard hob beschwichtigend die Arme.
„Wir sollten ihn wieder anziehen. Wir haben gesehen, was wir sehen oder nicht sehen wollten“, sagte Fenayarou nachdenklich.
„Und was nun?“
„Welche Frage, Dr. Gerron, wir behalten ihn hier. Anthelme bleibt Anthelme, neuerdings mit einer Narbe und einem Bruder, der dennoch sagt, dass er es nicht ist. Narben gibt es viele, einen Anthelme oder Albert nur einmal. Wir müssen Gewissheit haben und eine Familie, die ihn gern wieder zu sich nimmt. Alles andere wäre unverantwortlich.“
Louise Vaysett schaute noch immer zur Wand. Leise erkundigte sie sich: „Darf ich morgen wiederkommen?“
Yves reckte die Arme in die Höhe: „Verdammt. Verdammte Geschichte.“
„Natürlich“, antwortete Fenayarou leise.
Zurück im Büro entließen wir die Geschwister in ihre ganz eigene Auseinandersetzung und in die Menge, die sich vor dem Tor wie Treibsand um sie schloss.
„Was Anthelme angeht, sind wir kaum weitergekommen. Aussage gegen Aussage.“
„Jetzt haben sie einen kleinen Einblick in meinen Beruf bekommen.“ Der Commissaire sagte das ganz ohne ironischen Unterton. „Nun müssen wir sehen, wie wir mit den Leuten da unten fertig werden.“

Anthelmes Steine

Sein Vater, der in dem Dorf in Sepia, das es nicht gibt, ein Architekt ist, hat das Haus, in dem Anthelme aufwachsen sollte, selbst geplant und mit seinen eigenen Händen erbaut. Dazu ist er ein Jahr lang jeden Tag auf den Hügel gegangen, um zu jeder vollen Stunde den Sonnenstand zu prüfen. In dem Haus, das er sich vorstellte, wollte er in allen Räumen stets genügend Licht haben und vor allem am gemeinsamen Esstisch so selten wie möglich auf elektrische Beleuchtung angewiesen sein.

Fast ist es ihm gelungen. Es ist ein schönes Haus. Es ist ein geräumiges Haus. Es ist ein Haus der Ideen und doch eines, das sich vor der Wirklichkeit ducken muss, denn mit zwei Dingen hatte Anthelmes Vater nicht gerechnet: Zum einen bestand seine Frau wie jede andere im Dorf auf dicht gewebten Gardinen vor den Fenstern und zum anderen sollten noch zwei weitere Häuser oben auf dem Hügel gebaut werden, solche, die es einen Teufel scherte, von woher das Licht in seine Zimmer drang.

„Ich könnte diese Wand wieder herausreißen“, sagt er manchmal.

„Ist es keine tragende?“, fragt Anthelmes Mutter erschreckt.

„Nein, aber sie besteht aus Ziegeln, die ich mit dem Geld deines Vaters gekauft habe. Es widerstrebt mir, ihm sagen zu müssen, dass sein Geld für eine nicht vorhandene Mauer draufging. Dieses Nichts hier, müsste ich ihm sagen, habe ich mit deinem Geld gebaut.“

„Er wird es verstehen.“

Anthelmes Vater zuckt die Achseln, lässt die Wand, wo sie ist, und ebenso die Sonne, die ungerührt als ein herausgeworfener Gast um seinen Traum herumstreicht.

Anthelme kümmern solche Anwandlungen und Klagen nicht. Er liegt sowieso am liebsten zwischen den alten Krempelkisten auf dem Dachboden und schaut zum Fenster unter dem Giebelkreuz hinaus. Von dort aus sieht er alles. Er ist der Türmer, der auf seine beiden Unterarme gestützt, den Frauen auf dem Feld befiehlt, einen Schritt voranzugehen, und sie gehen voran. Er ist der Wächter, der der Kirchglocke befiehlt zu schlagen, und sie erklingt. Er ist das Auge, das vor dem Adler dort droben knapp unter den Wolken, die Maus sieht, und sie umgehend warnt. Glückliche Maus, armer Vogel.

Und er entdeckt Gustave, wie er sich gerade den Weg zu ihnen hinaufquält. Er geht so viel gekrümmter als sonst. Jetzt berührt seine Stirn tatsächlich den Boden, denkt Anthelme. Es wird etwas passiert sein.

Eilig steht er auf. Ein heftiger Schmerz fährt durch seinen Schädel und er sinkt vor Pein zurück auf die Knie. Ihm bleibt fast der Atem stehen, so heftig hat er sich den Kopf an einem der Dachbalken gestoßen. Er braucht einige Momente, bevor er mit wackligen Beinen die Treppen hinabsteigen kann.
Gustave steht bereits im Flur. Er hört ihn leise jammern. Weint er? So hat er ihn noch gesehen. Warum weint er? Anthelme schaut seine Eltern fragend an.
Für gewöhnlich sind die gegenseitigen Besuche der Eltern und Großeltern ein ruhiges Unterfangen. Ihre Gespräche gleichen Ebbe und Flut. Regelmäßig werden Wiederholungen und selten neue Themen angespült, und man spricht über sie, weil man im Dorf über sie spricht, oder es herrscht das Schweigen, das aber niemanden stört und über das sich keiner aufregt, weil man sich schon genug im Leben gesagt hat. Die Anwesenheit genügt zum Zufriedensein. Schön, uns zu sehen.
Seine Mutter legt den Arm um ihn, während sein Vater seine Hände tief in den Hosentaschen vergräbt. Jetzt weiß auch Anthelme, dass ein Unglück geschehen sein muss.
Er bekommt die Antwort, bevor er die Frage stellt: „Großmutter ist gestorben."
„Sie war alt", sagt sein Vater. Seine Stimme ist belegt und sein Satz ist so wahr wie überflüssig – sein Geständnis der Unsicherheit.
„Jetzt kann auch ich mich hinlegen." Gustave schnäuzt in sein Taschentuch.
„Ach, Vater, das Leben …"
Gustave schnäuzt ein zweites Mal noch lauter in sein Taschentuch. Er will den Unsinn seines Schwiegersohns nicht hören.
„Warum hinlegen?", fragt Anthelme, der die Botschaft nicht begreifen will. Zwar hat sie bereits ein flaues Gefühl in der Magengegend ausgelöst, doch mehr soll es nicht werden. Er möchte, dass es sofort verschwindet, obwohl er ahnt, dass das Gegenteil der Fall sein wird. Überschwemmt wird er davon werden, überschwemmt …
„Weil meine Aufgabe erfüllt ist und es niemanden mehr gibt, für den ich da sein sollte. Altes Stroh brennt am hellsten, und jetzt ist es verbrannt. So muss man das sehen."
„Muss man was sehen?", will Anthelme fragen, Es ist nicht mehr als ein Flüstern. Niemand hört ihn.
„Es gibt uns. Du könntest hierhin ziehen", sagt sein Vater zu Gustave. „Du weißt, ich habe ein großes Haus gebaut. Wir haben genügend Platz."
„Das ist nicht dasselbe."
„Natürlich."

„Natürlich sagst du? Na, dann ist es ja gut, wenn du weißt, wie das ist, nicht nur einen vertrauten Menschen, sondern mit ihm deine Anbindung an das Leben umher zu verlieren. Ich habe sie kennen gelernt, das waren wir beide noch so klein", er hebt die flache Hand knapp über den Boden, „in jenem anderen Dorf. Wir sind zur Kirche gegangen, haben uns gestritten, vertragen, geliebt. Das ist nicht viel, das ist nichts Besonderes, aber das ist eben meine und ihre Geschichte, unsere Vergangenheit, die nur wir so im Kopf teilten. Ich konnte sagen: Weißt du noch da vorn in der zweiten Kirchenbank, und sie wusste sofort, was ich meinte. Und sie konnte von Marie, Yvettes, Constance oder sonst wem ihres Alters sprechen und ich sah gleich den ganzen Jahrmarkt ihrer Freundinnen vor mir. Mit ihr ist diese Einfachheit, diese lebendige Erinnerung fort. Alle anderen brauchen mehr Worte. Wisst ihr, je älter man wird, desto mehr Worte benötigt man für dort draußen, um sich verständlich zu machen; dabei wird man immer müder, um überhaupt etwas sagen zu wollen."
Anthelmes Vater streckt sich tiefer in seine Taschen und schaut ratlos zu seiner Frau. Er hatte nur praktisch sein wollen – der Trost unter Männern halt. Leider weiß er genau: Nichts ist schlimmer als die Einsamkeit inmitten derer, die es aus Mitleid gut mit dir meinen.
„Hast du dem Arzt und Pfarrer schon Bescheid gegeben?"
Gustave schüttelt den Kopf.
„Tja, dann werd' ich mal." Froh, dass er nichts mehr sagen muss, dass über seine Verhältnisse geht, greift er sich die Jacke. Endlich kann Anthelmes Vater zur Haustür hinausverschwinden und den Hügel hinunterfliehen, von dem er einst geglaubt hatte, dass er dort oben ein Haus würde entwerfen können, in dem es zu jeder Zeit hell ist.

Anthelme will die Großmutter nicht aufgebahrt sehen. Gibt es überhaupt einen Unterschied zwischen ihrem Totenbett und dem Bett ihrer Krankheit? Aber seine Mutter fragt nicht und zerrt ihn mit. Seine Füße waren schon immer gehorsamer als seine Empfindungen. Er hasst seine Füße, die sich nicht in den Boden zu stemmen vermögen, wenn er mal nicht will. Er ist ein Tier, das an ihrer Armleine zappelt, er ist ein Held, der sich zum Drachen führen lässt, er ist ein Junge, der eine Leiche anschauen soll.
Plötzlich reißt er sich los. Mit einer kleinen Drehbewegung weiß er seine Hand aus der ihren zu entwinden. „He!", ruft sie, „Anthelme, bleib da!"

Er springt in die erstbeste Gasse, läuft hinter die nächste Hausecke und rennt von dort weit ins Feld hinein. Zumindest sind seine Hände klüger als seine Füße. Offenbar wissen sie sich zu wehren, sie haben Mut, sind weniger zimperlich, geben den Ton an. Was hat er für ein Glück, dass seine Mutter einfach stehen bleibt und ihn nicht einzufangen versucht. Ihr Rufen hört er schon nicht mehr. Wahrscheinlich schaut sie ihm flehentlich nach, verblüfft, der Mund halb offen – kaum oder dich verständnisvoll? Was hätte sie an seiner Stelle getan? Sich hinschleppen lassen? Musste sie es als junges Mädchen?

Wohin? Soll er zu Rélie laufen? Seit ihrer letzten Begegnung vor der Schule hat er sie nur von Fern gesehen. Bisher traute er sich nicht, sie anzusprechen. Aber jetzt hat er einen Grund. Gibt es einen besseren? Lieber nicht. Was würde sie von ihm halten, wenn er bei ihr einfach aufkreuzt und losflennt? Außerdem müssten seine Eltern bald bei ihrem Vater auftauchen, um das letzte Geleit zu besprechen. Und seine Freunde? Sie würden lachen und ihn einen Hosenscheißer nennen, weil sie es nicht besser wissen und weil es ihr ungeschriebenes Gesetz war, jeglicher Angst und Verwirrung mit einem Mir-macht-das-auf-keinen-Fall-etwas-aus gegenüberzutreten.

Er hat den vorderen Waldrand erreicht und schaut zurück ins Dorf. Es wirkt, als würde es sich von ihm abwenden. Ein Schachtelhaufen einander verkeilter Kisten. Oder hat er ihm zum ersten Mal selbst den Rücken gekehrt?

Anthelme weiß nicht, weshalb, aber langsam und bedächtig beginnt er, Steine aufzulesen. Überall liegen sie herum, besonders hier am Feldrain. Es sollen handtellergroße Steine sein, am besten glatte Kiesel und von verschiedener Farbe. Wenn sie von leicht hellrosa Farbe sind, gefallen sie ihm besonders gut, nur davon gibt es gerade besonders wenige. Häufiger liest er grobkantige in einem dunklen Braun auf. Man könnte sie fast mit alten Kartoffeln oder vertrockneten Kuhfladen verwechseln. Also sucht er länger, um vor allem die Rosafarbenen zu finden.

Sorgsam schichtet er sie zu mehreren Reihen nebeneinander, um abschätzen zu können, wie viele er hat und was er davon wird tragen können.

Sein erster Versuch, sie alle auf einmal in die Arme zu nehmen und ein paar davon zusätzlich in seine Hosentaschen zu packen, scheitert. Schon nach wenigen Metern und dem ersten Loch im Boden stolpert er und alles kracht zu Boden. Also sammelt er sie wieder ein und reiht sie erneut auf, bevor er sie genau dort liegen lässt. Erst einmal muss er zu ihrem Versteck am See. Dazu muss er um das Dorf herum, wenn er nicht von seinen Eltern gesehen werden will. Denn dort am See befindet sich der alte Rucksack, den er, der Türspalt, Pisser und Schnodder in einer Holztruhe im Gestrüpp knapp vor dem Steg verborgen haben. Für gewöhnlich legen sie ihre Kleider, wenn sie schwimmen gehen wollen, oder andere Schätze in ihn hinein – wie zum Beispiel abgebrochene Pflugspitzen, rostige Spaten, bunte Glasscherben und das, was ihre Eltern aus dem Haus werfen, obwohl es noch glänzt.

Mit dem Rucksack geht es entschieden besser. Zwar hat er Löcher, aber die Steine blockieren sich gegenseitig und bleiben auf diese Weise drin. Die übrigen trägt er bequem in den Händen.

„Willst du dir ein Haus bauen?", fragt ihn der alte Gérard, träge über seinen Gartenzaun gebeugt. Gérards Anwesen grenzt zum großen Feld und er bewacht es, weil man seiner Ansicht nach nicht nur auf Hühner, Kinder und Schweine aufpassen muss, sondern auch auf die Erde, die nur scheinbar daliegt und doch von Wind und Regen fortgeweht wird.

„Hab' dich schon die ganze Zeit da oben beobachtet. Nimm nicht zu viele vom Acker, sonst haben wir bald kein Land mehr. Steine stören zwar bei der Feldarbeit und wachsen tut auf ihnen auch nichts, aber sie halten die Erde fest, verstehst du."

Anthelme antwortet nicht. Gérard ist sowohl absonderlich als auch auf seine alten Jahre hin stocktaub geworden. Außerdem hätte Anthelme keine Erklärung gehabt.

Über den Hinterhof gelangt er zum Haus seiner Großeltern. Die Außentür zur Küche ist nicht abgeschlossen. Er öffnet sie einen Spalt, um zu horchen. Schritte. Das kann nur seine Mutter sein. Er hört sie schluchzen. Eine zweite Stimme. Der Pfarrer. Er tröstet.

Anthelme legt Steinen und Rucksack ab. Er muss warten. Vor der Ewigkeit ist jeder Abschied kurz, hat es in einem der letzten Gedichte geheißen, die sie bei Monsieur Gremiond durchgenommen haben. Umso länger zögert man ihn hinaus. In der Klasse verfassten sie dazu Einkaufslisten mit Wörtern wie *Bahnsteigkarte, Taschenuhr, Sonntagsanzug, Kaffeetafel, Frühstücksheringe* …

Endlich hört Anthelme, dass sie die Treppen hinabsteigen und durch den Flur vor die Haustür treten. Mutter schließt ab.

Eilig packt er seine Sammlung, um sie hoch zur Großmutter zu tragen. Jetzt kann er mit der Arbeit beginnen. Anschauen möchte er sie allerdings nicht. Warum ist er sonst fortgelaufen? Es muss eine andere Macht sein, die ihn zwingt, wenigstens ein einziges Mal hinzusehen. Er findet nur das Tuch, das seine Mutter und der Pfarrer über sie ausgebreitet haben. Je mehr er nicht hinsieht, desto mehr ist sie in seinen Gedanken. Fast glaubt er, sie würde sich gleich bewegen und ihn berühren. Und dann ist da vor allem auch noch der Geruch ihres Urins – so lebendig wie immer.

Um sich weniger zu fürchten, beginnt Anthelme, ihr etwas zu erzählen. Er spricht einfach drauflos: Dass er gestern mit seinen Freunden am See gewesen ist, dass sie in die Wolken gestarrt haben und er nichts sah außer Wolken, während sie sich gegenseitig das zuriefen, was sie ihn ihnen erkennen wollten: Walfische – alle sehen stets am Himmel Walfische – Pilze, Kronen, Marmeladengläser und einen Fuß, der Anthelme in den Hintern tritt, weil er eben nichts erkennt. Und ob das schlimm sei, all das nicht zu sehen, höchstens das Gewitter, das an dem Abend auch wirklich einsetzte.
Gebannt von seiner Arbeit und seinen Geschichten, bemerkt er spät, dass jemand das Zimmer betreten hat.
Unwillkürlich hebt den Arm über den Kopf, um Schläge abzuwehren. Er weiß nicht, wen er erwartet hat, er weiß nur, auf unerwünschte Kinderideen folgen meist Prügel.
„Was finden Kinder immer nur an Steinen? Wollt ihr alle Bildhauer wie dein Vater werden? Oder Architekt?"
„Großvater!" Anthelme ist erleichtert.
„Was soll das?" Er zeigt auf Anthelmes Werk. „Du weißt es wohl selbst nicht?"
Anthelme schüttelt den Kopf. Er musste es eben tun.
„Hier fehlt noch einer." Mühsam bückt sich Gustave nach einen letzten Kiesel und schließt damit den letzten Spalt zur hinteren Zimmerwand.
„So ist gut."
Gemeinsam betrachten sie das Ergebnis. Um das Bett rahmt sich ein flaches Mäuerchen aus gleichgroßen Steinen in einer feinen Farbabstufung von weiß über grau und schwarz bis hellrot und sanftgrün.
„Ist das dein Geschenk für sie?"
Anthelme nickt, obwohl er und sein Großvater wissen, dass es das nicht ist.
Es ist ein Schutz für ihn.

Einen Monat später legt auch der Großvater sich ins Bett.
Er sagt, er könne nicht mit ansehen, wie seine Hosen schmutzig und schmutziger werden. Früher habe er gedacht, als alter Mensch kleckre man sich wie ein Kind die Suppe zuerst auf das Hemd. Jetzt weiß er, dass alles immer auf die Hose geht.
„Da!", sagt er und zeigt auf seine Knie, „ist das ein Zustand? Ich kann machen, was ich will, der Vormittag ist noch nicht vorbei, und schon sieht meine Hose aus, als würde ich sie seit Jahren tragen. Und ich befürchte, so sieht das bei allen hier im Dorf aus, die die Sechzig überschritten haben."

Anthelme erfährt in dieser Zeit, was es heißt, wenn man sagt, ein Indianer legt sich am Wegrand zum Sterben hin, während sein Volk weiterzieht. Was er nicht ahnt und seine Eltern nicht für möglich halten, ist, dass dieses Sterben zwei Jahre dauern wird. Mit und ohne Hose. Bei Indianern rechnete man vielleicht mit einer Woche. Dann sind sie verdurstet oder von wilden Tieren angefallen worden. Gustave hingegen bekommt Suppe, Brot und Apfelschnaps für den ruhigen Schlaf vorbeigebracht. Anthelme übernimmt diese Aufgabe Tag für Tag. Er sagt sich, sein Großvater ist eigens für ihn erschaffen worden, nun kann er ihm zeigen, dass dies auch umgekehrt gilt.

Zu Beginn geht es recht entspannt zu. Der Tod hat keine Verwendung für Gustave, also muss er ihn rufen. Betteln will er nicht.

„Wenn ich tot bin, Anthelme“, warnt Gustave, „dann umzingle mich ja nicht mit deinen Steinen. Es war genug Arbeit, sie wieder aus dem Zimmer zu schaffen und deiner Mutter zu erklären, wie sie dahingekommen sind.“

„Du hast es ihr verraten?“

„Ich habe ihr gesagt, dass dies die Steine sind, die ihre Mutter im Leben angesammelt hat. Nun muss sie jemand anderes tragen.“

„Das hat sie dir geglaubt.“

„Es hat ihr die Tränen in die Augen getrieben.“

„Wirst du heute aufstehen?“

„Nein!“

„Morgen?“

„Später, wenn du mal in meinem Alter bist, wirst du es begreifen.“

Für Anthelme ist das ein übles Versprechen in die Zeit, und das denk er auch.

Und warum er gleich nach Großmutters Beerdigung alle ihre Sachen weggeräumt hat, erklärt Gustave ebenso wenig. Er sagt nur: „Was erledigt ist, ist erledigt“, ohne weitere Auszuführungen.

Kein Bild von ihr ist mehr im Haus zu sehen, ihre Kleider sind verschenkt oder verbrannt, ihre persönlichen Sachen wie Briefe, Schleifchen und eine Schulmädchenstickerei mit dem Spruch *Immer in Ruhe – und dann mit Schwung* auf den Dachboden in eine Truhe mit zwei festen Schlössern geräumt. Selbst ihr Uringeruch hat sich verflüchtigt, als hätte er begriffen, dass er einem neuen Duft Platz machen musste – dem des Großvaters.

Denn so sieht es aus. Je mehr Gustave in den Kissen versinkt und unter der Bettdecke verschwindet, desto mehr gibt sich sein Körper der Hinfälligkeit und den eigenen

Ausdünstungen hin, ganz zu schweigen von der Blase, die zwar prächtig funktioniert, aber eben nicht mehr Beine und Arme, die sie zum Nachttopf hieven müssen. Zudem sieht Anthelme mit Unbehagen, erst fünf, dann sechs, dann sieben drahtige Bartstoppeln auf Gustaves Kinn sprießen. Zwar rasiert er sich noch, aber es geht immer weniger gut von der Hand. Regelmäßig entkommen sie dessen Klinge wie Efeu, das unaufhaltsam einen alten Baum umschlingt.
„Glaubst du an ein nächstes Leben?“
Der Türspalt hat ihn gebeten, das zu fragen, denn sein Großvater sei ja nun „nah dran“. So drückte er sich aus. Vielleicht wisse er schon mehr als andere. All das ist natürlich nicht wahr. Dem Türspalt wäre eine solche Frage nicht einmal eingefallen, aber das ist Anthelme nicht bewusst. Er glaubt, dass diese Frage nicht von ihm selbst kommt.
„Wenn ich tot bin, sag’ ich es dir.“
„Wie?“
„Durch die Wolken.“
„Wolken kann ich nicht lesen. Hab’ ich dir das nicht erzählt?“
Gustave seufzt.
„Schrecklich und merkwürdig“, sagt er.
„Was meinst du?“
„Ein Leben lang denkt man darüber nach, wie glücklich man sein könnte, wenn dies oder das eintreten würde, wenn man dies oder das erreicht hätte, zum Beispiel dein Vater und sein Haus. Als er es baute, hoffte er, darin mit euch ein lichtes Leben zu führen. Nachdem es fertig war, schien er auch zufrieden zu sein, zumindest für einen Moment. Jetzt ist es zugebaut. So ist das mit vielen Dingen, denke ich.“
Anthelme sucht seinen Großvater im Bett. Er ist derart eingefallen, er kann ihn kaum zwischen den Decken finden.
„Bist du denn glücklich?“
„Willst du mich zum Narren halten?“
Anthelme fragt erneut: „Glaubst du an ein nächstes Leben?“
„Du bist wirklich hartnäckig. Das hast du von ihr.“ Er zeigt nach oben.
„Und?“
Er denkt eine Weile nach. Schließlich schüttelt er den Kopf und sagt: „Ja!“

Seufzertherapie

Worte bilden den Anfang, mit Worten verändert sich die Welt, nicht weil sie sich ändert, sondern weil es einen gibt, der sagt, dass sie sich ändern soll. Das kann ganz klein sein: ein Straßenpolizist etwa, der dich bittet oder dir befiehlt, dass du jenen statt diesen Weg zu nehmen hast, verändert deine Richtung und damit ein wenig deinen Tag, und schon sieht dein Leben ein bisschen anders aus.

Das ist die allgemeine Philosophie.

Anthelme und das Gemüse zeigten uns hingegen, dass auch das Schweigen eine Kraft ist. Das ist der Widerspruch und der Treibstoff, um die Dinge in Bewegung und in Aufregung zu halten.

Ich denke, je mehr einer schweigt, von dem man verlangt, dass er redet, desto mehr Worte fallen um ihn herum. Das ist nicht anders als ein Regen, der anschwillt und ein Dorf oder ganze Landstriche unter Wasser setzt. So war das auch mit Anthelme.

Ich habe mal eine Geschichte gelesen, in der ein Mann es versäumt, einen König zu fragen, weshalb er leide. Weil er nicht fragt, muss er 438 Seiten, 16 Kapitel und 7000 Verse durch die Welt irren und manches erleben, bevor er zum Ritter gereift wieder die gleiche Chance erhält. Der Mann fragt und alles wird gut, seine Irrfahrt ist beendet und die Krankheit des Königs besiegt. Ein Stoff für lange Abende und gescheite Abhandlungen.

Bevor ich Anthelme kennen lernte, hielt ich diese Fabel für absurd. Warum sollte eine nicht gestellte Frage für so viel Kummer und so viele Ereignisse sorgen? Wie konnte ein Schweigen, vielleicht aus Höflichkeit oder Scham, einen Menschen derartig ins Leben hinauskatapultieren und Sätze um Sätze ranken und wuchern lassen? Erst mit Anthelme begriff ich, wie sehr die lebendige Welt der Worte das Schweigen zur falschen Zeit benötigt.

Rede, denkt man sich, mach' doch endlich den Mund auf und sag', was mit dir nicht stimmt. Es ist diese Wut und Sorge, und diese treffen auf ein Vakuum der Worte, das gefüllt werden will und alles mächtig anzieht, was die Welt in Beschreibung hält. Genau deshalb bilden Worte den Anfang, die Mitte und das Ende unserer Wahrheit. Dazwischen aber liegen das Schweigen und das darauf folgende Gerede, das zum Wissenwollen gehört, wenn die Leere zu übermächtig wird.

Vielleicht ist das Geschwätz, nur mit solchen und ähnlichen Gedanken versuchte ich mir zu erklären, warum Fenayarou damit begonnen hatte, von sich aus die Presse zu bemühen. Schließlich gedieh das Gemüse bei uns prächtig. Unter dem Dach des Sanatoriums konnte es weder verdorren noch wuchern. Warum ließ er diesen Menschenauflauf vor seinem Sanatorium zu? Was steckte wirklich dahinter? An Malards Mutmaßung, dass er unüberlegt gehandelt habe, mochte ich nicht glauben. Dazu war Fenayarou zu klug.

Die Auflösung war – wie so oft in solchen Dingen – sehr einfach. Worte hatten die Welt verändert, Worte hatten eine neue Situation herbeigeführt; ein neues Handeln wurde erforderlich. Das Licht der Vergangenheit wollte angezündet sein.

Fenayarou erklärte es mir persönlich. In seinem Büro zog er aus einer Kladde einen Zeitungsausschnitt hervor. Er war noch neueren Datums, ich erkannte es an seiner frischen Farbe. Nicht das Gelb verblasster Nachrichten. Er reichte mir den Ausschnitt. Ich setzte mich und las.

Dort stand, dass mit dem 17. Juli 1919 auf Geheiß unseres Präsidenten und Kriegsministers Georges Clemenceau die Behörde zur Benachrichtigung kriegsbedingter Hinterbliebener ihre Tätigkeit eingestellt habe. Gleichfalls hätten seit Ende August auch die „Bekanntmachungen der Vereinigung der Familien vermisster Soldaten“ ihr Erscheinen eingestellt. Als Gründe wurden in beiden Fällen die hohen Kosten einerseits und das Kriegsende andererseits genannt.

„Die Organisationen hätten Ihre Aufgabe erfüllt“, zitierte Fenayarou verächtlich den Wortlaut der Nachricht, „eine Veranlassung zur Fortführung beider Institutionen sei somit nicht mehr gegeben.“

Ich ließ das Papier sinken und brummte: „Aha.“

„Was heißt hier Aha!? Clemenceau ist bekannt für seine harte Hand. Er sagt, nachdem der Krieg vorbei ist, muss es auch mal mit der Hoffnung auf die Rückkehr derjenigen gut sein, die nicht als Gefangene oder Versehrte gemeldet worden sind. Sehen und hören Sie sich doch im Land um. Man übergibt die Trauerarbeit den Kommunen, während der Staat die Akten schließt und zur Geschäftsordnung übergeht. Eine Millionen und vierhunderttausend Tote und Vermisste allein bei uns. Von den anderen Staaten wage ich gar nicht zu reden. Damit hat doch niemand gerechnet, als man vor fünf Jahren überall *Vive la France! Vive la guerre!* brüllte. Kein Dorf, dass nicht Gefallene und Vermisste zu beklagen hat. Von den Kriegsverletzten gar nicht zu reden, die wir hier bei uns und anderswo zu betreuen haben. Und was macht man? Wenn der Berg zu hoch wird, dann dreht man sich um oder mach einen weiten Bogen um ihn. In diesem Fall macht man einen noch gewaltigen Bogen um ihn, indem man statt fortgesetzter amtlicher Nachforschungen Gedächtnisstelen in jedem Dorfkern und

Stadtzentrum aufstellt. So lässt sich wenigstens trauern. Mit einem Namen in der Armee von Namen auf einem Stein unter einer Linde gleich vor der Haustür."
„Sie werden ungerecht. Die Menschen, die Angehörigen, die Frauen ohne Männer, die Eltern ohne Söhne, die Kinder ohne Väter brauchen das! Wohin sollten sie sonst gehen, um zu gedenken?"
„Verzeihen Sie, verzeihen Sie. Ich wurde zynisch. Das habe ich nicht sagen wollen. Ich meiner nur, dass es noch viel zu früh ist, um die Recherchen nach Überlebenden abzuschließen. Ich persönlich will nicht vor dem Berg stehen bleiben und mich umdrehen oder daran vorbeigehen, sondern über ihn gehen. Also habe ich mich an die Presse gewendet."
„Sie allein?"
„Ich bin der Leiter dieser Anstalt. Ich kann tun und lassen, was ich für richtig halte."
„Sie haben da etwas losgetreten."
„Das wollte ich."
„Sie können das nicht allein bewältigen."
Er lächelte mich an: „Gut, dass Sie das sagen. Wusste ich doch, ich kann auf Sie zählen. Mit Malard kann ich nur stolpern. Er ist ein gescheiter Mann, aber in diesem Fall schaut er nur so weit wie sein Bauch dick ist."
„Irgendwie bin ich ja schon mittendrin", bemerkte ich.
„Durchaus. Ich sage nur: ein Berg und zwei Bergsteiger."
„Sie haben mich noch nicht richtig gefragt."
„Muss ich das!?" Fenayarou stellte es mehr fest, als dass er mich fragte.
„Wir werden kaum etwas ausrichten können."
„Es genügt, wenn wir denen helfen, die bei uns sind."
Ich legte meinen Kopf in den Nacken: „Dem Gemüse!?"
„Anthelme und die anderen, ganz genau."
„Mit Anthelme und seinen angeblichen Angehörigen haben wir ja schon die ersten Erfahrungen gemacht. Ich denke, wir dürfen mit weiteren Defouil-Müttern und Mazenc-Brüdern und -Schwestern rechnen?"
„Ganz bestimmt. Es gibt sogar eine Bezeichnung für den Grund ihres hartnäckigen Erscheinens – eine halbwissenschaftliche, wie ich allerdings hinzufügen muss."
„Sie meinen *Pensionsansprüche*? Sie haben mir doch jüngst erklärt, dass unser Anthelme, würde er identifiziert werden, einige tausend Francs bekäme. In diesen Zeiten kann das jede Frau brauchen, die keinen Mann mehr im Haus hat."

„Ein netter Scherz, mein Lieber. Sie sollten Romane schreiben. Sie haben das Zeug für einen Krimiautor. Titel: Krieg und Kolportage. Sicher, Pensionen werden je nach Verletzungsgrad an die versehrten Heimkehrer ausgezahlt, die wissen, wer sie sind und wohin sie gehören. Aber würden Sie sich wegen einiger Francs für ungewisse Dauer einen Fremden ins Haus holen? Einen Fremden, der vielleicht das Geld mitbringt, aber auch seine Ansprüche stellt? Einen Fremden, den sie plötzlich auch lieben müssen, weil sie ihn für einen anderen ausgeben?“
„Die Damen Vaysett und Defouil hätten es, ohne mit der Wimper zu zucken, getan.“
„Eben, weil es Ihnen nicht oder nicht ausschließlich um die Pension geht. Diese mag ein letzter Anstoß sein, um noch fester an die Wiedergeburt eines Bruders oder eines Sohnes zu glauben, selbst wenn da nur unser Anthelme im Zimmer steht. Vaysett und Defouil und viele andere sind vielmehr selbst Versehrte, Versehrte an der Liebe. In einem in englischer Sprache verfassten Aufsatz habe ich dafür den Begriff *grieving syndrome* gefunden. Ich könnte mir vorstellen, dass er sich durchsetzt, fasst er doch zusammen, wie diese beiden Frauen unter allen Umständen ihr Leiden und ihre Sehnsucht allein durch die tatsächliche oder vermeintliche Wiederkehr des Geliebten lindern wollen. Alles andere wird nicht gesehen oder geglaubt. Also behält der Kummer die Oberhand und nährt sich weiter, solange er nicht seinen Gegenstand findet.“
„Bei der Vaysett mussten wir klein beigeben. Indizien gegen Seufzer.“
„Hm, richtig, diese Narbe. Eine wirklich merkwürdige Sache. Die Vaysett werden wir so schwerlich los. Anthelme dürfte kaum mit ihr verwandt sein, aber dafür bedarf es stärkerer Beweise.“
„Und es werden mehr von ihrer oder Defouils Sorte folgen.“
„Habe ich behauptet, dass es leicht werden wird?“
„Ja, ja, ihr Berg.“
„Unser Berg“, korrigierte er mich.

Was wir ahnten, trat ein. Hellsichtigkeit ist ein Vorzug, wenn eine gewisse Vorbereitung notwendig ist. Hier aber konnte ich mich vorbereiten wie auf eine Operation am akut offenen Bein. Meine Vorbereitung bestand darin, das Schlimmste zu befürchten und morgen für morgen angstvoll zum Tor zu schauen, ob bereits die nächste Menschentraube vor dem Sanatorium stünde.
Was ich nicht wusste, dass Malard dagegen Vorsorge getroffen hatte. Vielleicht hatte ich auch einen entsprechenden Hinweise Fenayarous überhört. So kam niemand bis zum Sanatorium, der nicht schon am Bahnsteig von Rodez eine offizielle Einladung

Fenayarous vorlegen konnte. Die bekam man jedoch erst, wenn man schriftlich und am besten mit Fotos und dergleichen zumindest ansatzweise glaubhaft machen konnte, dass Anthelme niemand anderes sein konnte als Vater, Bruder, Ehemann, Geliebter, Sohn, Vetter, Neffe oder der lang verlorene Freund.

Schnell sollte ich lernen, dass ein herbeigesehnter Mensch niemandem so sehr gleicht, wie einem Schatten, der hinter der erstbesten Hausecke hervorlukt.

Vor den Menschen kamen unzählige Briefe und Bittgesuche. Erst spärlich, tröpfelnd. Fenayarou erledigte diese Post zunächst selbst. Dann wurden es mehr und mehr und schließlich brachen die Dämme völlig.

Bald machten die Hauangestellten sich gar nicht mehr die Mühe, die Postsäcke bis ins Haus zu schaffen, sondern sie ließen sie am Tor liegen, bis ich sie dort persönlich abholte. So, dachte ich, musste sich ein Sklave vor den Pyramiden vorgekommen sein, denn die Säcke wogen schwer vor Hoffnung, Sorge und persönlichen Geschichten. Nach einer Woche besorgte ich mir eine Schubkarre.

In einem der frühen Artikel über Anthelmes mutmaßliches Schicksal hatte ihn ein Journalist – offenbar ein Mensch mit poetischer Ader – einen „Reisenden ohne Gepäck“ genannt. Namenlos und ohne Vergangenheit habe er jegliche Bürde von Verpflichtung, Liebe und Hass beiseitegelegt, so könnte man wirklich neu anfangen. Das Bild blieb für mich fragwürdig, denn der Verfasser vergaß, dass nicht alle um einen herum vergesslich sind, und der Reiz des leeren Gepäcks darin besteht, dass man zwar für einen Moment vielleicht aufatmen kann, aber am Ende doch ohne Hemd und Hose dasteht. Bei allen Schicksalsschlägen und Traumblüten, die Anthelme bereits hinter sich hatte und noch vor sich haben würde, eines war jetzt schon sicher: Er würde mehr Symbol als Mensch werden, und hinter der menschlichen Fassade, sich für sein Los zu interessieren, schlummerte doch eher das Verlangen, die eigenen Verzweiflungen und Nöte in den Griff zu bekommen. Was ich damit sagen will: Anthelme konnte höchstens vordergründig ein „Reisender ohne Gepäck“ sein. In Wirklichkeit verkörperte er von Anfang an nichts anderes als den leeren Koffer, in den man die eigene Unterwäsche legt.

Viele der Briefe rührten mich. Bittstellerinnen, die um die Rückkehr eines geliebten Gesichts baten und dafür Bilder beilegten, als könnte man tatsächlich einen Camembert mit einer Blutwurst in eins setzen. Diese Fotos glichen unserem Gemüse in einer Weise, dass man meinen könnte, entweder habe reine Tränenblindheit die Einsenderin bewogen, eine Ähnlichkeit festzustellen, oder aber Paris lag tatsächlich am Meer seiner Träume und nicht mitten in seinem eigenen Dunst.

Insbesondere Anthelmes nichtssagendes Gesicht sorgte dafür, dass man glaubte, in ihm denjenigen wiederzuerkennen, den man lange nicht mehr gesehen hatte. Sein ovaler Kopf, sein rundes Kinn, sein Jedermannsmund samt Oberlippenbart, seine Durchschnittshaarfarbe, seine kaum hervorstechende Nase und seine Allerweltsaugen bildeten eine ideale Fläche, um darauf das Bild eines anderen zu sehen. Dagegen besaßen Clément, Pascal, Serge, Édouard und Frédéric wahre Charakterköpfe, von denen man sich sicher sein konnte, dass man ihre Familienzugehörigkeit nicht so schnell durcheinanderwerfen würde.

Es waren vor allem Frauen, die in schmale Kuverts ihre Erwartungen falteten, denn es sind Frauen, die offen zu klagen wissen, während die Väter, Brüder und Söhne lieber an ihrem eigenen Schweigen verreckten. Natürlich gab es auch Männer, die schrieben, aber sie blieben in der Minderzahl, und wenn sie schrieben, dann klang es meist so, als würden sie tatsächlich mehr Interesse an der möglichen Pension Anthelmes haben und nicht an einem nahen Menschen, der in einem schwarzen Loch verschwunden war.

Überraschend war zuweilen die Förmlichkeit in der Ausdrucksweise bei gleichzeitiger Versachlichung einer tiefen Herzensangelegenheit. Die Ursache bestand wohl darin, dass viele, des Schreibens und Formulierens völlig ungeübt, nicht selbst zur Feder gegriffen hatten. Ich erkannte allzu oft die geübte Handschrift eines Beamten oder Kanzlisten, die ihre mageren Worte in der Schönheit einer gestochen scharfen Schönschrift zu verkleiden wussten.

Und wenn ich auf den Absender sah, so las ich zum Teil die Namen von Orten, die allenfalls im Kopf von zwei oder drei Bauernfamilien eine Bedeutung haben konnten, so unbekannt waren sie mir und meinem Atlas, in dem ich sie in solchen Fällen nachschlug.

In meiner inneren Frankreichkarte spickte ich Nadeln, denn die Briefe fanden aus allen Winkeln des Landes zu uns: aus der Bretagne, aus Corrèze, Pitou, Paris – und darüber hinaus aus Korsika, ja sogar aus Algerien und Neukaledonien. Fenayarou hatte mit einer Leuchtrakete das Sternbild des unbekannten Soldaten in einen totenschwarzen Himmel geschossen und nun kamen die schiffbrüchigen Sternenanbeter herbei. Bis heute weiß ich nicht, ob ich bei meiner Auswahl und bei meinen Empfehlungen an Fenayarou, die oder den einzuladen, jemals ein System befolgt habe. Malard hätte mir wahrscheinlich ziemliche Vorhaltungen gemacht, wie orientierungslos ich dieser Papierwüste von Feststellungen, Vorwürfen, Versprechungen und Flehworten begegnete. Andererseits hielt ich den Commissaire nicht davon ab, die Briefe selbst zu le-

sen. Er brauchte sich nur herzubemühen. Für ihn stand das Tor offen, und er hätte nicht über den hinteren Zaun klettern müssen. Stattdessen verstopfte er lieber mit der Wucht seines ganzen Polizeikörpers den Bahnhof von Rodez und glaubte sich erfolgreich, unter den Menschen nicht zu viel Hoffnung zuzulassen.
Mein nicht vorhandenes Auswahlsystem brachte 292 Familien zu Tage.
„Das ist immer noch sehr viel", seufzte Fenayarou, nachdem ich ihm meine Liste vorgelegt hatte. Er musste das sagen, denn es stimmte.
Da half es wenig, dass ich erklärte: „Nun ja, im Vergleich zu über 5 000 Briefen kommt mir die Anzahl doch wieder recht klein vor."
Fenayarou nestelte an seinem Kragen und verzichtete auf eine Antwort. Ich hatte diese Geste mittlerweile als eine kennen gelernt, die er dann vollführte, wenn er entschlossen war, etwas zu tun, ohne davon überzeugt zu sein.
„Wir sind es Frankreich schuldig", sagte er.
„Ob Frankreich das genauso sieht?"
„Sie meinen mit Frankreich die Regierung?" Er lächelte süffisant zum Fenster hinaus. Der beginnende Frühling schickte sich an, das letzte Graubraun des Winters fortzufegen. Aber Fenayarou hatte keinen Blick dafür. Mit Schwung zog er die schwere blaue Gardine vor, da ihn die tiefstehende Sonne blendete.
„Hätten Sie einen Vorschlag, wie ich die Liste halbieren könnte? Ich meine zum Beispiel so etwas wie die Dialekte. Wäre das eine Möglichkeit? Wenn wir die Suche darauf einengen, wer wie spricht, wenn sie denn etwas sagen, dann könnte ich allein anhand der Adressen schon einige weitere aussortieren."
„Ach, Gerron, jeder Mensch kann umziehen. Und manchmal denke ich, nach diesem Krieg ist die halbe Welt umgezogen worden, so verirrt und verwirrt sind die Menschen. Unser Gemüse mag seine Dialekte in der Kindheit erlernt haben; die Jugend könnte dennoch ganz woanders stattgefunden haben."
Ich hob die Hände und gab mich geschlagen.
„Wir müssen ihren Familien helfen", murmelte er.
„Ihren Familien", wiederholte ich.
„Sie haben schon verstanden. Ich meine, was kann in einem Menschen vorgehen, dem seine Geschichte abhandengekommen ist? Wo mag der Schlüssel sein, der sie ihm wieder aufschließt? Was lässt ihn wieder in die Zeit treten, die neben der Gegenwart, auch eine Vergangenheit und Zukunft kennt? Vielleicht können wir ihn heilen, vielleicht auch nicht. Wer weiß das schon? Ich zurzeit nicht. Irgendwann vertraut auch die Wissenschaft auf das Unwahrscheinliche. Manche sagen dazu Gott, was in meinen

Augen dasselbe ist. Möglich, dass die Begegnung mit der wahren Familie oder der Alltag in einer vergessen geglaubten Umgebung, das Erleben von Gerüchen und Gewohnheiten ein Erkennen auslösen, und danach die ganze Lawine der Erinnerung. Um das zu schaffen, müssen wir ihnen die Welt öffnen und nicht verschließen. Denn verschlossen haben sie sich schon selbst. Deshalb nur her mit ihren Verwandten: echten sowie unechten. Und wenn wir unserem Patienten dennoch nicht helfen können, dann haben wir wenigstens ihren Familien geholfen, indem wir ihnen entweder ein Stück Hoffnung, noch mehr Gewissheit oder tatsächlich den richtigen Vater, Onkel, Mann oder Sohn zurückgeben haben."

„So eine Art sekundäre Therapie des Seufzersyndroms?"

„Ah, ich merke, Sie haben sich den Begriff gemerkt."

„Ich bin halt ihr Schüler", lächelte ich.

„Jetzt stellen Sie mal Ihr Licht nicht unter den Scheffel. Aber kommen wir zurück zur Liste. Welche Anfragen halten Sie denn für besonders bedenkenswert?"

Interessiert sah er mich an. Bald verriet seine Miene mehr und mehr Ungeduld, denn in der nächsten halben Minute sagte ich gar nichts.

Ehrlich gesagt, konnte ich mich in diesem Moment nur an diejenigen erinnern, die kaum oder überhaupt nicht auf meiner Empfehlungsliste standen; doch das sagte ich Fenayarou nicht: „Nun ja, da ist ein Elternpaar aus Blois, die von ihrem Sohn Baptiste schreiben. Dabei war dieser Baptiste gar nicht im Krieg. Alt genug wäre er gewesen, in etwa Anthelmes Jahrgang, allerdings fesselte ihn eine unglücklich zugezogene Tuberkulose ans Bett, bevor er in den Krieg ziehen konnte. Schlimm genug, möchte man meinen, aber Baptiste wollte gar nicht einsehen, warum er im Bett bleiben sollte. Seine Eltern berichten, wie sehr sie ihn baten, Vernunft anzunehmen. Er müsse hier daheim gegen die Krankheit kämpfen und nicht an der Front. Denn eine Chance zu überleben, würde er so auf gar keinen Fall haben. Baptiste blieb jedoch stur, träumte vom Heldentum, widersetzte sich Arzt, Eltern und der Natur und war eines Tages aus dem Fenster verschwunden."

„Weit wird er nicht gekommen sein, oder?"

„Sicher nicht. Wenn es nicht so zynisch wäre, könnte man in Anbetracht der Schilderungen seiner Eltern annehmen, dass seine Lungen in etwa so geklungen und gerasselt haben müssen wie die ganze Kanonenküche eines Regiments einschließlich aller Blechteller der Armee. Schleichen kann man damit nicht."

„Auch wenn dieser Baptiste auf gar keinen Fall einer aus unsere Truppe sein kann, weil keiner von ihnen auch nur irgendwelche vergangenen oder aktuellen Lungenleiden aufweist, so darf ich doch annehmen, dass dieser Baptiste nach seiner Flucht spurlos verschwunden blieb?“

„Mein lieber Fenayarou, Sie vernuten richtig. Baptiste dürfte zwar nie einen Schützengraben aus der Nähe gesehen haben, über seinen Verbleib weiß man trotzdem nichts.“

„Behaupten seine Eltern, dass sie ihren Sohn auf einen der Fotos wiedererkennen?“

Ich druckste: „Nicht wirklich. Eigentlich sagen sie gar nichts dazu. Aber sie bieten an, einen ehemaligen Soldaten an Baptiste statt wie einen Sohn aufzunehmen.“

„Das wird ja zu einer Art Mode.“

„Aus Sühne, sagen sie.“

„Aus Sühne?“

„Wenn ihr Sohn schon nicht für das Vaterland kämpfen konnte, und sie wiederum das Gefühl haben, einen Fehler an ihm begangen haben, so wäre es wohl recht, wenn sie für Vaterland und Sohn im Nachhinein etwas tun. Deshalb würden sie zum Beispiel Anthelme wählen. Der hätte noch die größte Ähnlichkeit.“

„Gerron, Gerron!“ Unwirsch erhob sich Fenayarou. „Warum erzählen Sie mir so einen Unsinn? Ich denke, Sie haben in der Tat doch noch einige Möglichkeiten, die Liste zu kürzen.“

Später fragte ich mich, warum ich ihm gerade die Geschichte von Baptiste aufgetischt hatte. Vielleicht, um ihm zu zeigen, wie edel und absurd zugleich sein Ansinnen war, beinahe ganz Frankreich mit seiner Seufzertherapie beizukommen. Er musste sich einfach im Klaren darüber sein, dass er Hoffnungen schürte, wo die Hoffnung schon begraben schien, und gleichzeitig mit seinem Sinn für Wissenschaft und Wahrheit nur nüchterne Fakten gelten lassen konnte. Nein, Anthelme oder die anderen hatten keine kranken Lungen, aber Narben am Körper: im Schritt, am Bein oder anderswo. Und irgendwann könnte sie eine dieser Narben nach Hause führen.

Vermutlich hatte ich ihm die Geschichte aber auch erzählt, um davon abzulenken, dass die 292 übrig gebliebenen Familien auf meiner Liste nicht für das gesamte Gemüse gültig waren. Vielmehr hatten sich diese 292 allein für Anthelme gemeldet.

Anthelmes Heimlichkeiten

Fliegen konnten die Bewohner des Dorfes in Sepia, das es nicht gibt, schon immer zu an gewissen Feiertagen. Doch Vögel sind sie nicht. Man kann es kaum ein wirkliches Abheben nennen, es ist eher ein leichtes Schweben, ein beinahe unmerkliches Losgelöstsein von der Erdenschwere, das ein Fremder nur bemerkt, wenn er es sehen will. Man muss genau hinschauen, um zu erkennen, dass zum Beispiel Anthelmes Vater, seines Zeichens ein bulliger Kerl, nicht geht, indem er seine Füße auf den Boden setzt. Vielmehr fehlt seinem Gang jegliche Anspannung und seine Schritte scheint er nur der Gewohnheit halber auszuführen. Denn in Wirklichkeit befindet er sich wenige Millimeter über dem Grund und er bewegt sich, als würde er auf einem Fließband stehen. So auch die anderen. Sie haben sich daran gewöhnt, er ist für sie völlig selbstverständlich, absolut nicht der Rede wert. Außerdem kommt es sowieso nur am Tag der Heiligen Drei Könige und am Palmsonntag vor.

Für Rélies Vater ist das ein Anlass, um von der Kanzel seine Ansichten über dieses Wunder auf die Bewohner des Sepiadorfes herabregnen zu lassen. Natürlich lässt er dabei die quälende Tatsache aus, dass es ihm und seiner Familie als Zugezogene nicht möglich ist, es den anderen gleichzutun. Während seine Gemeinde lautlos in die Kirche hinein- und lautlos hinausschwebt, knistert unter seinen Füßen der Sand, knarren die Treppen, die er hinaufsteigt, und geben die Dielen im ersten Stock seines Hauses ächzend nach, wenn er in Vorbereitung seiner Predigten im Arbeitszimmer hin- und herläuft.

Auch Anthelme beherrscht an diesen heiligen Tagen den Schwebezustand, obwohl er sich dessen nicht wirklich bewusst ist. Das vermeintlich Selbstverständliche eines Geschehens war schon immer ein Hindernis, um es als etwas phänomenal Besonderes zu erkennen.

„Hauptsache, es stärkt ihren Glauben“, befindet Rélies Vater und stampft mit den Füßen auf.

Bevor Anthelme Rélie kennen lernte, kam er nur an den wirklich notwendigen Tagen in die Kirche. Und seine Eltern gehen gerade so oft in den Gottesdienst, dass es im Dorf nicht übel auffällt. Ähnlich halten es auch die anderen Familien. Man schwebt – wenn das kein Zeichen ist, das für sich genügt!

Jetzt ist die Kirche eine der wenigen Orte, wo Anthelme Rélie unbemerkt treffen kann. Denn fortan gibt es nur eine Welt für ihn: die, welche um Rélie kreist. Alle anderen Welten sind der Rede nicht wert oder nur dazu da, ihn daran zu erinnern, dass

es diese eine bessere Welt gibt. Die Liebe ist das großartigste Universum der zusammengeschrumpften Art.
Dennoch wagt er es nicht, sie anzusprechen. Zu seinem Glück gibt es um den Kirchhof herum eine Mauer mit durchbrochenen Schmucksteinen und reichlich Efeu. Auf diese Weise kann er sie immerhin von einem Versteck aus beobachten.
Denn das will er auf keinen Fall: dass der Türspalt, der Pisser oder Schnodder seine Zuneigung für Rélie entdecken. Ihr Spott würde unermesslich werden, und sich damit sein Gefühl ins Unerträgliche steigern, leider ziemlich klein und unerhört auf dieser Welt zu sein.
In gehockter Stellung beobachtet er sie. In gewohnter Manier beschreibt Rélie ihre Schneckenkreise über dem Hof. Anthelme will sich nicht darüber wundern. Eigentlich müsste sie die unmittelbare Umgebung der Kirche allzu gut kennen. Lieber schaut er ihren so selbstverständlichen und selbstvergessenen Bewegungen zu, ihre Art beim Gehen den Kopf zu neigen oder ihr Stirn von Strähnen zu befreien, indem sie diese wie zwei Blumengebinde hinter ihre Ohren legt, wo sie für ein, zwei, drei Augenblicke bleiben. Anthelme glaubt, die Bank, der Boden, die Steine der Mauer und alles in ihrer Nähe müsste in sich erstrahlen und voller Freude sein, Rélie so bei sich zu haben; es gibt ihnen ihren Wert, während er laut aufstöhnen könnte, da durch diese verfluchte Hocke seine Waden eingeschlafen sind. Also richtet er sich auf, um wieder Leben in seine Schenkel zu bekommen. Die Unterhaltung des Efeus mit einigen vorbeihuschenden Böen übertönt seine nicht ganz lautlosen Bemühungen.
Als sich seine Waden besser anfühlen, nimmt er erneut seinen Mauerposten ein. Zuvor hat er seine Jacke ausgezogen, um auf ihr ein wenig bequemer zu knien.
Mittlerweile hat sie sich auf die Bank gesetzt. Ihr Körper ist leicht vorübergebeugt, sie wirkt konzentriert. Sie scheint etwas zu lesen. Anthelme denkt, das muss ein merkwürdiges Buch sein, denn zum einen kann er es kaum zwischen ihren Händen erkennen, so klein ist es wohl, zum anderen blickt sie stets nach ein paar Sekunden auf und lacht.
Sie kann sich gar nicht daran sattsehen, derart oft blättert sie in dem für ihn unsichtbaren Ding. Selbst als die Hauskatze der Maintenants vorbeistromert und sich an sie schmiegt, lässt sie nicht davon ab. Sie hält ihr sogar das vermeintliche Buch vor die Nase. Die Katze weicht irritiert zurück, buckelt und springt davon, gleich auf die Mauer, hinter der er sich versteckt. Und während Rélie ihr entschuldigend hinterherruft, schaut die Katze bereits von oben auf ihn herab. Sein Gesicht spiegelt sich dop-

pelt in ihren weit aufgerissenen Augen, dann schnellt sie davon, empor zum nächsten Baum, auf dem sie lautlos verschwindet.

„Ich wollte dich nicht erschrecken! Komm wieder her", lockt Rélie, aber die Katze wäre keine Katze, wenn sie entgegen ihrer Streichle-mich-nur-wenn-ich-es-will-Natur auch nur den Ansatz von Verständnis und Entgegenkommen gezeigt hätte.

Anthelme will sich am liebsten selbst verkriechen, denn das Tier späht hinter dem Stamm hervor und mustert ihn mit einer Mischung aus Schrecken und Verachtung. Anthelme gefällt das gar nicht, es ist ihm unangenehm. Sein altes Misstrauen gegen Katzen keimt wieder auf. Allerdings hat er Dank des Türspalts keine Angst mehr vor ihnen. Im Zentrum ihres Interesses muss er deshalb noch lange nicht stehen.

Weil ihm nichts Gescheiteres einfällt, flüstert er: „Ich tu dir nichts."

Sie ändert ihren Ausdruck um keinen Zug. Wahrscheinlich hat sie diesen Satz schon von zu vielen gehört, Kindern und Bauern, die ihr letztlich doch auf den Schwanz getreten sind.

Er fragt: „Was macht deine Herrin dort?"

Die Katze kneift die Augen zusammen und gibt einen schnarrenden Laut von sich.

Klar, denkt Anthelme, eine Katze hat keine Herrin.

„Was macht Rélie dort?", zischt er, so leise er kann.

Woher soll ich das wissen? Ich bin eine Katze!

„Aber sicher bist du eine kluge Katze!"

Für Schmeicheleien ist sie offenbar nicht zu haben, denn sie antwortet abermals nicht.

„Ist das ein Buch, dass sie sich anschaut?!"

Woher soll ich das wissen? Ich bin eine Katze!

Blödes Vieh, hätte er gern gesagt, aber er beißt sich auf die Lippen und sieht sie freundlich an. Weshalb ihre Pupillen größer werden, versteht er nicht.

„Spricht sie schon mal von mir?"

Woher soll ich das wissen? Ich bin eine Katze!

„Ich bin übrigens Anthelme."

Woher soll ich ...

Bevor Anthelme den Stein greifen kann, um ihn nach ihr zu schmeißen, ist sie bereits verschwunden. Bekanntlich haben Katzen den siebten Sinn. Der achte besteht darin zu wissen, wann selbst eine Zuflucht auf einen Baum nicht mehr ausreicht.

Er fühlt den Stein in der Hand und legt ihn zu seinen Füßen. Er atmet kurz durch. Fast hätte er sich mit dieser Eselei lautstark bemerkbar gemacht. Er beschließt, Katzen für immer zu missachten, leiden kann es sie ja ohnehin nicht.

„Muschmusch?“, ruft Rélie.
Er zuckt zusammen. Ist er doch zu laut gewesen?
„Wo bist du, mein Schätzchen? Ich höre dich.“
Verdammt, sie kommt auf ihn zu, und seine Beine sind trotz seiner Jacke unter den Knien wieder eingeschlafen. Nur keine Geräusche machen.
Anthelme beißt die Zähne zusammen, während Rélie sich unmittelbar vor seinem Beobachtungsposten an die Mauer lehnt. So steht sie da, seitlich mit der Schulter gegen die Steine geneigt, ihm so nah, und Anthelme bleibt nichts anderes übrig, als regungslos zu verharren. Kaum kann er etwas sehen, denn ihr Mantel verdeckt ihm die Sicht durch die Mauerlöcher, doch er hört, dass sie fortgesetzt mit ihrem Dingsda in den Händen spielt.
Rrrrrrtsch macht es, und noch einmal: Rrrrrrtsch, rrrrrrtsch, rrrrrrtsch!
Nur jetzt klingt es in seinen Ohren beinahe mechanisch, gelangweilt. Sie muss mit ihren Gedanken woanders sein.
Rrrrrrtsch, rrrrrrtsch, rrrrrrtsch, rrrrrrtsch!
Sein Vater, der es nicht ertragen kann, wenn Anthelme beim Essen trödelt, klopft in der Regel mit den fünf Fingern seiner rechten Hand regelmäßig auf den Tisch. Es ist ein anderer Laut, doch die Wirkung ist für Anthelme in diesem Moment ganz ähnlich: Wenn die Zeit nicht von selbst schneller vergehen will, dann gibt man ihr selbst den Rhythmus vor. Von Langeweile bis Nervosität sind es stets dieselben Takte.
Wenn ihn bloß seine Beine nicht derart peinigen würden. So in ihrer nächsten Nähe ...
Rrrrrrtsch, rrrrrrtsch, rrrrrrtsch, rrrrrrtsch!
„Rélie! Kommst du herein!?“
Erleichtert beobachtet Anthelme, wie Rélie dem Ruf sofort folgt. Sie springt förmlich der Pfarrwohnung am gegenüberliegenden Ende des Hofes entgegen.
„Ist Robert da?“
„Ja, ja, er wartet schon auf dich. Was treibst du dich denn da hinten in der Ecke herum? Jetzt muss ich deinen Mantel ausbürsten. Die Mauer ist doch schmutzig.“
„Ich wusste nicht, was ich tun sollte.“
Was Rélies Mutter erwidert, kann Anthelme nicht mehr hören. Indem sie zurück ins Haus geht und die Tür hinter Rélie ins Schloss fallen lässt, wird auch ihre Antwort abgeschnitten.
Dieses Zuschnappen klingt für Anthelme ebenfalls wie jenes „Rrrrrrtsch“.
Erschöpft legt er sich auf den Rücken. Er stöhnt, denn seine Beine fühlen sich gleichzeitig brennend und taub an. Heftig reibt er seine Schenkel und Waden. Langsam

kehrt ein Gefühl zurück, das man normal nennen könnte. Er versucht aufzustehen. Dabei muss er sich an der Mauer festhalten. Er probiert die ersten Schritte und lacht: Zum Glück sieht ihn niemand, denn er geht kaum anders als Gustav durch das Sepiadorf: vorsichtig, behutsam und wankend.
Anthelme schließt die Augen und legt den Kopf in den Nacken, die Fäuste in den Seiten.
Wer ist Robert? Das fragt er sich.
Ein leises Geräusch verrät ihm, dass Rélies Katze wieder ganz in seiner Nähe ist. Sie scheint ihn anzugrinsen.
„Weißt du, wer Robert ist?"
Woher soll ich das wissen? Ich bin eine Katze!
„Ach, du!", knirscht Anthelme.
Er stolpert einige Schritte, bis sie aus seinem Blickfeld verschwindet.
Wenn doch heute einer dieser heiligen Tage wäre, denkt er, dann könnte ich nach Hause schweben.

Seinen Freunden gegenüber verhält sich Anthelme ganz normal. Meint er!
Natürlich merken sie, dass er mit seinen Gedanken woanders ist, also basteln sie sich ihre Scherze daraus.
Sie sagen: „Dein Vater ist ein Idiot", und Anthelme nickt abwesend in Richtung der Pfütze zu seinen Füßen.
Sie sagen: „Du hast heute zwei verschiedene Schuhe an", und Anthelme schaut tatsächlich hin, obwohl er wie jedes andere Kind im Sepiadorf nur einziges Paar für alle Jahreszeiten besitzt.
Sie fragen: „Weißt du, ob ein Hund in seinen eigenen Haufen treten kann?", und: „Haben Fürze Flügel?", und er wird ganz verlegen, wobei er stottert: „Ich habe keinen fahren lassen."
Besonders schlimm ist es, wenn Rélie nicht weit entfernt ist, plötzlich um eine Ecke biegt oder an der Bank vorbeischlendert, auf der sie sich gerade in der Sonne aalen. Rot wird Anthelme nicht, diese Eigenschaft, selbst bei größter Aufregung blass zu bleiben, hat er von seiner Mutter geerbt. Dafür wird er erkennbar stocksteif und stiert irgendwohin, so als gäbe es da ein bemerkenswertes Loch in der Landschaft, Hauptsache, er muss sie nicht anblicken.
Er selbst redet nur noch von „*der* Maintenant" oder „*der* Pfarrerstochter". Ihr Vorname scheint in seinem Mund kein Wohnrecht mehr zu besitzen. Er spricht ihren

Namen sogar fast abfällig aus. Man könnte meinen, er müsse sich erst umständlich an ihn erinnern. Dabei ist klar, dass sich bei ihrem Anblick sein Bauch in ein grummelndes Erzbergwerk verwandelt und man hört, wie seine Stimme merklich zittert. Schnodder bringt es auf den Punkt. Da ist Anthelme wieder nicht bei der Sache und geht stumm in Richtung Kirche, während die anderen rechts zum See abbiegen wollen: „Ich glaube, er wird durch etwas anderes geführt. Es sieht fast so aus, als würde ein Kerlchen in seinem Kopf sitzen und ihn dorthin steuern, wohin er im Leben nicht selbst gegangen wäre."

„Zu einem Mädchen?", brüllt der Türspalt.

„Zu *dem* Mädchen", nickt Schnodder.

In der Schule hat Monsieur Gremiond von Anthelmes Zustand vielleicht eine Ahnung, aber kein Verständnis.

Anthelme spürt es, wenn Rélie in Rufweite des Klassenzimmers ist, wenn sie daran vorbeigeht oder hier war, um dem Lehrer eine Nachrocht von ihrem Vater zu überbringen. Es ist ihr Duft, den er zu bemerken glaubt.

„Guten Tag, Monsieur Gremiond", begrüßt die Klasse den Lehrer.

„Guten Tag, Kinder. Setzt euch!"

Und wie es das Ritual will, kramt Gremiond nach dieser Begrüßung zunächst gedankenverloren in seiner Tasche, während sich seine Schüler möglichst geräuschvoll auf ihre Stühle setzen, die in ganz natürlicher Weise plötzlich zu schaukelnden Kamelen, störrischen Eseln oder bockenden Pferden werden, die man in der Frühe kaum ruhig bekommt.

Sie tuscheln bereits über Anthelme, als ihr Lehrer endlich aus den Tiefen seiner Bücher und Hefte emporkämpft.

Das Bild einer Salzsäule.

„Weshalb sitzt du nicht?", will Gremiond wissen.

Anthelme hört nicht. Er hält die Nase leicht erhoben und schnuppert.

„Willst du meine Frage beantworten?", ertönt es schärfer.

Schnodder stößt Anthelme an.

„Sie war hier", entfährt es Anthelme, und zu Monsieur Gremiond gewandt: „Schno … Pierre Varin hat mich angerempelt. Sagen Sie ihm, er soll das lassen."

Die Klasse bebt vor Lachen. Sie denkt nicht mehr an ihre Springbockpferdstühle. Jetzt gibt es eine andere, willkommenere Ablenkung.

„Stehst du immer noch, weil jemand hier war, oder stehst du, weil dich Pierre gestoßen hat und du dich über ihn beschweren willst?"

Monsieur Gremiond fragt das mit einem leicht schwingenden Oberton. Wer das kennt, weiß, dass er weder die eine noch die andere Ausrede einleuchtend findet. Seine Jungen rempeln sich alle Tage an, sie sind nicht aus Butter, da wird auf Grund eines leichten Knuffs keiner gleich eine beleidigte Zinnfigur.
„Äh … äh ..." stottert Anthelme. Allmählich begreift er, in welcher Situation er sich befindet.
„Äh … was?", ahmt ihn Monsieur Gremiond nach.
Unbeholfen zeigt Anthelme auf Schnodder, da er jedoch weiter nichts herausbringt, wirkt die Geste umso leerer.
„Bist du erkältet?"
„Nein, wieso?"
„Weil du ständig deine Nase hochziehst."
„Das macht er wegen der Hausaufgabe."
Überrascht blicken alle auf Pisser, der diese Antwort gewagt hat. Will er ihm nun zur Hilfe eilen? Immerhin ist er sein Freund – und Freunde helfen.
„Welche Hausaufgabe?", fragt Gremiond.
„Wir sollten doch", stammelt Pisser, „ich meine, wir sollten doch möglichst viele Wörter finden, die wir zu Gerüchen kennen."
„Ja, genau", greift jetzt der Türspalt ein, „mit Heu, Schinken und Morgensonne und so."
„Aha?" Gremiond kratzt sich nachdenklich am Nacken. „Das hatte ich ganz vergessen? Ist das so? Nun, mein werter Herr Gospard, dann werden Sie mir sicher mitteilen können, wie Ihrer Meinung nach die Sonne riecht."
„Äh …", sagt der Türspalt.
„Ich glaube, dieses unverständliche Herumdrucksen hatten wir heute schon. Verdammt, was ist denn …?"
„Nach Schinken riecht die Sonne, hat er das nicht gerade gesagt, nach Schinken."
Mitleidig blicken alle zu Schnodder, der diese Auskunft offenbar für eine gute Idee gehalten hat. Dabei war Gremiond schon darauf und dran gewesen, diese für ihn lästige Unterhaltung abzubrechen, um endlich mit dem Tagesgeschäft fortzufahren. Eigentlich kennen Sie ihren Lehrer als gutmütigen Kerl, der ungern straft. Schnodder jedoch lässt ihm keine Chance, der unangenehmsten Eigenschaft seines Berufs nachzugehen: dem Nachbohren in jämmerlichen Ausreden.
„So, so, nach Schinken riecht die Sonne. Ich wundere mich, dass du mit deiner ewig verstopften Nase dazu überhaupt etwas mitteilen kannst."

Schnodder lächelt. Was soll er sonst tun? Wenn einem Burgherrn die Mauern eingerannt werden, ist es das Beste, die Maske der guten Laune aufzusetzen.
Gremiond sieht ihn noch einen Augenblick streng an, dann lässt er von ihm. Erleichtert setzt sich Schnodder zurück auf seinen Platz. Er putzt sich die Nase und mischt sich lieber nicht mehr ein. Derweil hat Gremiond seine Aufmerksamkeit wiederum Anthelme zugewendet. Wie ein stehen gelassener Leuchter hat er in seiner Position ausgeharrt.
„Und du, mein Lieber", fragt Gremiond, „was riechst du so, wenn du deine Nase zur Klassendecke hebst? Die Sonne mit einem Hauch von Schinken?"
„Nein", Anthelme schüttelt ernsthaft den Kopf.
„Darf man erfahren, was dir zur Hausaufgabe, von der hier alle wunderbarerweise sprechen, eingefallen ist?"
„Die Kirche."
„Oha, du denkst an Weihrauch, Kerzenduft, altes Holz?"
„So meine ich das nicht."
„Was meinst du denn? Schieß los, wenn ihr euch schon eure eigenen Hausaufgaben überlegt."
Gremiond tippt sich an die Stirn, was so viel heißt wie: Seht ihr, ich weiß Bescheid.
Pisser versteckt seinen Kopf zwischen den Schulterm. Er ist nicht mehr da, abgetaucht, für den Moment vergessen – im Gegensatz zu Anthelme, der in der Schuld einer Antwort steht.
Alle sehen, sie liegt ihm auf den Lippen, sie tanzt ihm auf der Zunge, nur der Mut fehlte bisher, sie vorzutragen.
„Ich finde, sie duftet nach … Ich meine …"
Und während ihn die Klasse ebenso grinsend wie erwartungsvoll anschaut, denkt Anthelme an den ersten und einzigen Kuss, den er von Rélie bekommen hat, damals, als sie ihre Schneckenkreise durch das Sepiadorf drehte. Er hätte schwören können, dass ihre Lippen nach Hostie schmeckten oder etwas ähnlich zarten, das man nur selten erhält. Andererseits war sein Mund überaus trocken gewesen, solcherart werden die Dinge um einen schnell verrückt und die Einbildungen heftig.
Gremiond im Glauben, heute nichts mehr Gescheites von Anthelme zu hören, legt seine Hand auf dessen Schulter, um ihn auf seinen Sitzplatz zu drücken. Er hätte ebenso „Lass gut sein" sagen können.
Auf einmal stolpern die Worte aus Anthelme heraus. „Die Kirche duftet nach einem Mädchen!"

Gremiond ist selbst erstaunt, denn zu selten passiert ihm das. Seine Hand fliegt auf Anthelmes Wange zu und verpasst ihm so eine schallende Ohrfeige.

Die Nichteitelkeit ist die wahre Schönheit, es sei denn, sie wird mit sich selbst nachlässig.

Anthelme blickt von einem Buch auf, in dem dieser Satz steht. Gremionds Ohrfeige brennt in seinem Gesicht, während er verständnislos den Kopf schüttelt und das Buch schließt. Er würde Großvater fragen, er muss ohnehin zu ihm. Ein sterbender Indianer weiß auf alles eine Antwort. Ein sterbender Indianer blickt auf das Leben herab und er weiß, wonach Kirchen duften.

Anthelme wechselt zunächst Gustaves Kissen. Im Schlaf hat er es aus dem Bett geworfen, genau in den Nachttopf – kein schöner Anblick.

„Habe ich diesen Satz nicht gesagt?“

Anthelme greift durch den frischen, auf Links gewendeten Bezug nach zwei Kissenecken und stülpt ihn über die Füllung. Er weiß, Opa Gustave würde gleich sagen: Und wenn ich ihn nicht gesagt habe, dann steht er im Zweifelsfall in der Bibel, bei Voltaire oder im kommunistischen Manifest.

Gustave hustet: „Wenn ich ihn es nicht war, dann steht er im Zweifelsfall in der Bibel, bei Voltaire oder im kommunistischen Manifest.“

Ein zweites Husten: „Wie lautete er noch gleich?“

„Die Nichteitelkeit ist die wahre Schönheit, es sei denn, sie wird mit sich selbst nachlässig.“

„Ja richtig. Ein guter Satz, was? Stell dir vor, deine Oma war hübsch, sehr hübsch, jedoch auf keinen Fall eitel, dass sie es nötig gehabt hätte, sich mit zu viel Schmuck oder hier noch ein Tuch und dort noch eine Rüsche auszustaffieren. Bei ihr genügte ein gemustertes Haarband oder ein schlichter Gürtel, um sie wie keine andere aussehen zu lassen. Nur dann kamen die Krankheit und das Alter, keine sehr guten Freunde, wenn du mich fragst, vor allem nicht zu zweit; und plötzlich stand ihr auch das Haarband nicht mehr, geschweigedenn der Gürtel über ihrem Nachthemd. Sie fing an zu stinken. Genau wie ich jetzt. Und das ist die andere Seite. Vorher hatte sie wenig gebraucht, um einfach wunderbar auszusehen, dann wurde sie hinfällig und zur gewohnten Schlichtheit ihres Äußeren kam die Nachlässigkeit hinzu, sich nämlich auch darum nicht mehr zu kümmern. Was ich damit sagen will: Übertreibe es zu keiner Seite hin, umso eher erreichst du ein Gleichgewicht.“

Anthelme knöpft den letzten Knopf des Bezugs zu: „Aha“, sagt er und: „Heb mal deinen Kopf.“
„Du hast mich nicht verstanden?“, fragt Gustave.
„Doch, doch“, antwortet Anthelme, „du sagtest, dass Oma früher weniger streng gerochen hat.“
Gustave lässt seinen Kopf ins Kissen sinken und stöhnt: „Kennst du überhaupt die Geschichte, wie ich sie kennen gelernt habe?“
Natürlich kennt Anthelme die Geschichte. Mit Sicherheit kennt sie das ganze Sepiadorf, denn wenn eines feststeht, dann die Tatsache, dass die Geschichten der Alten aus härterem Stein gebaut sind und eine größere Gemeinde haben als die Kirchen der Umgebung.
„Du hast sie bestimmt schon einmal erzählt, aber …“, sagt er zaghaft. Er würde dieser Geschichte so oder so nicht ausweichen können. Doch eigentlich hört er sie immer wieder gern. Irgendwie ist das, als würde man Schaukeln. Nur im Hin-und-Her und Noch-einmal liegt der Spaß. Manchmal tut das einfach gut.
„Soll ich erzählen?“
„Ja sicher. Also, wie hast du Großmutter kennen gelernt?“
„Als sie noch keine Großmutter war.“
Anthelme sagt nichts. Den Witz hat Gustave schon zu oft gemacht. Er ist ihm sozusagen auf die Zunge gewachsen und kommt hervor wie Salzgeschmack bei etwas Salzigem.
„Lass mich so anfangen. Meine Liebesgeschichte beginnt wie die die meisten Liebesgeschichten …“
„… mit dem ersten Blick?“
„Eben nicht. Der erste Blick ist, glaube mir, völliger Unsinn. Sie hatte ihn gesehen, bevor er sie ihn gesehen hatte und solche ewigen Fragwürdigkeiten. Man sieht immer das, was man sehen möchte. Nein, merke dir, die meisten Liebesgeschichten beginnen vor der ersten Begegnung.“
„Wie das?“ Anthelme denkt an Rélie und an ihre Sammelbüchse. Er kann sich nicht daran erinnern, sie vorher schon einmal gesehen zu haben. Kunststück, sie war ja auch gerade erst neu hinzugezogen.
„Zuerst hatte ich von deiner Großmutter ein Bild vor Augen, ein sehr schönes Bild, versteht sich. Nenne es ein Gerücht, denn je mehr die anderen im Dorf von dieser für mich Unbekannten schwärmten, desto mehr fing ich Feuer und Flamme und wollte

sie unbedingt treffen. Sie musste schön sein, das sagten alle, und scheu. Was will man mehr?"
„Du warst also vor allem neugierig?"
„Ja, und jung. Und da hilft es schon, wenn man gesagt bekommt, wo es eine Prinzessin zu freien gibt, die auch jeder andere erobern will. Hast du dich nie gefragt, woher es kommt, dass im Märchen die Prinzen immer schon vorher wissen, wen sie auf ewig lieben werden? Ich sage dir: Zuerst kommt das Sagen, dann das Sehen und dazwischen klopft dein Herz."
„Bei dir klingt das eher nach einer Jagd."
„Das war auch so. Wie gesagt, alle jungen Männer sprachen von ihr. Sie meinten, sie sei das verdammt wunderschönste Mädchen in der ganzen Umgebung. Kein Dorf sonst, nicht einmal unser Sepiadorf würde solch eine Tochter vorweisen können. Zudem unverheiratet, wie aus einem Tautropfen entsprungen. Dabei sei sie ganz natürlich, wäre nicht eingebildet und würde schon den Mann nehmen, der ihr Herz erobern und für dessen Erbbesitz sich ihre Eltern entscheiden könnten."
„Du hattest Besitz?"
„Wenn man den ganzen Tag im Bett liegt und kleiner wird, dann wird die Vergangenheit halt verrückter – aber auch ein bisschen schöner."
„Du musst nicht im Bett liegen." Anthelme streckt seine Arme aus, um Gustave zu helfen, sofern er jetzt gleich aufstehen möchte. Leider zieht dieser die Decke hoch bis unter sein schrumpeliges Kinn.
„Willst du die Geschichte weiterhören oder mich nicht ernst nehmen?"
Anthelme weiß, dass es keinen Zweck hat. Also hockt er sich hin und nickt seinem Großvater zu.
„Alle wollten natürlich in das Dorf, in dem sie lebte. Ich vorne weg, obwohl ich gar nicht wusste, ob mit dem anderen Dorf Routaillion, Mousnaq, Levroir oder sogar das hinter dem See, Goulfour, gemeint war. Gerüchte haben leider die Eigenschaft, nicht sehr genau zu sein. Daher besuchte ich alle Dörfer nacheinander, um zu erfahren, in welchem sie lebte."
„Du hättest dich bei den anderen direkt erkundigen können, ich meine, bei denen, die über sie redeten."
Gustave äfft ihn nach: „Du hättest dich bei den anderen direkt erkundigen können … Sprichst du mit anderen über alles, was du fühlst?"
Anthelme denkt nach und schweigt. Er begreift.

„Das war kein Spaß, all diese Orte zu besuchen. Im eigenen Dorf bist du ein Held unter vielen, woanders ein Narr unter Witzbolden. Frag nach einem schönen Mädchen, und sie lachen dich aus oder sie verprügeln dich. Du könntest ihnen ja ihre Bräute wegschnappen. Und wahrscheinlich hätte ich es genauso mit ihnen gemacht, wenn einer so zu uns gekommen wäre. Natürlich fand ich sie nicht in den nächsten Dörfern, es musste das abgelegene hinterm See sein. Vielleicht zu meinem Glück. Womöglich hätte sie sonst ein anderer vor mir gefunden und für sich gewinnen können. Es war nachmittags, die Sonne stand hoch über den Feldern, die Hitze schmorte auf den Dächern und aus manchem schattigen Winkel sah man nur eine Zunge hervorluken, die zu einem der hechelnden Hund gehörte, der sich dort verkrochen hatten. Mir klebte vor Durst der Gaumen. Meine Wasserflasche hatte ich schon auf der halben Wegstrecke ausgetrunken. Also schaute ich mich zunächst nach dem Dorfbrunnen um. Ich fand ihn gleich in der Dorfmitte, überragt von einer weit ausladenden Linde. Wie erleichtert war ich, mich nach diesem Weg endlich vor der Sonne schützen und erfrischen zu können. Ich lechzte nach Abkühlung. Niemand war dort und auch nachdem ich Platz genommen hatte, erblickte ich keine Menschenseele. Ich dachte, sie werden nicht anders als bei uns die größte Mittagshitze abwarten und erst später wieder mit der Arbeit beginnen. Ich beugte mich über den Brunnenrand, hievte einen Eimer hoch und betrachtete gut gewillt mein verschwitztes Spiegelbild auf der Wasseroberfläche. Ich würde mich noch einmal herrichten müssen; ich sah ziemlich dahergelaufen aus. Gleich beim ersten Schluck, den ich aus dem Eimer schöpfte, musste ich husten, denn für einen Moment schien mir, dass aus meinem Spiegelgesicht im Wasser plötzlich zwei Gesichter geworden wären. Nachdem jedoch das Wasser wieder einer glatten Fläche glich, konnte ich ausschließlich mein eigenes mir bekanntes Aussehen betrachten. Beruhigend zwar, doch auch irgendwie irritierend. Ich schaute nach oben ins Geäst der Linde, konnte aber nichts entdecken. Vielleicht hatte sich nur ein Lichtblitz hindurchgestohlen und mir einen Streich gespielt. Ich nahm einige weitere Schlucke Wasser. Und wieder schien es mir, dass ich in dem Augenblick, in dem die Oberfläche verschwamm, neben meinem Kopf einen zweiten sehen würde. Erneut sah ich mich um. Wieder nichts – weder hinter, neben oder über mir. Bekam ich einen Sonnenstich? Ich war immerhin lange in der Hitze unterwegs gewesen. Ich beschloss, mir selbst eine kalte Dusche zu verabreichen. Mit beiden Händen packte ich den Eimer, schleuderte seinen Inhalt empor und erntete neben einem Schwall Wasser vor allem eines: einen spitzen Schrei. Aha, dachte ich, doch nicht so hitzeverrückt und allein gewesen.

‚Das ist nicht lustig', hörte ich aus dem dichten Laub über mir rufen.
‚Bist du die Schlange aus dem Paradies, oder was machst du da oben?'
Statt einer Antwort rieselte es ordentlich Blätter auf mich herum. ‚He', schimpfte ich, ‚ich habe gerade ein Bad genommen.'
‚Das hattest du auch nötig und eigentlich hast du es immer noch.' Wie zum Beweis regnet ein zweiter Blättersegen auf mich herab. Nun war ich verschwitzt, durchnässt und verdreckt in einem. Eine gute Figur würde ich heute nicht mehr machen. Ich beschloss, es dem Jungen da oben heimzuzahlen. So einer musste sich ja da oben am Mittag verstecken und Fremde wie mich ärgern. Schnell sprang ich zum Baumstamm und versuchte hinaufzuklettern. Das war gar nicht so leicht, denn der Stamm war mächtig und kaum einer der unteren Äste befand sich in Reichweite meiner Hände.
‚Du kriegst mich nicht', schallte es mir entgegen.
Das stachelte mich noch mehr an, hochzukommen und den Burschen zu erwischen. Endlich bekam ich einen der ersten Äste zu fassen. Mit aller Kraft zog ich mich hoch. Ich verschwendete keinen Gedanken daran, wie ich nach dieser Aktion aussehen würde. Mein Hemd war bereits ganz grün und braun verschmiert, meine Hände und Arme wiesen lauter Kratzer auf, die höllisch brannten.
‚Jetzt bist du da oben, ich aber nicht mehr.'
Überrascht schaute ich mich um. Tatsächlich, dort wo ich zuletzt den Schatten des Jungen gesehen hatte, leuchtete mir durch das lichte Blattwerk nunmehr die Sonne entgegen. Keine Spur von ihm weder hier noch zwischen den anderen Ästen. Konnte das sein? Wie um alles in der Welt war er da hinuntergekommen? Gesprungen? Ich erhielt die Antwort postwendend.
‚Mit einer Strickleiter ist alles einfacher. Wer nach oben will, macht das am besten mit Köpfchen und Schritt für Schritt. An dir ist wohl ein Affe verloren gegangen.'
‚Na warte', erwiderte ich wütend, ‚wer bist du, dass ...?' In diesem Augenblick erblickte ich ihn – mir den Rücken zugewandt und leicht über den Brunnenrand gebeugt, um ebenso wie ich zuvor Wasser aus dem Eimer zu schöpfen. Die Strickleiter lag zusammengerollt neben seinen Beinen, als wollte er sagen: Siehst du, eine Schlange gibt es schon im Baum, aber eine ganz andere. Am liebsten wäre ich ihm in den Nacken gesprungen, doch dazu hatte ich weder die Kraft noch den Mut. Es war einfach zu hoch. Und dann sah ich auf das Wasser, und wie vorhin erblickte ich mein Gesicht, jetzt aber deutlich neben dem zweiten – *ihrem* zweiten, denn der Junge entpuppte sich als Mädchen mit feinen Gesichtszügen und kurzen Haaren, die nur deshalb so jungenhaft wirkten, weil sie in geschickter Manier um den Kopf gewunden

waren. Schlimmer jedoch traf mich die Erkenntnis, dass dieses Baumwesen das Mädchen sein musste, von dem alle im Sepiadorf sprachen. Schöner konnte ich mir keine zweite vorstellen. Na ja, damals stank sie noch nicht nach Urin."
Anthelme hat Gustave mit geschlossenen Augen zugehört. In seiner Vorstellung sieht er vor allem eines: Das Spiel der Lindenblätter droben in den Ästen, sobald ein einsamer Lufthauch sich zu ihnen gesellt. Seine Großmutter hingegen vermag er sich nicht als junges Mädchen auszumalen. Altes Brot kann man sich nicht einfach frisch reden.
Eine Frage beschäftigt ihn schon lange: „Wie konntest du so sicher sein, dass es wirklich *sie* war, die du gesucht hast? Ich meine, du hattest keine Anhaltspunkte außer deinem Gefühl. Ich schätze, du hast dich nur in *die* Richtige verliebt – in Großmutter halt."
„Hm, vielleicht weil das Gefühl meist gescheiter als jede Abwägung ist. Es gibt die Weisheiten, die in Büchern stehen, und die, die die Sehnsucht in dir wecken und dich zum Wahnsinn treiben."
Anthelme nickt.
„Ich ahnte schon, dass du Ähnliches durchmachst. Wie heißt dein Baummädchen?"
„Sie geht in Schneckenkreisen durch das Dorf." Anthelme sieht zum Fenster hinaus. Wenn sie doch gerade vorbeikäme.
„Name?"
„*Die* Maintenant."
„Oha, Vornamenverweigerung. Dich hat es tatsächlich ganz schön getroffen."
„Ich muss."
Schwerfällig erhebt sich Gustave aus seinem Kissen. Ganz klein ist die Mulde, die sein Kopf hinterlässt: „Dann geh. Aber was ich dir noch sagen wollte …"
„Ja?"
„Du hast mich danach gefragt, wie ich so sicher sein konnte, dass es *sie* war. Ich will dir eine zweite Antwort geben. Nachdem sie meine Frau geworden war, verstummten auch die Gerüchte. Es hieß, ein Frosch habe sie am Brunnen geküsst, und ähnlich märchenhaft verhielt es sich ja."

Beweise und Andenken

Eine Bemerkung Fenayarous ist mir besonders in Erinnerung geblieben: All diese Menschen, so sagte er, die zu uns kommen, erkennen Anthelme, weil sie Anthelme erkennen wollen. Sie würden jedweden als ihren nächsten Verwandten ansehen, um von ihrer Not befreit zu sein.

Diese Not ergoss sich unaufhörlich in Zeilen, die sich in meiner Schubkarre zu Bergen von Postsäcken hochtürmten und darauf warteten, von mir zu dem Stapel „Zu prüfen“ sortiert zu werden. Aber was sie auch schrieben, erbaten und erflehten, in ihrer Suche hatten sie alle etwas gemeinsam. Wie sonst ließe es sich erklären, dass sie einem Unbekannten wie mir ihr Innerstes preisgaben, von ihrer Liebe und ihrer Sehnsucht und Trauer sprachen, nur um – ja, nur um einen Blick auf einen bei uns untergebrachten Menschen werfen zu dürfen, dessen eigentümlichste Eigenschaft darin bestand, für seine Außenwelt ein völliges Desinteresse an den Tag zu legen? Und ich begriff, wie sehr in all diesen Briefen eine Art kurzfristiger Erleichterung liegen musste, denn einige schrieben nicht nur ein- oder zweimal, sondern gleich mehrere Male hintereinander. Dabei fanden sie selten neue Worte für ihr Leiden, denn ihr Kummer blieb dasselbe, sodass die Worte zu einem Brandzeichen wurden, das in einem fort schmerzte.

Rodez, und damit hatte Fenayarou zumindest für diese Menschen Recht, war nach dem offiziellen Rückzug des Staates, sich um die Auffindung Kriegsvermisster zu kümmern, zu einem letzten Ort geworden, an dem es noch erlaubt war, zu suchen. Wenn ich in dieser Zeit träumte, dann träumte ich von nichts anderem als von den Briefen dieser Familien, die glaubten, in der einen oder anderen Fotografie unseres Gemüse das liebe Gesicht ihres Vermissten aufscheinen zu sehen.

Kennen Sie das? Sie träumen, dass Sie lesen, und doch lesen Sie Wort für Wort nur unsinnige Sätze, wieder und wieder. Ihre Augen fliegen über die Schrift und Sie versuchen, in das Gelesene einen Zusammenhang zu bringen, was nichts anderes hieß: Die Anstrengungen der Tage machten mir zu schaffen. All diese Zeilen – all diese Worte verschwammen mir vor den Augen und spukten in meinem Kopf in Gestalt losgelassener Zitate umher.

„Ich habe schon überallhin geschrieben“, klagte eine Witwe aus Boulogne-sur-Mer, „die letzte Nachricht meines Mannes stammt vom 26. Oktober 1914.“

Eine andere formulierte ihre Anfrage bereits so, als ob der von ihr auserkorene Anthelme nur der von ihre Gesuchte sein könne, mag sie ihm auch bisher nicht wirklich gegenübergestanden haben: „Ich möchte Genaueres über den gesundheitlichen Zustand meines Mannes wissen", ließ sie verlauten. „Sehen Sie eine Möglichkeit, dass er bald nach Hause kommt? Seine Kinder, die ihn über alles lieben, würden ihn so gern wieder in ihre Arme schließen."

Viele allerdings blieben vorsichtiger und fanden die treffendsten Worte für ihre neu aufkeimende Hoffnung: „Seit dem Jahr 1914 suche ich nach meinem Sohn, der das Jahr zuvor von der Armee eingezogen worden ist. Seither habe ich persönlich jedes Lager in Deutschland und Frankreich aufgesucht – ergebnislos. Doch als ich die Gesichter der Vergessenen in der Zeitung sah, fühlte ich mich wieder ganz als Mutter: Finde ich in einem dieser unglücklichen Männer mein Kind wieder? Nur um das mit eigenen Augen prüfen zu können, würde ich mich gern bei ihnen einfinden dürfen." „Haben Sie Mitleid mit mir", schrieb eine weitere, „In *Le Matin* erkannte ich einen von diesen Armen, die im Sanatorium von Rodez ihr Schicksal fristen. Könnte das mein kleiner Junge sein, der verlorenging, nachdem er seine Männer in den Kampf geführt hatte?"

Besonders bitter klangen die Schreiben derjenigen, die zwar zu uns kommen wollten und doch ahnten, dass auch dieser Weg für sie am Ende nur die schon so oft erlebte Enttäuschung und Verzweiflung bereithalten würde. Trotzdem schrieben sie: „Jeden Tag sage ich zu mir, dass er gleich zur Tür hineinkommen müsse. Und wenn nicht heute, dann morgen oder übermorgen. Also mache ich die Stube sauber, lege seine Sachen bereit und ziehe mein bestes Kleid an, nur um es dann jeden Abend wieder auf den Bügel zurückzuhängen. Denn keine Tür geht auf, keine Schritte sind von draußen zu hören. Er kommt nicht. Darum sagen Sie mir, ist er es, der bei Ihnen wohnt? Nehmen Sie kein Blatt vor den Mund, verschonen Sie mich nicht mit der Wahrheit, so schmerzvoll sie auch sein mag. Wie komme ich aus diesem Albtraum nur heraus?"

Und wie von selbst formte sich ihr Sehnen zu Bildern, die ihnen nicht nur in ihren Nächte begegneten, sondern auch tagsüber plötzlich auftauchten: „Ich ging gerade über die rue Delacour", erzählte eine Mutter aus Villeneuf, „da sah ich seinen Schatten an der Hauswand vorbeihuschen. Er war in Uniform. Er rannte. Offenbar wurde er gejagt. Ich dachte, wie müde und hungrig er aussieht. Also griff ich in meine Tasche und reichte ihm ein Stück Brot. Und auch die Menschen, die um mich herumstanden, griffen in ihre Taschen und reichten ihm das, was sie zu Essen dabei hatten. Alles nahm er an sich, hastig, und schlang es hinunter. Ich wollte ihn an der Hand nehmen, ihn spüren, in diesem Augenblick sprang er davon. Ich sah ihm am Horizont verschwinden, nur dass der Horizont ein Schlachtfeld war, und ich fühlte ganz deutlich, dass dieses Schachtfeld nicht in Frankreich lag. Ich rief, und ich weiß nicht, ob er es war, der sich noch einmal in der Ferne zu mir aufrichtete, beladen mit Gepäck und gestützt auf eine Krücke."

Ich will es kurz machen: Im Falle von Clément, Pascal, Serge, Édouard und Frédéric ging die Sache schnell; will sagen: Zunächst hatte die Tür kräftig geklemmt, dann kam Fenayarou, rüttelte mit Hilfe der Presse daran, und plötzlich ging sie auf und unser übriges Gemüse fand Mutter, Vater, Frau oder Kind wieder – leider nicht immer mit der rechten Begeisterung auf Seiten unserer nun *ehemaligen* Insassen, die einen vertrauten Ort verloren und einen vergessenen erobern mussten.

Zu meiner Überraschung empfand ich keine Befriedigung, die sich nach meiner Erwartung hätte einstellen müssen. Stattdessen spürte ich eine Leere, die sich brennend in meinem Inneren ausbreitete. Und Fenayarou ging es offenbar nicht anders. Kaum hatte er die Patienten verabschiedet, zog er die Gardinen seines Arbeitszimmers zu, um erst nach ein bis zwei Stunden wieder zum Vorschein zu kommen. Er entschuldigte das mit „notwendigen Formalitäten".

Ich sehe sie vor mir, wie sie einzeln an der Hand ihrer Verwandten durch das Tor schritten, als wären sie kleine Kinder, und mit ein wenig Gepäck in einer Reisetasche zum einem bereitstehenden Wagen oder zum Bahnhof gebracht wurden. Ich vermute, Pascal zerfurchte unter seinem Hut wie stets seine Stirn, während Édouard an diesem Tag völlig vergaß mit dem einen oder anderen Bein zu hinken. Frédéric hätte fast seine *Le Petit Parisien* vom 7. November 1919 vergessen, trugt sie dann aber so vor sich her, dass er beinahe alles umrannte, was ihm nicht von selbst auswich. Clément hatte sich sogar auf einem Stuhl festgebunden mit dem Ergebnis, dass er königgleich auf einem Thron hinausgetragen wurde.

Allein Serge machte es anders und starb einige Tage vor seiner Abreise.

„Machen wir uns nichts vor", sagte Fenayarou, „so gehen die Dinge ihren normalen Gang. Jetzt hat er wieder seinen richtigen Namen und der wird länger, als sein Leben währte, auf seinem Grabstein zu lesen sein. Für mich aber wird er Serge bleiben."

Bei Anthelme hingegen kamen wir keinen einzigen Schritt weiter. Eine Ursache lag unter anderem darin, dass wir trotz unserer ausdrücklichen Bitten darauf verzichten mussten, in den Bittbriefen wirkliche Beweise für die Richtigkeit der darin geäußerten Vermutungen zu erhalten, denn die wenigsten gingen auf Anthelmes Alter, Größe, Aussehen und besondere Fähigkeiten oder Kennzeichen ein. Die Leere seines Daseins

wurde durch die Geschichten von überallher täglich neu verfasst. Mochte er die Tafel sein, andere führten die Kreide.
Umso hartnäckiger wurde Fenayarou: Man müsse ihm schon Gründe liefern, damit er die Verfasser nach Rodez einlade.
Zum ersten Mal wurde mir klar, dass er nach dem Weggang der anderen nicht mehr so einfach bereit war, auch Anthelme ziehen zu lassen. Warum, das vermag ich nicht wirklich zu erklären. Denn auf der einen Seite unternahm er alles, um für ihn eine Familie zu finden, auf der anderen reagierte er wie ein verwundeter Vater, der seinen geliebten Sohn nicht an das erstbeste Mädchen weggeben möchte. Vielleicht lag es aber auch an seinem Herzen für die größeren Dinge: So lange er Anthelme bei sich wusste, so lange wendeten sich die Hinterbliebenen auf ganz Frankreich an ihn und schrieben ihre Bittgesuche nach Rodez. Wie hat es ein Dichter so treffend auf den Punkt gebracht: Der Mensch ist wohl so, dass er schließlich auch seine Plagen lieben lernt und ohne sie nicht mehr leben mag.
„Fordern Sie die Beweise“, sagte er eines Abends zu mir. „Wer Anthelme besuchen möchte, der sollte es nicht von vornherein erfolglos tun.“
„Haben wir nicht schon darum gebeten?“, entgegnete ich.
Fenayarou winkte ab: „Ach was, das waren profane Dinge. Äußerliche Darstellungen, die man für einen Polizeibericht benötigt. Kennen Sie das nicht? Je geliebter ein Mensch, desto schwerer fällt die Beschreibung, weil eben nicht die krumme Nase, sondern der weiche Flaum hinter dem linken Ohr dem anderen Menschen wichtig ist. Wenn man diesen Briefen glauben dürfte, dann müssten alle Verschollenen wie Engel aussehen und nach Rosenblüten duften. Der menschliche Verstand verklärt, was er gern sieht, und er verklärt erst recht das, was er nicht wahrnehmen möchte. Was ich mir wünsche, das sind die persönlichsten Andenken, über die sie noch verfügen. Ich meine, Schriftliches der Vermissten selbst: Postkarten, Briefe, Tagebücher, all diese Dinge eben. Die werden uns neue Anhaltspunkte liefern.“
„Das ist keine leichte Bitte. Immerhin sind wir für die Bittsteller Fremde. Wir müssten dafür Sorge tragen, dass sie diese Schätze garantiert zurückerhalten. Immerhin sind sie für sie unersetzlich.“
„Dann hätte Malard wieder eine gescheite Aufgabe“, nuschelte Fenayarou. Sachlich fuhr er fort: „Mir wurde da ein Handschriftenexperte empfohlen, Professor Edmund Doral. Er habe, so heißt es, in ähnlichen Fragen, wenn es beispielsweise Schwierigkeiten bei der Pensionszuordnung gab, dem Ministerium gute Dienste geleistet. Die Graphologie ist eine Wissenschaft für sich – der jeweilige Abstand der Buchstaben

und Wörter zueinander, die Höhe der kleinen Lettern, die Ausprägung der Anfangsbuchstaben, der Schwung der Bögen bei den Buchstaben *m, n* und *u* etc. Wir benötigen dazu Hilfe."

„Graphologie". Ich dehnte das Wort verächtlich. „Was für eine Idee. Mögen sie auch über diesen Doral Gutes gehört haben, über die Handschriftenkunde weiß ich bisher nur Gegenteiliges."

Fenayarou musterte mich mit einem traurigen Blick, dann drehte er mir den Rücken zu und begann, einige Akten zu sortieren.

Offensichtlich wollte er meine Einwände nicht hören. Davon abhalten ließ ich mich nicht: „Spinnetisten sag' ich Ihnen. Für mich kommt das Ganze gleich neben der Alchemie. Diese versuchten aus Luft Gold zu machen, jene aus Tinte einen schäbigen oder klaren Charakter vorherzusagen. Erinnern Sie sich nur an die Dreyfus-Affäre. Ist gar nicht so lange her. Da wird dieser jüdische Offizier in das Dienstzimmer seines Generalstabschefs bestellt, um nach Diktat einzelne Worte und Satzfetzen zu schreiben. Ein Graphologe vergleicht gleich daraufhin Dreyfus' Handschrift mit dem Dokument, mit dem er dem deutschen Militärattaché geheime Informationen über die französische Artillerie verraten haben soll, und vierzehn Tage später weiß bereits ganz Frankreich darüber Bescheid oder meint Bescheid zu wissen, was für ein Lump da im französischen Militär seinen Dienst tat. Reine Erfindung. Üble Nachrede. Man wollte Dreyfus, den Juden in der Armee, verurteilen, egal, wie ähnlich oder unähnlich die Schriftproben waren."

„Ich kenne die Geschichte", sagte Fenayarou schwach. Er drehte sich nicht um.

„Man sollte sie auch kennen. Immerhin hat diese von vornherein falsche Schriftbeurteilung Dreyfus zehn Jahre Festungshaft eingebracht, und er hätte sie wohl ganz absitzen müssen, wenn nicht auf anderen Wegen durch aufrechte Männer seine Unschuld bewiesen worden wäre und man ihn nicht rehabilitiert hätte. Ein gebrochener Mann ist er trotzdem geblieben."

„Mein lieber Gerron." Fenayarou sah mich wieder an, ernst und beschwichtigend. Allerdings, wie er das sagte, dieses „lieber Gerron", das machte mir klar, dass er mir keinesfalls zustimmen würde: „Hängen Sie das nicht ein bisschen zu hoch? Gehen Sie bitte nicht von falschen Voraussetzungen aus. Bei Dreyfus gab es andere Gründe für seine Verhaftung. Sie wissen so gut wie ich, man brauchte für den Verrat einen Schuldigen, einen Sündenbock für ein anderes hohes Mitglied des Militärs. Da passte – um es mit den Worten der damaligen Presse auszudrücken – dieser kleine elsässische Jude gerade richtig. Es stimmt, man wollte ihn verurteilen, also konnte auch nur der Gra-

phologe feststellen, was man ihm befahl festzustellen. Sicher, eine Wissenschaft sollte objektiv bleiben. Skandale wie diese zeigen, dass im Falle mächtiger Interessen auch die Wissenschaft etwas zutiefst Menschliches und damit Wankelmütiges ist. Und wenn dem so ist: Seither sind einige Jahre ins Land gegangen. Die Graphologie hat sich weiterentwickelt. In Deutschland wird sie seit Ende des Krieges sogar offiziell zur Strafverfolgung und Rechtsprechung eingesetzt."
„Ich weiß nicht, ob ich das deutsche Beispiel überzeugend finde!"
Fenayarou tippte auf meine Brust: „Hören Sie, wir sind nicht mehr im Krieg. Aus der Geschichte lernen, heißt, nicht revanchistisch zu sein. Das übersehen die meisten, sogar fast alle. Lassen Sie uns mit aufrechtem Beispiel vorangehen. Ich will Gutes bewirken. Und wenn ich dazu Mittel in der Hand habe, die mal im Misskredit standen, dann muss mich das nicht unbedingt scheren."
„Wir werden also Anthelme dazu bewegen müssen, etwas zu schreiben, um dann durch diesen Doral seine Texte mit denen der uns zugeschickten Schriftzeugnisse vergleichen zu lassen?"
„Das ist der Plan."
„Hat Anthelme schon einmal etwas geschrieben? Ich meine: bei uns?"
Fenayarou schwieg. Es war klar, so wenig Antehelme mit uns oder irgendjemandem freiwillig sprach, so wenig setzte er sich hin, um zum Beispiel seine Gedanken einem Tagebuch oder gar Brief anzuvertrauen. Er war vor allem ein Spiegel, der aß, schlief, schiss und uns beschäftigte.
„Wir werden Geduld haben müssen", sagte Fenayarou, während ich zur Tür ging.
„Und lassen Sie ihm Papier und Stift geben. Vielleicht überkommt es ihn ja."
Warum nur hatte ich es im Gefühl, dass Fenayarou sich mit dieser Maßnahme nur wieder selbst ein Bein stellen wollte?

Ich lernte Edmund Doral als ernsthaften Mann mit graumeliertem, streng zurückgekämmtem Haar und sauber geschnitten Koteletten kennen. Ich glaubte fast, einem englischen Gentleman aus dem vergangenen Jahrhundert zu begegnen. Ich nahm an, er suchte bewusst diese Wirkung zu erzielen, um entweder von seiner absolut fragwürdigen Tätigkeit abzulenken oder um seine Arbeit in das hübsche Licht traditioneller Seriosität zu tauchen.
Entsprechend voreingenommen, freute es mich, dass unser Grégoire, der in gewohnter Weise bei schönem Wetter neben der Portaltreppe kopfüber seine verstümmelten Beine himmelwärts richtete, Doral als „Puddinggesicht" begrüßte.

Und in der Tat, die Gesichtszüge des Handschriftenexperten besaßen etwas Qualliges, Verschwommenes. Die Übergänge zwischen Kinn, Mund und Wangenpartien waren allenfalls zu erahnen, inselgleich wogte die Nase darin, während seine Augäpfel offenbar nur mühevoll unter den schweren, wulstigen Lidern ihrer Aufgabe nachkommen konnten.

Die erste Unterredung mit ihm führte Fenayarou allein. Ich war auch nicht neugierig und wich diesem Menschen nach Möglichkeit aus.

Zwei Tage sollte er bleiben, eine Woche benötigte er. Zwar bekamen wir auf unsere Rückfrage an die Hinterbliebenen weitaus weniger persönliche Briefe, die aus der Feder der Vermissten stammten, als wir es selbst bei pessimistischer Betrachtung vermutet hätten, doch das Problem blieb Anthelme selbst: Er schrieb nicht.

Kurzfristig schaute sogar Malard bei uns vorbei – ich nehme an, aus professionellem Interesse –, doch eine Schriftprobe von Anthelmes Hand hatte auch er nicht zu bieten. Ihn verwunderte das im Nachhinein, denn in der Regel müssen die Verhörten die Polizeiprotokolle unterschreiben, aber damals war Malard ja nicht einmal bis zu Anthelmes wahrem Namen vorgedrungen. Wer sollte da also was mit seiner Unterschrift belegen?

Von meiner einzigen richtigen wie ebenso unfreiwilligen Begegnung mit Doral habe ich Fenayarou nie etwas erzählt. Am Ende löste sich alles eh von selbst auf. Was sollte ich ihn zusätzlich mit meiner Rechthaberei aufbringen?

So gehe ich ab und an gern in die Sanatoriumsbibliothek, einer der wenigen angenehmen Einrichtungen allerorten, in denen die Ruhe so wesentlich dazugehört wie eine Seite zum Buch. Unsere Auswahl bot zwar keine Überraschungen – gespendete Wälzer, vergilbte Reiseberichte und die üblichen Klassiker neben einigen Fachzeitschriften –, aber sie genügte, um mich, wenn ich es nötig hatte, in andere Welten und in anderen Zeiten zu entführen. Sicher eine kleine Flucht, jedoch eine in das Bekannte, denn in der Regel saß ich nur da und fasste kein Buch an. Ich betrachtete vielmehr die Titel und erinnerte mich, sofern ich sie kannte, in welcher Stimmung und in welchem Alter ich sie mir mit all seinen Ereignissen zu Gemüte geführt hatte. Man darf sagen, ich stieg nicht mit Vernes Professor Lidenbrock zum *Mittelpunkt der Erde* hinab, sondern ich spürte erneut den Zahnschmerz, der mich damals bei der Lektüre quälte und sich am Ende als eine eitrige Wurzelentzündung entpuppte. Oder ich betrachtete den Buchrücken von Zolas *Germinal*, das mich ewig und drei Tage an den Duft eines bestimmten Brotes erinnern wird, das mein Zimmernachbar sich eine Zeit lang jede Woche selbst buk. Einen Reißer über den Hochstapler Cagliostro las ich ausgerech-

net, als die vermeintliche Frau meines Lebens mich verließ und mir weniger Hunger bescherte, während eine medizinische Abhandlung über das Drüsensystem mir jedes Mal in den Sinn kommt, sobald sich der Frühling nähert und mich einlädt, auf der nächsten Bank nah an einem See eine Pause vom Studium einzulegen.
An diesem einen Tag hingegen fand ich diese Bibliotheksruhe nicht. Stattdessen störte mich eine Stimme, die in beständiger Weise auf jemanden einzureden suchte. Zunächst gedachte ich, das Gewisper nicht zu beachten, wenn es mich in seiner monotonen Beständigkeit nicht von mir selbst abgezogen hätte. Je mehr man sich nicht ablenken lassen will, desto mehr schlägt einen das überflüssig Fremde in seinen Bann. Es ist das Summen einer Fliege, das zu seinem Motorenknattern wird.
Verärgert stand ich aus meinem Sessel auf, in dem ich es mir hatte gemütlich machen wollen, und schaute nacheinander hinter die einzelnen Regale. Bereits hinter dem zweiten erkannte ich Doral, der sich über einen Lesetisch und einen weiteren Besucher beugte. Er stand seitlich zu mir, sodass ich nicht deutlich erkennen konnte, wem er derart zusprach. Und nicht nur das: Während seine eine Hand auf der Schulter des Menschen ruhte, führte seine andere eine dritte Hand, die zwischen Daumen und Zeigefinger einen Stift festhielt.
„Schreiben Sie“, hörte ich Doral tuscheln, „schreiben Sie, was Ihnen in den Sinn kommt. Nur Mut.“
Plötzlich fuhr er hoch. Er hatte mich bemerkt.
„Haben Sie mich erschreckt!“
„Was machen Sie da?“ Mein Blick fiel auf Anthelme, der sich nicht rührte.
Doral lächelte mich aus seinem Puddinggesicht breit an. Mit einer schnellen Bewegung zog er seine Hand von der Anthelmes fort. Dann verschränkte er beide Arme hinter dem Rücken, senkte einen mitleidigen Blick auf das, was Anthelme bisher zustande gebracht hatte und fing an zu dozieren: „Sie wundern sich vielleicht, warum ich gerade hier meine Untersuchungen beginne.“
„Sie haben mich gestört“, unterbrach ich ihn, denn ich wollte seine Erklärung nicht hören.
„Ich entschuldige mich dafür. Wir arbeiten schon eine Weile hier. Offenbar sind Sie von uns unbemerkt später hineingekommen.“
Das „Wir“ in Dorals Mund nahm sich ausgesprochen widersinnig aus. Denn die typische Teilnahmslosigkeit Anthelmes bewies nur eines: Es gab ihn, mich, die Bibliothek und ihn irgendwo dazwischen. Der Stift in seiner Hand blieb bewegungslos.

„Ich war nur leise!“ Ich hoffte, Doral würde wenigstens diesen Hinweis verstehen. Er sollte ruhig sein und mich nicht unnütz stören. Er tat es nicht.
„Nun“, er hob und senkte vielsagend seine Augenbrauen, „da unser Patient nicht schreibt, mir also die Vergleichsstücke für die Schriftprobe fehlen, dachte ich mir, ich müsste ihm Möglichkeiten schaffen, beziehungsweise ihn anregen, etwas zu schreiben. Und was gibt es da Besseres als einen Raum voller Bücher und geschriebener Worte, nicht wahr?“
„Aha“, gab ich zu verstehen, „dann wünsche ich Ihnen weiterhin viel Erfolg. Ich schätze nur, sofern Anthelme von seiner Herkunft und Bildung her vielleicht gerade bis zur Volksschule gekommen ist und seine frühere Arbeit darin bestand, die Schweine zu hüten, dass Sie dann den absolut falschen Ort gewählt haben.“
„Mag sein, mag sein. Das wird sich zeigen. Mein Verständnis von Wissenschaft lautet, dass sie auch Sackgassen ausloten muss, um sicher zu sein. Außerdem, die Hände Anthelmes verraten eine andere Geschichte. Sie sind fein und ohne Narben. Schweine dürfte er meiner Ansicht nach damit nicht gehütet haben.“
„Er ist ja auch schon eine Weile bei uns. Apropos Hände! Verfälscht es nicht die Sache, wenn Sie ihm beim Schreiben helfen?“ Mein Ton verriet den Spott.
Doral schluckte und unterdrückte seinen Ärger, der offenbar gegen mich aufkeimte.
„Wie gesagt, es ist nur ein Versuch.“
„Dann will ich Sie mal Ihr Experiment fortsetzen lassen. Vielleicht finden Sie ja einen Zugang zu Anthelme. Sie wären übrigens der Erste.“
Doral blickte zu ihm. Und da dieser wie zum Beweis natürlich keine Anstalten machte, sich in irgendeiner Weise zu regen, war mir nur zu klar, wie das Ganze ausgehen würde. Was wir auch unternahmen oder redeten, wir blieben die Wasseroberfläche, zu der er nicht auftauchen mochte.
Bevor ich mich umdrehte, konnte ich es mir nicht verkneifen, einen schnellen Blick auf die bisherigen Schreibergebnisse zu werfen. Auf dem Papier unter Anthelmes Hand stand in mehreren Ausführungen nur ein Name, und zwar: *Edmund Doral.*

Es war reiner Zufall, dass ich gerade zu meinem Fenster hinausschaute. Manchmal sagt allein schon der Rücken eines Menschen, ob jemand erfreut oder erbost ist. In dem einen Fall lupft er mit den Schultern Wolken, in dem anderen liegen Gewichte auf ihnen. Beim Weggang Dorals handelte es sich eindeutig um tonnenschwere Lasten. Ich hätte nicht zusätzlich sein Gesicht anschauen mögen, um seine Wut zu sehen. Er raste auf das Tor zu und ließ es sperrangelweit offen, während er dem Taxi-

fahrer eilig zuwinkte, er solle gefälligst herbeikommen und ihm sein Gepäck in den Kofferraum heben.
Ich hütete mich, Fenayarou sofort aufzusuchen. Er würde mir das Ergebnis Dorals und dessen Abgang schon zu gegebener Zeit erklären.
Lange warten musste ich nicht. Bereits am nächsten Tag rief er mich zu sich, um mit mir das weitere Vorgehen zu besprechen.
„Ich habe mir eine neue Herangehensweise überlegt“, begann er, „wir sollten von nun an Gruppen zu etwas zehn bis zwölf Personen einladen und sehen, wie Anthelme reagiert.“
Ich stutzte: „Wird ihn das nicht überfordern? Ich meine …“
„Ach, Anthelme wird das schon aushalten. Die Einzelbesuche haben ihm auch nicht merklich etwas ausgemacht, und die sind in ihrer Art wahrscheinlich intensiver. Er ist ein Stoiker, vielleicht war er das bereits vor seiner Amnesie. Wir lassen ihn einfach im Salon sitzen. Dort ist er ja recht gerne, und die Leute gehen an ihm vorbei.“
„Wie im Zoo?“
„Begreifen Sie es als eine neue Versuchsanordnung.“
Mehr beiläufig fragte ich: „Was ist denn bei der letzten herausgekommen?“
Statt einer Antwort reichte mir Fenayarou ein Papier.
Ich überflog es, um die entscheidende Stelle zu finden. An den Rand hatte Fenayarou drei Fragezeichen und das Wörtchen „Schwachsinn“ notiert.
Ich las.

Nach einer Liste von fünfzehn graphologischen Übereinstimmungen, bei der die Länge der Anfangsbuchstaben, die ähnlichen Fehler in der Grammatik und die speziellen Eigenheiten in der Interpunktion besonders hervorstechend sind, komme ich zu dem Ergebnis, dass es sich zu einer größtmöglichen Sicherheit von 95 % bei dem Insassen namens Anthelme Magin und René Rondot aus der rue de la Mardi, Toulouse, handelt.

„Rondot?“, fragte ich.
„Aber sicher! Wie konnten wir nicht von selbst darauf kommen! Zwei Briefe wurden uns von der Witwe zugeschickt. Die Ähnlichkeiten in der Handschrift sind auch für das ungeschulte Auge verblüffend.“
Ich strengte mich an, mich an einen Rondot auf meiner Liste zu erinnern. Jedoch so verzweifelt unsystematisch sie auch war, ein Rondot kam darauf meines Wissens nicht vor.

Fenayarou bemerkte mein Nachdenken: „Sparen Sie sich die Mühe. In einem ersten Schreiben hatte die Witwe Rondots eine bereits in früher Kindheit zugezogene Verbrennung erwähnt, die sich vom recht Ohr über den Nacken bis hin zu den Schulterblättern zog.“

Ich ergänzte: „Eine solche Verbrennung hat Anthelme nicht.“

„Sie sagen es!“

„Und sie haben es unterlassen, Doral über die Briefe hinaus entsprechende Hinweise zu geben?“

„Ich musste etwas in der Hinterhand haben, um seine Tauglichkeit zu überprüfen.“

„Sie meinen, seine Untauglichkeit.“

„Nennen wir es so: Ich war Doral und seiner Kunst gegenüber ergebnisoffen.“

„*Kunst* ist gut. Hat er es denn tatsächlich geschafft, Anthelme zum Schreiben zu bewegen?“

„Das, mein Lieber, wird sein ewiges Geheimnis bleiben. Sorgen Sie lieber dafür, dass die Einladungen an die armen Menschen da draußen hinausgehen.“

Anthelmes Irrfälle

Schreckliche Träume kommen in dem Dorf in Sepia, das es nicht gibt, vor. Man denke nur an die wirren Fantasien Gremionds, wenn er vor den selbst gestellten Schulaufgaben sitzt und sein Federhalter nicht schreiben will. Zwar füllt er ihn fortwährend mit Tinte nach, doch dann muss er erfahren, dass er die Arbeit schon letzte Woche hätte abgeben sollen. Oder die Träume des Ladenbesitzers Laurence, die nichts mit seinem Geschäft, aber sehr viel mit eine Hecke zu tun haben, die beständig dichter wird und wächst, mag er sich auch inständig bemühen, sie zu überwinden. Erinnert sei auch an die Schlafbilder von Anthelmes Vater, seines Zeichens Arzt im Sepiadorf, der auf dem Friedhof den Streitereien seiner ehemaligen Patienten beiwohnen muss. Hinzu kommen in den Köpfen anderer ganze Orgien, das Gefühl, vor etwas Dunklem nur mit der Geschwindigkeit einer Schnecke fliehen zu können, sowie die unendliche Suche nach einer passenden Gelegenheit für die Notdurft. Sogar Rélies Katze sieht hinter ihren grau-grünen Augen das Flackern des Tages aus gänzlich neuer Sicht. War da nicht ein Junge, der sich hinter einer Mauer versteckte? Und warum lässt sie es zu, dass dieser Junge zu ihr auf den Baum hinaufklettert? Vielleicht glaubt er, ein Vogel zu sein, denn er breitet die Arme aus. Vor Angst schnappt sie nach ihm, worauf er wie ein Stein zu Boden fällt, als ob er nicht gewusst hätte, dass Vögel, haben sie einmal mit einer Katze einen Baum geteilt, das Fliegen verlernen.

Auch Anthelme träumt. Er sieht und sehnt sich nach Rélie, und das ist schrecklich genug. Sie ist ein Falter und sitzt auf seinem Bauch. Sie tänzelt über seinen Körper. Den Rest erledigt er mit der Hand, bevor er erneut einschläft.

Von dem folgenden Traum wacht er allerdings abrupt auf:

Er befindet sich in einer offenen Ebene. Der Boden glänzt metallen, am Horizont mimen Wolken ein Gebirge. Alles ist still in dieser entrückten Leere, nur ein einziger Punkt in der Ebene bewegt sich. Er scheint zu pulsieren. Anthelme will wissen, was das ist, und er bemüht sich näherzukommen. Dabei kommt er kaum voran, denn seine Füße kleben beinahe am eisernen Boden fest. Auch fühlt sich sein ganzer Körper furchtbar schwach an. Anthelme schaut in die Ebene und sieht, wie der Punkt sich immer schneller bewegt. Er irrt umher, offenbar ziellos, denn er rennt mal hierhin, mal dorthin. Nach einigen Kraft raubenden Schritten fällt Anthelme hin. Nun bekommt er selbst seine Hände kaum mehr vom Boden los. Er kann nicht anders, er muss sich auf allen Vieren fortbewegen. Das ermüdet ihn zusehends. Auf diese Weise kann er nicht weitermachen. Er hebt den Kopf. Endlich erkennt er, dass es sich bei dem Punkt um einen Menschen handelt. Etwas hetzt ihn. Was für einen merkwürdigen Kopf dieser Mensch hat, ganz langgezogen, so als hätte jemand dessen Schnelligkeit in die Ebene zeichnen wollen. Mit einer heftigen Kraftanstrengung versucht Anthelme, sich vom Metallboden zu befreien. Es gelingt ihm. Er springt und kommt mit beiden Füßen aufrecht auf einer Wiese auf. Um ihn herum stehen blühende Bäume: Apfel-, Kirsch- und Birnbäume. Er blickt um sich und lacht: Die leere Ebene ist verschwunden. Der Himmel ist blau, kein Wölkchen ist auszumachen. Dann hört und sieht er ihn wieder. Der Mensch läuft durch den Obstgarten, ein unglaubliches Summen verfolgt ihn. Anthelme erkennt ihn augenblicklich, obwohl dessen Gesicht völlig bedeckt ist, bedeckt von Wespen, die in einem riesigen Schwarm um Großvater Gustave herumschwirren. Sonst hört er nichts, außer diesem alle Gefahren heraufbeschwörende Wespenrauschen. Anthelme kann nicht eingreifen. Wieder ist er gebannt, doch dieses Mal ist es ganz allein er selbst, der sich nicht von der Stelle rühren kann. Plötzlich bleibt Gustave vor ihm stehen. Er scheint ganz ruhig, auch wenn die Wespen mordlustig seinem Gesicht ein zweites Aussehen geben: ein krabbelndes, flirrendes, stetig in Bewegung seiendes Etwas mit dunkel gestreiften Höhlenaugen und einem sich ständig neu formenden Mund. Gustave legt die Hand auf Anthelmes Schulter: „Junge“, schallt es aus seinem surrenden Rachen, „komm zu mir. Du hast einen Totentraum.“

Seine Bettdecke hat er von sich getreten, deshalb ist Anthelme ziemlich kalt, während er schnell seine Sachen über seinen nackten Körper streift.

Seine Eltern sehen ihm erstaunt nach. Hatte er sich nicht gerade erst hingelegt, weil er Bauchschmerzen habe? Der Junge ist wirklich manchmal seltsam.

Den Hügel hinunter und vorbei am Laden. Davor hocken einige Männer und spielen Karten. Zum ersten Mal fällt Anthelme auf, wie unterschiedlich sie sitzen: Die Jüngeren haben lässig die Unterarme auf die Schenkel gestützt und lassen eine Selbstgedrehte aus dem Mundwinkel heraushängen. Die Älteren haben meist die Hände flach auf den Knien und kauen und spucken in die Gegend. Diejenigen aber, die sich weder künstlich zwanglos geben wollen noch zum alten Eisen zählen möchten, hocken mit gespreizten Beine und geradem Rücken auf ihren Stühlchen, so als ob, ja, denkt Anthelme, als ob sie gerade im Scheißhaus sitzen würden.

Natürlich ist die Tür nicht abgeschlossen. Wer etwas im Sepiadorf stiehlt, stiehlt es, um erkannt zu werden. Das Dorf ist einfach zu klein für so etwas.

Anthelme stürzt die Treppe hinauf und poltert, ohne vorher anzuklopfen, in Gustaves Indianergruft hinein.

„Mein Kissen ist mal wieder in den Nachttopf gefallen“, entschuldigt sich sein Großvater, „eigentlich sollte das hier ja deine Mutter für dich machen.“

Es gibt noch einmal einen Tag, an dem Anthelme meint, dass Gustave sich aufrappeln würde, dass er wieder der alte sein könnte, ein Großvater, der das Sepiadorf durchsteift und mit gebückten Blick den jungen Dingern nachpfeift. Manche würden Anthelmes Glauben „Hoffnung“ nennen, Gescheitere „falsche Schlüsse“.
„Das Essen!“, ruft Anthelme. Der Bohneneintopf der Mutter dampft zwischen den Tüchern hervor, die sie um den heißen Topf für den Weg gewickelt hat.
„Bring’s hierher!“
„Wohin?“
„Na, in das Treppenzimmer!“
„Das Treppenzimmer?!
„Bist du taub?“
Verwundert öffnet Anthelme die Tür, die gleich zu seiner Linken vom unteren Treppenabsatz in einen länglichen, fast schlauchartigen Raum führt. Eigentlich hat dieses Zimmer nie richtig zum Haus gehört. Seine Existenz verdankte es den misslungenen Verhältnissen von Seitenwand, Vorderhaus und Treppenaufgang, sodass anstelle einer kleinen Kammer für Gerümpel ein größerer Raum entstanden war. Seine Großeltern hatten ihn nie wirklich bewohnt, aber sein bloßes Vorhandensein reichte ihnen als schlechtes Gewissen, um es wenigstens ab und an zu versuchen. Trotz oder gerade wegen seiner Maße hatte es allerdings nie den Charakter einer besseren Abstellkammer verloren. Die paar Möbel, die Gustave hineingestellt hatte, um, wie er sich ausdrückte, auch woanders im Haus einen gemütlichen Rückzugsort zu haben, kamen nie über den Status halbherziger Ideen hinaus. So wurde das Treppenzimmer vor allem eines: Ein Raum für ausrangierte Stühle, schlecht riechende Decken und angesprungenes Porzellan.
„Was machst du hier drin?“
Gustave lächelt gequält: „Ich gönn’ mir mal einen Tapetenwechsel. Stell das Essen auf den Tisch und starr mich nicht so an.“
„Du hast über Jahre das Zimmer nicht mehr betreten.“
„Jetzt übertreib’ mal nicht. Je älter man wird, desto mehr sucht man dieselben und von denselben die vergessenen Orte auf.“

Anthelme stellt den Topf auf den Tisch, wickelt ihn aus und legt Teller nebst Besteck bereit. Dabei streicht er über die Tischplatte. Mit einem prüfenden Blick auf seine Handfläche meint er: „Soll ich den Platz nicht vorher noch ein wenig saubermachen?"
„Wovor hast du Angst? Dass ich von dem bisschen Staub sterbe?"
„Sei nicht so!"
„Ich bin nicht *so*! Ich bin nur alt, und auch dieses Zimmer ist es. Ich dachte nur, man müsste sich mal besuchen, wenn man schon gemeinsam in diesem Haus existiert. Und da es nicht zu mir kommen kann, bin ich halt mal zu ihm heruntergestiegen."
„Netter Zug von dir."
„Finde ich auch."
Anthelme schaut auf die alte Couch an der rechten Schmalseite: „Soll ich dir dort dein Bett machen?"
„Nein, im Bett bin ich sonst den ganzen Tag. Außer der Toilette sollte es einen Ort im Haus geben, an dem man sich einigermaßen aufrecht hält."
„Das heißt, wenn du hier bist, geht es dir besser?"
„Du übertreibst. Es bedeutet nur, dass es gut ist, wenn man auch noch in seinen letzten Tagen etwas entdecken kann, und sei es nur eine Art vergessener Abstellkammer im eigenen Haus."
Anthelmes Blick schweift über die fleckigen Tapeten. Er will schweigen, aber die Worte purzeln aus seinem Mund: „Eine ziemlich staubige Entdeckung, wenn du mich fragst."
Gustave antwortet nicht. Vielleicht hat er es überhört. Bedächtig löffelt er den Eintopf. Aber Anthelme ahnt, was Gustave denkt: Was willst du machen? Erinnerungen sind der Staub des Alters.

Am selben Nachmittag finden der Türspalt, Schnodder und Pisser Anthelme ausgestreckt auf der Erde liegen, und zwar direkt neben einer der typischen Sepiadorfstraßenpfützen, die als eine glänzende Perlenkette die Wegmitten schmücken. Man könnte meinen, er würde die Pusteblumenschirmchen betrachten, die darin als kleine Gondeln schwimmen. Gleichzeitig spiegeln sich in ihr mit erschrecktem Gesichtsausdruck Rélie und ein baumlanger Kerl von etwa neunzehn Jahren, dessen blondes Haar umso heller wirkt, desto mehr ihm die Zornesröte ins Gesicht steigt.
Anthelme weiß inzwischen, dass es sich bei diesem jungen Mann um Robert handelt, jenen Robert, den Rélie vor noch nicht so langer Zeit sehnsüchtig im Hof erwartet

hatte und von dem ihre Katze behauptete, dass sie nichts von einem Robert wisse, weil sie eben eine Katze sei.
Er war fast erleichtert, als sie ihn als ihren Cousin aus Montargis vorstellte. Plötzlich und ganz ohne Schneckenkreise waren sie beide um die Ecke gebogen, weshalb Anthelme keine Chance gehabt hatte, *der* Maintenant irgendwie auszuweichen. Natürlich hatte sich sein Kopf in eine wunderbare Sommerkirsche verwandelt, und natürlich hatte er nur stammeln können, woraufhin jener Robert automatisch alles begriff und seine Arme beschützend um Rélie legte.
Doch so peinlich Anthelme die Situation auch war, eines verstand er sofort: So wie Rélie ihren Cousin anschaute, so schaute man einen Cousin nicht an. Es musste da einfach Unterschiede geben. Und wenn die fehlten ...
Seine Eltern zum Beispiel sehen sich kaum mehr an. Sie leben zusammen, sie sprechen miteinander und sie gehen zusammen aus. Man mag dies mit einer Tür vergleichen, die einen bemerkenswerten Beschlag mit Knauf und Klinke besitzt; aber kein Mensch würde vor ihr jeden Tag stehen bleiben und ihren Knauf bewundernd anstarren. Vielleicht erst, wenn er plötzlich verschwunden wäre; doch da damit niemand ernsthaft rechnet, nimmt man es für selbstverständlich, sodass man in Ruhe die Tür auf und zu machen kann im Verlass darauf, dass zu einer Tür ein Knauf und umgekehrt ein Knauf zu einer Tür gehört.
Anders Gustave und dessen Frau, Anthelmes verstorbene Großmutter. Die taten an manchen Tagen absichtlich so, als ob sie sich nicht kennen würden.
Sie mochte sagen: „Was für schöne Falten du hast", und er: „In jeder bewahre ich die Erinnerung einer Berührung an dich auf."
Er konnte schmeicheln: „Als ich dich von Weitem sah und nicht gleich erkannte, dachte ich, mein Gott, was für eine schöne Frau in unserem Sepiadorf", und sie: „Was für ein Glück, dass ich es war. Wäre es eine andere gewesen, hätte ich ihr persönlich den Hals in eine andere Marschrichtung gedreht."
Manchmal flachste er auch nur, indem er sie umarmte: „Was für ein Schwein ich habe."
„Ich bin kein Schwein."
„Du weißt, wie ich das meine."
Sie grunzte dann gern.
Genau das geht Anthelme durch den Kopf, während er sich, nachdem er Robert und Rélie über den Weg gerannt ist, das Pfützenpanorama aus nächster Nähe ansieht. Denn eines ist gewiss: Wenn der Mund nicht vor Schreck verstummt, dann spuckt er

gern das aus, was eigentlich ein kurzes Nachdenken Wert gewesen wäre. Also sagte Anthelme in grober Verkürzung seiner Erinnerungen: „Schwein."
Roberts Reaktion ist umgehend, hart und kinngenau. Anthelme ist gleich dort, wo er von Anfang an lieber gewesen wäre: am und im Boden. Nur versinken kann er zu seinem Leidwesen nicht in der Pfütze. Warum konnte er nicht einfach ein Löwenzahnschirmchen sein und sich davontragen lassen?
Endlich erkennt er seine drei Freunde. Niemand stellt sich Robert in den Weg. Er ist einfach eine Nummer zu groß – und älter ist er auch und offenbar weniger bereit, über den Einsatz seiner Fäuste nachzudenken.
„Ihr habt da aber einen ärmlichen Spacken zum Freund."
Nicht nur der Türspalt, Schnodder und Pisser schauen sich verwundert an, auch Rélie scheint verblüfft: „Sagt man das bei euch so?", fragt sie ihn: „Spacken!?"
Er klemmt seinen halbnackten Arm noch fester um sie: „Mensch, ihr seid wirklich vom Dorf. Ein Spacken ist, ein Spacken …", hilflos sucht er mit malmenden Mundbewegungen nach einer Erklärung, bis er wieder auf Anthelme zeigt, und zwar mit der Fußspitze: „Na, ein Spacken ist so etwas wie der da."
„Er hat einen Namen!"
Anthelme wird trotz seines schmerzenden Kopfes ganz warm im Körper, denn es ist Rélie, die das einwendet. „Er heißt Anthelme."
„Wer, der Spacken?"
Sie knufft ihrem Cousin in die Seite. Das hätte Anthelme wiederum nicht gern gesehen, denn es ist ein Knuff, so einen Knuff gibt man einem Cousin nicht einfach. Es musste da Unterschiede geben. Und wenn die fehlten ...
„Willst du ihm nicht aufhelfen?"
„Warum?"
„Für mich."
Sofort macht sich Anthelme schwer. Tonnenschwer, eine riesige Flugschirmchenladung. Nicht noch eine weitere Demütigung. Es genügt, dass er hier vor ihnen wie ein armseliger Abtreter liegt. Jetzt muss ihn nicht die Hand, die ihn gekonnt niederschlug, gönnerhaft wieder aufrichten.
Zu seiner Ehrenrettung reagieren schließlich seine drei Kumpel. Als Erster ist der Türspalt bei ihm „Komm schon! Spacken mag es anderswo geben. Du bist sicher nur gestolpert."
„Gestolpert", dröhnt Robert, „ihr seid wohl alle …"

„Nicht!“, unterbricht ihn Rélie. Schnell legt sie ihre Hand vor seinen Mund, und es ist auch in Türspalts, Schnodders und Pissers Augen eine Art, mit der man nicht den Mund seines Cousins zuhalten sollte. Es musste da Unterschiede geben. Und wenn die fehlten ...

Gemeinsam helfen sie Anthelme auf. Sollte er nicht etwas sagen? Es ist nicht gut, verlorene Situationen kleinlaut zu verlassen. Jedoch zum Nachdenken hat es leider nicht gereicht. Er fragt: „Wie geht es deiner Katze?“

Und wenn Rélie nicht statt einer Antwort gelächelt hätte, dann hätte er sich wirklich wie ein echter, lupenreiner und sepiadorftypischer Spacken gefühlt.

Fenayarous Schiffsschaukel

Eine der Redewendungen im Sanatorium lautete: Ich gehe runter in die Stadt. Einen Neuling musste das verwundern, da unsere Anstalt weder auf einem Hügel noch weitab von Rodez' Zentrum lag. Sie befand sich zwar am Rande der Stadt, aber kein Mensch, der uns besuchte, musste sich erst durch ein Stück Wildnis oder wie der arme Jonathan Harker in Stokers „Dracula" über den Gorgo Pass zu uns durchkämpfen. Dennoch sagten wir es. Wahrscheinlich, um genau das Gegenteil dieser tatsächlichen Stadtnähe auszudrücken.

Wer zu uns kam, ging entweder seinem Beruf nach oder besuchte und suchte seine entrückten Familienmitglieder. Für manche mochte das mit einem Flug zum Mond vergleichbar sein, so unsicher blickten sie umher und so betont normal verhielten sie sich. Wer ging, war in der Regel froh, uns wieder verlassen zu können. Es ist nicht leicht, dort, wo die Dinge unberechenbar geworden sind, lange die Fassade des Gewohnten aufrechtzuerhalten.

Zwischen uns und der Stadt gab es eine Kluft, und die musste bezeichnet werden. Die Kinder der Nacht, das waren wir und unsere Patienten. Die Kinder des Tages bevorzugten die normale Welt aus Hausputz und Geschäftszeiten jenseits des Zauns.

Selten sagte Fenayarou, dass er mal runter in die Stadt müsse. Zum einen war es nicht seine Sache, den Ortshonoratioren die Hände zu schütteln, zum anderen mochte er es nicht, beäugt zu werden, als käme er frisch aus Transsylvanien. Und seit der Veröffentlichung der Fotos und dem ganzen Trubel um die unbekannten Soldaten war es kaum besser geworden. Da er nicht verheiratet war, tendierten seine Gründe, durch die Straßen zu schlendern umso mehr gegen Null.

Zumeist ging er geradewegs zum Bahnhof oder ins Kino. Ins letztere begleitete ich ihn gern, eben weil er dorthin eine Begleitung suchte, und ich nicht abgeneigt war, den Abend mit den Tragödien und Komödien anderer zu verbringen. Fenayarou sah am liebsten Western. Da passiere halt etwas, sagte er, und zwar Schlag auf Schlag. Wenn ein Mann ein Problem hat, dann löst er es mit seinem Pferd und seinem Colt. So macht man das!

Hugh, hätte ich fast geantwortet. Ich sagte es nicht, um seine Vorfreude auf Filme von John Ford mit seinem eisenkantgesichtigen Darsteller John Wayne nicht ins Lächerliche zu ziehen.

Ich vermute eher, dass er insgeheim zwischen Büffeln, Indianern und lästigen Saloon-Szenen den Helden suchte, der er gern gewesen wäre. Mochte er auch auf seine fleißige Weise ein Held sein, so doch einer von der verborgenen und schürfenden Art. Er gab keine Schüsse ab, sondern er lud Thesen in seine Tagesberichte. So entsprach es seinem Beruf. Der ehrliche Junge in ihm hätte jedoch sicher lieber mal mit dem Revolver die Sache ins Lot gebracht; will sagen: Er – wie wahrscheinlich die meisten von uns – liebte deshalb die Kuhjungen in alter Manier, weil Abwägen, Zögern und Komplexität Fremdwörter für sie sind, sich alles auf sie allein bezieht und manchmal mit einem gut gezielten Hieb gegen irgendein mieses Kinn die Sache schlichtweg erledigt ist. Das einzige anzuerkennende Faktum der Wirklichkeit ist hingegen, dass sie sich auf gar keinen Fall so bewältigen lässt, geschweigedenn mit den Augen eines narzistischen Helden zu durchschauen wäre. Sie sind daher vor allem die verlängerten Arme unseres Scheiterns, das wir zumindest im Kino mal anders erleben.

Nach einer Vorstellung gingen er wie ich gern breitbeinig aus dem Saal heraus, die unsichtbaren Colts an die Schenkel gebunden, die Gesichter verkniffen, als würden wir Kautabak oder Strohhalme kauen.

Umso erstaunter war ich, als Fenayarou mich bat, ihn runter in die Stadt zu begleiten, obwohl garantiert kein Western auf dem Programm stand.

Er wolle auf den Rummel, teilte er mir mit, und da sagte ich tatsächlich: „Hugh?“ Warum sollte ein erwachsener Mensch einen Jahrmarkt besuchen? Fenayarou hatte keine Kinder oder Neffen in der Stadt, das wäre allenfalls eine Erklärung gewesen. Der von Rodez fand einmal im Jahr statt, mit allem Tamtam. Die freiwillige Feuerwehr lud dazu ein, und sie stellte auch das Orchester und das Schmuckwerk, ein hilflose Ansammlung von ausgebleichten Wimpeln und Stoffblumen, die man an Leinen über den Festplatz hing. Die meiste Zeit würden sie über den Rathausplatz marschieren, um sicher zu sein, dass man sie auch hörte. Sonst wollte das wahrscheinlich ernsthaft niemand.

Für die Kinder gab es die Losbuden, ein Ketten- und Kinderkarussell, Dosenwerfen, gebrannte Mandeln, Bananen in Schokolade und für die Erwachsenen Pilzpfanne mit Brot sowie Wein, Wein, Wein und – vergaß ich es zu sagen? – Wein!

Fenayarou erzählte mir: „In dem Ort, in dem ich aufwuchs, wohnten wir nur einen Steinwurf vom Festplatz entfernt. Unten im Haus befand sich unser Uhrengeschäft. So konnte ich nicht nur durch die beiden Schaufenster links und rechts vom Eingang das Treiben draußen beobachten, sondern auch die Kunden brachten es mit welcher Laune auch immer zu uns herein. Sobald die ersten Schausteller mir ihren Wagen anrollten und die Zelte und Buden aufbauten, starrte ich hinaus, um mir den baldigen Rummel auszumalen. Denn zu mehr, das wusste ich zu meinem Unglück, würde ich nicht kommen, denn mein Vater hasste als guter Calvinist jegliche Art unnützen Vergnügens, und dass ich durch das Schaufenster wenigstens den Aufbau verfolgen durfte, war mehr Probe, Erziehung und Folter als sonst irgendetwas. Dennoch konnte ich nicht anders. Leider war eines sicher: Mit der ersten Kirmesglocke würde mein Vater mich entweder in mein Zimmer sperren oder mit mir auf die Jagd gehen. Beides schlimm genug. Schlimmer war aber seine Erklärung, wenn ich wieder mal bettelte, doch bitte gehen zu dürfen: ‚Du bist mir schon kostspielig genug. Ich bezahle nicht Unsummen für Unsinn, nur damit du mir später einmal in den Arm fallen kannst, um zu sagen: Ich hatte eine schöne Kindheit. Lerne besser, dich von Versuchungen fernzuhalten.' Wie gesagt, das Fernhalten gelang ihm gut. Er schaffte es, mich Jahr für Jahr auf Distanz zu halten. Ich bekam das Gefühl, während alle Welt in ein Schaufenster hineinsieht, blieb mir nichts anderes, als mich durch das Schaufenster nach der Welt zu sehnen. Bei uns im Laden verging die Zeit, langsam und gemächlich – ich kann bis heute das zu laute Ticken einer Uhr in einem Raum nicht ertragen –, während draußen alles tanzte, wirbelte, flog und stolperte. Manchmal gab ich einem Freund in der Schule heimlich ein paar Centimes mit, damit er sie für mich beim Blinker einsetzt. So nannte sich eine Bude, bei der man wie beim Roulette eine Münze auf eine Zahl legen muss, bevor eine Kugel darüber hinweggerollt wird. Dort, wo die Kugel stehen blieb, leuchtete die Zahl auf und man gewann eine Kleinigkeit. Am Ende verlor ich aber nur mein Erspartes, ohne selbst dabei den Spaß gehabt zu haben. Sehen konnte ich sowieso nicht viel, obwohl die Bude meist gleich vor unserem Laden stand; die Traube der Kinder davor war stets zu dicht. Mein Vater hingegen hätte mich erwürgt, wenn er davon etwas gewusst hätte.

Meine besondere Liebe galt dem Mann an der Schiffsschaukel. Der schien geradewegs von einer Galeere entflohen zu sein. Auf seinen nackten Armen prangten die prächtigsten Tätowierungen. In meiner Fantasie vermutete ich neben Anker, Seejungfrau und Herz eine Schatzkarte und neben Drachen, Schwert und Dreizack den Namen einer fremden Stadt. Mit seinen Händen griff er links und rechts je einen Hebel, die er mit Kraft vor- und zurückzog. Damit setzte er zwei Kabinen in Gang, die zu beiden Seiten an Metallgabeln hingen und durch ein Gestänge oberhalb gegeneinander in Bewegung versetzt wurden. Können Sie sich seine Muskeln vorstellen? In meinen Augen wurde er zu Atlas, der die Erdkugel stemmt. Am liebsten hätte ich ihn einmal berührt, aber so nah bin ich nie an ihn herangekommen. Mein Platz blieb hinter der Glasscheibe."

„Diese Zeit ist ja nun vorbei. Jetzt können Sie zwar alles aus nächster Nähe erleben, doch eine Schiffsschaukel gibt es hier leider nicht."
Fenayarou lachte und schob mich in Richtung des Kinderkarussells: „Na, dann nehmen wir doch hiermit vorlieb."
„Sie wollen da drauf?"
„Warum nicht. Steht irgendwo: Für Erwachsene verboten?"
Kaum gesagt, stieg er auf das Pferdchen vor ihm und begrub es fast unter seinem Körper. Dann besann er sich und wählte eine Lokomotive, auf die er sich rittlings setzte."
Bevor die Fahrt begann, lächelte Fenayarou breit und winkte mir huldvoll zu. Danach genoss er sichtlich seine Runden zwischen brüllenden Kindern, die zweireihig in bunten Kutschen, auf fantasiegezeichneten Wildtieren oder wippenden Fröschen saßen.
Ich bezahlte derweil noch eine weitere Fahrt für ihn am Kassenhäuschen. Hinter meinen Rücken tuschelte man: „Ist das nicht der Doktor von oben? Ich meine, dieser Chefarzt für die Bekloppten?"

Nach dem Fehlschlag mit Dorals Handschriftenkunde machte Fenayarou seine nächste Idee tatsächlich wahr und lud wöchentlich zehn bis zwölf Personen nach Rodez ein, damit sie Anthelme bei uns persönlich besuchen durften. Würde einer von diesen Menschen in Anthelme etwas bewegen? Würde er plötzlich aufstehen und sagen: „Maman, „Papa", „mein Schatz"?
Malard ließ Fenayarou machen, sorgte aber dafür, dass ein Gendarm die Besucher hinauf zum Sanatorium begleitete. Dass dieser ausgerechnet dieselbe Statur besaß wie Malard, gab dem Ganzen eine besondere Note. Sein Auftreten erinnerte mich jedes Mal an die modernen Zigarettenspender. Zuerst sah man nur die Kugel in Gestalt des Gendarmen, dann tauchten hinter und seitlich von ihm die Menschen auf, die zu uns wollten.
Anthelme ließen wir zu diesen Gelegenheiten in einer Ecke des Salons Platz nehmen. Er bekam dort Tee und ein Stück des von ihm geliebten Marmorkuchens. Den aß er in aller Gemütsruhe, während die Leute an ihm vorbeidefilierten.
Nicht allein auf Grund dieser Anordnung, nannten die Pfleger den Salon bald das Theater. Fenayarou durfte das auf keinen Fall hören. „Theater", das war kein Ausdruck für ein Sanatorium für geistige Erkrankungen. Zu lange hatte man die Wahn-

oder Schwachsinnigen entweder weggesperrt oder auf Märkten dem Gespött des Publikums ausgeliefert. Jetzt sollte es zivilisierter zugehen.

Viele der Szenen entpuppten sich als herzzerreißend; meistens drohten sie im Chaos zu enden. Sobald sie ihn sahen, brach der Tumult aus. Sie streckten ihm ihre Arme entgegen, sie fielen auf die Knie, wendeten sich unter Tränen ab oder schlugen sich resigniert die Hände vors Gesicht. Manche riefen: „Mein Kleiner. Oh, mein Kleiner“, andere reichten ihm Süßigkeiten: „Die hast du doch immer so gern gegessen“, hielten ihm Fotos, Kleidungsstücke oder Schmuck entgegen oder sprachen ihm im Dialekt ihrer Gegend an. Eine Frau verfiel direkt ins Korsische, ein Mann versuchte es mit einer Variante, wie sie meinem Gehör nach in Algerien üblich ist, das Pataouète der dortigen Fischer. Und tatsächlich, mit ein wenig Fantasie hätte man Anthelme durchaus für einen Nordafrikaner halten können. Von seiner unbestimmten Erscheinung her konnte man ihn ja für alles halten.

Wohlweislich hatten wir zwischen Anthelme und die Besuchergruppen eine Absperrung in Gestalt zweier lückenloser Stuhlreihen aufstellen lassen. Einige Pfleger sorgten dafür, dass sie nicht überwunden wurde. Und das war auch nötig. Ich erinnere mich an eine Dame, die ihrem Äußeren nach von höherem Stand zu sein schien. Kaum im Salon, fegte sie mit ihrem Stock einen ersten Stuhl beiseite und wollte schon den zweiten wegstoßen, als auch schon ein Pfleger zur Stelle war. Erbost schrie sie ihn an: Sie müsse nur Anthelmes Penis sehen, dann wäre nur zu klar bewiesen, dass das ihr Sohn sei. Der hätte nämlich auf der Vorhaut drei kleine Muttermale, und zwar in einer Dreiecksform ganz nah beieinander. Das sei ja wohl selten genug. Als Mutter stünde es ihr ja wohl zu, ihm die Hose aufzuknöpfen und sein Ding herauszuholen.

Selbstverständlich ließen wir sie diesen Beweis nicht antreten, zumal wir wussten, dass Anthelme kein derartiges Mutterzeichen trug. Ob der eine oder andere seinen eigenen prüfte, weiß ich nicht.

Anthelme verzog auch zu diesem Geschehnis keine Miene. Mit dem ihm eigenen Desinteresse ließ er die ganze Unternehmung an sich vorüberziehen. Bemerkte er das alles überhaupt? Denn gelegentlich schlief er sogar ein, während die Leute ihm zuriefen. Keine Träne trieb ihn zur Rührung, kein Geschenk erweckte seine Aufmerksamkeit. Er war das Bild im Salonrahmen und sie waren sein flüchtiges Publikum. Er war der Messias ihre Hoffnung, und sie der Grant für seinen regelmäßig wiederkehrenden Marmorkuchen.

Hätte ich es nicht besser gewusst, so hätte man Anthelme durchaus für einen neuen Weisen oder Propheten halten können. Seine durch nichts zu erschütternde Gleich-

gültigkeit grenzte an buddhistischen Gleichmut und seine Schweigsamkeit an das Gelübde eines Mönchs. Nach meinen bescheidenen Versuchen, ein wenig von der deutschen Philosophie zu verstehen, kam mir in diesen Situationen meist ein Mystiker in den Sinn, der behauptete, dass man unseren abendländischen Gott nicht mit einem singulären Sein gleichsetzen könne, einem Sein Sein, das ein Früher oder Später, eine Vergangenheit oder eine Zukunft besitzt, sondern das man ihn allein zeitlos verstehen müsse. Einfacher ausgedrückt: Gott stehe grundsätzlich über den Dingen, indem er ohne Unterlass alles in einem ist. Nun, Anthelme mochte daran heranreichen, weil eine Vergangenheit für ihn ein schwarzes Loch war und seine Zukunft einzig in dem Gebäck bestand, das er genüsslich kaute und jederzeit genüsslich kauen würde. Oder mit den Worten des mittelalterlichen Predigers Caesarius von Heisterbach umschrieben: „Ihm ist ein Tag wie tausend Jahre, und tausend Jahre sind ihm wie ein Tag." Anthelmes dementia praecox als heiliges Bewusstsein, das hatte etwas.
Bei einem der Besucher zuckten Fenayarou und ich gleichzeitig zusammen. Bereits von Weitem erregte er unsere Aufmerksamkeit, immerhin übertraf er die Gendarmenkugel, die sich samt Besuchertross unserem Haus näherte, um einen Kopf. Doch was Fenayarou und mich wirklich aufblicken ließ, war die Tatsache, dass er Anthelme wie aus dem Gesicht geschnitten schien. Abgesehen von ihrer unterschiedlichen Körpergröße hätten sie Zwillingsbrüder sein können. Mochte es auch unhöflich sein, unwillkürlich hob ich meine Hand und wies mit dem Finger auf den Ankömmling.
„Ja, ich sehe ihn auch", bestätigte Fenayarou.
Gegen unsere sonstige Gewohnheit gingen wir den Mann zu, ohne seine Reaktion bei Anthelmes Anblick abzuwarten.
Er stellte sich als Fernand Lapetit vor. Bei uns hoffte er, seinen Bruder Roger wiederzufinden.
Nach ein paar weiteren Worten fasste Fenayarou ihn unter dem Arm und führte ihn persönlich in den Salon, und zwar ganz allein. Vorbei an den übrigen Besuchern wirkte dieser Gang wie eine kleine Prozession. Alle verhielten sich ganz still, und ich muss sagen, mir war sogar ein wenig feierlich zumute. Konnte es sein? Gibt es nicht die leisen Wunder?
Ich blieb ebenfalls vor der Tür stehen und konnte mir nichts anderes denken, als dass Anthelme endlich in den Schoß seiner Familie würde zurückkehren können. Diese unglaubliche Ähnlichkeit, sie sprach dafür. Nicht Personalakten oder Schriftstücke würden Anthelme wieder zu einem Menschen mit Namen machen, sondern die Natur

selbst. Das war ihre Logik, so wie alles eine Logik hat. Dabei ist die beste die, die so selbstverständlich ist, dass man nicht mir ihr gerechnet hat.
Nach Gesprächen stand mir nicht der Sinn, doch in der Versammlung der übrigen Besucher hätte ich genauso gut sagen können, dass ich umgeben von einem Meer nicht hätte schwimmen wollen. Man bestürmte mich, was denn nun da geschähe, warum man hier warten müsse und ausgerechnet diesem da den Vortritt lasse. Man habe gehört, alle dürften ihn gleichzeitig sehen. Gäbe es neuerdings Sonderregelungen? Unerhört!
Ich versuchte, die Ruhe zu bewahren und zu beschwichtigen. Kein einfaches Unterfangen, wenn man bedenkt, dass sich hier elf Menschen unmittelbar am Scheideweg namens Enttäuschung oder Erfüllung wähnten.
„Es wird sich alles aufklären", beruhigte ich. Ich wusste es selbst, das waren Worte aus Pappmaschee.
Ich gedachte, Tee und Gebäck auffahren lassen, um die Gesellschaft abzulenken, doch die Pfleger missverstanden wohl meine Zeichen und meinten, sie sollten mich von der Meute um mich herum befreien. Drohend kamen sie näher.
In diesem Augenblick öffnete sich glücklicherweise die Tür und ein sichtlich aufgeregter Fenayarou begleitete Lapetit hinaus. Der setzte allerdings eine versteinerte Miene auf.
Fenayarou sprach leise auf ihn ein. Lapetit wies ihn zurück, stierte über uns hinweg und machte sich auf, das Sanatorium schnellstmöglich zu verlassen. So unruhig die anderen Besucher zuvor gewesen waren, so stumm und angespannt waren sie jetzt. Mir ging es nicht anders.
„Was ist?", fragte ich. „Will er nicht wahrhaben, dass sein Bruder keine Erinnerung mehr hat?"
„Ach was." Fenayarou schob mich zur Seite und lief dem Mann hinterher. Zu einer Rückkehr konnte er ihn nicht bewegen.
Still stand er noch eine Weile da, schaute Lapetit hinterher und schüttelte langsam den Kopf.
Mit blieb nichts übrig, als endlich die anderen in den Salon hineinzulassen. Anthelme saß gewohnt ungerührt da, knabberte an seinem Kuchen und nahm mit leeren Blicken die Erwartungsseufzer der nächsten Besucher entgegen.
Ich überließ einem Pfleger die Aufsicht und ging zu Fenayarou. Natürlich wusste ich bereits, was passiert war. Das Ganze erinnerte mich eine alte Fabel, in der eine Schildkröte und ein Hase ein Wettrennen vereinbaren. Da der Hase weiß, dass er natür-

licherweise schneller ist, legt er sich nach dem ersten Stück Wegs hin und schläft. Irgendwann überholt die Schildkröte den Träumenden und gewinnt. Ähnlich hatten wir uns von vorschnellen Überzeugungen leiten lassen. Wir hatten weder abgewartet noch der Wirklichkeit ihren Lauf gelassen. Das Ergebnis schien uns schon klar, noch bevor sich Lapetit überhaupt ein Urteil hatte bilden können.

„Ich bin Wissenschaftler", murmelte Fenayarou, „ich muss in dieser Sache nüchtern bleiben."

„Ja", sagte ich, indem ich tröstend eine Hand auf seine verschränkten Arme legte: „Sie sind aber auch ein Mensch, und zwar ein ganz wunderbarer."

Anthelmes Lehre

In dem Dorf in Sepia, das es nicht gibt, brauchen sie einen Zusteller, der die Post aus der Stadt in die Gemeinde bringt oder umgekehrt, Anfragen, Beschlüsse und Beschwerden der Dorfbewohner in das ferne Amt befördert. Anthelmes Vater, der bisher diese Botendienste erledigt hat, plagen die Bandscheiben. Neuerdings kann er kaum mehr aufrecht gehen oder sitzen.

Anthelme wird es nicht leicht haben in diesem Beruf, denn sein Vater hat Vorbildliches geleistet. Als intelligenter Mensch schien es ihm nicht genug, nur die Adressen zu lesen und die Post entsprechend auszutragen. Er war in gewisser Weise der Kontaktmann, der sichtbar verkörperte Telegraphendraht von hier nach dort, also von Mensch zu Mensch oder von Bürger zu Amtmann.

Er brauchte nur dem Absender, sagen wir dem alten Croyard, Verpächter der einzigen Dorfspelunke weit im Umkreis, in die Augen zu schauen, und schon wusste er, während er den Umschlag in Empfang nahm und ein paar Centimes verlangte, dass der Brief so nicht ganz in Ordnung war.

„Der hat zu viel Gewicht", pflegte er dann zu sagen.

„Wie, du willst mehr Geld? Es ist doch nur ein Bogen Papier."

„Ja, aber deine Wut darin zieht mir jetzt schon die Posttasche nach unten. Schau her. Es ist ein schwerer Brief und ich bekomme ganz müde Glieder davon, wenn ich derartige Beschwerden in die Stadt tragen muss. Stell dir vor, der arme Mensch, der das dort auf dem Amt lesen muss, hat vielleicht gar keine Ahnung, worum es dir geht, warum du so voller Zorn bist. Was hat er mit der Verordnung zu tun, die dir nicht schmeckt? Hat er sie verfasst? Nein! Hat er jemals von ihr gehört? Bis dahin nicht. Und nun? Nichts ahnend macht er den Brief auf, liest deine Beleidigungen, sieht mich an, und aus der Traum."

„Wie, aus der Traum?"

„Dass ich zu Hause oder er mit seiner Familie noch einen angenehmen Abend haben werde. Ihm ist er sichtlich verdorben, und ich muss mir seine Vorhaltungen anhören, welche Unverschämtheiten ich ihm so kurz vor Arbeitsschluss bringen würde. Du wirst zwar sagen, dass seine Beschimpfungen nicht mir gelten, was soll ich mich da zusätzlich aufregen, aber irgendwie muss es ja nun hinaus. Der Bote ist immer der Dumme."

Dank dieser väterlichen Sorge ist das Dorf in Sepia, das es nicht gibt, nicht nur in den städtischen Büros als ein freundlicher Ort bekannt. Einfühlsam vermochte er die bis

dahin gehegte Wut abzumildern und in vernünftigere Zeilen zu lenken, sodass er leichten Schritts die Post überbringen konnte und dafür einen gutes Trinkgeld von dem einen oder anderen Empfänger bekam. Denn ein geretteter Abend ist ein wertvoller Abend für Gemüt, Familie und Appetit.
Gab es wirklich ernsthafte Anlässe, so kümmerte man sich im Amt für schnelle Erledigung, denn gewillte Bürger sind gute Wähler.
„Schlechte Nachrichten solltest du nie am Freitag überbringen und die guten immer kurz vor dem Wochenende", weist sein Vater Anthelme ein.
„Ja, und wie erkenne ich die?"
„Ganz einfach." Vor Anthelmes Augen schüttet sein Vater den ganzen Postsack auf dem Sortiertisch aus. Die Oberfläche des Tisches glänzt glatt poliert. Anthelme rettet einige Briefe davor, auf den Boden zu fallen.
„Lass sie ruhig dort unten liegen", ermahnt ihn sein Vater, „um die sorgen wir uns später. Die wollen noch nicht, also fliehen sie."
Anthelme hält einen der Briefe gegen das Licht: „Wie du redest. Es sind doch keine Menschen."
„Das stimmt, aber sie haben eine Seele. Jemand hat sich die Mühe gemacht, Worte für einen anderen zu Papier zu bringen. Also gibt er den Worten etwas mit. Mal mehr, mal weniger. Und dieses Mehr und Weniger ist genau das, worauf wir achten sollten." Mit einer liebevollen Geste streicht er über den Poststapel: „Weil sie eine Seele haben, benehmen sie sich auch verschieden. Der da zum Beispiel schwimmt die ganze Zeit arrogant wie ein Pfau obenauf. Ich kann mischen, so viel ich will, er lässt sich nicht unterkriegen. Also nehme ich an, dass der Brief nichts weiter enthält als Zurechtweisungen, große Worte und kaum Verständnis für den Empfänger, weshalb das ein typischer Montagsbrief ist. Wer will sich schon über das Wochenende mit dem Palaver von Möchtegernpaukern beschäftigen?"
Beide lachen und der Brief wandert in ein entferntes Fach.
Plötzlich zuckt sein Vater zusammen: „Na, du hast aber ein Glück."
Sein Arm taucht in den Stapel, scheint fast zu versinken, dabei ist der Posthaufen gar nicht so hoch.
„Da! Ein Liebesbrief."
„Ich schätze, er duftet oder so etwas in der Art?" Anthelme ist stolz, dass er bereits von solchen Dingen gehört hat.
„Red' nicht einen solchen Unsinn. Das mag es in Paris geben, jedoch nicht hier. Hier schämt man sich, hier hält man sich zurück. Und deshalb versteckt sich auch der

Brief. Soll er wirklich gehen, soll er sich tatsächlich mitteilen? Das ist ein richtiger Liebesbrief. So schreibt man in Sepia. In welches Fach gehört er, mein Junge?"
„Natürlich in den Freitag."
Der Vater bestätigt. Und so geht es weiter. Am Ende betrachtet Anthelme die Fächer.
„Ich weiß, ich weiß", nickt sein Vater, „der Freitag ist meist ziemlich leer. Der Montag hat es dagegen in sich. Was lernst du daraus?"
„Dass die Welt füreinander mehr schlechte Nachrichten hat als gute?"
„Habe ich von dir gesprochen oder von der Welt?"
„Ich weiß nicht, was du meinst."
„Ich will nur, dass du bescheiden bleibst und den Briefen ihre Zeit gibst. Nein, was du daraus lernst, wenn du es richtig machst, ist: Freitags hat man als Zusteller selten viel zu tun."
Dann hält er sich wieder den Rücken. Manchmal meint Anthelme, sein Vater wäre inzwischen so krumm wie einst Gustave.
Der ist bereits seit einigen Jahren Tod. Anthelme hat die Schule verlassen und ein Mädchen hat er auch. Die küsst er hinter den Scheunen, so wie das im Sepiadorf jeder macht, wenn er verliebt, aber nicht verheiratet ist. Das Mädchen ist nicht Rélie. Sie heißt Marianne und verbittet es sich, dass man ihren Namen, selbst wenn es die Zärtlichkeit erfordert, zu Marie abkürzt. Sie schmeckt nach Blutwurst, wenn er ihre Lippen berührt. Ihr Vater ist der beste Schlachter weit und breit.
„Marie heißt auch die heilige Jungfrau", verteidigt er sich
„Du versündigst dich, Anthelme. Und hinter die Scheunen will ich heute auch nicht."
Unter den Freunden teilt man sich die Geheimnisse, besonders wenn sie Brüste haben. Der Türspalt findet, dass Marie – „Nenn' sie nicht so" – der guten Rélie in vielem ähneln würde. Der Pisser verneint das. Sie habe eine völlig andere Haarfarbe, und Schnodder kratzt sich nur am Bein. Am Ende käme es doch nur auf den Charakter an, meint Anthelme, was den Türspalt ein wissendes Lächeln abverlangt.
„Du hast schon … ich meine, ihren Charakter eingehender erforscht?"
Anthelme schweigt. Er ist ein Kavalier. Nie würde er den anderen verraten, dass der Pfarrer im Dorf mehr oder weniger seine helle Freude an ihm haben würde. In seiner Fantasie ist er allerdings der größte.
Von Berufswegen sieht Anthelme Rélie in regelmäßigen Abständen. Sie hat beim Hotelier eine Ausbildung begonnen. In einer eigenen Tasche, denn neben der Kirche geht dem Hotel die meiste Post zu, bringt er ihr die Sendungen und nimmt neue mit. Hat er noch etwas Zeit, sieht er ihr zu, wie sie die Briefe in die Fächer für die Gäste

einordnet. Soll er ihr verraten, wie man die guten von den schlechten Nachrichten, die leidenschaftlichen von den nüchternen unterscheiden kann? Soll er ihr raten, an welchen Tagen es besser ist, den Brief nicht auszuhändigen? Meist sagt er „Salut" und bleibt in einem gewissen Abstand zum Tresen stehen, an dem sie die Post sortiert. Mittlerweile kennt er dessen Maserung im Schlaf nachzeichnen.
Sie fragt nicht nach Marianne und er fragt nicht nach sonst wem, einen Freund oder so. Wäre ja noch schöner. Dies hier ist sein und ihr gemeinsamer Dienst.
„Dann will ich mal wieder."
„Ja, dann willst du mal wieder. Und bis Mittwoch."
Getreu tippt er sich an die Mütze und geht.

Mit Beginn seiner Zustellerlehre ist er in das verwaiste Haus seiner Großeltern gezogen. Im oberen Zimmer hat er nichts verändert. Natürlich hat er ordentlich durchgelüftet, alles gesäubert und die Bettwäsche gewechselt, sonst aber bleibt alles beim Alten. Selbst Gustaves Nachttopf hat weiterhin seinen Platz am Bett. Manchmal stößt er an den Abenden, an denen er sich dazusetzt, versehentlich mit dem Fuß gegen den Topf. Zu Beginn ist er zusammengezuckt, weil er glaubte, er würde überschwappen, jetzt weiß er, dass es nur die Macht der Einbildung war. Genauso wie seine Gespräche mit seinem Großvater. Ist es ein Unterschied, ob man zu jemanden spricht, der sich von der Welt zurückzieht oder mit jemandem, der schon von der Welt verschwunden ist? Für Anthelme gibt es eine solche Unterscheidung nur in der Weise, wie man zwei Wassertropfen auseinanderhalten kann. Das gelingt nur, wenn man sie an zwei verschiedenen Plätzen im Auge behält. Hier im Zimmer jedoch ist es der alte Platz, weshalb Gustave wie eh und je zu ihm spricht.
Stattdessen wohnt Anthelme im Treppenzimmer. Der schmale Raum genügt ihm. Hier scheint ihm die Ruhe vor den angestammten Wohnungsgeistern am größten. Außerdem ist er es nicht gewöhnt, ein ganzes Haus für sich allein zu besitzen. Die Wände sind gemalert, die Möbel wurden ausgetauscht. Da jedoch der Raum kaum eine andere Einrichtung zulässt wie die vorherige, kann man sich nicht des Eindrucks erwehren, dass auch hier nur ein alter Mensch einen neuen Anzug bekommen hat – einen, der ihm schlecht passt.
„Erinnerst du dich", fragt er Gustave, „wie wir, nachdem Großmutter verstorben ist, den Sessel dort verrücken wollten?"
Anthelme zeigt auf ein geblümtes Ungetüm, das bereits vor Christus im tiefsten Winter seiner Farbigkeit angelangt war.

„Natürlich, mein Junge." Klar und deutlich schwebt Gustaves Stimme über dem frisch gemachten Bett. „Das war, als die Nachbarn die große Buche vor dem Fenster gefällt haben. Sie meinten, sie stünde ihnen im Weg. Diese Kleingeister. Dabei waren sie es, die ihr im Weg waren. Nur weil sie ihre Wurzeln in ihren Keller geschoben und den Boden dort ein bisschen angehoben hat. Das sollte man einem alten Wesen wohl verzeihen. War wohl nicht mehr so gut beieinander. Hatte sicher kalte Füße, musste sich wärmen."
„Das machte dich traurig?"
„Traurig. Traurig? Wütend bin ich gewesen. Es handelte sich immerhin um den Lieblingsbaum deiner Großmutter. Sie sollte von ihrem angestammten Sesselplatz nicht sehen müssen, dass sie ihn ihr weggehackt haben. Plötzlich schaute man mit freiem Blick das gegenüberliegende Dach der Nachbarn Sutoure. Ein schlechter Tausch. Also den Sessel fort vom Fenster, mochte sie auch tot sein."
„Am nächsten Tag stand der Sessel aber wieder an der alten Stelle."
„Und du hast ihn für mich erneut verrückt. Ich meine, wenn das Innere der Uhr stillsteht, sollte sich auch die äußere Zeit nicht verändern. Da sie es aber doch tut, muss man ihr eine winzige Veränderung entgegensetzen, damit es einem davon weniger unbehaglich wird."
„Großmutter Sessel war offenbar anderer Auffassung."
„Stimmt, denn man nächsten Tag hatte er sich wieder zurückbewegt."
Anthelme schmunzelte: „Diese Frage wollte ich dir seitdem stellen. Hast du ihn vielleicht Tag für Tag an seinen gewohnten Platz geschoben?"
„Ich kann mich ja kaum selbst fortschaffen. Wo denkst du hin!?"
„Dann war es ein Wunder?"
„Nein, vielmehr eine Lehre."
„Spann' mich nicht auf die Folter. Wie sollte diese lauten?"
Doch so sehr Anthelme auch nachsetzt, Gustave antwortet nicht mehr. Seufzend nimmt er den Sessel, stößt die Tür auf und trägt ihn aus dem Zimmer hinaus.
Da er nicht weiß, wohin er ihn in seinem Treppenzimmer stellen sollte, hievt er das Stück nach draußen auf die Straße. Weiter bringt er ihn nicht. Die Nacht ist kalt und lichtlos. Morgen würde er ihn schon wegkarren.
Allerdings ist am nächsten Tag der Sessel verschwunden. Auch gut, denkt Anthelme, sicher hat ihn jemand mitgenommen. Dennoch hat er ein mulmiges Gefühl. Man muss einem Möbelstück grundsätzlich trauen, will man sich darauf setzen, und Anthelme traut diesem verschwundenen Stück eben ganz und gar nicht mehr.

Nachdenklich zieht er sich für die Arbeit an. Vielleicht sollte er oben nachschauen. Vielleicht ist der Sessel nur seiner Gewohnheit gefolgt und steht am alten Platz beim Fenster. Wäre ja nicht das erste Mal. Bisher war dabei nur keine Treppe zu überwinden gewesen.

Sich das Hemd zuknöpfend, nimmt er die Stiege. Gustaves Bett ist unberührt. Darüber orgelt für Anthelme ein leises Schnarchen. Leise schließt er die Tür hinter sich. Selbstverständlich steht der Sessel an althergebrachter Stelle. Anthelme ist zu verblüfft, um erschreckt zu sein. Mag auch das Universum rasen, dieser Sessel tut es jedenfalls nicht. Es scheint, als wollte er den ewigen Moment demonstrieren.

Irritiert geht er zur Arbeit. Sein Vater sortiert bereits die Post. Die Briefe scheinen wie von selbst in ihre Fächer zu fliegen. Noch bevor Anthelme „Guten Morgen" sagen kann, erklärt jener: „Mein Junge, du kommst spät. Hast ja mächtig tief geschlafen. Als ich gestern Abend mit meinen Freunden an deinem Haus vorbeikam, stand da Großmutters alter Sessel direkt auf der Straße. Also haben wir bei dir geklopft, um zu fragen, was das soll. Willst du, dass sich die Leute die Beine brechen, wenn sie im Dunkeln nach Hause marschieren? Gehört hast du uns jedenfalls nicht, denn kein Ton regte sich im Haus. Nun habe ich noch den alten Schlüssel, weshalb wir auch so hineinkamen. Und weil ich es ja im Rücken habe, halfen mir meine beiden Freunde, ihn in das Zimmer oben zurückzustellen. Du solltest uns danken."

Erleichtert lacht Anthelme auf: „Du warst das! Jetzt verstehe ich. Na, danke jedenfalls. Dann soll der Sessel meinetwegen bleiben, wo er steht. Mag es Gustave gefallen oder nicht. Der Sessel scheint einfach unverrückbar."

Sein Vater hebt die Augenbrauen: „Was sollte Gustave dagegen haben? Der liegt schön ruhig unter der Erde. Red' also keinen Unsinn und hilf mir sortieren."

Anthelme nimmt den ersten Packen und schneidet sich gleich an einer der scharfen Papierkanten den Daumen blutig: „Verdammt!"

„Zeig mal her, mein Junge."

Während er Anthelme einen kleine Taschentuchturban um den Finger wickelt, fragt er in sich gekehrt: „Weißt du, was seltsam ist? Zu der Zeit, wo Gustave noch lebte und dort oben in seinem Bett lag, hat er mich ständig gebeten, den Sessel zurück an seinen alten Platz zu stellen. Ich habe es einfach gemacht und mich dennoch gewundert, weshalb sich das gute Möbelstück ständig wie von selbst verrückt."

Unklare Schärfe

Auf Philippe Pinel, dem berühmten Leiter des Hôpital Salpêtrière in Paris ist es zurückzuführen, dass das Schicksal der Geisteskranken Europas, nämlich in Ketten ihr Dasein fristen zu müssen, seinem historischen Ende entgegenging. Nach und nach wurden sie von ihren Ketten befreit. Keine Fußfessel, kein Halseisen sollte sie mehr an ihre Zellenmauern binden. Stattdessen würden sich wirklich Ärzte um sie sorgen – in ihren Köpfen und unter ihren Armen ein Bündel Vorschriften, Zuordnungen und Diagnosen. Doch war das nicht nur eine andere Form der Bemächtigung? Auf die Kette war Verlass, bei ihr gab es kein Wenn und Aber. Der Arzt hingegen ist ein Mensch, und daher jemand, mit dem ganz und gar nicht zu spaßen ist. Die Kette versteht nichts, der Arzt alles; will sagen: Der Wahnsinn wurde in Wirklichkeit nie frei, sondern weiterhin wachsam belagert, und zwar durch liebende Hände und in Gestalt der Meisterin im weißen Kittel, der ärztlichen Vernunft. Hinter Mauern blieben die Irren allemal.
Diese neuerdings in Fachzeitschriften geäußerte Kritik an Pinels therapeutischer Pioniertat ließ Fanayarou schäumen. Menschen wie Anthelme wieder in die Normalität, in ein selbstständiges Leben zurückzuführen, bedeuteten für ihn eine Herzensangelegenheit, alles andere sei nur Neid oder moderne Philosophie, die in Worten kramt und wie ein bockiges Kind selbst nichts unternimmt.
Was seine Wut vollends überkochen ließ, war der Vorwurf, dass auch er die Ketten nie abgeschafft hätte. Zwar würden sie weder bei ihm als auch in anderen Anstalten des Landes nicht mehr aus Eisen bestehen, aber so eine Zwangsjacke sei auch recht effektiv.
Genau das behauptete ein Artikel im *Le Petit Journal.* Zu erregt, ihn selbst vorzulesen, schleuderte mir Fenayarou den Zeitungsauschnitt vor die Füße. Und mit wachsendem Erstaunen las ich, was die Eltern Lumette in Rodez erlebt haben wollten:

Bei unserer Ankunft im Sanatorium wurden wir freundlich von einem gewissen Dr. Gerron empfangen. Weil er offenbar schon durch unser Briefgesuch so gut wie überzeugt war, dass unser Sohn, Victor Lumette, den man dort fälschlicherweise „Anthelme" nennt, unser Fleisch und Blut ist, schied er uns von den anderen Besuchern, um uns die Möglichkeit zu geben, das Wiedersehen allein mit unserem geliebten Sohn zu begehen. Und er ist es, ohne Zweifel!
Bereits beim Eintreten erkannten wir ihn wieder. Eine Mutter und ein Vater wagen in solchen Herzensdingen keinen Fehler. Unser Kind!

Nur in was für einen erbärmlichen Zustand fanden wir ihn vor! Man mag es sich kaum vorstellen: In einer Zwangsjacke steckend, schaute er uns flehentlich an. Dabei wirkte er ganz und gar nicht bedrohlich, was vielleicht zu einer solchen Maßnahme Berechtigung gegeben hätte.
Unwirsch fragte man uns nach weiteren Beweisen für seine Identität, als ob Eltern einen fremden Menschen ohne Bedenken ihr eigen Fleisch und Blut nennen würden. Wir gaben sie, indem wir zwei Narben zu sehen verlangten, die sich Victor in seinen Kinderjahren an beiden Oberarmen bei einem Sturz mit seinem Schlitten zugezogen hatte. Dazu mussten sie ihm diese widerliche Jacke abnehmen. Wie erleichtert er danach wirkte. Nachdem man ihm auch das Unterhemd ausgezogen hatte, waren die beiden Narben deutlich sichtbar. Ja, mochte er uns auch durch das ganze furchtbare Leid entfremdet worden sein, er blieb es dennoch: Wir standen vor unserem leibhaftigen Sohn!
In diesem Augenblick wurde Dr. Gerron zu einem anderen Patienten gerufen, und wir durften endlich allein mit Victor sein. Wie sehr hatten wir uns danach gesehnt! Tage, Monate, Jahre!
Knapp eine Stunde verbrachten wir mit ihm. Natürlich redeten wir ihn mit seinem richtigen Taufnamen an. Sofort wiederholte er ihn, wobei er allerdings hinzufügte, dass er Victor Mangin heiße! Wir drangen nicht auf ihn ein, weshalb er seinen wahren Nachname, Lumette, verleugne. Aber wer weiß schon, was man ihm alles in dieser Anstalt angetan und eingeredet hat, dass er sich selbst nicht mehr kennt. Hätten die Herrn Doktoren jedoch miterlebt, wie Victor nach einem unserer Schirme griff, die wir immer noch seit unserer Ankunft in den Händen hielten, dann würden sie sich nicht derart seiner Freigabe widersetzten, wie sie es jetzt unverständlicherweise tun. Mein Mann meinte gleich, Victor hätte von Beginn an seinen Schirm angestarrt. Es war eben jener Schirm mit dem unverkennbaren Silbergriff, den Victor bis zuletzt in Gebrauch hatte! Ich sehe ihn noch, wie er ihn trug, als wir ihn nach seinem letzten Fronturlaub zur Bahn begleiteten. Und nun saß er dort, vor uns, ein in seiner Seele verletzter Mensch! Wer könnte ihn besser heilen als ein Mutter- und Vaterherz? Gebt ihn uns wieder!

„Ziemlich widersprüchlich", kommentierte ich, „und vor allem zu viele Ausrufezeichen! Da will jemand auf Teufel komm raus Recht haben und bekommen. Zuerst soll ich zuvorkommend und fast schon überzeugt gewesen sein, die wahren Verwandten gefunden zu haben, im nächsten Augenblick werde ich als mürrisch dargestellt, der das Zimmer für eine unverantwortlich lange Zeit verlässt. Ich sollte wütend sein."
„Sind sie denn hinausgegangen?"
„Unsinn! Sie kennen mich."
„Aber Sie haben die Lumettes allein zu Anthelme geführt?"
Ich versuchte mich zu erinnern. Die Regel blieb der Besuch in einer Gruppe nicht die singuläre Hospitation. Nur zuweilen gab es Ausnahmen. Und das waren leider zum

Beispiel diese zwei, die sich durch den strömenden Regen jenes Tages zu uns gekämpft hatten. Der Salon wurde gerade grundgereinigt und ein anderer richtiger Besuchs- und Aufenthaltsraum für schlechtes Wetter fehlte im Haus. Weder gab es ihn für die Patienten noch für die Besucher. Zwar hatten wir bereits Ideen gesammelt, um eventuell einen weiteren Raum einzurichten, in dem man zu einigen Sitzgelegenheiten einen Filmprojektor aufstellen könnte sowie eine Billardtisch oder auch eine Tischtennisplatte, aber dazu benötigte man Zeit und Geld oder Geld und Zeit – auf jeden Fall beides, und beides hatten wir nicht.
„Das ist durchaus denkbar. Sie wissen ja selbst um die Gegebenheiten im Haus“, verteidigte ich mich.
Fenayarou tat seinem Ärger keinen Zwang an: „Auch Lügen haben die Eigenschaft, dass sie auf Möglichkeiten und etwaigen Wahrheiten aufbauen. Zu dumm nur, wenn selbst mir nach Lektüre dieses Artikels und bei der Befragung meiner engsten Mitarbeiter zuallererst das Wahrscheinliche mitgeteilt wird.“
„Na ja, die Zwangsjacke ist nun wirklich aus der Luft gegriffen.“
„Wen interessiert das noch, wenn man so schön daran glauben kann? Mögen wir sie auch nicht anwenden, etwa drei Viertel der Einrichtungen in Frankreich praktiziert das weiterhin.“ Er hob seine Arme und legte seine Hände auf den Kopf: „Was für ein Bild! Ein armes Elternpaar, das nach langer Suche ihrem armen Heldensohn in Fixierung gegenübertritt. Ehrlich gesagt, ich würde selbst zur Presse gehen.“
Ich stockte. Dann begann ich zu lachen.
„Was amüsiert Sie denn verdammt noch mal so daran?“
„Verzeihen Sie mir bitte, lieber Fenayarou, aber Sie haben völlig Recht. Als Journalist hätte ich mir diese Geschichte auch nicht entgehen lassen. Tragödien sind nun mal das Metier der Dichter.“
Er riss mir die Zeitung aus den Händen und warf sie in den Kamin. Hätte darin ein Feuer gebrannt, wäre sie sofort in Flammen aufgegangen. Entsprechend überrascht schaute Fenayarou das Papier an, weil eben nichts geschah.
Endlich lachten wir gemeinsam.

Wer die Welt der Nachrichten geraderücken will, muss Gegendarstellungen schreiben. Dazu wandte sich Fenayarou an das Organ, in dem er bereits die Porträts unseres Gemüses veröffentlicht hatte. Man dufte es als Zeichen seiner Seriosität verstehen, dass er erst gar nicht umfänglich auf die Vorwürfe der Eltern Lumette einging, sondern die eine entscheidende Frage zum Kernpunkt seiner Widerlegung machte. Dabei

mühte er sich gemäß seiner Position und Profession um einen sachlich-versöhnlichen Ton ganz nach dem Grundsatz: Die Leidenschaft gebührt den Opfern und Anklägern, den kühlen Kopf muss der Sachverwaltern des Falls wahren.
In seinem öffentlichen Brief stellte er klar:

Für eine Identifikation eines derart an Amnesie Erkrankten bedarf es unfehlbarer objektiver Beweise. Das dürfte unstreitig sein, und als Leiter der Anstalt von Rodez sehe ich es als meine Pflicht an, im Interesse des Patienten und seiner nächsten Verwandten dafür Sorge zu tragen. Zu einem solchen Beweis führen die Lumettes in erster Linie die Narben an beiden Oberarmen an. Das wäre sicher des Beweises genug, denn solche parallelen Narben sind selten und davon zu wissen, wenn man den Patienten nicht wirklich persönlich kennt, grenzt nahezu ein Wunder. Das Problem oder der Gegenbeweis zum Umstand ist, dass es diese beiden Narben gar nicht gibt! (Ausrufezeichen) Man möchte eine Hautunebenheit auf dem linken Oberarm vielleicht für eine solche halten und eine zweite – verbunden mit dem Wunsch, den geliebten Sohn wiederzufinden – plötzlich auch auf dem anderen Arm sehen wollen (deshalb wäre der „Beweis" der Lumettes weniger ein Irrtum zu nennen als eine Fata Morgana der Sehnsucht), doch besagte Unebenheit ist mit Sicherheit nicht durch einen scharfen Gegenstand oder Unfall entstanden. Ich muss daher bei allem Mitgefühl für die Eltern bei meiner Entscheidung bleiben und den Mann, den wir hier „Anthelme" nennen, weiterhin in unserer Obhut belassen, solange bis eine Identifizierung entweder ohne Zweifel geschieht oder, was für mich das noch glücklichere Ereignis wäre, „Anthelme" selbst wieder zu einem klaren Verstand kommt, sich erinnert und seine Verwandten aus freien Stücken in die Arme schließt.

Offenbar hatte die lokale Presse nur auf eine Erwiderung seinerseits gewartet, denn nur einen Tag später widmeten sich gleich zweie weitere Zeitungen dem Thema, und zwar die *L'Union catholique* und der *Courrier*, wobei sie zu Fenayarous Glück dessen Argumentation in jeglicher Hinsicht übernahmen. Ja, sie polemisierten sogar gegen das kleine *Journal*, indem sie auf Fenayarous große Verdienste für die Stadt verwiesen, seine untadlige Person ins Feld führten und durchaus richtig anmahnten, dass bereits vor den Lumettes halb Frankreich Anthelme für sich beansprucht habe.
Das führte wiederum zu einem regen Leserbriefgeschreibe, gekrönt von der persönlichen Anfrage Malards, was den Herrgottnochmal bei uns da oben wieder los sei.
Nur eine Partei reagierte nicht: die der Eltern Lumette.
Statt ihrer trat ein Onkel auf den Plan, der fortan ihre Sache in die Hand nehmen sollte. Ich habe nie erfahren, von welcher Seite her die Verwandtschaft kam.
Sein ausgesprochenes Pferdegesicht ließ auf beide Möglichkeiten schließen.

Eine kluge Sache, fand Fenayarou, diesen Onkel einzuschalten. Etwas mehr Distanz in dieser Sache könne nur gut sein.
Wie immer im Hinblick auf Anthelmes Angelegenheiten, irrte sich Fenayarou auch hier.
Die erste unangenehme Eigenschaft dieses Onkels, nämlich beständig auf ein Streichholz zu beißen, fiel mir als Erstes auf, die zweite, um jeden Preis Recht behalten zu wollen, bewies er unmittelbar darauf.
Ohne Umschweife kam er zur Sache. Sein blasser Teint und seine schmalen Hände verrieten den Schreibtischmenschen: „Bevor sie es sowieso von Amtswegen erfahren, sage ich es Ihnen lieber gleich.“
Er fasste in seine Reverstasche und holte ein sorgfältig gefaltetes Blatt hervor. An seinen verfärbten Ecken erkannte man, dass es schon mehr als einmal seinen Dienst hatte tun müssen. Während er sich mit der einen Hand das Streichholz zwischen seine Zähne steckte, hielt er sich mit der ausgestreckten anderen das Papier weit ab vor die Augen. Er hätte eine Brille tragen sollen.
Nuschelnd las er vor: „Hier steht: … bedaure ich Ihnen mitteilen zu müssen, dass ihr Sohn, Victor Lumette, geboren am Soundsovielten auf dem Feld der Ehre von Verdun gefallen ist. Seien Sie stolz auf … und so weiter. Hochachtungsvoll Ihr ergebener …. Unterschrift.“
Fenayarous gesenkter Kopf hob sich abrupt. Nicht nur er hatte anderes erwartet. Ich sah ihn mit offenem Mund an. Dann sprach er aus, was ich dachte: „Endlich einer mit Vernunft. Ich danke Ihnen. Sie wollen die Angelegenheit wahrscheinlich diskret aus der Welt schaffen?“
Das Streichholz wanderte vom linken zum rechten Mundwinkel und wieder zurück. Es hätte wie ein Lächeln aussehen können: „Und Maulwürfe lieben das Tageslicht.“
„Was meinen Sie damit?“
„Muss ich das wirklich erklären?!
„Ich bitte darum.“
„Ich vertrete die Interessen meines Bruders und seiner Frau. Nicht die Ihren, wenn Sie gestatten. Meine Verwandten sind überzeugt davon, dass mein Neffe, Victor, von Ihnen hier unter unwürdigen Umständen festgehalten worden ist. Sie haben Ihnen Beweise für seine Identität geliefert. Sie haben diese brüsk zurückgewiesen.“
„Brüsk? Ich habe ganz sachlich …“
„Bitte lassen Sie mich ausreden.“
Fenayarous Gesichtszüge versteinerten sich. Welches Spiel wurde hier gespielt?

Das Streichholz führte seine Wanderschaft im Mund dieses Menschen fort: „Jeder kann sich irren. Auch ein Doktor wie Sie. Ja, sogar unsere stolze Heeresleitung. Wie schnell ist so ein gefallener Soldat verwechselt. Unkenntlich geworden, die Marke verloren. Es hätte ja durchaus sein können, dass dieser oder dieser da Victor ist. Vielleicht lag seine Marke tatsächlich neben einem Leichnam. Wer kann schon sagen, wie manche Dinge wohin kommen in solchen Zeiten. Noch dazu Verdun, in dieser elenden Schlacht." Er hob bedeutungsvoll die Augenbrauen.
„Sie wollen damit behaupten …"
„Ich will damit sagen: Man hat zwar meinen Neffen für tot erklärt, aber mein Neffe ist nicht tot!" Sein Finger schnellte auf uns zu. „Vielmehr ist es so: Victor ist bei Ihnen, etwas durcheinander zwar, aber laut seinen Eltern ist er es. Sein Zustand erklärt, warum er nicht heimkehrte."
Während Fenayarou seine Faust verzweifelt gegen seine Stirn hämmerte, sprang ich ein. Hatten wir eine solche Geschichte nicht schon einmal erlebt? Ich erinnerte mich an die unglückliche Madame Defouil auf der Suche nach ihrem Alfons. In ihrem Fall musste sie die durch Malard überbrachte Nachricht vom Tod ihres Sohnes als einen plötzlichen Blitzschlag der Gewissheit hinnehmen. Die Lumettes hingegen hatten genug Zeit und pathologische Energie darauf verwenden können, Erklärungen für ihr Nichtwahrhabenwollen zu finden. Manchmal ist, wenn man es braucht, drei mal drei eben nicht neu, sondern zehn.
„Lassen wir einfach die Gedankenspiele beiseite", schlug ich vor." Sie scheinen mir ein vernünftiger Mann zu sein."
„Bitte keine Schmeicheleien."
„Was ich Ihnen vorschlagen möchte ist: Kommen Sie mit uns zu Anthelmes …"
„Victors!"
„… wie Sie meinen, zu Victors Zimmer und überzeugen Sie sich selbst."
„Wozu?"
„Nun, nun", stotterte ich, so sehr verblüffte mich diese Frage, „um zu sehen, ob es sich wirklich um Ihren Neffen Victor handelt. Sie haben ja selbst gesagt", fügte ich versöhnlich hinzu, „wie schnell ein Mensch verwechselt ist."
„Das wird nicht nötig sein."
Ich musste Fenayarou scharf anblicken, derart erregt fuhr er dazwischen: „Mein lieber Mann, Sie kommen mir vor wie einer dieser Kleriker, die sich weigerten, durch das Fernrohr Galileis zu schauen, um mit eigenen Augen zu sehen, dass sich nicht jeder Stern um die Erde dreht."

„Sie wollen mich beleidigen?“
„Ach, das war nur so eine Bemerkung.“ Freundlich wies ich mit der Hand zur Tür, verbunden mit der Bitte, mir zu folgen: „Wenn Sie mitkommen wollen.“
„Habe ich mich unklar ausgedrückt? Ich muss Victor nicht sehen, damit ich weiß, dass er es ist. Die Aussage seiner Eltern genügt mir sowie die Wahrscheinlichkeit einer Verwechslung, die zu dieser unglücklichen Todesnachricht führte.“ Er wedelte mit dem Papier.
„Auf diese Weise kommen wir keinen Schritt weiter“, konstatierte Fenayarou. „Eine Idee ist kein Beweis. Aber ohne Beweis kann ich einen mir anvertrauten Menschen, der sich nicht allein in der Welt zurechtfindet, schwerlich entlassen.“
„Wer hat Ihnen meinen Neffen *anvertraut*?“
„Das Schicksal, die Regierung, meine Profession! Nehmen Sie, wie Sie es wollen. Meine Autorität und meine Vormundschaft sind in diesem Fall unstreitig. Versuchen Sie erst gar nicht, sie in Frage zu stellen.“
Das Streichholz wanderte quer über den Mund: „Genau das werde ich tun.“
Fenayarou und ich verschränkten die Arme.
„Ich habe Freunde. Einflussreiche Freunde.“
Erneut wies ich mit der Hand zur Tür.
„Ich habe Ihnen doch schon gesagt, dass ich nicht mitkommen werde.“
„Er will Sie nicht zu Anthelme führen. Er schmeißt Sie hinaus.“
„Sie geben Victor nicht frei?“
„Wir sind hier in keiner Schmierenkomödie.“
„Das wird Folgen für Sie haben!“ Umständlich steckte er das Papier zurück in seine Tasche, bevor er sich zum Gehen wandte.
Fenayarou ließ sich in seinen Sessel fallen: „Wissen Sie“, rief er ihm hinterher, „das war bisher der erste und einzige Satz, den ich Ihnen tatsächlich glaube.“

Zwar sollen wir in unserem Leben noch eine Menge Streichhölzer sehen, nicht aber im Mund jenes Onkels, dessen Erscheinen man vielleicht nicht als heitere Episode abtun, jedoch als eine weitere typische Erfahrung in Sachen „Anthelme“ auffassen konnte. Er sollte nie wieder in Rodez auftauchen. Stattdessen geisterte er mitsamt den Eltern Lumettes in der Boulevardpresse herum. Wo ein Wirbel ist, sind Artikel, und wo Artikel sind, entstehen Wirbel – es gibt schwierigere Gleichungen als diese.
Wir verfolgten das Ganze durchaus amüsiert, zumal sich die Geschichte vom Besuch der Eltern von Mal zu Mal im Detail wandelte.

Andererseits konnten wir die Geschichte auch nicht ad acta legen. Da keine Öffentlichkeit dazu im Stande ist, zur Genesung eines Patienten beizutragen, blieb ein schiefes Unbehagen, wobei der Druck auf Fenayarou allmählich wuchs. Natürlich hatte er keine Lust dazu, als Zwangsjackendoktor oder Irreneinschließer der Midi-Pyrénées in die Annalen einzugehen. Oft hörte ich ihn in dieser Zeit nur allzu laut fluchen. Hinter verschlossenen Türen, versteht sich.
Nach einer Weile des Schweigens meldete sich wieder das kleine *Journal* zu Wort.
„Jetzt haben wir sie!"
Fenayarou hatte sich mit mir zur Mittagspause in den Garten verabredet. Schlendernd suchten wir den Schatten unter den Bäumen. Sonne nistete zwischen den Blättern. Auf den Wegen begleiteten einige Pfleger den einen oder anderen Insassen. In unseren weißen Kitteln und Patiententrachten wirkten wir wahrscheinlich alle wie dahindrapierte Statuen.
„Haben Sie heute die Presse gelesen?"
„Welche? Die gegen oder die für uns?"
„Beide selbstredend. Das ist wie mit der Medizin. Man muss zügig die bittere Pille schlucken und etwas Bekömmliches hinterher trinken."
„Heute war auch die üble Nachrede süß?"
„Genau. Die Lumettes haben sich selbst in ihre Widersprüche verstrickt."
„Inwiefern?"
„Zum ersten Mal haben sie nicht nur seine beiden vermeintlichen Narben an den Oberarmen erwähnt, sondern auch seine Statur beschrieben. Nach ihrer eigenen Angabe wäre Victor fünf bis zehn Zentimeter größer als Anthelme."
Ich setzte mich auf eine Bank: „Ich würde mich gern mit Ihnen freuen, aber das hatten wir schon einmal. Seien wir ehrlich. Menschen, die glauben, dass eine offizielle Todesnachricht falsch ist, werden sich kaum auf Grund ein paar Zentimeter Größenunterschied eines Besseren belehren lassen."
Fenayarou hockte sich neben mich und legte blinzelnd den Kopf in den Nacken: „Da mögen Sie Recht haben. Ich muss aber auch nicht die Lumettes überzeugen. Es würde bereits reichen, wenn diese Schmierfritzen von den Zeitungen ihnen keinen Glauben mehr schenkten."
„Wo eine Lüge ist, ist auch jemand, der ihr anhängt", zitierte ich meine Mutter.
„Sie sind zu pessimistisch."
„Und sie sind unverbesserlich in ihrem Grundvertrauen in die Menschen."
„Wer sagt Ihnen, dass ich dieses Grundvertrauen habe?"

„Ihr ganzes Verhalten."
„Ach, Gerron, ich befürchte, Sie missverstehen mich. Ich halte mich maximal an das letzte Wort und hoffe, dass es ein Vernünftiges und Gutes ist. Ich weiß, ich weiß, die Historie und ihre Niederungen; sie stehen für das Gegenteil. Ich hin aber nicht die Geschichte, sondern nur ein Mensch, der im Kleinen wirkt. Das muss genügen."
Er kramte aus seiner Kitteltasche einen Apfel und biss herzhaft hinein. Kauend fügte er hinzu: „Und in dieser Sache gehe ich davon aus, dass das letzte Wort bald gesprochen worden sein wird. Sie nicht?"
„Heiß heute", antwortete ich.

Wenn der Leiter von Rodez einen Ruf habe, so antworteten die Lumettes auf einen zweiten öffentlichen Brief Fenayarous, in welchem er, so seine Worte, „die Fakten für sich sprechen lasse", dann sicherlich als Despot und Lügner.
Sofern die Narben tatsächlich nicht mehr da seien, jene Narben, die man mit eigenen Augen gesehen habe, dann hätte er sie mit Sicherheit verschwinden lassen. Denn als Arzt habe er alle Befähigungen dazu, und man wisse ja, was in den Kellern solcher Anstalten vor sich gehe.
Und wenn er sogar behaupte, dass Victor eine andere Körpergröße habe, dann sei dies nur eine weitere scheinbare Tatsache, da jeder Mensch, der älter wird, weiß, dass das Alter einem nicht auf die gewöhnliche Art zusetzt, sondern auch die Knochen angreift. Mit anderen Worten: Ein paar Zentimeter im Leben zu schrumpfen, sei absolut nicht ungewöhnlich, ja vielmehr auf Grund der erlittenen Strapazen und Verwundungen sogar wahrscheinlich. Wer auf diese Weise argumentiere, missverstehe die menschliche Natur, was sich von Beginn an daran gezeigt habe, dass Fenayarou vor allem bloße Äußerlichkeiten ins Feld führe, während hier das echte, reine Mutter- und Vaterblut spräche.
Das geht jetzt wirklich zu weit, sagte ich mir. Wer für sein Recht streiten will, sollte sich von der Grenze zum Absurden fernhalten. Wer auch immer die Lumettes beraten hatte – das *Journal* mit seinem Zwang zur Auflage oder der Onkel mit seiner Liebe zur erfahrungsfreien Behauptung – er hatte es schlecht getan. Sicherlich, wer etwas partout glauben will, der steigt auch ohne Leiter in den Himmel, er muss aber auch sehen, dass der Rückfall in die Wirklichkeit umso härter wird. Ausgeträumt.
So dachte ich wenigstens, bevor mich die folgende Mitteilung erreichte: Von ganz oben hatte man den Eltern Lumettes einen erneuten Besuch gestattet.

Natürlich wehrte sich Fenayarou mit allen erdenklichen Mitteln – erfolglos. Mochte er auch das Hausrecht haben, so unabhängig war er dann doch nicht, dass er sich gegen den ausdrücklichen Willen der Ministeriale nebst ihren Verbindungen zu öffentlichen Geldern stellen konnte. Offenbar verfügte der Onkel tatsächlich über die angedrohten Beziehungen.

„Ich wünschte, Anthelme würde einmal eine Regung zeigen und ihnen ihren Regenschirm samt Silbergriff in den Hintern stecken."

Ich musste lachen. Tatsächlich schwenkten die Lumettes auf ihrem Weg durch den Garten zum Haupteingang den Schirm in der Hand, den Anthelme bei ihrem ersten Besuch laut ihrer Aussage so eifrig untersucht hatte.

Fenayarou wollte es mir überlassen, sie zu Anthelme zu begleiten.

„Sie sollten dabei sein", riet ich.

„Wozu?"

„Sie zitieren den Onkel."

„Man würde mir nur das Wort im Mund herumdrehen. Wenn ich sage, Anthelme hat von Natur aus dunkle Haare, dann behaupten die, dass Victors einst blonde Haare in meinem Sanatorium eben vor Kummer dunkler geworden sind. Das hat doch keinen Sinn."

„Ein Mann vom Ministerium wird Zeuge sein."

„Das sollte reichen." Er schob mich auf den Gang hinaus. „Ich hoffe jetzt, es richtet sich von selbst. Die Lumettes sind einfach zu sehr in ihre Fantasien versponnen. Kein Mensch, und sei es ein befreundetes hohes Tier, kann ihnen auf lange Sicht Glauben schenken."

Muss ich sagen, dass ich auf meinem Weg zu Anthelmes Zimmer keines Blickes gewürdigt wurde? Allein der Beamte, ein schmales Kerlchen in einer Art Konfirmandenanzug, stellte mir einige Fragen, deren Antwort er ebenso gut seiner unter den Arm geklemmten Akten hätte entnehmen können. Augenscheinlich fühlte er sich in dieser Umgebung unwohl. Das ging es ihm wie den meisten. Viele Menschen meinen, in unserem Haus lauter sabbernden Irren zu begegnen, die ihnen an den Hals gehen könnten. Wahrscheinlich hielt er mich trotz meines Kittels selbst für einen, und er wollte sichergehen, dass ich ihm ohne zu viel Speichelfluss einigermaßen vernünftig Auskunft gab.

Sobald ich die Tür geöffnet hatte, stürmten die Lumettes auf Anthelme los. Ich bedeutete einen Pfleger, sich dazwischenzustellen: „Bitte keine voreiligen Berührungen, wenn es der Patient nicht selbst wünscht."

„Voreilige Berührungen?" Die Mutter Lumette hätte mir am liebsten eine Ohrfeige gegeben, besann sich aber eines Besseren: „Sehen Sie doch nur, wie lieb er uns anschaut. Ja, mein Junge, liebster Victor, wir holen dich bald nach Hause."
Anthelme starrte von seinem Bettlager mitten durch uns hindurch und sagte nichts. Mir war nicht einmal klar, ob er unsere Anwesenheit überhaupt bemerkte.
Der Beamte schnarrte verlegen: „Nun, äh, Madame, was gibt ihnen Anlass zu der Annahme, dass er sie als ihre Mutter erkennt?"
„Sie schlug sich auf die Brust. Hier spüre ich das."
„Sie meinen Ihr Herz?"
„Was soll dort denn sonst sein?" Vater Lumette meldete sich zu Wort. „Eine Kokosnuss, ein Felsbrocken? Das tragen höchstens Fenayarou und seinen Lakaien unter ihren Hemden, so kalt, wie die empfinden."
„Komm, Victor", säuselte seine Frau.
Da Anthelme keine Anstalten machte, auch nur eine Regung von sich zu geben, blieb der Pfleger eisern an seinem Platz zwischen Tür und Bett stehen: „Bis hierher!"
Er sagte mir das ein wenig zu forsch. Das provozierte eher. Ich machte ihm ein Zeichen, freundlicher zu sein.
„Das darf doch nicht wahr sein. Wir beschweren uns. Wir haben die Erlaubnis eines hohen Ministerialen und dürfen nun nicht unseren Sohn in die Arme schließen."
„Wenn es ihr Sohn ist".
Ich muss sagen, der Beamte zeigte Mut. So mickrig er in seinem Anzug wirkte, so klar forderte er einen sichtbaren Beweis: „Monsieur, Madame! Ich muss darauf bestehen. Bevor nicht ..."
„Wollen Sie die Narben sehen? An beiden Oberarmen. Als er ein Kind war …"
„Nicht die Narben, die hatten wir schon. Das ist mir zu strittig. Waren die Verletzungen nicht da? Waren sie da? Etwas anderes, bitte."
„Ich gebe Ihnen gleich etwas anderes." Anthelme vermeintlicher Vater wollte sich schon auf den kleinen Mann stürzen, der sich mehr und mehr als Widersacher denn als Helfer entpuppte, da trat ihm seine eigene Frau in den Weg. Triumphierend hielt sie den Schirm hoch: „Daran wird er uns erkennen. Wie beim letzten Mal. Schau Anthelme, den erkennst du doch!"
Und tatsächlich begann Anthelme, sich zu regen. Wenigstens bemerkte er uns beziehungsweise den Schirm. Langsam streckte er nach diesem seine Hand aus.
„Interessant", murmelte der Beamte.
Ich wies den Pfleger an, dass sie Anthelme den begehrten Gegenstand geben dürften.

Kaum hielt er den Schirm in den Händen, begann er, ihn zu untersuchen. Er hätte ein Kleinkind sein können, das ein ihm gänzlich unbekanntes Ding in die Finger bekommt. Zwar biss er nicht darauf herum, doch jede Spitze, jeder Draht wurde sorgsam untersucht und befühlt. Ich wartete darauf, dass er ihn gleich verbiegen oder kaputtmachen würde. Was immer ihn an dem Schirm interessierte, ein Wiedererkennen hätte anders ausgesehen. Den Silbergriff betrachtete er besonders lang. Ja, er begann sogar zu lachen. Ich vermutete, er erblickte in dem glänzenden Metall sein verzerrtes Gesicht. Er hielt den Schirm mal weniger, mal mehr schräg. Die jeweiligen Anblicke erheiterten ihn zusehends.
„Sie erkennen diesen Schirm als den Ihren an?"
„Natürlich", antworteten die Lumettes aus einem Munde.
„Ich habe nicht Sie gemeint", wies sie der Beamte zurecht, „sondern ihn."
Ob es dessen schnarrende Stimme war oder ob Anthelme schlichtweg das Interesse an Regenschirm und Silbergriff verlor – mitten in der Untersuchung warf er ihn achtlos beiseite, nur um uns wieder auf seine typische Art schweigend zu ignorieren.
„Offensichtlich nicht."
„Was heißt hier *offensichtlich*? Er hat ihn doch wie einen vertrauten Gegenstand entgegengenommen."
„Das behaupten Sie."
Ich kann nicht mehr sagen, was sich dann in welcher Reihenfolge abspielte. Unversehens lag mein Pfleger am Boden, während der Schirm über unsere Köpfe hinwegrotierte. Ich sah, wie er jemanden auf den Rücken gedroschen wurde. Es war Mutter Lumette, die sich den Beamten vorgeknöpft hatte, und dabei „Victor!!!" schrie. Ich registrierte seine blutende Nase und ihren bis zu den Strumpfbändern hochgerutschten Rock, bevor ich zur Tür hinauseilte.
Zwangsjacken benötigten wir zwar nicht, jedoch weitere helfende Hände, um den Kampf zu beendeten. Jeder trug seine Blessuren davon. Eine Schramme zierte meine Wange. Irgendjemand hatte meine Kitteltasche zerrissen.
Der Schirm hatte gesprochen. Auf seine Weise. Nur Anthelme nicht, der völlig teilnahmslos auf seinem Bett lag und in einen unsichtbaren Silbergriff für einen Moment ein bisschen Freude entdeckt hatte – sonst nichts.
Muss ich erwähnen, dass wir nichts mehr von den Eltern Lumettes hörten? Es heißt, sie hätten anschließend einen Prozess gegen das Ministerium angestrengt.

Anthelmes Aufbruch

In dem Dorf in Sepia, das es nicht gibt, schweben sieben Briefe unschlüssig über dem Sortiertisch. Gehören sie in das Freitags- oder in das Montagsfach? Anthelme weiß, dass er diesen Schreiben nicht eine eigene Zeit einräumen darf. Es sind ihre Musterungs- und Einberufungsbefehle, die keinen Aufschub erlauben. Ob diese für jeden eine Freude sind? Die Mütter heben in der Regel den Blick flehentlich zum Himmel und rennen in die Kirche, die Väter beginnen, von eigenen Heldentaten zu erzählen. Anthelmes Vater, der ein Dichter ist und sonnengoldene Sommerfelder zu besingen weiß, hat keinen Rat für ihn. Er steht neben ihm und wiegt den Kopf hin und her:
„Ich würde noch warten“, meint er schließlich.
„Warum?“
„Der, der gehen will, wird gehen. Der, der nicht gehen will, muss gehen. Der, der unentschieden ist, wird es auch bis nächste Woche aushalten.“
„Und später gehen?“
„Genau!“
Anthelme lässt die Briefe weiter über dem Tisch schweben.
„Meiner ist auch dabei“, sagt er.
„Bist du dir sicher?“
Anthelme hebt die Hand: „Es steht nicht nur meine Adresse darauf, sondern er will mich auch gar nicht verlassen.“ Heftig schüttelt er seine Hand, doch der Umschlag haftet an ihr fest.
„Das ist kein gutes Zeichen.“
„Wirst du stolz auf mich sein?“
Sein Vater zuckt nachdenklich die Schultern: „Wenn dich das lebendig hält.“
„Manche können es gar nicht erwarten.“
„Weil ihnen langweilig ist.“
„Glaubst du das wirklich?“
„Kinder spielen doch auch Räuber und Gendarm, sobald es zu Hause nichts zu tun gibt.“
„In den Zeitungen schreiben sie, dass es jetzt um das Vaterland und um die Ehre geht. Das ist nicht das Gleiche.“
„Ersetze Vaterland durch Räuber und Ehre durch Gendarm, dann hast du dasselbe.“
„Seit wann redest du wie die Roten?“

„Nur wegen einer grundsätzlichen Überzeugung muss man nicht immer Unrecht haben."
Anthelme schüttelt erneut seine Hand: „Der Brief geht nicht ab."
„Dann lass uns einen trinken gehen! Das ist auf jeden Fall besser, als sich von einem solchen Schreiben überfallen zu lassen."
„Du willst mit mir feiern gehen?"
„Nein, ich will einfach einen heben!"

Sie sitzen in der Sonne auf umgedrehten Teekisten vor Laurences Laden und betrachten den Umschlag in Anthelmes Hand.
„Willst du ihn nicht öffnen?", fragt der Türspalt. „Ich würde meinen sofort öffnen."
„Vielleicht am Montag."
„Warum erst dann?"
„Das machen wir Zusteller so."
„Du weißt doch, was drinsteht. Er sieht so aus, wie sie alle aussehen."
„Dann brauche ich ihn ja nicht zu öffnen."
Der Türspalt zeigt ihm einen Vogel und bestellt sein nächstes Glas.
Sie machen es wie alle jungen Kerle im Dorf, wenn sie den Feierabend genießen. Sie trinken und reden, spielen Karten und proben, die Herren der Welt zu sein. Lautstark hocken sie da in ihrer Klosetthaltung mit abgewinkelten Beinen und geradem Rücken. Einige Kinder laufen an ihnen auf ihrem Weg nach Hause vorbei. Nein, sie laufen nicht, sie springen und hüpfen und hoffen, nicht mit den Schuhsohlen auf die Ritzen zwischen den Pflastersteinen zu gelangen. Gewonnen hat der, welcher den größten Sprung von Stein zu Stein schafft. Am besten beidbeinig und in die Mitte. Auf diese Weise wird selbst der bekannteste Weg zu einem Abenteuer.
Niemand läuft Schneckenkreise.
Weil es das einzige Thema ist, gesellt sich auch der Laurence dazu. In der Hand trägt der Ladenbesitzer einige Farbtafeln, die er der Reihe nach vor ihnen auf den Boden legt. Er ist in die Jahre gekommen. Eine Strähne seines weißen Haars fällt über sein Gesicht, er stöhnt leise, als er sich wieder aufrichtet.
„Haben Sie die gemalt?", fragt Schnodder.
„Nein."
„Sehen aber so aus." Keiner weiß, ob das ein Lob oder ein Scherz sein soll.
„Was sind das für Landschaften?", fragt Anthelme.
„Das ihr das nicht wisst! Das ist unser schönes Frankreich."

Laurence zeigt auf das nächste bei ihren Füßen. „Das dort sind die legendären rosa Felsen an der bretonischen Nordküste. Und dieses hier zeigt die Apfelblüte in der Normandie. Noch schöner aber sind", damit er sich nicht bücken muss, wandert seine Zehenspitze zur dritten Tafel, „die blauroten Felderstreifen in den Ebenen der Provence. Ich brauche das Bild nur zu betrachten, und schon steigt mir der Duft des Lavendels in die Nase. Mhm! Nicht zu vergessen der wilde Sonnenofen der Camargue oder dort die grünen Vulkankegel der Auvergne. Nehmt die Weingüter in Burgund, unsere Märchenschlösser am langen Band der Loire oder da vorn, die alten Wälder des Périgord. Ist das alles nicht fantastisch?"

Anthelmes Blick gleitet, geführt von Laurences Begeisterung, über die Farbtafeln. Er kennt sie zu gut. Wenn er für seine Großeltern einkaufen ging, hat er sie, während er warten musste, bis die Reihe an ihn kam, oft und gern angesehen. Später wurden sie ihm so verständlich wie das Kirchengeläut am Morgen. Sie gehörten einfach dazu. Als sie dann einer neuen Einrichtung mit weiß lackierten Regalen weichen mussten, hatte er für einen Moment Wehmut empfunden, aber es waren eben doch nun Bilder gewesen. Gustave fragte ihm damals: „Weint man einem Fisch nach, wenn er anfängt zu stinken?"

Jetzt sieht er die Bilder dort auf dem Boden wieder vor sich und kann sich erneut in ihnen verlieren. Doch er ist kein Kind mehr. Nun weiß er, dass Landschaften auf Bildern hübsch zu sein haben, während die Wirklichkeit sie mit Regen, Pfützen und Autobussen, die nicht fahren, belebt. Was interessieren ihn die Schlösser der Loire? Hat er Post dorthin zu tragen? Nein. Und Apfelduft und Lavendelblüten gibt es auch bei ihnen im Sepiadorf. Ja, wenn man mit dem Korb in der Hand vor dem Tresen wartet und nichts Besseres zu tun hat, dann kann man sich verlieren und sich als einsamer Wanderer in eine Felsschlucht dort oder in einen dunklen Wald hier träumen. Das Gegenteil von einer solch fantasievollen Vorstellung ist jedoch, auf weiter Flur allein zu sein, und diese Einsamkeit tatsächlich erdulden zu müssen.

„Wunderbar, wunderbar. Und weshalb zeigen Sie uns die?" Der Türspalt prostet den anderen zu.

„Weil ihr das für uns verteidigen werdet."

„Und für die Menschen! Immerhin leben wir hier." Schnodder nimmt einen satten Schluck direkt aus der Flasche.

„Selbstverständlich, eure Mütter, Väter, Brüder, Schwestern – alle."

„Nicht zu vergessen: der Premierminister"

„Auch der Premierminister."

„Denn der ist auch ein Mensch."
„Red' nicht so, Junge, man könnte glauben, du machst dich über ihn lustig."
„Auf gar keinen Fall. Ich trinke auf Frankreich, seine Schwestern und auf deine Bilder."
„Jawohl!", brüllt Pisser.
„Jawohl, gegen die Deutschen", ergänzt der Türspalt.
„Ich glaube, ich öffne jetzt mal meinen Brief", sagt Anthelme.

Für Politik hat sich bisher keiner von ihnen wirklich interessiert. Sicher, man redet darüber, wenn man in Paris die kleinen Leute vergisst, aber auch ein stolzer Bauer übersieht schon mal seine emsigen Kätzlein, die ihm die Mäuse vom Hof fangen. Trotz allem hat er sie gern. Selbst im Sepiadorf, das es nicht gibt, weiß man das. Also wird man über solche Angelegenheiten für einen Tag lang unzufrieden und geht dann seinen Pflichten nach.
Natürlich kam in ihren Geschichtsbüchern viel Politik vor. Eigentlich ausschließlich. Monsieur Gremiond, der Lehrer, las in ihrer Schulzeit mit ihnen ausgiebig darin, und sie wiederholten die großen Namen und Ereignisdaten. Aber das war Politik von damals. Was hatte die mit dem Heute zu tun? Nur so viel, dass sie den Wettbewerb der Völker um den höchsten Grad der Selbstliebe anstachelte.
Und jetzt das: Es heißt, ein Student in Sarajevo habe den österreichisch-ungarischen Thronfolger Franz Ferdinand und seine Ehefrau Sophie ermordet. Wo um Gottes Willen liegt Sarajevo? Und was hatte ein Thronfolger jenseits der Berge nebst Gattin mit Frankreich zu schaffen? Es wird gesagt, diese Schüsse hätte man bis ins Sepiadorf hören müssen, denn sie ließen nicht nur einer Monarchie das Herz bluten, sondern mit ihnen schnellten Scharen von Springteufeln aus ihren schwarzen Schachteln.
Sie fragen Laurence: „Hast du ein Landschaftsbild von Sarajevo?"
Er verneint, denn so schön wie hier bei ihnen kann es nirgendwo sein. Das gäben selbst die Russen zu …
„Wieso die Russen? Liegt Sarajevo in Russland?"
Sarajevo läge in Serbien, das wisse doch jeder, außer ihnen natürlich. Wer aber ein echter Slawe sei, der liebe Russland ebenso wie Serbien, ist doch alles gleich da unten. Also sprangen die Russen den Serben bei, als das getroffen Österreich-Ungarn mit samt seinem Verbündeten, dem Popanz Deutschland, das Land überfielen. Und nun, ob sie das glauben würden oder nicht, auch sie als Franzosen seien echte Russen, verbündungstechnisch gesehen, ja sogar die Briten seien es, ebenfalls verbündungstech-

nisch gesehen, weshalb man ganz hübsch um die beiden Kriegstreiber herumstehe, nicht anders als das Loch im Arsch, das abgewischt gehöre.
Sie nicken. Das sind starke Worte zu einer fatalen Logik.
„Ich kenne aber keine Russen und Briten. Wieso bin ich mit Ihnen verbündet?", fragt Schnodder. „Ich will eigentlich nur hier sitzen und ein Mädchen kennen lernen."
„Und da du darauf lange warten kannst, kannst du genauso gut in den Krieg ziehen!"
Der Türspalt schlägt sich auf den Schenkel. Er ist der einzige.
Laurence winkt ab. Diese Staatenverbindung sei nicht echter Freundschaft entsprungen, erklärt er. Das habe etwas mit Weltmacht und den jeweiligen Kolonialinteressen in Afrika und Asien zu tun. Ausgleich der Kräfte, wenn sie verstehen würden, sich gegenseitig im Auge behalten, wenn sie endlich begriffen, so wie ein Tisch erst stehen kann, wenn er mindestens drei Beine besitzt. Sie sollten es als eine Art Ehe nehmen: gemeinsam durch dick und dünn.
„Oder bis der Tod euch scheidet", bemerkt Anthelme.
„Gerade ging es um diesen Franz Ferdinand und jetzt bist du schon in Afrika und anderswo", wirft der Türspalt dazwischen. „Vermutlich hat auch der Mond etwas damit zu tun. Ich meine, er bewegt ganze Meere."
Sie lachen.
„Und wenn schon", Laurence wird wütend. Missmutig schüttelt er sich seine Haarsträhne aus dem Gesicht. „Habt ihr noch immer nicht erfasst, welche Chance für unser Vaterland in diesem Krieg liegt!?"
Für einen Moment schaut er in staunende Gesichter.
„Mach hier nicht einen auf Gremiond", schimpft der Türspalt. „Davon hab' ich genug. Sag, was Sache ist."
Laurence greift nach seinen Bildern, fischt eines heraus und hält es ihnen nacheinander vor die Nase: „Erkennt ihr das?"
Sie blicken auf die Silhouette einer hübschen kleinen Stadt, umringt von Weinbergen inmitten einer imposanten Kulisse windgebürsteter Höhenzüge.
„Das da im Hintergrund sind die Vogesen", sagt Pisser.
„Das ist Elsass-Lothringen", ruft Laurence.
„Das liegt im Deutschen Reich", sagt Anthelme.
„Was der springende Punkt ist". Laurence hält sich das Bild vor die Brust. „Seit der Sedanschlacht und der Niederlage von 1871 ist Elsass-Lothringen nicht mehr unser. Es ist und bleibt aber französisch und kann es wieder werden. Genau jetzt ist die Zeit für die Revanche da, nun können wir es den Fritzen zeigen. Zusammen mit Russen

und Briten haben wir die Möglichkeit, die Deutschen in ihrer ganzen Selbstherrlichkeit so klein zu machen, dass sie hübsch in eine Flasche passen. Und ordentlich verkorken werden wir sie auch noch."
„Also geht es vor allem um die Vergangenheit?"
„Nicht so mürrisch, Anthelme. Ruf lieber: *Vive la France*! Nur das schmeckt nach Zukunft!"
„Vergangenheit. Zukunft. Was denn nun?"
Laurence öffnet eine Flasche und grinst: „Egal was. Das eine liegt hinter dir, das andere vor dir. Die Gegenwart aber will, dass du deinen Brief mit der Musterung da nimmst, um zu allen Zeiten mit Gewehr und Bajonett Deutsche ins Gras beißen zu lassen."

Marianne heult. Anthelme will nicht, dass sie heult. Er ist seit heute Soldat und damit ganz Gegenwart. Er hat es ihr genauso erklärt, wie er es von Laurence gehört und dadurch verstanden hat. Es geht um eine größere Sache.
„Was geht uns Elsass-Lothringen an?", fragt sie. „Das liegt doch ganz woanders."
Er erklärt es ihr ein weiteres Mal. Sie schluchzt. Ein neuer Versuch. Und erst, nachdem ihr wirklich deutlich geworden ist, dass vor allem anderen ein wirklicher Prinz und seine wirkliche Prinzessin ermordet worden sind, sieht sie es ein.
Anthelme wird tun, was zu tun ist: Er geht, die alte Welt retten.
Sie küsst ihn, und er küsst sie ein wenig zu fest.
„Autsch, du kratzt. Rasier' dich, bevor wir zum Tanz gehen."
Denn das wollen sie. Einmal im Jahr wird eine Scheune im Dorf freigeräumt, um den Frühling zu feiern. An diesem Tag wird sie ein zweites Mal geschmückt, damit sie den Abschied der Söhne an die Front begehen können. Marianne hat extra einen Apfelkuchen gebacken, den Anthelme angeblich so gern isst. Dabei mag er keinen Apfelkuchen, doch er hat sich nie getraut, es ihr zu sagen. Er weiß ja nicht einmal, ob er sie wirklich liebt. Weshalb daher einen Streit wegen ein bisschen Mehl mit Butter, Wasser und Obst entfachen? Stattdessen krümelt er besonders heftig, dann muss er weniger essen. Marianne küsst ihm mit spitzem Mund einige Reste von den Lippen.
„Autsch", lacht sie, „mein Ritter kratzt immer noch."
In der Scheune weiß er nicht, wie er angemessen stehen soll. Soll man hier bereits Haltung zeigen? Gehört jetzt schon die Brust heraus und das Kinn hoch? Unsicher tritt er von einem Fuß auf den anderen. Er wird etwas ruhiger, als er sieht, dass es

Pisser, Schnodder und dem Türspalt ähnlich geht. Sie stehen da wie hingeworfenes Kleingeld.
Man klopft ihnen auf die Schulter und brüllt ihnen mit Hallo einige Worte der Aufmunterung entgegen. Die Musik im Hintergrund ist allerdings derart laut, ein Getöse aus Trommel, Akkordeon, Bass, Geige und Gesang, dass sein Lächeln als Antwort reichen muss. Anthelme ist längst ein Held, ohne auch nur eine Pickelhaube zu Gesicht bekommen zu haben.
Den ersten Tanz bekommt Marianne, den zweiten Marianne, den dritten Marianne, den vierten Marianne und so fort. Irgendwann darf er sich auch einmal seiner Mutter widmen. Es ist ein merkwürdiges Gefühl. Während Marianne an seinem Hals hing und ihm ständig zum Stolpern brachte, tanzt seine Mutter mit der Langsamkeit eines abnehmenden Mondes. Er beginnt sogar, mit den Schultern zu wackeln, damit er überhaupt den Eindruck hat, sich zu bewegen. Das ist das einzige, was zur Musik passt, die sich in immer neue Mischungen aus Volksliedern, Ländlern, Walzern und guter Laune ergießt.
„Lass nur", sagt sie, als die Kapelle das nächste Stück ankündigt, „ich bin schon ganz außer Atem."
Natürlich kommt Marianne sofort auf ihn zu, und er breitet willig die Arme aus. Später wird er sich die Frage gefallen lassen müssen, warum er ihr nicht entgegengekommen sei, denn sonst hätte ihr kaum diese Pute vom Hotel den Tanz knapp vor ihren Augen stehlen können.
„Sie ist keine Pute. Ich kenne sie schon lange."
„Du verteidigst sie? Diese Gans!"
„Was nun? Pute oder Gans? Sie hat im Übrigen auch einen Namen."
„Ich weiß, das ist *die* Maintenant."
„Rélie", ergänzt er.
„Sie hat mir den Tanz gestohlen."
„Du hattest Tänze vorher und nachher genug."
„Du verteidigst sie also doch!"
Ermattet sinkt er auf einen Stuhl: „Wenn du meinst."
Marianne lässt sich gleichfalls auf einen Stuhl fallen und macht, was sie am besten kann und noch lange danach tun wird: heulen.
Was für eine Umrahmung des Abends, denkt Anthelme. Tränen und Tränen. Aber den Tanz mit Rélie, den mag er nicht vergessen. Schön war er gewesen. Einmütig. Vollkommen im Takt. In ihren Haaren schimmerten winzige Halme, die in der

Scheune durch die vielen Menschen aufgewirbelt wurden. Er befreite sie von einem und steckte ihn unbemerkt in seine Jackentasche. Erinnerungen genügt der kleinste Gegenstand. Es mag ein Nichts sein, was verbindet.

In Wirklichkeit hatte Rélie Marianne nicht nur einen Tanz gestohlen. Vielleicht waren es zwei oder drei gewesen, im Grunde aber unendlich viele, denn selbst, nachdem Rélie bereits wieder mit anderen über die Tanzboden glitt, sprang, kreiste, hatte er das Gefühl, sich mit ihr zu drehen. Er lächelt: Wie damals auf der Straße im verwirrenden Schneckenlauf.

Anthelme legt beruhigend seine Hände um Mariannes Kopf und summt leise eines der oft gespielten Lieder. Es ist seltsam, Rélies Augenfarbe könnte er aus dem Stand heraus sagen, ein unscheinbares Grau-blau mit einem Funken Orange-Braun um die Ränder, während er bei Marianne stets bewusst hinschauen muss, bevor er es weiß. Dabei ist Marianne bekannt für ihre zwei verschiedenfarbigen Augen.

Er langt in seine Jackentasche, um Marianne ein Schnupftuch zu geben. Dort ist keines. Stattdessen fühlt er ein kleines Buch, das eindeutig vorher nicht dagewesen ist. Er betrachtet es verwundert und dreht es hin und her. Auf dem Deckel des Büchleins haftet das Halmstückchen, das er aus Rélies Haar gezogen hat.

Peinlich berührt, denkt er an eines ihrer Gespräche, während sie tanzten.

„Sag' mal, wie oft hast du dich damals hinter der Kirchenmauer versteckt, um mich auf dem Hof zu beobachten?"

„Das habe ich nie getan", log er.

„Mach' mir nichts vor, meine Katze hat es mir erzählt, und der hätte ich den Schwanz verknotet, wenn sie mir nicht die Wahrheit gesagt hätte."

Er schluckte: „Einmal vielleicht. Ich kann mich kaum erinnern."

„Anthelme?"

„Nun ja, möglich, dass ich dreimal irgendwie da oben vorbeigekommen bin. War keine Absicht."

„Anthelme?"

„Eine Zeit lang jeden Tag", gab er kleinlaut zu.

„Ehrlichkeit will belohnt werden." Lachend zog sie ihn ein wenig abseits der Tanzfläche und holte aus ihrem Handtäschchen, das über einem Stuhl hing, ein winziges Buch heraus.

„Komm her!" Sie hielt es ihm direkt an sein Ohr, wobei sie den Daumen über den Buchblock gleiten ließ.

Rrrrrrtsch, rrrrrrtsch, rrrrrrtsch, rrrrrrtsch!

„Ein Daumenkino?“, fragte er erstaunt.
„Du hast dich wohl gewundert, was es wohl sein könnte, mit dem *die* Maintenant da immer spielt.“
„Na ja, ich meine …“
„Jetzt weißt du es. Ist mir zufällig in die Hände gefallen, als ich dieses Kleid hier aus meinem Schrank geholt habe. Ich dachte, es wäre an der Zeit, es dir zu zeigen.“
Rrrrrrtsch, rrrrrrtsch, rrrrrrtsch, rrrrrrtsch!
Viel war es nicht, was er sah: Ein weißer Fleck, der sich auf einem schwarzen Hintergrund ausbreitete, bis die ganze Seite eingenommen war. Dann ein schwarzes Fleck, der in Windeseile den weißen Hintergrund zum Verschwinden bringt. Immer wieder vom Neuen, hin und her.
„Sehr schön. Was soll das?“
Sie zuckte die Schulter, nahm das Buch wieder in ihre Hand und ließ sich bereitwillig vom nächsten Tanzpartner zurück zur Musik führen. Sie ruft: „Hat mir mein Cousin gemacht. Er sagte, er könne nicht malen, aber Bücher binden schon.“
Und jetzt hält er es in den Händen. Sie hat es ihm heimlich in die Tasche gesteckt. Warum nur?
Rrrrrrtsch, rrrrrrtsch, rrrrrrtsch, rrrrrrtsch!
Marianne seufzt leicht im Schlaf. Das Geräusch stört sie wohl. Nachdem sie sich endlich beruhigt hat, will er sie bloß nicht wecken. Also lässt er das Daumenkino zurück in seine Tasche wandern. Doch vor seinen verschlossenen Augen flackert jenes Hell zu Dunkel, Dunkel zu Hell und immer so fort.

Anthelme vergisst nicht, Rélies Buch für seine Abreise zum Ausbildungslager einzupacken. Er klopft sich ab, als ob er etwas vergessen haben könnte.
„Du gehst?“, fragt Gustaves Stimme.
„Ich muss.“
„Schau dich noch einmal gut um.“
„Ich kenne das hier. Ich wohne hier.“
„Meist weiß man nicht, wann es das letzte Mal ist, dass man aus einem Zimmer hinausgeht, eine Treppe hinabsteigt, ein Haus verlässt.“
„Ach Großvater, sei nicht so übelgelaunt. Ich bin bald wieder da. Das wird nicht lange dauern. Das schreiben sie selbst in der Zeitung. Und schon trage ich wieder die Post aus, werde mein Mädchen heiraten …“
„Welche?“

Anthelme zuckt zusammen. Eilig nimmt er seine Sachen und geht grußlos hinaus. „Gut, dass ich bereits tot bin“, ruft Gustave ihm nach.

L'Amots Mineralwasser

Nicht nur die Angelegenheiten um die Eltern Lumette hatten mich mittlerweile müde gemacht. Es waren die allwöchentlichen Besuchergruppen überhaupt, jenes Kommen und Gehen, das sich zu einem Ritual entwickelt hatte, dem nur das Wichtigste fehlte: der Erfolg.

Dennoch hielt ich weiter durch, schon allein um die Pfleger nicht in diesen Situationen allein zu lassen. Nicht sie hatten das Szenario erfunden, sondern wir – besser gesagt Fenayarou. Der allerdings hatte sich im Unterschied zu mir wirklich zurückgezogen.

„Falls etwas Entscheidendes geschehen sollte, werde ich es sicher sofort als Erster erfahren." Mehr wollte er dazu nicht sagen.

Er hatte sicher Recht. Gleichzeitig bewies er damit trotz aller Niederlagen, die er inzwischen davongetragen hatte, dass ihm nichts lieber war, als Anthelme tagsüber feilzubieten, um ihn abends wieder in seinen Schutz zu nehmen. So mochte es einen Taubenzüchter gehen, der seine Vögel in die Freiheit entlässt, bis er sie später wieder zu Hause begrüßen darf. Mit Abschüssen – in unserem Fall in Form falscher Anschuldigungen und Behauptungen – musste man dabei rechnen.

Ich gewöhnte mir an, mehr auf Anthelme denn auf die Besucher zu achten. Deren Verhaltensweisen schienen mir mit der Zeit ebenso falsch wie vertraut. Wo eine überbordende Hoffnung ist, ist auch ein Trugbild, und dieses hieß Anthelme und aß Marmorkuchen in rauen Mengen.

Ich begann, sein ausdruckloses Gesicht zu studieren. Vielleicht würde es mir gelingen, in diesem etwas zu entdecken, das bisher keiner bemerkt hatte. Natürlich entdeckte ich nichts, und das, was sich eines Tages um seine Mundwinkel abspielte, sahen alle anderen Anwesenden genauso gut wie ich.

Zu Beginn deutete nichts darauf hin, dass Anthelme sich anders verhalten würde. Friedlich saß er über seinen Kuchenteller gebeugt, während die Besucher ihm ihre „Ahs" und „Ohs" entgegenwarfen. Eine hielt sich jedoch zurück, und mit *eine* meine ich Agnes L'Amot.

Sie hatte sich von Anfang an im Hintergrund gehalten und nur deshalb war sie mir aufgefallen, eben weil sie abseits stand. Seit zwei Wochen kam sie jeden Tag.

Sie hätte ein Mäuschen sein können, das wohlgefällig einer Katze beim Baden zusieht. Wo andere die Stirn in Falten legten, um sich dies oder das zu fragen, krauste sie die Nase, dass sie ganz spitz wurde. Auch ihr Mund stülpte sich vor, während sie den

Kopf beinahe auf die Brust presste. Sie hatte Witterung aufgenommen, ganz klar, doch selten zuvor hatte ich es in dieser Deutlichkeit gesehen.
Bald erfuhr ich ihre Geschichte.
Geliebt hatte sie ihren Marcel, so sehr geliebt. Und jung waren sie gewesen, als sie heirateten, so jung. Besonders seine Stimme hatte es ihr angetan, eine Stimme, die so sanft Ungehöriges in ihr Ohr flüstern konnte und die Wände vibrieren ließ, wenn er wohlig brummte. Kinder hatten sie bis dahin keine gehabt, fanden das aber auch nicht schlimm. Die Zeit gehörte ihnen. Dachten sie. Und wenn Marcel mal wieder seine Stimme in ihr Ohr fließen lassen würde, na, dann würden bald auch andere Laute ihr glückliches Haus füllen. Meinten sie. Denn glücklich waren sie, selbst bis zur Mobilmachung. Denn was sollte ihnen geschehen? Sie hatten doch noch so viel vor. Er würde gehen, kämpfen, zurückkehren. So einfach kann das sein, wenn man nichts im Sinn hat als das gemeinsame Glück, das vor einem liegt. Leb' wohl, mein Liebster, ich denke an dich. Leb' wohl, Liebste. Bis bald!
Und dann bekam sie seinen ersten Brief. Sogar per Schnellpost. Sie legte ihn neben das Foto, das sie kurz vor seiner Abreise hatten schießen lassen. Ein ganzer Mensch mit einem ausführlichen Grinsen. So würde sie ab jetzt jeden Brief von ihm lesen, seine Schrift neben seinem Bild, so lange, bis auch seine Stimme wieder da sein würde. Sie hatte keine Ahnung, und wie sollte sie auch, dass sein erster Brief, datiert vom 4. August 1914, auch sein letzter sein würde. Er schrieb:

Meine liebe kleine Frau,

schnell will ich die wenige Zeit nutzen, um einige Zeilen an dich zu senden.
Wir sind über und über damit beschäftigt, uns für den Aufbruch an die Front vorzubereiten. Es heißt, es würde morgen, am Mittwoch, losgehen.
Wir alle hier sind fröhlich, guten Mutes und voller Zuversicht.
Einige Worte von dir würden mich so glücklich machen. Vielleicht lässt sich bald sogar ein Besuch einrichten.
Ich küsse dich so viele Male, wie ich nur kann.
Bete für mich, denke an mich, sei Millionen Male umarmt.

Dein Marcel

Bereits am 13. September galt der Soldat L'Amot als vermisst. Ein kleines Intermezzo bei Loivre zehn Kilometer nordwestlich von Reims, und schon musste sie eines erfahren: Das Schweigen ganz nah bei ihrem Herzen konnte sie nicht ertragen.
Selbst der Hoffnungsschimmer, der sich mit der Botschaft seines Verschwindens eingestellt hatte, entpuppte sich als offizielle Fantasie. Die Mitteilung, dass ihr Mann in deutsche Gefangenschaft geraten und in das Lager von Senne verbracht worden sei, erwies sich als falsch. Zwar wendete sie sich an das Rote Kreuz und adressierte über die Hilfsorganisation nach Ostwestfalen so viele Briefe und Pakete, dass ihr der zuerst sperrige deutsche Name bald ganz vertraut war und beinahe heimatlich klang, so lange dieser Ort ihren Marcel beherbergen mochte. Doch alle ihre Schreiben kehrten mit nur einem Vermerk zurück, ordentlich gestempelt und bitterrot: *Empfänger unbekannt.*
Natürlich war Agnes keine Maus. Vielleicht war sie es für Marcel gewesen. So viele Jahre des Wartens und Suchens hatten sie wie jeden anderen auch zu einem enttäuschten Raubtier verwandelt, froh jeder Spur folgen zu können, die sich ihr bot. Also fand sie zu uns nach Rodez.
Nur in ihrem Äußeren hatte sie sich ihre Kleinheit bewahrt. Immerhin musste ihr Marcel sie wieder erkennen können, seine kleine Agnes, die er seit dem 4. August 1914 küsste und umarmte, aber danach nicht mehr wieder aufgesucht hatte.
Die vermeintliche Maus kam aus ihrem Versteck hervor. Ich beobachtete ihre Schritte, und die waren nicht schüchtern oder unsicher.
Was ging in Anthelmes weltfernem Hirn vor, als er tatsächlich aufblickte und die Frau musterte, die da geradewegs auf ihn zusteuerte? Hatte sie eine verschüttete Seite in ihm aufgetan? Erkannte er sie wieder? Kam sein altes Selbst zu ihm zurück?
Ich hatte in diesem Moment keinerlei Antworten auf diese Fragen. Ich fühle mich nur an jenen einen seltenen Moment erinnert, als Anthelme mit dem anderen Gemüse im Garten gestanden hatte und ihm eine Katze auf die Füße gesprungen war, wohl in der Meinung, dass dies kein Mensch, sondern ein Standbild oder Sonnenschirm sei. In diesem Augenblick flackerte in seinen Augen ein Hauch von natürlicher Lebendigkeit, bevor er das Tier unwirsch von sich schüttelte.
Jetzt sah ich mit offenem Mund zu, wie Anthelme aufstand, ganz Kavalier seine Jacke zuknöpfte, eine Verbeugung andeutete, um sie formvollendet zu begrüßen.
Agnes L'Amot sagte nichts, konnte sie vielleicht auch nicht, denn unter den Augen der anderen breitete Anthelme plötzlich seine Arme aus. Unser Vogel, der sonst davonzuschweben pflegte, wenn man ihm ein Gefühl entlocken wollte, tat einfach nur eines: sie umarmen.

„Weder sein Aussehen, noch seine Größe, auch nicht seine Schrift oder die Narben, die sie beschreibt, treffen auch nur ansatzweise auf ihn zu."
Ich wollte meine soeben entfachte Begeisterung nicht derart schnell verlieren: „Aber, lieber Fenayarou, er hat sie umarmt. So etwas hat er noch nie gemacht. Wieso jetzt und bei ihr?"
„Ist sie hübsch?"
„Mausartig."
„Nicht Ihr Typ also. Doch möglicherweise seiner." Er lächelte.
„Und wenn schon."
„Gerron, Gerron. Anthelme mag sein Selbst vergraben haben, rein physisch bleibt er ein Mann."
„Bisher kam er mir völlig kalt vor. Ich meine, er hat meines Wissens nie Interesse an seinem Körper oder an dem einen oder anderem Geschlecht gezeigt."
Fenayarou lehnt sich nachdenklich in seinem Stuhl zurück: „Nun, dann dürfen wir es als gutes Zeichen lesen."
„Sie meinen, er wacht auf?"
„Das wage ich bis jetzt nicht zu behaupten. Aber wenn es so wäre, könnten wir ja ein wenig nachhelfen."
„Wir laden also Madame L'Amot weiter ein, …"
„… obwohl e s sich bei Anthelme sicher nicht um ihren Mann Marcel handelt", beendete Fenayarou den Satz. „Außerdem hat Madame L'Amot schon selbst dafür Sorge getragen, wiederkommen zu dürfen."
„Wie das?"
„Wenn wir ihren Beweisen nicht glauben, dann denen von hochgestellten Zeugen."
„Hochgestellt? Wer soll das sein."
„Mathieu Foucault aus Vincennes."
„Kenne ich nicht. Wer soll das sein?"
„Na, aber, aber!" Fenayarou genoss seinen kleinen Scherz, denn Mathieu Foucault mochte eine Persönlichkeit sein, berühmt war er nicht. „Der werte Herr ist Marcel L'Amots ehemaliger Arbeitgeber und seines Zeichens der Chef des größten Mineralwasserabfüllbetriebs im Norden."
Ich schmunzelte: „Beachtlich. Marcel war nur ein ganz gewöhnlicher Fabrikarbeiter gewesen, und dieser Foucault kommt persönlich hierher?"

Fenayarou nickte: „Ich habe ihm mitteilen lassen, er müsse das nicht tun. Mir genüge das, was ich weiß und habe."
„Und er kommt dennoch? Wahrscheinlich ist er gerade hier in der Gegend beschäftigt?"
„Mein Bester, lassen Sie es uns lieber so ausdrücken: Unsere kleine Maus hat mehr Biss als eine große Katze."

Die große Limousine, die eines Nachmittags bei uns vorfuhr, bestätigte Fenayarous Einschätzung nur zu Genüge. Sowohl ein drahtiger Herr mit makellos weißem Schnauzbart und altertümlich wirkenden Gamaschen an den Füßen entstieg dem Prachtgefährt, als auch Agnes L'Amot mit gewohnt spitz-suchendem Gesicht. Während der Chauffeur in der Hofeinfahrt stehen blieb und sich gemütlich eine Zigarette anzündete, holte ein zweiter Mitarbeiter eine große Holzkiste aus dem Kofferraum und trug sie zum Portal.
„Wohin damit?", fragte er mich, nachdem ich zusammen mit Fenayarou Mathieu Foucault und Agnes L'Amot begrüßt hatte.
Ich wies in den Salon: „Stellen Sie das Mineralwasser dort drinnen auf dem Tisch ab. Ich kümmere mich um das Übrige."
Bis dahin hatten wir Anthelme in seinem Zimmer belassen. Zeit, ihn zu holen.
Auf unserem Weg zum Salon schmatzte er leise vor sich hin. Offenbar vermutete er, es würde wieder Kuchen geben. Stattdessen standen allein die Wasserflaschen auf seinem Tisch. Er setzte sich. Ob er enttäuscht war, konnte ich nicht ausmachen. Interessant erschien mir hingegen, dass er dieses Mal von der L'Amot keine Notiz nahm. Sie bemerkte es ebenfalls und sagte: „Er ist sicherlich sehr nervös und abgelenkt. Schließlich soll er sich an seinen alten Beruf erinnern."
Während Letzteres stimmte, konnte von Nervosität überhaupt keine Rede sein. Wenn Kinder es lieben, das funkelnde Licht im Glas der Flaschen zu betrachten, so stierte Anthelme einfach durch sie hindurch.
Foucault ergriff das Wort: „Ich weiß nicht, ob das wirklich Sinn macht."
„Ich auch nicht", gab Fenayarou ungewohnt offen zu.
„Ich meine", fuhr Foucault fort, „ich hatte seinerzeit vor dem Krieg bereits über einhundert Mitarbeiter und mein Gedächtnis für Gesichter war noch nie das allerbeste."
Sein Mund zuckte unter seinem Bart, als ihn die L'Amot mit sanfter Stimme zurechtwies: „Werter Herr Direktor, darum geht es doch gar nicht. Nicht Sie müssen ihn wiedererkennen, Marcel wird uns auf seine Art sagen, was er war und wer er ist."

Foucault und Fenayarou nickten, und ich reichte Anthelme Block und Bleistift, damit er aufschreiben konnte, was er vor sich an Wassersorten sah. Denn dies war die Idee: Wie in jeder Firma werden innerbetrieblich die zumeist langen Markennamen abgekürzt, damit man sich nicht einen Bandwurm redet, bevor der Kollege weiß, um welches Produkt es genau gerade geht. Und da die damalige Aufgabe Marcel L'Amots darin bestanden hatte, Warenlisten mit Ein- und Ausgängen anzufertigen, musste es ihm ein Leichtes sein, diese Produktkürzel ohne größeres Nachdenken auf das Papier zu zaubern. Wenn er schon nicht sprach, dann sollte er wenigstens das einst in Fleisch und Blut Auswendiggelernte aufschreiben. Etwas, was in dieser spezialisierten Art nur ein ehemaliger Mitarbeiter konnte.

Ich setzte mich und erwartete nichts. Beim Graphologen hatte er die Mitarbeit verweigert. Ich besaß keinen Grund, nun auf ein gegenteiliges Wunder zu hoffen.

Zu meiner Verblüffung fackelte Anthelme nicht lange und nahm den Stift.

Ich dachte, er will darauf sicher in Ermangelung seines Kuchens herumkauen. Doch nein, er setzte den Stift an, warf noch einmal einen Blick auf die Flasche *Vichy Grande Grille* und notierte *V Gde Gr.*

„Perfekt", flüsterte Foucault. Die L'Amot gluckste vor Freude.

Die nächste Flasche.

„Was hat er jetzt geschrieben?" Foucault blickte länger auf den Zettel und schüttelte schließlich den Kopf: „Hm, *Fon Bo l'o* soll wohl *Fontaine Bonneleau* heißen. Das ist nicht schlecht. Allerdings sagen wir einfach *Fobo*, weil *l'eau* oder *l'o*, Wasser, ist es ja allemal." Er lächelte in das plötzlich versteinerte Gesicht der L'Amot: „So oder so", zischte sie, „er kürzt von sich aus die Namen ab. Niemand hat ihm gesagt, dass er das tun muss. Ist das nicht Beweis genug?"

Foucault verstummte. Darüber musste er nachdenken.

Von diesem Wortwechsel ungerührt, schrieb Anthelme weiter.

Foucault las: „*Couzan-Bro.*"

„Das klingt kaum noch wie eine Abkürzung", warf ich ein, ohne die L'Amot anzuschauen.

„Ist es auch nicht. Geschrieben wird es *Couzan-Brault.* In der Firma sagen wir dazu einfach *Couz.*"

„*Couz, Couzan-Brault* – man wird doch einmal nach all den Jahren etwas vergessen dürfen." Agnes L'Amot konnte nicht mehr still sein und uns reden hören. „Immerhin, der erste Namen war doch vollkommen richtig. Das kann nur mein Marcel."

„Möglicherweise“, antwortete Foucault, unsicher, ob er sich festlegen sollte. „Mir genügt das jetzt. Ich bin es gewohnt, meine Entscheidungen nicht aus dem Stegreif zu fällen. Lassen Sie mir Zeit.“
„Aber sicher“, lenkte die L'Amot ein.
„Sie wollen Ihre Entscheidung überschlafen?“, Fenayarou war sichtlich irritiert.
„Ist das verboten?“
„Selbstverständlich dürfen Sie Ihre Entscheidungen treffen, wann und wie es Ihnen beliebt. Ich meine nur, es handelt sich hier nicht um ein Geschäft. Sollen wir verkaufen oder nicht verkaufen? Hier sitzt ein Mensch, ein Mensch, den Sie entweder kennen oder nicht kennen. Wozu also die Bedenkzeit?“
Ich wusste sofort, Fenayarou hatte die falschen Worte gewählt. Foucault hatte von Beginn an gesagt, dass er Marcel L'Amot wahrscheinlich von seiner Erscheinung und seinem Aussehen her nicht mehr wiedererkennen würde. Daher jenes Wasserexperiment. Nun schrieb der eine Direktor dem anderen vor, wie es vorzugehen habe – eine denkbar schlechte Taktik unter Männern, die es gewohnt sind, das letzte Wort zu haben.
Entsprechend beharrte Foucault auf den Aufschub, woraufhin ihn Fenayarou steif verabschiedete. Uns entging nicht das triumphierende Lächeln von Agnes L'Amot, die sich bei Foucault unterhakte, um sich von ihm zum Wagen geleiten zu lassen. Ich konnte mir vorstellen, wie sie ihn weiter auf ihre Seite zog.
Ich blickte zurück zu Anthelme. Zuletzt hatte ihn niemand mehr beachtet. Worum ging es hier eigentlich? Ich sah zu, wie er eine der Flaschen öffnete, daran schnupperte und halb austrank. Und dann gab er doch noch einen Laut von sich. Der sonst so stille Anthelme rülpste herzhaft.

Zwei Tage später traf Foucaults Brief ein, sozusagen diktiert, unterschrieben und versiegelt. Zu unserer Verwunderung wendete sich der Direktor nicht direkt an uns beziehungsweise an Fenayarou. Es handelte sich vielmehr um eine Abschrift, denn die eigentliche Adressatin hieß Agnes L'Amot.

Madame, schrieb Foucault,

nach einiger Zeit des Nachdenkens muss ich Ihnen leider gestehen, dass ich nicht davon überzeugt bin, dass der Mann in Rodez ihr Gatte ist.

Ich habe ja versucht, Ihnen zu verstehen zu geben, in welchem Dilemma ich mich befand. Die absolute Beweiskraft unseres Experiments besteht für mich nicht wirklich. Und wenn selbst eine Kapazität wie Doktor Fenayarou weiter seine berechtigten Zweifel hegt, dann kann ich, der vor Jahren einen mir kaum bekannten Mitarbeiter beschäftigt hat, sich kaum dagegenstellen, zumal mir, wie erwähnt, die schlagkräftigen Belege fehlen.
Es ist nun vielmehr umgekehrt so, dass ich in den Firmenarchiven Listen ihres Mannes gefunden habe, die, sofern mich meine Erinnerung nicht täuscht, doch in einigen Gesichtspunkten von der Schrift dieses armen Insassen, den man Anthelme nennt, erheblich unterscheidet. Selbiges hat Ihnen gegenüber ja schon Doktor Fenayarou geäußert, weshalb ich mich trotz allen Mitgefühls auf seine Position begebe und lieber sage, es ist nicht so, auch wenn es schöner wäre, dass es sich so verhielte.
Ich erlaube mir daher, diesen Brief mit einem gut gemeinten Rat abzuschließen. Dies ist das Vorrecht meines Alters angesichts einer jungen Frau wie Sie es sind:
Leben sie selbst ihr Leben, da sie in der glücklichen Lage sind, ein solches in offensichtlicher Gesundheit zu haben.

Mit Empfehlung
M. Foucault

„Agnes L'Amot wird sehr enttäuscht sein“, sagte ich.
„Das wird sie. Aber sie wollte es so.“
Fenayarou legte das Schreiben in eine Mappe und klappte sie zu: „Damit wäre das auch erledigt.“
Muss ich es abermals sagen? Natürlich irrte er sich.

Anthelme anderenorts

Wie sie hierhergekommen sind, spielt keine Rolle. Sie sind da, und das ist die tragische Hauptsache. Alle vier: Pierre Varin, André Gospard, Lucas Tartou und Anthelme. Keiner kennt an diesem Ort ihre wahre Heldennamen, obwohl Schnodders Nase immer noch frei heraus läuft, als gäbe es keine Taschentücher, und André weiterhin so linealdünn ist, dass er durch jeden noch so schmalen Türspalt schlendern könnte. Nur beim Pisser weiß man es recht schnell. Die erste Notdurft verrichtet er ohne Umschweife vor der dampfenden Schnauze der Lokomotive, die sie aus ihrem Dorf in Sepia, das es nicht gibt, fortgebracht hat.

„Dem Mädchen ist heiß“, hat er gesagt, „man muss es kühlen.“

Nun ruft man sie „Hey, du!“, oder beim Appell von hinten nach vorn, also Gospard, André; Tartou, Lucas und so weiter. Das ist nicht anders als in der Schule oder beim Kommunionsunterricht. Das gibt ihnen eine gewisse Vertrautheit trotz der neuen Umstände, dieses Umgedrehtwerden ins ordentliche Glied des Alphabets. Auch das ist eine Form der Distanz, entweder sie stehen in der Schlange von A bis L oder in der von M bis Z. Nicht auszudenken, wenn alle wie Anthelme mit A beginnen würden. Das hätte etwas von Gleichrangigkeit, die weder in der Armee noch sonst wo etwas zu suchen hat.

Bei den Dienstgraden ist das anders: Da steht ein Général de Division vor einem Général de Brigade, obwohl dieser ein „B“ in der Titelbezeichnung führt, und ein Colonel ist immer mehr als ein Capitaine, der wiederum auf einen Aspirant herabschauen kann. Entsprechend spuckt dieser auf den Ajudant-chef, der auf keinen Fall mit einem Coporal-chef verwechselt werden darf. Zusammen aber sind sie immer noch mehr als die niedrigste Klasse der Sergents, die den Soldaten gleichkommen, wodurch sie in der Armee zu den wahren zählbaren Köpfen gehören, die sie allerdings, wenn sie nicht aufpassen, schneller verlieren können als ein Priester sein Amen.

„Pass auf dich auf, mein Junge“, das hat Anthelmes Mutter zu ihm gesagt, nachdem er mit den anderen in den Zug Richtung Annecy gestiegen war. Was hat man sich um ihn herum gefreut, nicht anders als auf einen Klassenausflug zum Fluss mit Bootsfahrt, außer, dass neben den vielem geschwenkten Taschentüchern und Fähnchen die Gesichter der Mütter nicht stimmen wollten. Sie hatten Tränen und die schwarze Ahnung eines drohenden Verlustes in den Augen, lächelten aber tapfer, weil ein Held, der sich nur im Stillen in die Uniformhose scheißt, vor allem eins braucht: die Mama.

„Nicht aussteigen, bevor der Zug hält“, hat auf einem Schildchen unterhalb des Fensters im Abteil gestanden. Während der Fahrt musste Anthelme das immer wieder lesen, und je näher sie ihrem Bestimmungsort entgegenfuhren, desto mehr begann ihn, der Satz zu amüsieren.
„Pass auf dich auf, mein Junge.“ Seine Mutter hat es sogar zweimal zu ihm gesagt, und nicht nur da wusste er, dass etwas nicht richtig sein konnte. Warum sollte er auf sich selbst achtgeben, wenn er sich im stolzen Tross der anderen befindet, in dem der eine für den anderen da sein soll?
„Ich mach’ mich ganz klein, Mamam“, hat er ihr geantwortet, und sie hat gelächelt, denn das waren nicht seine Worte, sondern die vom seligen Opa Gustave, der schon immer gemeint hat: Nur wer im rechten Augenblick den Schädel einzieht, besitzt am Ende noch einen, mit dem er denken und über die Brüstung gucken kann.
„Ihr werdet euch bald selbst nicht mehr kennen. Ich werde eure Mutter, euer Vater, euer Bruder und eure Schwester sein.“ Der Sergent-chef, der ihnen das an ihrem ersten Ausbildungstag in aller Seelenruhe mitteilte, als würde er ihnen sagen, dass er für jeden persönlich eine Brioche aufgebacken hätte, weiß, was er will: Menschenkinder, die seine Worte als Gesetze verstehen.
Befiehlt er: „Hinlegen“, dann legen sie sich flach hin, egal ob da gerade ein Hund hingeschissen hat oder eine armtiefe Pfütze ihr Unwesen treibt. Brüllt er „Deckung“, dann reichen ihnen daumendicke Kieselsteine oder Maulwurfshügel, um sich hinter ihnen zu verkriechen.
Und Anthelme ist besonders gut. Immer den Schädel aus dem Schussfeld halten.
„Lieber fünf Minuten feige, als ein ganzes Leben tot“, auch so ein Wahlspruch Gustaves. Anthelme hat ihn im Sepiadorf Pisser, dem Türspalt und Schnodder gegenüber immer dann angewendet, wenn sie behaupteten, er würde nur noch zu ihrer Bande gehören, wenn er jetzt von diesem Ast dort oben in den See springen würde. Hier ist das anders. Er weiß, der Sergent-chef ist kein Schinder, wie die anderen es hinter vorgehaltener Hand betonen, er ist auch kein Sohn eines Folterknechts noch direkter Spross eines Großinquisitors. Er ist tatsächlich ihre Mutter, ihr Vater, ihr Bruder und ihre Schwester, denn wie diese will auch er nur, dass sie für ihr Land heil bleiben. Wenn einer erst im falschen Augenblick anfängt zu überlegen, ob es wirklich richtig sei, sich hinzuschmeißen, dort, wo der Kadaver einer Ratte liegt, dann hat er oft genug überhaupt keine Zeit mehr zu überlegen, weil das dann andere mit dem Hinlegen durch eine Kugel oder einen Granatenwurf frank und frei für ihn erledigt haben. Es kann also überlebensnotwendig sein, Dreck Dreck sein zu lassen und den

Körper auf die bloße Andeutung eines Befehls hin zu drillen. Man ist trainiert, ähnlich wie einen eine Werkssirene trainiert. Und irgendwann ist es soweit, dass der Magen bereits knurrt, kurz bevor sie schrillt, weil man es im Blut hat, dass gleich Mittagspause ist. Intellektuell ist das nicht, aber das verlangt eine Mutter auch nicht, so lange sie ihr Kind wiederbekommt.

Vielleicht haben sie einen Tag vor ihrer Abfahrt nach Annecy von Schützengräben und Tressen geträumt. Nun träumen sie vom Sergent-chef im Sinne von Himmel und Hölle zugleich. Sein oder nicht sein, hat ein berühmter Dichter gedichtet; hier ist es beantwortet: Hier sein, wenn der Sergent-chef es verlangt. „Was die Welt im Innersten zusammenhält …", auch diese Dramenzeile hat Anthelme in der Schule gelernt. Ganz klar, es ist die Gummiknute des Sergent-chefs, die ihnen ihre Wahrheit gibt. Und: „Mir graut vor dir, Heinrich", nur dass der Sergent-chef angeblich „Daniel Plutac" heißt, was aber ebenso ein Gerücht sein kann. Weiß die Wurst, von wem sie gegessen wird?

Wenn er es nicht hört, nennt man ihn schlicht „Könnte-schlimmer-sein". Denn das ist sein Wahlspruch. Bist du nicht tot, dann hast du noch nicht alles verloren. Entsprechend könnte es schlimmer sein. Manche Wahrheiten sind herrlich einfach.

Im Feld sind sie vor allem das: Fleisch, das anstelle eines Schwanzes ein Gewehr hat, um damit zu wedeln. Infanteristen nennt man sie, wenn es offiziell wird, Soldaten, wenn man sie anschreit und einen Haufen Nichts, wenn man es auf den wahren Punkt der Ehre bringen will.

Gern wird Daniel Plutac den Zeigefinger seiner rechten Hand heben und sagen: „Das ist mein Finger, und dieser Finger ist mehr als ihr alle zusammen. Denn er hat Macht über euch. Wenn er auf euch zeigt, habt ihr zu gehorchen. Wenn er sich krümmt, habt ihr zu mir zu kommen, wenn er sich senkt, habt ihr euch zu ducken, wenn er irgendetwas macht, dann habt ihr den Arsch zusammenzukneifen, damit er euch nicht in den selbigen hineinfährt."

Anthelme denkt. Möge ihm dieser Finger abfallen. Er erkennt an den Gesichtszügen der anderen, dass ihnen dasselbe durch den Kopf geht.

Als Erstes schneidet man ihnen die Haare. Ach was, „schneiden", bis auf die nackte Kopfhaut werden sie abrasiert. Anthelme besaß eh nie einen wilden Schopf, ihm macht das nicht viel aus. Es könnte tatsächlich schlimmer sein.

Schnodder dagegen kann es kaum fassen. Seine dunkelblonde Lockenpracht, die er in schlechter Angewohnheit immer aus dem Gesicht pustete, ist der Kühle gewichen, die sich nun über seinen Schädel ausbreitet. Furchtsam tastet er seine Kopfhaut ab. Er

wird sich schlecht damit abfinden können. Auf jeden Fall behält er seinen Pustereflex, mit dem er sein nicht mehr vorhandenes Haar zu bändigen versucht.
„Wir sehen aus wie Sträflinge“, jammert Schnodder.
„Was hast du denn gedacht?“, fährt ihn der Sergent-chef an.
„Ich dachte …“
„Du dachtest wohl, du könntest hier wie Samson aus der Bibel herumlaufen und den hübschen Kraftmeier spielen. Irrtum, mein Junge. Deine Stärke liegt künftig nicht mehr hier oben“, er zeigt sich auf die Stirn“, sondern hier!“ Er zeigte auf seine Arme und Beine.
„Meine liegt hier“ flüstert der Türspalt Pisser zu und langt sich an den Schritt. „Hoffentlich scheren die da nichts ab.“
Diejenigen unter ihnen, die einen feinen Scheitel oder Pomade im Haar trugen, diese Schönlinge also, packt man mit besonderer Hingabe auf den Barbierstuhl, und rasiert ihnen, damit sie gleich wissen, wo sie fürs Erste gelandet sind, ihr Haare gegen den Strich ab. Sie beißen die Zähne zusammen.
„Das muss so sein“, wird erklärt, „denn was euren Miezen zu Hause gefallen hat, das gefällt auch Läusen. Mit denen werdet ihr noch genug Bekanntschaft machen. Nicht zu vergessen ihre Freunde, die Wanzen und die Flöhe. Vorerst ab damit.“
Ihre Pelle und ihr neues Fell, das ist die Uniform nebst Kopfbedeckung. Und all das sieht seltsam aus. Manche nennen sie „Zirkustracht“ und sind kein bisschen Stolz darauf, dass die schon ihre Großväter anno 1870 getragen haben. Erst wenn der Krieg seinen ersten Geburtstag feiern wird, werden sie wie die Deutschen und jede andere schießende Nation Stahlhelme bekommen. Bis dahin müssen sie sich mit den blauen Kappen samt schwarzen Schirmchen zufrieden geben. Dazu tragen sie über knallroten Hosen, die jeden Tarnungsversuch zu einer Art Clownerie in der Wüste machen, schwere blaue Mäntel, verziert mit hohem Kragen und roten Blenden, durchgängig zweireihig geknöpft und knapp unterhalb des Schritts nach hinten weggefaltet, so als müsste man jederzeit wenigstens schnell pissen können, wenn schon alles andere an dieser Kluft so unpraktisch ist wie das vorindustrielle Jahrhundert vor ihm. Und dann all das Zeug, das sie mitzuschleppen haben: neben Bajonett, Gewehr und Munition, das Kochgeschirr aus Weißblech, die Essschüssel, die Feldflasche und die Schaufel. „Der ist zum Schrotthändler“ ist einer der beliebtesten Sprüche, wenn einer sich des ganzen Geraffels für den Gang zur Latrine entledigt hat.
Und so wie ihre Ausrüstung ein tödlicher Witz aus einer Papageienära ist, so sind auch die Farben grundsätzlich anders. Sie sind nicht mehr melancholisch-verträumt wie da-

heim. Alles ist direkter. Die Bilder neigen zu schwarz-weiß, eingefroren in der Bewegung. Selten freut man sich in der Gruppe an der Kamera, meist ist man fortwährend in Bewegung. Ständig werden Dinge transportiert, gezerrt und gezogen. Man watet im Regen, im Schnee, im Matsch. In den Bildern scheint bereits der Befehl eingewoben zu sein, der die Männer zum sofortigen Aufbruch ruft. Sie sind Fremde hier, im eigenen Land auf irgendeinem Feld oder Weg, vor irgendeinem Dorf, in irgendeiner Hütte. Und wenn der Winter da ist, schauen allein noch Nase und Schnauzbärte unter fraglosen Augen aus einer Schalschicht hervor, sodass es selbst dem Betrachter friert. Denn eines ist klar: Aufgenommen in diesem Lichtnebel, damit sie von Grund einer bald zerknickten Fotografie zärtlich blicken können, sind sie nicht mehr als Gespenster in ihrer eigenen Zeit.

Normalerweise steckt man das kriegsgewöhnte Stammpersonal mit den unerfahrenen Jungspunden zusammen, die zwei- bis dreimal wöchentlich frisch und unverdorben von den Zetralbahnhöfen aus hierher gelangen. Aber wie wollte man dieses so genannte Korsettstangenprinzip – die alten Haudegen halten den neuen Speck im Zaun – in den noch jungen Kriegstagen anwenden? Die einen sind Sandkastensoldaten, die anderen begeistert; manche weder das eine noch das andere. Die Zeit und die Granaten würden die Spreu vom Weizen schon trennen. Vorerst bleiben Anthelme, der Türspalt, Pisser und Schnodder beisammen.

Und es gesellt sich noch ein Fünfter zu ihnen in den Unterstand. Könnte-schlimmersein hat ihn persönlich vorbeigebracht.

„Ich heiße Denis Seint – Seint mit *e*, wenn es recht ist, und nicht mit *a*, denn sonst hört es sich zu blöd an, wenn man wie beim Morgenappell zuerst den Nachnamen und dann den Vornamen ruft."

„Ich dachte, du bist Le mégot?", fragt Schnodder.

„Du meinst, *die Kippe*, klar doch. Richtig, richtig. So nennt man mich in meinem neuen Stand."

Wie zum Beweis langt er aus seiner Tasche das Überbleibsel einer Zigarette heraus und steckt es auf einen kleinen Spieß, bevor er es zum Mund führt und ansteckt. Er lacht: „Bei mir soll halt nichts umkommen. Nichts Wertvolles, meine ich."

„Woraus ist das?" Schnodder zeigt auf den Spieß.

„Fischgräte."

„Ich hoffe, deine Kippe schmeckt nicht danach." Der Türspalt kommt auf ihn zu und klopft Le mégot auf die Schulter. „Such dir einen Platz."

Geräuschvoll knallt er sein Zeug in die freie Ecke gleich neben dem Durchgang. Dann setzt er sich, winkelt die Beine an und schmaucht mit einem zufriedenen Lächeln in ihre Richtung: „Ist gut bei euch."

Sie nicken und schweigen. Sie haben bereits gehört, dass Le mégot eine Nervensäge sein soll, doch nachdem ihnen gesagt worden war, dass er zu ihnen stoßen wird, hatte vor allem Anthelme für ihn eine Lanze gebrochen: „Besser eine Nervensäge, die uns im Schacht ablenkt, als die Deutschen."

Und so ist es auch. Ihnen ist es allen lieber, weniger zu denken und zittern, wenn sie dafür jemanden direkt angehen können – einen, der es ihnen nicht übelnimmt.

Le mégot: Er ist für sie nicht nur die Kippe oder die Nervensäge, er wird für sie zur Ratte, zum Stinkhaufen, zum Hungerteufel oder Kadaverscheißer wie er für sie gleichzeitig ein geduldiges Ohr, ein Beichtvater, eine Jungfrau oder ein heiterer Sonnentag ist; kurzum: ein richtiger Kamerad.

Sie rufen Le mégot zu, er solle das Maul halten, meinen es aber nicht so.

Sie brüllen, er solle sich den Arsch nicht mit seinem Halstuch abwischen, wenn er vom Latrinengraben kommt, und geben ihm dennoch einen Kuss.

Sie raunzen ihn an, dass seine Lieder, seit der Herrgott den Furz erschaffen hat, die schlimmsten sind, die sie kennen, und singen sie doch mit.

Da sie keine Instrumente haben, spielen sie auf unsichtbaren Gitarren und Schifferklavieren. Sie schmettern:

Vier Jungen aus der Nachbarschaft,
Haben's im Leben verschieden weit gebracht,
Vier verschiedene Weisen zu sein,
Vier gleiche Weisen, wie man lacht.

Sie sind die unheilige Vierfaltigkeit,
Sie sind bestimmt für diese Zeit.
Sie sind die unheilige Vierfaltigkeit,
Ihr Schicksal: alte Schuhe, blaues Kleid.

Sie sind aus demselben Ort.
Sie können sich die Wahrheit sagen.
Sie können sich küssen und umarmen.
Alle sind sie von zu Hause fort.

Sie sind die unheilige Vierfaltigkeit,
Sie sind bestimmt für diese Zeit.
Sie sind die unheilige Vierfaltigkeit,
Ihr Schicksal: alte Schuhe, blaues Kleid.

Sie sind die Wellen des Meeres.
Sie sind Freunde, für die man schafft,
Es gibt in ihrer Nähe nichts Schweres,
Es sind nur vier Jungen aus der Nachbarschaft.

Und sie rufen wieder: „Verdammt, Kippe, halt deine dumme Klappe!“, wenn er sie mit seinen weiteren Weisheiten behelligt:
„Wisst ihr, dass es vom Nichts zum Niemand nur ein Schuss weit ist.“
Überhaupt ist vieles verdreht. Das denkt auch Anthelme, der sich noch am liebsten zu Le mégot setzt, um diesen Ort zu verstehen, der nicht mehr in Sepia ist.
Er denkt, man steckt wie in einem Sarg unter der Erde, lebt aber. Reckt man nur den Kopf heraus, um über der Erde zu sein, kann das schon den Tod bedeuten.
Le mégot hält sich seine Fischgräte vor die Augen, von der gerade die letzte Asche fällt, und fügt hinzu: „Oder nimm die Geräusche. Das ist das Erste, was du hier lernst: Was mit Getöse und Donner daherkommt, ist meist so harmlos wie eine Mücke. Sie sticht oder beißt höchstens ein bisschen. Aber was dir wirklich die Brust spaltet, das hörst du nicht. Vielleicht glaubst du noch, jemand will dir etwas ins Ohr flüstern, und schon bist du ein Klumpen Brei, während der Flieger über dich hinwegzischt, als hätte er wie eine Kuh nur dort hinscheißen wollen. Ich sage dir, manche Leute sagen, zuhören zu müssen, wie zwei sich im Nachbarzimmer lieben, das sei das einsamste Geräusch der Welt, andere meinen, schlimmer seien Kirchenglocken in der Nacht, ich aber sage dir, es ist die die Stille vor dem Rums.“
Anthelme zuckt zusammen, so laut hat Le mégot diesen Rums nachgeahmt: „Am liebsten“, meint er, als er sich wieder gesammelt hat, „würde ich immer liegen bleiben. Erst gar nicht aufstehen. Am Ende kommt es auf dasselbe hinaus.“
Le mégot lächelt: „Richtig, das Wort *Asche zu Asche* bekommt hier seinen wahren Sinn.“
Weder er noch Anthelme ahnen, dass sie sich bald durch ihren eigenen Atemzug das eigene Ende bereiten könnten. Wer sich Luft holt, holt sich danach keine mehr.

„Hast du das von Catalle gehört?“, fragt Anthelme.
„Dem haben sie doch den Unterkiefer weggeschossen. Manche überleben das.“
Bei der Vorstellung daran wird Anthelme fast schlecht: „Kein Kinn mehr“, murmelt er.
In gewohnter Weise rettet ihn Le mégot mit einem Witz: „Na, wenigstens braucht der sich nicht mehr jeden Tag zu rasieren.“

Glücklich, wer da hat, Monjoin?

Mochte man auch über das Gezerre um Anthelme den Kopf schütteln, die Öffentlichkeit des Falls, seine absurden Auswüchse und die Menschen, die mit Leidenschaft um ihn kämpften und sich Tag für Tag um sein Wohlergehen kümmerten, warfen ein Licht auf Fenayarou und unser Frankreich, wie es angesichts anderer Umgangsformen mit Kriegstraumatisierten kaum heller strahlen konnte.

Überhaupt die Begriffe „Kriegstrauma" oder „Kriegsneurose", die vielleicht bei uns in Rodez ganz selbstverständlich gebraucht wurden, hatten nicht überall ihren wissenschaftlich anerkannten Status gefunden.

„Ach was, Neurosen!", wurde insbesondere in Deutschland geschimpft, dort, wo man sich aufmachte, die Bestie im Menschen vogelfrei handeln und treten zu lassen. Wer einen Zusammenhang zwischen Krieg und Wahnsinn herstelle, sei selbst nicht ganz richtig im Kopf. Man nehme nur die Kriegszitterer, die einst zusammen mit den tapfersten deutschen Männern in die Schlacht gezogen, und sich nun ohne die Unterstützung ihrer Kameraden weder wirklich auf den Beinen halten konnten noch dazu in der Lage waren, ein Gewehr zu bedienen. Stattdessen hätten sie panische Angst vor Hüten oder Schuhen, was kaum einem normalen Erwachsenen anstünde. Hatte man so etwas schon einmal vorher gesehen? Nein! Entsprechend müsse man ausschließlich von physischen Ursachen ausgehen, die, gepaart mit einer angeborenen Minderwertigkeit im Charakter, zu jenem unkontrollierten und für andere schwer erträglichem Zittern führe. Die Schule einer Nation siebe unvermeidlich das schlechte Material aus. Allenfalls die Idee, die Druckwellen explodierender Granaten oder anderer schwerer Kampfgeräte hätten die Gehirne der Soldaten an die Schädelwände gedrückt und so in Mitleidenschaft gezogen, wurde zugelassen. Eine Art Gehirnerschütterung also. Hysterische Weiber hätte man schon zuvor gekannt, jetzt hätten die wahren Stahlbäder auch den hysterischen Mann wie eine Schar Ratten hervorkriechen lassen. So wenigstens die Argumentation. Man hätte sie auch einfacher haben können, frei nach dem Volksmotto: Wer nichts taugt, taugt nichts.

Ich wollte mir nicht vorstellen, wie man bei einer solch offiziellen Sichtweise als Kriegsverrückter behandelt wurde oder in Zukunft behandelt werden würde. Allerdings sollte man sich diese medizinische Einschätzung der anderen Art meines Erachtens immer wieder vor Augen führen, wenn man sich mit Anthelmes Geschichte beschäftigt.

Die französische Bürokratie kam keinesfalls zur Ruhe, um nach denen zu suchen, die von man ministerialer Seite her hätte längst abschreiben können. Es waren der Gesuche einfach zu viele.
Entsprechend wollte Commissaire Malard kaum glauben, was er da nun in der ihm zugeleiteten Verwaltungsakte zu lesen bekam.
Darin war die Rede von einem gewissen Pierre Monjoin, wohnhaft in Saint-Maur, Département Indre, nah der Stadt Châteauroux, der im Juni 1924 an das Ministerium für Finanzen ein Bittschreiben gesendet hatte. In diesem wurde gefragt, ob er, der früh verwitweter Vater und Erzieher zweier Söhne namens Octave Félicien und Joseph nicht eine Hinterbliebenenrente für seinen im Krieg verschollenen Sohn Octave, dem Älteren der beiden Brüder, beanspruchen dürfe. Es sei schon so hart genug, aber nachdem dieser Pierre Monjoin einen Sohn für das Vaterland gegeben habe, wäre es durchaus im bescheidenen Rahmen angemessen, ihm eine finanzielle Unterstützung zuzusprechen.
Selbstverständlich wurde dieser Bitte nicht entsprochen, ja, sie wurde nicht einmal beantwortet, denn eine Hinterbliebenenrente besagt rein juristisch zweierlei: Zum einen muss der Veranlasser der Rente tatsächlich verstorben sein, was er im Falle Octaves insofern nicht war, weil nirgendwo eine offizielle Todesurkunde über ihn existierte. Zum anderen gilt eine solche Rente nur für Versorgungsabhängige wie Ehepartner oder Kinder, nicht aber für die Eltern der Kinder. Jeder Staat wäre bankrott, wenn er für die Söhne, die er in den Krieg schickt, Renten an Mütter und Väter auszahlen würde. Hier spendet man Blut für Händedruck und Urkunde.
Sechs Jahre später allerdings kam Pierres jüngerer Sohn Joseph auf die Idee, es erneut beim Ministerium zu versuchen. In Unkenntnis der Rechtslage konnte man ihm es nicht verdenken. Immerhin fasste er es geschickter an als sein Vater. Dieser war inzwischen so krank und hoffnungslos, dass einfach etwas getan werden musste, um das Elend erträglicher zu machen.
So bat Joseph genau darum, wo die nie offiziell geäußerten Überlegungen des damaligen Ministerialen Halt gemacht hatten. Da es von seinem Bruder Octave seit 1916 keinerlei Lebenszeichen mehr gäbe, sähe er nun die Zeit für gekommen, ihn auch von Amtswegen für tot zu erklären. Man würde dadurch insbesondere seinem mittlerweile vierundsiebzigjährigen Vater eine Gnade erweisen, da mit einer solchen Erklärung ein für alle Mal klare Tatsachen geschaffen werden würden. Und mögen auch manche Tatsachen schwer wiegen, hier würden sie eine deutliche Erleichterung bedeuten.

Erst danach kam er auf eine mögliche Hinterbliebenenrente zu sprechen, die sein Vater wohl verdienen würde. Zwar blieb dieses Ansinnen genauso abwegig wie zuvor, dennoch musste nun das Amt aktiv werden. Man hatte um die Klärung eines etwaigen Todesfalls gebeten, und da es auch in den Augen des Diensthabenden sinnvoll war zu wissen, ob die Bürger tot oder lebendig sind, begannen weitere Nachforschungen.
Malard hob die Augen von den Papieren und grübelte zur Zimmerdecke hin. „Ich weiß nich, Monjoin, Monjoin, Monjoin“, nuschelte er, „klingt das nicht ein bisschen ähnlich wie Mangin, Mangin, Mangin?“
Er musste die Akte weiter studieren, und was er dann las, verschlug ihm tatsächlich für einen Moment die Sprache. Er drosch seine Faust auf den Tisch. Er musste dringend Fenayarou anrufen. Nein, doch nicht. Bevor er das tun würde, musste er sich persönlich ein Bild von der Sache machen.

Zwei Tage später ließ sich Malard eine Leitung in das Sanatorium von Rodez geben.
„Doktor Fenayarou am Apparat!“
„Was würden Sie dazu sagen, wenn Anthelme mit richtigem Namen Octave Félicien Monjoin heißt und aus Saint-Maur-sur-Indre stammt?“, platzte Malard ohne jegliche Begrüßung heraus.
„Malard, sind Sie das? Herrgott, müssen Sie mich so überrumpeln! Was soll ich schon dazu sagen? Es gab und gibt so viele Möglichkeiten. Für mich ist das nur eine weitere Spur, gleichbedeutend mit zusätzlicher Arbeit.“
„Ja, aber es gibt heiße Spuren und es gibt kalte Spuren.“
„Erzählen Sie das mal Louise Vaysett und Agnes L'Amot. Die tauchen hier nämlich bald tagtäglich auf, um Anthelme zu besuchen. Welcher Spur folgen diese beiden? Meine Pfleger nennen sie schon scherzhaft die Zwillingsmütter.“
Malard ließ sich nicht beirren: „Ich sagte: heiß, sehr heiß.“
„Sie meinen …“
„Ich meine!“
„Octave Félicien Monjoin aus Saint-Maur-sur-Indre sagten Sie. Wo liegt das überhaupt?“
„Im Département Indre, wo sonst?“
Fenayarou lachte: „Na, wenn das kein wunderbarer Zufall ist. Der Unbekannteste der unbekannten Franzosen stammt aus dem geografischen Zentrum des Landes. Bedeutungsvoller geht es wohl nicht. Sie scherzen doch. Ist heute der erste April?“ Da es am

anderen Ende der Leitung still blieb, besann sich Fenayarou eines Besseren. Er seufzte: „Bitte, schießen sie los. Was haben Sie?“
„Laut Aktenbericht geriet Monjoin im Sommer 1915 in Gefangenschaft, und zwar bei Blamont, Département Meurthe-et-Moselle. Man brachte ihn zunächst nach Bayern, wo man in einem Lazarett seine Wunde versorgte.“
„Wunde!?“, fiel Fenayarou dazwischen. „Wo?“
„Wir hatten das schon einmal“, begann Malard.
„Jetzt sprechen Sie doch nicht in Rätseln.“
„Lassen Sie mich ausreden. Der Bruder von der Vaysett hatte doch damals geschildert, wie er seinen Bruder mit einem Speer in den Hintern getroffen hatte. Genau dort hatte er eine Verletzung von einem Splitter. Nicht schlimm, aber schmerzhaft.“
„Aha! Weiter.“
„Danach wurde er nach Karlsruhe gebracht, weil wohl noch etwas anderes mit ihm nicht stimmte. Genaueres konnte ich leider nicht in Erfahrung bringen. Verbrieft ist aber eine anschließende kleine Odyssee durch die Hospitäler von Rastadt, Darmstadt, Hameln, Vechta und zu guter Letzt Königsberg.“
„Eine ganz schöne Reise.“
„In der Tat. Interessanter jedoch ist der Befund, der sich mit seinem Aufenthalt in Königsberg, seit … Warten Sie!“, Malard raschelte in seinen Papieren, „… Januar 1918 verbindet.“
„Und Anfang Februar tauchte Anthelme auf. Dazwischen liegt knapp ein Monat, wenn überhaupt. Ein recht kurzer Aufenthalt, finden Sie nicht?“
„Kaum, wenn man zum einen an seine zahlreichen vorherigen Kurzaufenthalte denkt, und sich zum zweiten seine Diagnose ansieht, die eines unmissverständlich klarmacht: Einen solchen könnt ihr wiederhaben.“
„Dementia praecox, vorzeitige Demenz?“, riet Fenayarou.
„Exakt dieselbe Bezeichnung.“
Am anderen Hörer blieb es eine Weile still: „Ich schätze wir haben unseren Anthelme verloren und einen Ocatve gewonnen“, hörte Malard schließlich den Doktor sagen.
„So ist es wohl.“
„Haben Sie bereits Weiteres unternommen?“
Der Commissaire druckste ein wenig herum, bevor er antwortete. Offenbar war ihm das Folgende unangenehm: „Lassen Sie mich so anfangen: Den Stein ins Rollen brachten zwei Bittgesuche von Pierre Monjoin, Octaves Vater, und Joseph, dem Bru-

der. Sie wollten die Feststellung des Todes von Octave, um daraufhin eine Rente zu bekommen."
„Ungewöhnlich", kommentierte Fenayarou.
„Komplett aussichtslos", verbesserte Malard. „Auf jeden Fall bin ich zu ihnen hin nach Saint-Maur, um mich kundig zu machen und gegebenenfalls auf die neue Sachlage, nämlich dass ihr Bruder lebt, vorzubereiten."
„Wie haben die Monjoins es aufgefasst?"
„Gar nicht!"
„Was meinen Sie damit? Jetzt reden Sie doch am Stück."
„Sie bestehen darauf, dass Octave tot ist. Und wenn er es nicht wäre, wollen sie so einen Menschen – Verrückten haben sie gesagt – nicht im Haus haben. Sie hätten schon genug mit sich selbst zu tun."
„Haben Sie Ihnen erklärt, dass Ihre Ansprüche auf Hinterbliebenenrente eh null und nichtig sind? Falls sich herausstellt, dass Anthelme wirklich Octave ist, dann bekommen sie doch einen Teil der Pension, eine geringe Summe zwar, aber immerhin."
Malard bestätigte: „Ich befürchte, das wird die einzige Art sein, sie zur Vernunft zu bringen."
„Ich empfehle eine Gegenüberstellung."
„Ja, die brauchen wir. Aber ich gebe zu bedenken, dieser Joseph ist ein wirklich harter Brocken."
„Trotzdem. Harte Brocken sind mein Geschäft."
„Und meins. Guten Tag auch."
„Gute Arbeit, Malard."
Stöhnend legte Fenayarou den Hörer auf die Gabel. Wie seltsam konnte die Welt eigentlich werden? Während die Mütter weinten, waren es in aller Regel die Männer, die ablehnten oder sich weigerten das Spiel um Anthelme mitzumachen. Bei Yves Mazenc, dem Bruder der Vaysett, oder dem vermeintlichen Zwilling Fernand Lapetit hatte er ja noch Verständnis dafür aufgebracht, denn ihre etwaige Verwandtschaft blieb trotz aller Hinweise durchaus zweifelhaft. Dass aber die mutmaßlich wahren Angehörigen, den zurückgekehrten Sohn und Bruder auf gar keinen Fall wiederhaben wollten, das hätte er sich nicht im Traum einfallen lassen.

Nicht Malards bärbeißige, sondern Fenayarous freundlich-bestimmte Art erzielte den nötigen Nachdruck, um Joseph Monjoin zu einer Reise nach Rodez zu bewegen. Bezahlt wurde sie vom Ministerium, das selbst Klarheit in der Sache haben wollte. Und

um mehr sollte es auch nicht gehen. Joseph hatte sich ausgeboten, dass, wie auch immer die Begegnung verlaufen würde, daraus keine unmittelbaren Verpflichtungen für ihn oder seinen Vater abgeleitet werden würden.
Die Aussicht auf Anthelmes Pension tat ein Übriges, obwohl Fenayarou schnell ihre Geringfügigkeit hatte einräumen müssen. Einen vertrockneten Baum kann man noch so mit Dünger bewerfen, ließ Joseph wissen, ein lebendiger Baum wird er nicht mehr. Dennoch schien das etwaige Habenkönnen stärker zu sein als das Nichthabenwollen, sodass Joseph sich endlich, so wie er war mit gestopftem Hemd und speckiger Lederjoppe aufmachte.
An einem verregneten Frühlingstag kam er an. Eine Weile wartete er unschlüssig vor dem Tor. Ich konnte nicht sagen, ob er sich das Ganze noch einmal überlegen wollte, ob er so etwas wie einen Stich im Herzen fühlte oder nur desinteressiert die Umgebung betrachtete, die sich wie ein Mensch im Morgenbad soeben aus dem Tau schälte. Fenayarou stand mit mir oben am Fenster und blickte auf den Besucher herab. Nach dem Erlebnis mit Lapetit hatten wir uns es abgewöhnt, voreilige Feste zu feiern, doch uns beiden war schnell klar: So sehr sich zwei nichtssagende Menschen gleichen können, so sehr glichen sich Anthelme und Joseph.
„Ins Theater?", wollte ich wissen.
„Wohin?", fragte Fenayarou abwesend. Er hatte kaum zugehört.
„Soll ich ihn in den Salon führen", verbesserte ich mich, „oder lieber auf Anthelmes Zimmer?"
„Halten Sie es wie ein Dachdecker."
„Und wie hält es ein Dachdecker?"
Er lächelte: „Er tut das Richtige, um nicht herunterzufallen."
Ich entschied mich für das Zimmer. Es wirkte intimer, und wenn es zwei Brüder wären, die zusammen aufgewachsen sind, dann könnte ihnen diese Umgebung durchaus vertraut und normal vorkommen.
Anthelme saß gewohnheitsmäßig auf seinem Bett, eine Statue der Gleichgültigkeit. Ungerührt sah er Joseph eintreten, der wiederum durchaus nervös war. Ich sah es an seinen Händen. Er mochte es allerdings nicht auf diese Begegnung geschoben wissen. Schon auf dem Weg hierher hatte er erklärt, dass ihm solche Einrichtungen wenig und der Geruch nach Desinfektionsmitteln schon gar nicht zusagten. Ich kannte das.
„Und?", fragte Fenayarou nach einer ersten Minute absoluten Schweigens.

Joseph knetete zwischen seinen Fingern einen unsichtbaren Hut: „Wissen Sie, es sind mittlerweile über sechzehn Jahre vergangen. Da kann sich ein Mensch verändern." Er begann, sein Kinn zu kneten: „Spricht er gar nicht?"
Wir schüttelten die Köpfe: „Am Anfang mehr, jetzt selten und fast nie freiwillig."
„Na ja, vielleicht käme mir ja seine Stimme bekannt vor. Bei uns heißt es: Mag dein Ansehen auch dem Spiegel entschwinden, an deiner Stimme wird man dich immer finden?"
„Sie wollen sagen, sie erkennen ihn nicht?"
„Octave war ganz anders. Lebenslustig, wendig, gesprächig. Nicht so ein – Stein."
„Sie meinten gerade selbst: Die Zeit ändert Menschen."
„So?"
„Hier liegt ein Krieg dazwischen. Der furchtbarste, den wir bisher kennen gelernt haben."
Joseph kratzte sich am Kopf. Offenbar konnte auch er, wenn es darauf ankam, gut die Stille ertragen.
Anthelme machte eine kleine Bewegung, die allein darin bestand, noch tiefer in sein Kopfkissen zu sinken. Ich hegte meine Zweifel, ob er überhaupt wirklich anwesend war, wäre er nicht plötzlich aufgestanden. Er ging zum Fenster, riss es auf, spie hinaus, bevor er es sich schließlich wieder in seinem Bett gemütlich machte.
„Nein, er ist es nicht. Octave war ganz anders". Josephs Augen blickten erstaunt und angewidert zugleich. „Und er sieht ihm auch gar nicht ähnlich", warf er hinterher.
„Wie Sie wollen." Fenayarou führte ihn für meinen Geschmack etwas unwirsch hinaus. Zu sehr war er überzeugt davon, dass Joseph log, und zwar nur, um sich keinen Klotz ans Bein zu binden.
Ich schaute dem wehenden Kittel Fenayarous und dem obeinigen Arbeitergang Josephs hinterher, bis sie hinter der nächsten Ecke verschwanden. Die Zimmertür stand noch auf. Ich musste etwas ausprobieren.
„Octave!", rief ich zu Anthelme.
Ich weiß bis heute nicht, ob es um seinen Mund herum gezuckt hatte, oder ob er nur wieder das Fenster aufreißen und hinausspucken wollte.

Anthelmes Nebel

Anthelmes Vater, der im Dorf in Sepia, das es nicht gibt, ein Philosoph ist, sagte, dass man eine Unwahrheit nur überzeugt genug behaupten müsse, hartnäckige Anhänger fänden sich immer. Der Mensch sei eben ein Stück Eisen, schlägt man ihn, so nimmt er es hin. Bei großer Hitze endlich, verbiegt er sich und wird, was man will. Und wie Eisen zieht es ihn zu anderen Metallen hin, Hauptsache, der Mensch ist nicht allein, sondern findet Anerkennung, und diese kann entweder durch den magnetischen Glauben an oder durch das überzeugte Äußern von Schwachsinn hervorgerufen werden.

„Allerdings gibt es dabei eine Regel zu beachten."

„Welche?" Le mégot sucht in seinen Taschen nach einem Krümel Tabak.

„Was du auch von dir gibst, sage es wortreich."

„Wenn du mal behaupten würdest, dass in meiner Taschen Zigaretten zu finden wären, bin ich sofort in deinem Glaubensverein."

„Ich habe auch keine."

Le mégot spuckt aus: „Scheiße."

Anthelme schmunzelt: „Deine Gräte ohne Kippe. Das ich das erlebe."

„Soll ich dir sagen, was ich glaube?"

„Dass wir alle Urlaub machen?"

„Anthelme, das Scherzen ist meine Aufgabe. Ich glaube, dass der Mensch nichts anderes ist als ein gottverdammter Zellhaufen."

„Uohhhh", der Türspalt taucht im Unterstand auf und mustert Le mégot „Kann unser Besserwisser hier mal wieder seinen Mist nicht für sich behalten. Wie originell. Ein Zellhaufen, ich sage dir, du solltest das aufschreiben, da ist noch niemand draufgekommen."

„Ich kenne dich, du willst es ja doch hören, um es dann brühwarm Pisser und Schnodder als deine eigenen Ideen zu verkaufen."

„Ja, so ist es wohl, wenn du es von dir gibst."

Beide lachen und der Türspalt wirft Le mégot eine knapp aufgerauchte Zigarette zu: „Also, was belieben unser Kanonenvoltaire zu behaupten?"

„Wenn du da draußen bist und ein Deutscher dich erwischt, ist alles egal. *Suum cuique* haben sie auf ihren Koppelschlössern stehen, und so geben sie jedem das Seine. Ob das gerecht ist oder nicht, du wirst, was du warst: ein Nichts aus Teilen. Zwar könntest du genauso gut bei deiner Geliebten liegen und dich von ihr überall küssen lassen, doch in beiden Fällen ist es nicht mehr, als dass der eine Zellhaufen vergeht, während er andere nur noch ein bisschen länger lebt, um weitere Zellhaufen zu fabrizieren oder um welche zu töten."

„Ich weiß, welcher Zellhaufen ich lieber wäre."

„Sicher, du weißt es, aber du bist es eben nicht. Manche sind einfach nur da, um sagen wir, kleine Zinnfiguren zu gießen und zu bemalen. Andere Zellhaufen wollen nichts lieber als Geige spielen, kochen oder Vögel beobachten. All das machen sie gern, jeder für sich, und sie machen es gut. Aber man lässt sie eben nicht nur das tun. Komm, befiehlt ein anderer Zellhaufen, einer, der groß und mächtig ist, ein Bestimmer also. Was soll dein Zinnnippes, dein Geigenspiel, dein Gekoche und deine Vogelkunde? Damit lassen sich keine Weltreiche gewinnen. Ich will aber eines. Bist ja nicht mehr als ein Zellhaufen. Und schon hocken wir hier im Dreck. Wie Wasser kannst du dir nicht aussuchen, ob du noch ein wenig am Rand des Beckens bleiben darfst, um dort von der Sonne aufgespießt zu werden, oder ob du gleich den Abfluss runterrauschst."

„Mensch, Le mégot, du kannst einem Mut machen."

„Ich will nur sagen, was ich von der Sache hier denke. Man wird hier mächtig schlau, bevor man ins Gras beißt."

„Das hast du doch schon gesagt, wir sind Zellhaufen, die der Deutsche entweder auf seine Bajonette spießt oder die sonst wie den Bach runtergehen."

„Siehst du, ich hab' bereits einen Anhänger!" Le mégot zwinkert Anthelme zu.

„Natürlich, du musst nur lange genug schwätzen."

„Halt, halt ihr beiden", meldet sich der Türspalt wieder zu Wort, „ich will gar nicht wissen, was ihr euch hier überlegt habt. Le mégot ist doch sicher noch nicht ganz fertig mit seinen Ausführungen."

„Warum sollte ich es nicht sein? Ich finde, ich habe alles ziemlich auf den Punkt gebracht. Aber bitte, wie du willst. Ich male es dir noch ein wenig aus. Schau dich zum Beispiel nur um, wenn eine Attacke losgeht. Da läuft einer neben dir und denkt, er könne bald im eigenen Auto durch den Triumphbogen fahren und anschließend nach Hause kommen und seiner Frau beim Abwasch zusehen, denn er liebt es, wenn ihr die Seife in Rinnsalen über die Finger bis zum Ellbogen hinunterläuft. Ganz wild macht ihn das. Und im nächsten Augenblick sackt sein Körper zusammen, läuft wie ein kopfloses Huhn ein Stück weiter, während du selbst bereits über seinen Schädel stolperst, der dir vor die Füße geschleudert wurde. Oder nimm den Schmetterling, der vor dir im Graben herumflattert."

Der Türspalt prustet los: „Schmetterlinge. Du spinnst. Hier gibt es Läuse und Kakerlaken. Wenn einer den Krieg genießt, dann die."
„Lass mich ausreden. Da flattert also dieser kleine Falter vor dir herum, du streckst deine Hand aus, weil du einmal wieder etwas Schönes siehst, und zack, trifft dich ein Schuss. Da ist nichts mehr zu machen. Bist wieder zu einer Zellmasse geworden, nur etwas weniger lebendig. Und ein anderer wird seine Hand nach dem Tierchen ausstrecken und immer so weiter."
„Mir gefällt deine Philosophie nicht. Sie … Ich finde keine Worte."
„Wie du sie auch findest. Mir hilft sie. Es macht alles weniger wichtig. Ich denke, sie macht vieles leichter. Wir sind, was wir zulassen, und am Ende geschehen die Dinge mit oder ohne uns."
„Das glaubst du wirklich?"
„Schau mal, man sagt, alle sieben Jahre gib es eine Veränderung, da kannst du machen, was du willst. Ich unterscheide Phase 1: Kindheit und Prügel, Phase 2: Jugend und Prügel, Phase 3: Mannesalter und Prügel, Phase 4: Prügel oder Lungenschuss, Phase 5: weitere Prügel und Prügel für die eigenen Nachkommenden, Phase 6: überlebte Prügel oder aufgeschobener Tod."
Der Türspalt schaut missmutig auf Anthelme. Dieser hört schon gar nicht mehr zu, sondern lehnt abwesend gegen einen Stapel Sandsäcke. An vielen Stellen sind diese geflickt. Wie oft haben sie ihn und die anderen schon vor einem Treffer bewahrt. Er schließt die Augen und stellt sich vor, wie die Sandsäcke aufstehen, plötzlich Arme und Beine bekommen, einen Kopf wie eine Vogelscheuche, und losrennen. Auf Befehl. Sie haben die gegnerischen Gräben zu erstürmen und sie tun es, weil man es ihnen aufgibt. Die Schüsse pfeifen an ihnen vorbei oder fetzen in ihren Körper. Sand spritzt wie Blut heraus, Körperteile werden abgerissen, aber niemand brüllt, keine menschliche Stimme krampft sich in ihr Schicksal, weil es allein der Sand ist, der herausquillt und die Körper erschlaffen lässt, bis der matschige Boden übersät ist wie ein Strand von zerriebenen Muscheln.
„Aufwachen! Was denkst du Anthelme?"
Anthelme zögert. Noch immer türmt sich der Sand in seinen Gedanken. Wie Schnee rieselt er über die Stacheldrahtverhaue entlang der Linie der Schützengräben. Nicht umsonst heißen sie spanische Reiter, weil sie einer ewig erstarrten Vorwärtsbewegung ihre hochgereckten Spitzen dem Feind entgegenwerfen. Dort, wo einst fruchtbarer Acker war, sind sie das neue Unkraut.
„Ich weiß nicht." Er starrt vor sich hin.

Ein Witzbold hat ihre Gräben markiert. Sie stehen sozusagen gerade in der „Rue Montparnasse“, während der nächste Abzweig „Trocadero“ getauft worden ist. Dann gibt es noch den „Boulevard Weißkraut“, der parallel zu den deutschen Linien verläuft, und den Latrinengang namens „Métro“.
Angesteckt von der Idee, haben die Männer die Namen ihrer Dörfer neben die Namen ihre Liebsten in das Stützholz der Gräben geschnitzt.
Bei Anthelme steht „Rue Gustave“.
„Wie, du weißt es nicht?“ Der Türspalt sagt das durchaus gelassen. Doch Anthelme kennt ihn zu gut, um nicht zu wissen, dass er ihm am liebsten gleich eine reinhauen möchte. Der Türspalt hasst es, wenn es zwischen zwei Ansichten einen Schwebezustand gibt, den er mit den Möglichkeiten seines Verstandes niemals wird lösen können.
„Soll ich euch eine kleine Geschichte erzählen?“
„Nicht noch eine, Le mégot, Du hattest bereits deinen Spaß. Meine Laune liegt dir schon im Schlamm zu Füßen. Also Anthelme? Ich habe dich etwas gefragt!“
Was soll Anthelme dem Türspalt antworten? Dass sie tatsächlich Zellhaufen sind, Sandsäcke, die man abschießt, aufspießt und liegen lässt, weil es genügend von ihnen gibt. Oder soll er erzählen, dass die Anschlag- und Deckungshöhe ihrer Schützengräben 1,1 m für stehende Schützen beträgt, 0,6 m in der Brustwehr und 1,2 m in der Sohlenbreite, während es für kniende Soldaten nur mehr 0,8 m sind. Aber das weiß dieser selbst. Er ist der Zuverlässigste, wenn es darum geht, die Schalung instand zu halten. Rieselt durch die Querbalken Erde, ist er der Erste, der von oben herab die Bretter neu zusammenschlägt, oder der weiß, wie man sie durch eingezogene Weidenzweige so geschickt ersetzt, dass man anschließend meint, man würde in einem hübschen Korb hocken mit ihnen als grau gewordene Trockenblumen zur Garnitur.
Kennt der Türspalt aber auch die Maße für die Deutschen? Da sind es 1,4 m für die Stehenden und 0,9 m für das kniende Volk. Immer ein bisschen mehr, die Deutschen, immer ein wenig fleißiger. Zentimeter, die dich mehr schützen, Zentimeter, die der Kaiser ihnen abverlangt, um siegreicher zu sein.
Der Türspalt drängt: „Du willst nicht mehr sein als ein Haufen Dreck, so wie Le mégot es behauptet?“
„Ich habe meinen Anhänger“, lacht Le mégot. Weder Anthelme noch der Türspalt stimmen darin ein.
„Denkst du gar nicht an unser Dorf in Sepia, denkst du gar nicht an – das Vaterland? Ist das alles nichts? Kämpfst du für nichts?“

Anthelme schreckt hoch. Wie kann der Türspalt ihn das fragen? Wahrscheinlich denkt er mehr an ihr Dorf als alle hier in jeder Sekunde zusammen. Und dennoch ist er hier – sind sie hier – mit der Aussicht, vielleicht nie mehr zurückzukehren. Zwar macht er sich klein, wie es die beste Methode ist, um mit heiler Haut davonzukommen, er drängt sich nicht vor, aber das tun Sandsäcke auch nicht. Die liegen einfach nur da und werden von Tag zu Tag löchriger und dünner.

Warum stürmen sie hinaus, wenn man es befiehlt? Am Anfang dachte er, es sei Mut. Mit der Einsicht in die Verkehrung der Dinge weiß er nun, dass sie nicht anders können. Es ist ihre Pflicht, und ihre Pflicht ist ihr Zwang gepaart mit einem Mund voll Hoffnung und einigen Esslöffeln Überzeugung. Die Chance zu überleben, stehen auf der Hälfte, sobald sie den Schützengraben verlassen. Oft genug sind es sogar die eigenen Kameraden, die einen verletzen, derart getrieben sind sie von einer eingepeitschten Panik, dass sie im irren Taumel des Vorwärts ohnehin kaum wissen, wohin sie zielen und wen sie treffen. Die Chance vors Kriegsgericht gestellt zu werden, wenn man nicht mit den Kameraden läuft, sind dagegen erstklassig und liegen bei einer Millionen Prozent. Da verkehrt sich die liebende Hand des Vaterlands in die des Richters, der nichts anderes will, als sein Gewehr gegen den eigenen Sohn zu richten. Das ist kein Dilemma, das ist eine grundlegende Entscheidung. Fahnenflucht muss immer furchteinflößender und unwiederbringlicher sein als der Befehl nach vorn. Ein intelligenter Mann, vielleicht war es Gustave, hat einmal gesagt, es gehe nicht um Strafe oder Vergeltung, wenn ein Einzelner vor dem Feind flieht; es gehe allein um die Aufrechterhaltung der Disziplin, ohne die eine Armee erfolglos bliebe. Ohne Joch keine Ackerochsen, da ist die anschauliche Logik. Und so ist es: In der Fahne gehorchen alle Fransen dem Wind, da gibt es keine Fäden, die sich verknoten dürfen, sonst wäre der Stoff hin. Deshalb schwört man auf sie, um das vor Augen zu haben. So greifen sie alle nach dem Wenigen und hoffen auf das Mehr, das darin besteht, sich nicht gegen den Vater gestellt zu haben. Denn seine Liebe ist unerbittlich und wer seine Liebe will, der muss auch ein Sandsack sein können und sich den spanischen Reitern entgegenwerfen. Offenbar ist die persönliche Würde dann am größten, wenn man sich ihr ergibt. Also läufst du und hoffst auf die bessere Hälfte der kleinen Chance, nicht durch den Feuerlauf des Franz F., Karl M. oder Josef H. deinen Kopf zu verlieren, der dann so einem wie Le mégot mit seiner Zellenphilosophie vor die Füße fällt.

„Ich will nicht nur Zellmasse sein“, sagt Anthelme.

„Da liegt das ganze Problem! Jeder will immer mehr sein als das. Genügt es nicht, wenn wir aneinander klammern können? Müssen wir gegenseitig auf uns eindreschen? Hat jemand mal Feuer?“
„Wenn du endlich mal nichts sagen könntest.“ Der Türspalt macht zwei Schritte auf Le mégot zu, bevor er abrupt stoppt: „Es hat ja doch keinen Zweck mit dir.“
„Darf ich jetzt meine kleine Geschichte erzählen?“
Der Türspalt stöhnt.
Le mégot grinst: „Hab ich euch schon berichtet, wie ich zu euch gekommen bin?“
„Verdirb uns ruhig weiter den Tag. Aber wie sagte mein Vater immer: Schlimmer als eine verstopftes Scheißhaus ist gar kein Scheißhaus. Leg los.“
„Die armen Schweine sind wir, das wisst ihr ja. Wir sind das Fußvolk, massenhaft zu haben und deshalb möglichst einfach zu behandeln. Während wir die Unterhosen aus Baumwolle von zu Hause tragen, bis sie uns vom Hintern abfallen, ist es den Offizieren vergönnt, mehrmals in der Woche Seidenwäsche gewechselt zu bekommen.“
„Ist nicht wahr“, sagt der Türspalt ohne einen Anflug von Verwunderung.
„Vor euch diente ich bei einem Capitaine. War sein Mädchen für alles Einmal gab dieser mir seine Leibwäsche mit dem Befehl, sie ordentlich zu säubern. Gesagt, getan. Ich habe also eine anständige Lauge aufgesetzt und hinein das Zeug. War wie im Himmelreich. Es roch sagenhaft. Erinnerte mich an die Waschküche meiner Mutter, wenn sie zwischen all dem Dampf mit Seife, Waschbrett und Bürste zugange war und die Wäsche ausschlug. Ich wollte das möglichst lange genießen. Dem Capitaine würde es ja nichts ausmachen, wenn sein Unterzeug etwas sauberer als gewöhnlich werden würde. Also gab ich noch ein bisschen Waschlauge in den Zuber und machte richtig Feuer drunter.“
Anthelme und der Türspalt grinsen.
„So nach zwei Stunden dachte ich, jetzt ist es aber gut. Flecken adieu sagte ich mir. Ich nahm den Bleuel, rührte nach der Wäsche, fühlte etwas und hob die Hosen empor. Aber da war keine Wäsche auf dem Stiel. Es sah eher aus wie verkrumpelte Bänder, die wahrscheinlich in der Wäsche eingenäht gewesen waren. Von der Seide selbst gab es keine Spur mehr, es sei denn man hätte die Lauge am Rand des Zubers trocknen lassen, um sie dann erneut zu etwas Hosenartigem zu klöppeln.“
Anthelme gluckst: „Und dein Capitaine? Was hat der für Augen gemacht?“
Le mégot fischt seine Gräte aus der Tasche und betrachtet die leere Spitze: „Sagte ich doch. Er versetzte mich ohne viel Federlesens zu euch, damit ich lerne, was es heißt, wirklich im Dreck zu sitzen.“

In der Nacht wird Anthelme von einem leisen Wimmern geweckt. Er muss sich erst an das spärliche Licht gewöhnen, bevor er etwas sehen kann. An dem zuckenden Körper unter der Decke dort drüben erkennt er, dass er Schnodder ist, der offenbar schlecht träumt.
Anthelme geht zu ihm und berührt ihn sanft: „Was ist?“
Schnodder fühlt sich ertappt: „Nichts.“
„Ich habe auch Angst“, sagt Anthelme.
„Du bist auch der Kleinste von uns. Du darfst das.“
„Vier Jungen aus der Nachbarschaft“, summt Anthelme.
„Sie sind die unheilige Vierfaltigkeit“, stimmt Schnodder ein.
Am Nachmittag war die Nachricht bis zu ihnen vorgedrungen. Darin hieß es, die Deutschen hätten direkt in ihrer Nähe im nördlichen Ypern-Bogen Chlorgas eingesetzt.
„Stimmt doch alles gar nicht“, hatte Könnte-schlimmer-sein sie zu beruhigen versucht. „Wer erzählt denn so etwas?“
Er weiß es, sie spüren es: Furcht kann leicht auch ohne Erfahrung nur durch Gerüchte an den Mann gebracht werden. Es genügt, wenn sie glaubhaft sind.
Entsprechend hatten sie alle hatten zu Boden geschaut und es besser gewusst.
Möglich, dass laut der Haager Landkriegsordnung von 1907 der Einsatz von Giften gegen Feind- und Zivilbevölkerung ausdrücklich verboten war, aber wenn man Männer und Munition sparen kann? In der Amtssprache heißt das: Militärische Effektivität ist dann gegeben, wenn Truppenkörper in der Lage sind, mit denen ihnen zur Verfügung stehenden Mitteln ein hohes Maß an Kampfkraft zu entwickeln. Da mochten die Deutschen unterlegen sein, wie sie wollten, wer perfider und findiger ist, kann auch gegen die Moral ein Sieger werden.
Die Nachricht pulsierte von Ohr zu Ohr. Nur die Ängstlichen unter ihnen sagten, dass sie, die Deutschen, damit nur kommen sollten, sie würden …
Es wird ein körperloser Schlächter sein, der ihre Vorstellungen schürt: Um 18:00 Uhr sei die Wolke, getragen vom Nord-Nordostwind, über die Stellungen der französischen Kameraden hinweggeweht. Gelblich sei sie gewesen. Man habe erst gar nicht verstanden, was da vor sich ging, bis die ersten zu husten begannen und über fürchterliches Ohrensausen klagten. Schließlich schrie man überall nach Wasser und spuckte Blut. Er wurde gesagt, man ersticke innerlich, nur weil man atmete. Was für ein Zynismus der Luft. Beobachter beschrieben eine sechs Kilometer breite Wolken-

front aus Gas, und straften damit gleichzeitig den offiziellen Zahlen Lügen. Man sagte, es hätte lediglich 625 Verletzte gegeben, wovon drei tatsächlich starben. Die Deutschen brüsteten sich demgegenüber mit 15 000 Vergifteten und 5 000 Toten. Anthelme und die anderen ertappten sich dabei, dass sie eher geneigt waren, den Deutschen zu glauben.
„Was ist das, wenn wir plötzlich gegen solche Dämonen kämpfen müssen?"
Anthelme streichelt Schnodders Kopf: „Ruhig, ganz ruhig. Man wird dagegen vorgehen. Es ist verboten."
„Verboten? Wen interessiert das hier? Den lieben Gott? Ich meine, vorher konnte ich mir noch sagen, der da greift mein Land, meine Familie an, ich muss ihn töten. Ich konnte auf ihn zulaufen und ihn mit dem Bajonett …"
„Auf sie zugelaufen bist du schon, aber du hast noch nie jemanden mit dem Bajonett … oder hast du?" unterbricht ihn Anthelme.
Schnodder schüttelt den Kopf. Er beginnt sogar zu lächeln: „Weißt du, was ich früher geglaubt habe? Ich habe geglaubt, ich müsste nur meine Hand auf eine Landkarte schlagen oder den Daumen auf eine darin eingezeichnete Stadt drücken und schon sei dort alles Leben ausradiert. Ich kam mir ungeheuer mächtig vor, bewahrte den alten Schulatlanten meines Vaters zur Vorsicht in einer abgeschlossen Schublade auf und holte ihn nur heraus, wenn ich meine Hand zum Beispiel über Südamerika oder Grönland wie eine dunkle Wolke schweben lassen wollte. Ich schlug aber nie zu und Städte drückte ich auch nicht platt. Meine Herren, was hätte ich uns an Ärger ersparen könne, wenn das geklappt hätte."
„Ich denke, solche Vorstellungen haben wir alle einmal gehabt. Ich persönlich glaubte, ich könnte allein mit meiner Willenskraft den Mond verschwinden lassen. Immerhin geschah das ja regelmäßig. Aber jetzt ist das alles weit weg. Und jetzt sind wir hier und schlafen …"
„Mit den Ratten."
„Mit den Ratten. Sind auch nur Viecher."
„Das hat man vorher gegen sie verwendet."
„Was?"
„Das Gas"
„Na, mein Vater hat immer auf sie geschossen."
Schnodder fasst Anthelmes Hand: „Bist der Kleinste von uns, aber manchmal auch der Tapferste."
„Mich treffen sie halt nicht so leicht."

„Außer …"
„Jetzt hör schon auf und denke nicht mehr daran."
Das ist leichter gesagt, als getan. Zwar schließt Schnodder wirklich die Augen, doch unter der Decke zittert er. Er will tapfer sein, heldenhaft in einer Zeit, in der ihre Moral die alte ist, während der neue Gevatter Krieg sich ganz seinem Wesen nach einen Teufel darum schert. Wo er sie zuvor einzelnen auf das Feld schickte, verseucht er jetzt den Boden, dessen Steine und Gruben ihnen früher eine Deckung gaben. Doch dieses Gas ist tückisch. Schnodder und die anderen haben es gehört. Es hängt am Boden, dort, wo du mit deiner Nase Schutz suchst. Es lockt dich nach unten, entreißt dich den Kugeln und lässt dich dennoch am Ende Blut spucken.
Selbst Le mégot sagte zur Abwechslung nichts, nachdem sie das von Ypern gehört hatten.
Dann war Pisser war aufgestanden, hatte über die Brustwehr geschaut und „Nebel" geflüstert.
Alle wussten, dass er nicht scherzte.
Tatsächlich lag das Land unsichtbar begraben unter einer trüben Dunstschicht, die so unwirtlich war, dass man selbst im Sepiadorf im Haus geblieben wäre.

Der neue Kirchturm von Saint-Maur-sur-Indre

Ich stelle mir die Szene nachträglich im Regen vor. Der nasse Asphalt, die schweren Pelerinen der Polizisten, der Wunsch, entweder im Wagen sitzen bleiben zu dürfen oder möglichst schnell nach Hause ins Trockene zu kommen.

Tatsächlich senkte sich an diesem Septembertag die Sonne über die Straße in Richtung des Städtchens Saint-Maur-sur-Indre. Wir blieben mit unserer Wagen beim Ortseingangsschild stehen. Gleich hinter einer langgezogenen Kurve waren die ersten Häuser zu erkennen. Noch etwa zweihundert Meter an den frisch gemähten Wiesen vorbei, umrahmt von Weiden, die sich kurz vor der Stadt zu einer recht üppigen Allee gruppierten.

Malard wäre so oder so im Citroën geblieben. Zum einen sah er keinen Sinn darin, für das anstehende Experiment seine Körpermasse herauszuhieven, zum anderen genügte ihm die schlechte Erinnerung an seinen damaligen Besuch bei den Monjoins, die jeglichem Übereifer in ihm versiegen ließ. Also blieb er, wo er saß, und beorderte mit einem bloßen Fingerzeig, dass man Anthelme aussteigen lassen könne.

„Der Doktor wollte nicht dabei sein?", fragte er.

Ich schüttelte den Kopf: „Fenayarou lässt sich entschuldigen. Das Ganze geht ihm einfach zu nah."

Malard nickte mechanisch.

Schließlich witzelte er: „Mal sehen, ob Anthelme die Straße gleich in Richtung seines vermeintlichen Zuhauses nimmt oder ob er querfeldein zu den Kühen läuft."

Einige Polizisten grinsten. Die Beobachter vom Gericht verzogen keine Miene.

Ich nahm Anthelme am Arm und half ihm aus dem Wagen. Fenayarou, dem einiges an diesem Experiment lag, hatte angesichts der zu erwartenden Schaulustigen darauf bestanden, dass Anthelme eigens für diesen Tag der Schnurrbart gestutzt und das Haar besonders sorgfältig gekämmt werden würde. Anthelme trug sogar einen neuen Anzug, einen Zweireiher, den Fenayarou nie selbst getragen hatte. Hier an der Straße waren wir allerdings noch für uns. Niemand starrte Anthelme an, und er konnte sich nach der Fahrt erst einmal ausstrecken.

In seinen ganzen Verhalten war wie gewohnt nichts, was auf Überraschung, Furcht oder Neugier hätte schließen können. Stattdessen stand er bloß da und blinzelte in die Sonne. Er hätte genauso gut ein Pappaufsteller für eine nahe Tankstelle oder für ein unbedingt aufzusuchendes Weingut sein können.

Da Anthelme wahrscheinlich trotz vieler Erläuterungen keine Ahnung hatte, was er hier auf der Straße am Ortsschild eigentlich sollte, gab ich ihm einen Wink, indem ich ihn leicht nach vorn schob und dabei ins Städtchen wies.
Ohne eine weitere Regung ging er los. Und während die anderen wieder in die Autos stiegen, um ihm im Kriechtempo zu folgen, blieb ich etwa zehn Meter hinter ihm und begleitete seine Schritte.
Wir mochten eine lächerliche Prozession darstellen, eine Art Safari mit Anthelme als desinteressiertem Schimpansen, aber es blieb ein ernstzunehmender Versuch. Mochte unser Anthelme wirklich der seit 1916 verschwundene Octave Félicien Monjoin sein? Würde er seinen Herkunftsort, wenn er es denn war, wiedererkennen? Welche Zeichen würde er uns dafür geben? Oder bestand sogar die Möglichkeit, dass er aus seinem Zustand erwachte?
Die Frage, was danach mit ihm passieren sollte, stellte ich mir nicht. Kaum zu glauben, dass nach all den Versuchen zu Anthelme oder Octave oder wie auch immer er hieß, einen Zugang zu finden, der Besuch ihn Saint-Maur eine Art Wunderheilung hervorrufen könnte, noch dazu eine, die ihm eine Familie einhandeln würde, die ihn auf gar keinen Fall zurückhaben wollte.
Wir hatten die ersten Häuser hinter uns gelassen und bogen in eine Straße namens rue de Sabine ein. Ich stellte mit Verwunderung fest, dass Anthelme offenbar sehr genau wusste, wohin er wollte. Er zögerte kaum, sondern ging geradeso, als würde er sich dort vorn an Eck genau wie an allen anderen Tagen die Tageszeitung kaufen.
Natürlich blieben unsere Verfolgerkolonne und der seltsame Mann, der grußlos und starr durch die Straßen seinen Weg nahm, den Bewohnern des Ortes nicht verborgen. Man äugte uns nach und fragte flüsternd, was denn da los sei. Hatte man etwas verpasst, wovon alle anderen längst wussten?
Malard fuhr neben mir. Er steckte seinen Kopf aus dem heruntergekurbelten Fenster und wollte mir gerade sein Mitleid darüber ausdrücken, dass ich die Besonderheiten Saint-Maurs zu Fuß erlebte, während doch so ein herrlich bequemes Gefährt zur Verfügung stünde, noch dazu eines mit einer ganzen Hinterbank frei, als er mitten im Satz stockte und ausrief: „Was macht er denn jetzt?“
Von Malard abgelenkt, hätte ich beinahe den Kellner umgerannt, der eiligen Schrittes Flaschen und Gläser aus dem Café zu den Plätzen draußen trug. Rechtzeitig gelang es mir, zur Seite zu treten. Dabei nahm ich aus den Augenwinkeln heraus wahr, wie sich Anthelme an einen der freien Tische setzte. Er tat dies mit der gleichen Selbstverständlichkeit, mit der er die Straße herabgewandert war.

„Macht er es sich jetzt etwa gemütlich?“, fragte Malard.
Ich wollte ihm antworten, dass er das wohl selbst sähe, kümmerte mich dann aber lieber um den zurückkehrenden Kellner und bestellte für Anthelme ein Wasser und seinen geliebten Marmorkuchen, bevor ihn Anthelme mit seinem notorischen Schweigen in Verlegenheit bringen würde.
Das Café hieß „Carmillot“. Der Name erinnerte mich zwar an nichts, was in irgendeiner Weise mit Anthelme in Verbindung stand, doch das war ich in dieser Geschichte schon gewöhnt. Allerdings besaß er Klang und eine Atmosphäre, die wunderbar zu diesem sonst so stillen frühherbstlichen Tag passte. Wäre ich nicht wegen Anthelme hier gewesen, dann wäre ich durchaus gern mal in Ruhe durch das Städtchen geschlendert, einfach so, nur um zu schauen.
„Anthelme steht wieder auf.“
Ich schreckte aus meinen Gedanken hoch. Tatsächlich hatte er seine kleine Pause beendet und den leeren Kuchenteller von sich weggeschoben. Da er ans Zahlen nicht dachte – die Bestellung war ja von selbst gekommen –, beglich ich eilig die Rechnung, um ihm wieder nachzugehen.
Malard schaute zufrieden zu mir hoch: „Ich wette, er geht jetzt zu den Monjoins.“ Und er fügte feierlich hinzu: „Zu seinem alten Zuhause.“
Ich musste zugeben, diese Vermutung lag nur zu nah. Anthelmes ganzes bisheriges Verhalten in Saint-Maur drückte eine Kenntnis der Umgebung aus, die man nicht allein damit erklären konnte, dass dieses Städtchen von seiner Größe her durchaus übersichtlich war.
„Da drüben rechts ist die rue du Moulin“, sagte Malard, „wenn er dort einbiegt, geht er praktisch gleich auf das Haus der Monjoins zu.“
Unwillkürlich blieb ich stehen. Ich hatte den Eindruck, den Moment in Zeitlupe wahrzunehmen. Auch der Wagen des Commissaires stoppte.
„Er biegt ein“, sprachen Malard und ich fast gleichzeitig, bevor wir uns von unserer Erstarrung losten. Wir wollten dabei sein, sobald er die Hausschwelle der Monjoins überschritt.
Später würde man in den Zeitungen kritisieren, dass die Haustür weit offen gestanden habe und wir Anthelme mit unserem Aufgebot förmlich hingetrieben hätten, doch wir wussten, dass dem nicht so war – bis vielleicht auf die Tatsache der Tür, in dessen Rahmen Joseph, der Bruder, mit einem nachdenklichen Gesichtsausdruck bereits auf uns wartete.

Natürlich ging Anthelme ohne ein Wort und ohne jegliche Grußgeste an ihm vorbei. Wir folgten.
Vater Pierre lag auf einer notdürftig zu einem Bett umfunktionierten Couch und begleitete mit rasselndem Atem die Szene. Anthelme nahm keine Notiz von ihm. Gerade weil ich Arzt war, hätte ich dem alten Monjoin gern sämtliche Decken weggezogen, derart schmierig kamen sie mir vor.
Überhaupt sah man dem ganzen Haus die Männerwirtschaft an. Der Reflex, bei einem unerwarteten Besuch herumliegende Gegenstände mit dem Fuß unter einen Schrank, Tisch oder Teppich zu schubsen, hatte sich hier nie eingestellt. Benutztes Geschirr hatte es nicht nötig, sich verschämt in eine Spüle zu verdrücken. Überall lungerten die verstreuten Porzellanregimenter der Hausbewohner, nachlässig bewacht von Besecktruppen, die wahrscheinlich selbst nicht wussten, wie und wann sie einmal zusammengehört hatten. Auch war der Staub, der entweder faul auf den Möbeln lagerte oder im fahlen Licht vor sich hinduselte, ein guter Freund bis Dauergast im Haus. Eine Batterie Besen, Kehrschaufeln, Lappen, Putzlumpen und viele Eimer Wasser hätten dem Ganzen gut getan, ebenso wie einige deutliche Worte, um insbesondere die benutzte Wäsche – Hosen, Hemden, Pullunder, Unterzeug, Socken – von den Stühlen, Tischen und vom Boden zu vertreiben.
Kein Wunder, dass sich die Monjoins nicht um einen weiteren Mitbewohner rissen. Noch dazu um einen völlig Unselbstständigen. Sie hatten genug mit sich selbst zu tun, und bekamen offenbar schon diese Aufgabe nicht in den Griff.
Zu meiner Überraschung und gleichzeitigen Genugtuung erging es Anthelme, der sich sonst nie über seine Umgebung äußerte, kaum anders. Vielleicht war er auch nur auf einen der herumliegenden Teller getreten. Kurz und knapp stieß er ein „Uh!“ hervor, bevor er grußlos aus dem Haus verschwand.
Ich fand ihn auf der Straße wieder. Er lehnte an der Wand, scheinbar ratlos, wohin er sich wenden sollte.
„Und jetzt?“, fragte Malard. „Ist das nicht Beweis genug? Er hat das Haus von selbst gefunden. Was will man mehr?“
„Er ist ein Kind“, antwortete ich. „Verstehen sie das nicht? Und ein Kind braucht ein richtiges Zuhause, nicht nur vier Wände, die es umgeben. Sie waren ja nicht da drin.“
Malard ließ sich in seinen Autositz zurückfallen. Auch so eine Art, eine Antwort schuldig zu bleiben. Ohne Zweifel wusste er, wie es im Haus aussah. Er hatte die Monjoins ja ausfindig gemacht und als Erstes besucht. Der Unrat in der Wohnung war kein Ergebnis von Tagen, sondern von stillen Monaten und langsamen Jahren.

„Sie wollen mehr? Man sagte mir, ganz in der Nähe wäre Octaves alte Schule. Lassen Sie uns diesen zusätzlichen Beweis antreten.“
„Sie nennen Anthelme doch bereits Octave.“
„Lernen Sie eines von mir.“ Erneut quetschte Malard seinen Kopf zum Wagenfenster heraus. „Einem schlechten Essen oder Frauen im Allgemeinen darf man nachtragend sein, nicht aber Fakten. Die sind nüchtern und klar. Wenn die Dinge so liegen, dann liegen sie so. Punktum. Aus der Traum.“
„Wo liegt die Schule?“, fragte ich.
„Dort lang!“
Es brauchte nur einen Stups meinerseits, um Anthelme vom Monjoin-Haus fortzulocken. Eine Eigenschaft, die ich noch gar nicht an ihm entdeckt hatte. Er lief, sobald ihn jemand dazu aufforderte. So wenig er den Mund aufbekam, seine Füße spielten bereitwillig jedes Theaterstück mit.
Ich will es kurz halten. Zur Schule kamen wir nicht. Anthelme selbst sorgte dafür. Unser Weg führte unmittelbar an der Kirche vorbei. Ein geducktes Etwas, wie ich fand, eine dieser älteren Trutzburgen des Geistes, die sich lieber auf den Boden kauern, als das Gemüt in den Himmel fliegen zu lassen.
Wir gingen durch ihren Schatten, da hielt Anthelme inne und musterte das Gebäude. Sein Blick wanderte über die schlicht geweißelte Wand des Hauptportals, ging hinüber zur Hofmauer, deren kleines Metalltor zu Rechten zum Friedhof führte, bevor er zur Kircher selbst zurückkehrte und seine Augen den Turm emporklettern ließ.
Das „Guten Morgen“ eines Kollegen hätte kaum beiläufiger klingen können. „Die Kirche“, sagte Anthelme, „hat sich verändert.“
Ich zuckte zusammen. Von hinten kam Malard angefahren und lärmte mich an: „Was hat er gesagt? Er hat doch etwas gesagt?“
Ich wiederholte Anthelmes Satz, ohne ihn aus den Augen zu lassen, da er, unbeeindruckt von Malards Gebrüll, Anstalten machte, um die nächste Ecke zu biegen.
„Halten Sie ihn auf“, befahl Malard seinem Fahrer, „sammeln Sie ihn ein. Das reicht. Wir haben genug gesehen.“
„Sie wollen nicht mehr zur Schule?“
„Warum sollte ich? Jemand, der sich derart auskennt und auch noch die Kirche am Ort kommentiert, der wird wohl von hier stammen.“
„Ja, aber was ist denn mit der Kirche?“, wollte ich wissen.
Malard griente mich an: „Ich bin Kommissar. Es ist mein Beruf das herauszufinden.“

Anstaltslos ließ sich Anthelme in den Wagen bugsieren. Wir fuhren die kurze Strecke zum Café Carmillot zurück, wo sich Malard auf dem nahe gelegenen Revier nach der Kirche im Zusammenhang mit Anthelmes Bemerkung erkundigen wollte.
Ich hatte gerade das zweite Stück Marmorkuchen dieses Tages für Anthelme bestellt, da kehrte Malard auch schon mit einem triumphierenden Gesichtsausdruck zurück.
„Volltreffer", rief er.
„Anthelme hat Recht?"
„Hat er. Der Turm der Kirche ist vor etwa sechs Jahren eingestürzt. Der gesamte Bau ist ja auch kein architektonisches Wunderwerk. Seit vier Jahren gibt es den neuen Turm, und eben das hat unser guter Junge hier bemerkt."
„Na, denn", prostete ich Malard zu, „dann sollten wir man ganz offiziell einen Herren namens Octave Félicien Monjoin am Tisch begrüßen. Saint-Maur hat seinen verlorenen Sohn zurück – wenn auch beidseitig mit wenig Begeisterung. Fenayarou wird zufrieden sein."
„Einen Teufel werden Sie tun!" Überrascht fuhr ich herum, nur um mir die Augen zu reiben, wie es so oft in Romanen heißt.
„Das Glas, mit dem Sie dem Commissaire zuprosten wollen, können sie gleich wieder abstellen. So verbrüdert und verschwört man sich also gegen mich."
„Malard stand auf: „Ich bitte Sie, gnädige Madame L'Amot", denn keine andere war es, „auch Sie müssen Fakten Fakten sein lassen. Ich habe mich persönlich davon überzeugt …"
„Ach was", unterbrach sie ihn, „Sie wollen sehen, was Sie sehen wollen. So fängt es immer an, und schon liegt man falsch."
„Wie meinen?"
Malard versuchte sichtlich die Kontrolle über sich zu wahren. Sie verhielt sich einfach zu unverschämt. Ein Streit auf offener Straße wäre aber auch keine Lösung gewesen. Ich hingegen stierte die L'Amot an und fragte mich, wie um alles in der Welt sie hierher gefunden hatte. Die Presse war mit keinem Wort informiert worden. Aus gutem Grund, denn Hoffende und Enttäuschte haben eines gemeinsam: Sie tauchen dort auf, wo es schmerzt. Allerdings wusste wahrscheinlich das gesamte Personal in Rodez über die Aktion Bescheid, sodass sie bei ihren häufigen Besuchen im Sanatorium irgendwie Wind davon bekommen haben musste.
Ich brauchte nicht weiter zu grübeln. Sie lieferte die Antwort gleich selbst: „Sie da, Gerron, glotzen Sie mich nicht so an. Ich bin kein Gespenst. Da wollte ich mich einmal abmelden, um meinen Marcel nicht zu sehr zu enttäuschen, dass ich ausnahms-

weise nicht kommen könne, schon lachte man mich dreist aus, dass sich das ja sehr gut treffen würde. An diesem Tag sei er eh nicht im Heim, sondern hier, in diesem gottverdammten Ort, um seine wahre Herkunft zu beweisen."

„Madame, wir haben es bewiesen."

Sie schnaubte: „Nichts haben Sie! In so einem Kaff findet sich doch jeder zurecht. Die sehen doch alle gleich aus. Eine Straße hier, eine Straße da, der Platz samt Café vor der Bürgermeisterei, mittendrin die Kirche. Wie dämlich muss man eigentlich sein?"

Malards Kinn und Backen bebten, dennoch stürzte er sich nicht auf sie, sondern erklärte mit erhobenem Zeigefinger: „Genau, die Kirche. Ein gutes Stichwort. Er hat ihren Turm nicht wiedererkannt. Er hat gesagt, der sei neu, und das stimmt! Wissen können hat er das nicht, weil der Bau des jetzigen Turms in die Zeit seines Aufenthalts in Rodez fällt – und danach, na, Sie wissen schon." Malard tippte seinen Finger an seine Stirn.

Sie lachte: „Das nennen Sie einen Beweis!? Einen Schiss nenne ich das …"

„Madame?"

Sie wies auf die Kirche und sagte etwas, dass ich nicht verleugnen konnte. Ich vermute, jedem Staatsanwalt hätte dies in seinem Plädoyer gegen einen drohenden Urteilsspruch zur Ehre gereicht. Entsprechend schweigsam wurde Malard, während sie sich bereits Anthelme zuwandte: „Das sieht", hatte sie gerufen, „doch nun wirklich ein Blinder. Das Kupfer der gesamten Dachspitze glänzt so, das kann erst vor kurzer Zeit gemacht worden sein. Das übrige Dach ist dagegen völlig stumpf und fleckig. So sehen nun eben Kirchen aus, die vom Blitz in Brand gesetzt worden sind. In meiner Stadt können wir ein Lied davon singen. Wenn Sie schon einmal spenden wollen …"

Verblüfft schaute ich zum Commissaire. Noch verblüffter war ich, als sich Anthelme erhob, nicht anders wie ein Kavalier an den Stühlen vorbei auf die L'Amot zuschritt und mit Inbrunst umarmte.

Anthelmes Fliegenzucker

Wenn der Sommer die Felder in Glutöfen verwandelt, die Hunde kaum mehr wissen, wohin mit ihren Zungen, und die Rinder gezwungen sind, die Insekten von ihren Augen, Schnauzen und Hinterteilen zu verjagen, dann spielt man im Dorf in Sepia, das es nicht gibt, das Fliegenspiel. Es ist ein Spiel der Trägheit, es ist ein Spiel des einen richtigen Moments, es ist ein Spiel der Geduld, es ist ein Spiel der Verzweiflung.

Wenn die schwarzen Fliegenwolken sich auf den Fensterbrettern niederlassen, über das Butterfässchen turnen und dem Sommer ihr unentwegtes Lied vom Flügelsummen singen, dann sitzt man im Sepiadorf still beisammen, beobachtet aus den Augenwinkeln heraus, wie sie einem über die verschwitzten Armen krabbeln oder an den Ohren kitzeln und hält dabei fast den Atem an.

Denn darum geht es: Sie zu fangen und zu zertreten, so als ob es etwas nutzen würde, eine Handvoll Salz aus dem Meer zu gewinnen, damit es weniger salzig ist.

In der Werkstatt von Anthelmes Vater können sie es nicht aushalten.

„Wenn ihr da jetzt hineingeht, schrumpfen eure Lungen", warnt die Mutter.

Die Kinder sind sofort verschreckt und hocken sich unter ein Vordach, dessen stiller Schatten gemütlich langsam vor ihnen flieht. Anthelme, der Türspalt, Schnodder und Pisser folgen dem Schatten. Sie kriechen mit ihm um die Ecke, tasten sich an der Mauer entlang und machen sich schmaler und schmaler, je dünner der Schatten auf seinem Tagesmarsch wird.

„Ich hab' eine", sagt der Türspalt. Er ist von allen im Dorf der beste Fänger.

Niemand weiß ähnlich geschickt wie er, sich mit der gehöhlten Hand von hinten an die Fliegen heranzuschleichen, bis er sie blitzartig über das Insekt stülpt und es einschließt. Danach schüttelt er seine Hand so kräftig er kann, horcht, schüttelt noch einmal, um anschließend die Hand zusammenzuquetschen. An manchen Tag reibt er sie auch hin und her.

„Ihr dürft euch nicht ekeln", erklärt der Türspalt. „Zögert ihr auch nur den Bruchteil einer Sekunde, dann ist die Fliege weg. Sie ist schlicht zu schnell. Eure Bewegung mit der Hand muss eine klare Linie sein, am besten im letzten Drittel etwas nach oben gezogen, sodass ihr sie selbst noch beim plötzlichen Abflug erwischen könnt. Und dabei immer von hinten kommen."

„Wie ein Ochse?", fragt Pisser.

Die anderen lachen.

„Ja, genau, wenn du es dir so besser merken kannst. Eine Fliege schaut doch in alle Richtungen gleichzeitig, nur eben nicht nach ganz hinten. Das ist sozusagen ihr blinder Fleck, und damit deine Position.

„Zack“, ruft er. Wieder schüttelt der Türspalt seine Faust, horcht, schüttelt erneut, malmt und schleudert triumphierend die tote Fliege vor ihre Füße.

Anthelme kann das nicht, das mit dem Zermalmen in der Hand. Das ist ihm zuwider. Lieber steckt er sie in eine alte Zuckerdose, wo er sie noch eine Zeitlang summen und brummen hören kann. Natürlich ist es schwer, sie aus der Faust in die halb offene Dose zu kriegen. Entsprechend viele entkommen oder taumeln auf den Türspalt zu, der sie manchmal selbst in der Luft noch fängt.

„Das mit deiner Dose ist Blödsinn“, sagt der Türspalt. „Ich mache keine Gefangenen. Sie verrecken mir am Ende doch. Und außerdem gibt es viel zu viele davon. Ich bin für die schnelle Lösung. Mann gegen Mann, einer gewinnt – und das bin halt ich.“ Er grinst.

Anthelme hält weiter an seiner Dose fest. Die Fliege zu fangen ist das eine – er beherrscht es leidlich – sie zu töten das andere. In der Dose hört er ihr Lied. Es ist eine verzweifelte Melodie, doch er muss nicht zusehen, wie sie verenden. Es genügt die Vorstellung, und die ist für ihn furchtbar und beglückend genug. Von der Wirklichkeit des Türspalts droht ihm nur eines, nämlich dass ihm regelmäßig schlecht wird.

Die Dose hat er von Gustave. Seine Mutter würde nie freiwillig eine ihrer leeren Blechbüchsen zum Spielen hergeben. Ist der ursprüngliche Inhalt verbraucht, Zuckersirup etwa, kommt ein neuer hinein, beispielsweise nach Asyl suchende Einweckgummis. Anthelmes Vater, der ein argloser Mensch ist, hasst diese Angewohnheit, weil er so nichts finden kann, wenn Anthelmes Mutter die Welt neu aufteilt. Wo der Aufschrift nach hätte Mehl drin sein sollen, sammeln sich zu seinem Erstaunen Wachskerzenreste, und wo heraus er Pflaumenmus löffeln will, ist alles andere drin: „Soll ich mir alte Geschenkbänder aufs Brot schmieren!?“, schimpft er und hält ihr die Büchse unter die Nase.

An ihren Kanten ist Anthelmes Dose golden. Sie stellen die Rahmen für mehrere Bilder dar, jeweils ein anders auf allen vier Außenflächen sowie für den Deckel. Es sind Landschaftsszenen so klein und so weit weg, dass die Schafe darin nicht mehr sind als weiße Punkte und die Kirchtürme Haarpinselspitzen. Auf jedem Bild erkennt man einen Wanderer. Eigentlich sieht er immer gleich aus, nur sein Bündel wechselt die Farbe. Er muss über eine Landstraße hin zum Dorf, und Anthelme fragt sich, wie dieser das schaffen soll, denn zwischen Straße und Dorfgrenze schiebt sich jeweils das

geschlagene Dosenblech hervor, um einem barocken Bildrahmen nicht unähnlich in stolzen Lettern zu verkünden, dass man sich mit dem Kauf dieser Dose „Filliberts besten Zucker aus Bons En Chablais 1849“ ins Haus geholt hat.
An eine solche muss Anthelme gerade denken, nicht nur, weil sich im Schützengraben Fliegen über Fliegen mit anderen Insekten und Geschmeiß tummeln, sondern weil sie Hunger haben, derart entsetzlichen Hunger, dass sie dem Kameraden den Teller Wassersuppe neiden. Der Nachschub ist abgerissen. Niemand weiß zu sagen, wann die Versorgungstruppen wieder bis zu ihnen durchkommen werden.
Vor allem Schnodder sieht schlimm aus. Ganz spitz sind seine Nase und sein Kinn geworden, tief in ihren Höhlen liegen die Augen. Im Sepiadorf würde es heißen, er sähe so aus, als könne man durch seine Wangen das Vaterunser lesen.
Von der Unterseite der Dose her weiß Anthelme einiges über Monsieur Fillibert. Dieser verkaufte nicht nur den weißen oder braunen Zucker. Nein, darauf stand auch, dass er Erdbeerzucker, Orangenzucker, Schokoladenzucker, Zitronenzucker, Zimtzucker, Vanillezucker und Zuckersorten mit getrockneten Blüten herstellte. Unter letzterem konnte sich Anthelme wenig vorstellen, und die anderen Sorten hatte er nie kennen gelernt, aber zumindest die Worte gaben ihm einen guten Geschmack auf die Zunge, weshalb er sich jede Mal die Lippen lecken musste, wenn er nur daran dachte. Erdbeerzucker auf Vanilleklößen, das mussten Adam und Eva vor dem Apfel genossen haben, der später – wie seine Dose – von Fliegen besucht wurde.
Wie sehr er sich nach Hause sehnt. Zwar findet Anthelme, so lange er sich erinnert, Zufriedenheit, Sinn und Glück, doch dann folgt regelmäßig wie nach zu viel Alkohol der Kater. Je mehr er vom Sepiadorf träumt, desto schlimmer sind die Tage im Feld zu ertragen.
Erst heute sind sie durch einen Ort gekommen, von dem man wie vom Sepiadorf behaupten kann, dass es dieses nicht gibt – nicht mehr. Vielleicht war es auch ein Städtchen oder das Zentrum von etwas Größerem gewesen? Woher sollt er das wissen, da er ausschließlich Trümmer zwischen den vielen verkohlten Baumskeletten ausgemacht hatte? Sie waren über Steinberge und Schutthaufen gestolpert, vorbei an den Kulissen freistehender Hauswände. Aus ihren zerstörten Fenstern würden ihnen niemals Menschen zujubeln. Auch versperrten ihnen hier und da versenkte Möbelstücke den Weg. Sie gingen drumherum und musterten sie wie Bettler, denen man nichts geben will. Ein riesiger Aschehaufen vor einer Tür schien in ein Haus zu wollen. Anthelme wendete sich schnell ab, als er die nackten Beine einer Frau sah, die reglos in dem Haufen steckte.

Sie hätten eine Pause verdient, aber sie marschierten weiter. Das hatte Anthelme mittlerweile gelernt. Er nahm sich Ziele vor und versuchte, bis dahin auf jeden Fall durchzuhalten. Er sagte sich: Noch bis zu diesem Strommast dort vorn – wenn es denn mal einer ist –, vorher breche ich nicht zusammen. Noch bis zu dieser Brandmauer am Ende der Straße, dann sehe ich schon weiter. Noch das kleine Stück bis zu dem Graben am Dorfausgang, danach sollte ich etwas trinken.
Plötzlich wurde Schnodder neben ihm übel. Während er sich krümmte, hielt er sich eine Hand vor den Bauch, die andere vor den Mund. Dann rannte er los und rief, er müsse nur kurz austreten. Anthelme wusste, das konnte nur gelogen sein. Etwa zwanzig Schritte weiter kam Schnodder vor dem Rest eines schmiedeeisernen Zauns zum Stehen. Die anderen beobachteten ihn gleichgültig bis belustigt. Schnodder sackte auf die Knie, beugte sich mit seinem Oberkörper vor und lehnte ich mit seinem ganzen Gewicht gegen das Gitter, als es auch schon samt seiner umkippte, als wollte es sagen: Was soll ich einen elenden Soldaten stützen, wenn es keinen Garten mehr gibt, den ich bewachen könnte? Ein Lachen ging durch ihre Reihen. Anthelme lachte nicht, obwohl es durchaus komisch aussah. Zu merkwürdig klang das an diesem aufgegebenen Ort in seinen Ohren. Schnee wäre geeigneter gewesen, um all die Trümmer in ein sauberes Leichentuch zu hüllen; so wirkte ihre Heiterkeit noch schmutziger als die Vögel, die in Schwärmen zwischen dem Schutt ihren Anteil suchten.
Ihr Lachen erstarb, nachdem Schnodders schriller Schrei die Luft gespalten hatte. Le mégot, Pisser, der Türspalt und Anthelme eilten sofort hin.
„Was ist? Ist dir so schlecht? Hast du dich beim Sturz verletzt?“
Schnodder krümmte sich: „Da! Ich habe auf eine Leiche gekotzt.“
Sie blickten sich um, konnten aber nichts entdecken: „Ganz ruhig. Du irrst dich. In dir ist doch viel zu wenig drin. Was willst du schon auskotzen? Galle vielleicht. Hier ist keine Leiche, wirklich!“
„Ihr meint, ich bin verrückt. Ihr meint, ich dreh durch?“
Le mégot legte ihm beschwichtigend die Hand auf die Stirn und gab seinen dreckigen Ärmel her, um Schnodders Mund abzuwischen: „Natürlich nicht. Da wird ganz sicher etwas sein.“
Anthelme spürte den Atem des Türspalts an seinem Hals. Er flüsterte: „Siehst du das? Da neben ihm?“
Anthelme beugte sich neben Schnodder, griff zu und hielt das Ding hoch.
„Na komm“, sprach Le mégot weiter. Schau selbst hin. Keine Leiche. Nur ein Schuh. Du hast ihn gut getroffen.“

„Ehrlich?"
Sie nickten und sagten nichts mehr. Schnell warf Anthelme den Schuh fort, bevor Schnodder sich ihn näher ansehen konnte. „Er stinkt", sagte Anthelme.
„Was ist denn da verdammt nochmal los?" Könnte-schlimmer-sein kam auf sie zugestapft.
Sie nahmen Schnodder unter die Arme und schleppten ihn zurück zu den anderen. Anthelme merkte, wie müde er selbst war.
„Will mir endlich jemand eine Antwort geben!?"
„Nichts, nichts. Ihm ist nur schlecht geworden."
Sie erwähnten nicht, dass es sich um einen Kinderschuh gehandelt hatte.

Nach diesem kleinen Ereignis vom Vormittag greifen sich die meisten von ihnen an ihre Brusttaschen. Die verschiedensten Sachen kommen zum Vorschein und werden liebevoll berührt: Fotografien vermisster Angehöriger, tausend Mal gefaltete Briefe, kleine Bibeln in einem Metallumschlag, um das Herz vor der tödlichen Kugel zu schützen, oder andere Glücksbringer, zum Teil unsäglicher Firlefanz und doch wertvoll genug, um durch Berührung der Hände das Gefühl der Zuversicht zu verbreiten. Selbst Le mégots Kippengräte zählt irgendwie dazu. Aber auch er hat eine Fotografie dabei. Und er zeigt sie gern, sofern man ihm dafür etwas gibt – am besten Tabak. Jetzt schaut er sie nur für sich an.
Wer es nicht weiß, glaubt zunächst, eine hübsche Frau zu sehen, die in gewöhnlicher Manier, angetan mit einer Pelzstola und einem einfachen Schnürkleid, gegen den Torso eines antiken Pfeilers lehnt. Es ist der typische Gipsplunder aus einem Fotoatelier, den jeder kennt; genauso wie den Hintergrund: eine Leinwand mit Szenerien. In diesem Fall ist es eine kleine Laube, über und über mit wildem Wein berankt.
„Sehr nett. Ist das deine Frau?" Das ist Le mégot schon oft gefragt worden.
„Nicht verheiratet", lächelt er dann, „doch meine Frau war sie schon sehr oft. Schau mal …"
Ein kleiner Trick, und schon passiert etwas mit dem Bild. Wer richtig hinsieht, erkennt, dass die Frau mit ihrer rechten Hand ganz eindeutig auf einen Punkt unten in der Ecke deutet. Das muss noch nichts heißen, aber wer jetzt seinen Finger auf diesen Punkt legt, wird merken, dass dieser Punkt sich durchaus fester anfühlt als der Rest der Fotografie. Er muss künstlich versteift worden sein. Nun ist es nur noch eine Sache des Ausprobierens oder kurzen Nachdenkens.

„Knickt man nämlich diesen Punkt kurz nach hinten“, weiß Le mégot zu erklären“, dann schnappt am unteren Rand das Bild auf, denn die Rückseite der Fotografie ist doppelt beklebt. Ein Art Geheimfach also, und aus diesem – hoppla – fällt ein zweites Foto, ein wenig kleiner, dafür jedoch umso interessanter. Hier bitte.“
Die Szenerie ist die gleiche. Selbst die Frau ist in unveränderter Position dieselbe geblieben. Der Unterschied ist der, dass Stola und Schnürkleid fehlen. Genauer: Sie hat absolut nichts mehr an. Vollkommen nackt präsentiert sie sich dem Betrachter, der vielleicht hofft, dass ihre Beine gespreizter sind als auf dem Vorderbild.
„Man könnte meinen, sie sei aus Marmor gehauen“, seufzt Le mégot, „und Gott bewahre, dass sie das nicht ist.“ Danach küsst er sie auf die Brust. Es ist die rechte, die wo sich ein kleines Muttermal befindet.
Im Übrigen weiß nur Anthelme über das dritte Bild Bescheid. Darauf ist der Pfeilertorso durch einen ganzen Mann ersetzt worden. Die Dame rittlings auf ihm.
„Ich wundere mich, dass ich morgens noch einen Steifen habe.“ Der Türspalt spuckt auf den Boden und schaut die anderen triumphierend an. Jeder merkt, dass dies weniger eine Frage, denn eine Feststellung ist.
Schnodder hustet von seinem Lager aus herüber: „Das hat nichts mit uns zu tun, oder?“
Alle lächeln. Schnodder bei guter Laune. Das ist doch was.
Noch immer wirken seine Augen glasig. Alle haben sie auf einen Rest ihrer Suppe verzichtet, um die Neigen zusammenzuschütten. Auf diese Weise bekam ihr Kamerad sogar Nachschlag – wenn man das so nennen darf. Hat sich was mit der berühmten französischen Küche unmittelbar an der Front. Die Haute Cuisine im Blechnapf. Lavasuppe nennen sie die Substanz, die in ihren Schalen vor sich hindampft. In ihr muss wirklich alles abgetötet worden sein, selbst die deutschen Bakterien, so verdammt heiß ist sie. Hat man nicht vernünftig hineingepustet und zu gierig den Löffel zum Mund geführt, wird einem davon die Zunge pelzig. Schmecken tut sie nach Brechreiz und Rattengift. Wer ein Fettauge sieht, hat gewonnen.
„Dein Steifer am Morgen kommt sicher von den schönen Damen hier.“
„Ach ja, Le mégot, mein Guter, ich vergaß, dass du so gut wie vor dem Examen in Medizin stehst. Immerhin trägst du die anatomischen Studien junger Dinger stets bei dir. Lass deine Diagnose hören. Beständige Bullenkraft!?“
„Wie wäre es damit? Du hast morgens einfach die Blase voll. So wie du die Hosen jeden Tag gestrichen voll hast. Und diese volle Blase drückt auf deinen Harnleiter und lässt das Blut in deinem Schwanz anschwellen.“

„Klingt nicht gerade fantasievoll."
„Ist es auch nicht. Willst du nicht lieber meine Fotografien ansehen?"
Der Türspalt steht auf und reißt sie ihm aus der Hand: „Gib her!" Dann verschwindet er in Richtung „Métro", den Latrinen.
„Und mein Tabak?", ruft Le mégot hinter ihm her.
Der Türspalt wedelt nur mit den Bildern und brüllt zurück: „Scheiß drauf!"
Auch Anthelme hat sich in seine Brusttasche gefasst. Dort befindet sich sein liebstes Stück: Rélies Daumenkinobuch. Langsam lässt er es an seinem Daumen vorbeiflattern. Da er es schon oft angeschaut hat, ist es entsprechend gebogen und auf der Oberseite bräunlich.
Es ist der Bildrhythmus seiner Tage: Ein weißer Fleck, der sich auf dem schwarzen Hintergrund ausbreitet; dann ein schwarzes Fleck, der den weißen Hintergrund zum Verschwinden bringt. Immer wieder vom Neuen, vor und zurück.
„Ist das nicht langweilig?", fragt Le mégot, der ihm über die Schulter schaut.
„Es kommt darauf an, was man darin sieht."
„So wie du damit herumfuhrwerkst, siehst du wohl 'ne Muschi."
Anthelme dreht sich auf die Seite und schweigt. Mechanisch spielt er weiter mit Rélies Buch.
„Aha, der Herr will nicht mit mir reden. Ist sich zu fein dazu."
„Lass ihn", der Türspalt ist zurück und wirft Le mégot seine Trickfotografien hin.
Anthelme will von all dem nichts mehr hören. Am liebsten würde er sich die Ohren zuhalten, damit er nicht mit anhören muss, wie sie beginnen, sich um den Tabak zu streiten, aber dann müsste er das Buch aus den Händen legen. Ganz fest rollt er sich ein. Sollen sie ihn doch mal …
Erschöpf schläft er schließlich ein.
Es ist ein unruhiger Schlaf, und was er träumt, gefällt ihm auf keinen Fall.
Anthelme ist fast froh, dass ihn das Kracken einer Granate ganz in der Nähe aufschreckt. Er wischt sich den Dreck, der auf seine Brust herabgerieselt ist, von der Uniform.
Le mégot sitzt ihm gegenüber und glotzt ins Leere.
„Ich habe geträumt", sagt Anthelme.
„Gut, dass du das noch kannst. Dazu muss man schlafen können. Ich kann das nicht mehr. Selbst wenn ich erschöpft bin, bleiben meine Augen auf."
„Es war schrecklich."

„Dann kann ich ja mit dir tauschen. Ob es hier in der Wirklichkeit oder im Traum schrecklich ist, scheißegal. Hauptsache, ich schlafe."
„Kennst du das Fliegenspiel?"
Le mégot lacht: „Junge, wir sind hier zwar nur seit ein paar Monaten zusammen, das heißt aber nicht, dass ihr Sepiadorfkerle mir nicht schon alles erzählt hättet, wie es bei euch aussieht und zugeht, wer wo geht und hofft, wer wo isst, betet und stöhnt. Ich befürchte, ich weiß selbst, welcher Knopf, gezählt von unten, am Sonntagshemd deines Vaters fehlt. Er ist der Küster im Dorf, stimmt's?"
Anthelme nickt: „Du kennst das Spiel also! Gut, denn du musst es dir vorstellen können. Ich sage dir, obwohl ich träumte, war mir, als würde ich aufwachen und mich nicht mehr rühren können. Ich spürte, dass ich einen Körper hatte, aber ich konnte ihn nicht mehr bewegen. Er fühlte sich an wie eine taube Hülle."
Le mégot kramt in seiner Tasche und holt ein trockenes Hölzchen hervor. Da es keine Zigaretten mehr gibt, saugt er daran.
„Ja, Taubheit, da ist das richtige Wort für das, was ich empfand. Alles gefühllos, Beine, Arme, Bauch, Stirn. Auch meine Augen fühlten sich so an. Zwar konnte ich mit ihnen sehen, doch es war mir unmöglich, sie zu bewegen. Nur starren, mehr nicht."
„Und was hast du gesehen? Wie andere das Spiel spielen?"
„Nein, ich sah, wie man um mich herumsprang, auf mich einredete, mich schüttelte und mich schließlich auf eine Bahre legte."
„Du hast wohl geträumt, du wärst tot?!"
„Hätte ich dann noch etwas spüren können? Es war schrecklicher. Ich lebte, aber ich konnte mich nicht mitteilen. Innerlich brüllte ich, doch niemand schien irgendetwas zu hören. Man trug mich, aber ich war nicht in der Lage, von der Bahre zu springen. Ich war nur diese Augen, einsam in den Höhlen, ausdruckslos und doch alles erkennend. Wo war ich?"
Le mégot spuckt aus. Manchmal löst sich vom Hölzchen ein Span: „Taphephobie", sagt er.
„Was?"
„Du hast Angst davor, lebendig begraben zu werden."
„Davon habe ich schon gehört."
„Wer nicht! Aber glaube mir, hier brauchst du keine Angst davor zu haben. Die Deutschen zielen genau, und wenn sie dich beim ersten Mal nicht treffen, dann schicken sie noch einen zweiten Schuss hinterher. Neun Schuss müssen sie pro Gewehr abge-

ben. Wir nur fünf. Da heißt es auf unserer Seite sicherer sterben. Und wenn dann alles nicht hilft, dann haben sie ja noch das Gas.“ Er grunzt.
„Du hast keine Angst?“
Le mégot klaubt nach seiner Blechtasse und wirft sie Anthelme an den Kopf: „Junge, darüber reden wir nicht. Das verdirbt die Laune. Wenn du nicht mein Freund wärst, ich würde dich bei Könnte-schlimmer-sein melden und sagen, der da untergräbt die Moral der Truppe.“
„Arschloch“, flüstert Anthelme.
„Wusste ich doch.“ Le mégot schmunzelt: „Eine kleine Kopfnuss und mein Anthelme ist gleich wieder der alte und ich euer treuer Stinkstiefel.“
Anthelme lehnt seinen Kopf zurück. Vielleicht hat Le mégot Recht. Er sollte sich nicht so viele Gedanken machen. Dann würde er auch besser träumen. Vom Erdbeerzucker zum Beispiel. Er knirscht mit den Zähnen. Das hätte er nicht denken sollen: nicht an den Zucker in der Fliegendose.
„Ist noch was?“
„Du willst ja nicht darüber sprechen.“
„Stimmt genau. Also schieß los. Ich habe nämlich immer noch nicht verstanden, warum du mich zuerst nach dem Fliegenspiel gefragt hast. Das hat für mich alles keinen Zusammenhang.“
„Hat du Angst vor dem Tod?“
Für einen Moment bläht Le mégot die Backen: „Dir und deinen schlechten Träumen entkommt man wohl nicht. Da du es schon genau wissen willst: Nein.“
„Du Glücklicher.“
„Ganz wie du meinst. Ich weiß nur, die ganze Welt fragt danach, ob man vor ihm Angst hat. Sie malt Buhmänner auf Gemälde, erfindet Märchen und Höllen und schweigt geflissentlich, wenn ihr jemand über den Weg läuft, der so aussieht wie gerade unser Schnodder in seinem Kostüm eines Gerippes.“
„Er leidet.“
„Ich nicht? Komm mir jetzt nicht mit diesen Pastorensprüchen. Die kann ich mir ausschließlich zu Ostern und Weihnachten anhören.“
„Du hast also keine Angst.“
„Aber sicher. Doch nicht vor dem Tod, sondern vor dem Sterben. Der ist nämlich das Übel. Der Weg dorthin, nicht das Ziel. Das Danach scheint mir ganz friedlich zu sein. Ich sagte dir ja schon, wenn dieser Zellhaufen namens Mensch die Geschütze gegenüber erstürmen muss, dann hat er das Recht, alle Angst der Welt zu haben, weil

es jetzt ans Sterben gehen kann. Geht ihm die Kugel durch den Kopf oder reißt ihm eine Granate das Bein weg? Wird die Lunge zerfetzt oder muss er einem anderen das Bajonett in den Bauch stoßen? Das einzige ist, er darf dabei keine Angst haben, denn mit jedem Zögern kommst du deinem Ende verdammt nah. Kurzum: Das Sterben ist die Scheiße, nicht der Tod."

„Ich würde dir gern glauben."

„Niemand zwingt dich."

„Weißt du, als ich als Kind damals Fliegen gefangen habe, kamen sie in meine Dose. Nach einem Tag darin waren sie verendet. Bestimmt haben sie gelitten. Sie starben und waren tot, so wie das eben ist. Ich aber sah in meinem Traum, dass ich genau in dieser Dose war und nicht sterben konnte."

Le mégot kann nicht anders als reden und reden: „Das Wunderbare am Krieg ist", meint er, „dass er die Dinge ins Einfache rückt. Nur Idioten sagen, er wäre ausgebrochen, als handle es sich um eine unberechenbare Naturgewalt. Unberechenbar sind nur die Menschen, die aufeinander losgehen. Nord oder Süd, West oder Ost, Leben oder Tod, Tag oder Nacht, Zivilist oder Soldat, Unterstand oder freies Feld, das ist alles deutlich voneinander abgegrenzt. Wenn dann nur noch klar wäre, wer angreift und wer angegriffen wird, wer gut oder böse ist, dann wäre er geradezu perfekt."

„Ach, du wieder. Du machst mich wirklich ganz verrückt."

Für Anthelme sind die Dinge ganz und gar nicht einfach. Sicher, er ist auf seine einfachsten Lebensfunktionen beschränkt, aber all das zu ertragen, das ist eben nicht einfach. Manchmal träumt er sogar davon, sein Kopf wäre ihm statt auf dem Hals zwischen den Schultern auf der Brust angewachsen. Dann müsste er sich wenigstens nicht dauernd ducken.

Le mégot spuckt aus: „Verrückt mache ich dich? Ich mache dich verrückt? Dann wollen wir doch mal sehen, was dich verrückt macht. Wie verstehst du beispielsweise das? Weißt du, dass es sehr viel wahrscheinlicher ist, dass du hier bist, als dass ich hier bin."

„Hast du getrunken?", fragt Anthelme.

„Nein, mein Junge, ich habe mir gerade nur Folgendes überlegt: Meine Familie stammt aus Paris …!"

Anthelme lacht: „Ach komm – bis auf die Bretonen will jeder Mensch aus Paris sein. Was meinst du, warum die Kartoffelfritzen da drüben unbedingt dahin wollen!?"

„Ich mache keine Witze, sie stammt wirklich aus Paris. Und wenn du mich fragst, es ist schon verdammt unwahrscheinlich, dass sich dort zwei Menschen treffen, um sich lieben zu lernen."
„Du meinst, es ist sehr zufällig."
„Oder so, auf jeden Fall, musste schon eine ganze Menge Wunderliches geschehen, bevor sich meine Eltern über den Weg liefen und sich fanden, wie sie sich fanden."
„Ich verstehe kein Wort. Ich verstehe nur, dass du mir sagen willst, dass es bei meinen Eltern nicht so war. Sie mussten sich treffen und ich musste zur Welt kommen, sodass ich hier nun knietief in der Kacke stehen kann?"
„Du stammst aus einem Dorf."
„Na und?"
„Dort verringert sich die Unwahrscheinlichkeit mit der geringeren Anzahl der Bewohner. Da gibt es dann vielleicht in einer Generation vierzig Kinder, ein paar mehr Mädchen als Jungen, wie da meistens so ist, und schon ist die Auswahl geringer, die Wahrscheinlichkeit dafür aber umso größer."
Anthelme betrachtet seine durchgewetzten Schuhspitzen: „Meine Mutter stammt aus dem Nachbardorf."
„Im Vergleich zu Paris ist das ein Fliegenschiss."
„Blöder Sack."
„Oft hat mir meine Mutter erzählt, wie sie sich getroffen haben."
„In einem Bumslokal?"
„Jetzt hör mir mal zu, die Geschichte ist nicht so schlimm, wie du denkst – eher schön."
„Ach, du wieder."
Le mégot lässt sich wie gewohnt nicht beirren: „Stell dir vor, du wärst mein Vater."
„Muss ich?"
„Jetzt hör zu! Stell dir vor, du hast gerade einen schlechten Tag gehabt. Dein Chef hat dich angeschnauzt – wegen irgendwas halt. Wahrscheinlich war er schlecht gelaunt. Am Nachmittag gehst du ganz gegen deine Gewohnheit mit gesenktem Kopf die rue de Picardie hinab, ausgerechnet du, der sonst durch die Straßen spaziert, als würde er mit den Händen Äpfel vom Himmel pflücken wollen. Jetzt aber bist du eine Trauerweide, und siehe da, da vorn hast du doch zehn Franc gesehen, gleich auf dem Boden. So mir nichts dir nichts liegen keine 10 Franc auf der Straße. Nun heißt es auf jeden Fall Beeilung, damit niemand anderes vor dir sich das Scheinchen schnappt. Doch keine Sorge, die Menschen um dich herum schauen nur ihren unerreichten Zielen

entgegen. Was soll ihnen da ein Spinner von deiner Sorte, der mit dem Kopf auf dem Bürgersteigt herumkrebst? Ausweichen muss man ihm, und so machen sie dir den Platz frei und schwupps, schon fasst du das Scheinchen und hältst es glücklich ins Licht. Du kannst dein Glück kaum fassen. Ängstlich denkst du, hoffentlich nimmt mir niemand das Geld weg, hoffentlich hat es keiner gesehen. Es sind doch nur zehn Franc – eine Belohnung für deinen schlechten Tag. Aber da ist es auch schon: dein protestantisches Gewissen. ‚Hallo', sagt es. Die Ersten rempeln dich auch schon an. Du fragst dich, darf ich das so einfach? Wenn ich einen schlechten Tag habe, dann hat ihn erst recht derjenige, der ihn verloren hat. Egal, denkst du, was ist, das ist. Nur der Geldschein möchte auf einmal nicht in deine Jackentasche. Er weigert sich. Er sagt, ich hatte einen Besitzer, und der bist nicht du. Vielleicht, so kommt es dir in den Sinn, kann ich fröhlicher werden, indem ich etwas Gutes tue, und zwar mit dem Geld. Die Gelegenheiten dazu sind ja durchaus selten für dich. Zögerlich fragst du einen Passanten, ob er eventuell das Geld verloren habe, immer in der Hoffnung, dass er dich nicht hört oder einfach nur verneint. Das machte er auch, und dein Herz geht auf. Also fragst du den Nächsten. Wieder nichts. Die Sache fängt an, dir zu gefallen. Das gute Gewissen regt sich. Du hast es immerhin versucht. Das soll dir keiner nachsagen. Also wirst du mutig und gehst sogar in ein Geschäft für Hüte und wartest, bis die Reihe an dir ist. Die Verkäuferin ist jung, brünett und offenbar recht neu dabei, derart hektisch und halb verzweifelt ist sie bemüht, die Kundenwünsche zu erfüllen. Auch sie hat keinen wirklich überragenden Tag. Das verbindet. Ein bisschen bittest du sogar zu deinem Apfelhimmel, dass sie den Zehner verloren haben möge. Endlich bist du dran. Du hältst den Schein in der offenen Hand, aber sie schaut nicht einmal in ihre Kasse. Keine Erinnerung, kein Nachzählen nötig. Wie traurig, denkst du, das wäre wieder ein perfekter Tag geworden, wenn ich den Schein gefunden und sie damit hätte glücklich machen können. Wer weiß, was für einen Chef sie hat, ein Monster sicher, einen Ausbeuter, der ihr am liebsten in den Ausschnitt linst – so wie gerade du jetzt. Zu guter Letzt beschließt du, das Geld zu behalten. Warum auch nicht, denn offenbar will kein anderer es haben. Du bist schon beinahe aus dem Laden hinaus, da hörst du ihre Stimme. Sie sagt: ‚Warten Sie, zehn Franc habe ich nicht verloren, aber zehn Centime, die fehlen in der Kasse.' Also erwiderst du: ‚Zehn Franc minus zehn Centime sind 9 Franc 90 Centime, das reicht doch für ein Mittagessen für zwei.'
‚Ja', antwortet sie, ‚das reicht allemal. Pause ist um zwei. Wenn Sie auf mich warten würden?' Und natürlich hast du gewartet, sonst wärst du ja nicht mein Vater geworden. So war das. Na, ist das eine schöne Geschichte?"

Anthelme nickt.
„Ja, nicht wahr! Das Beste aber ist, dass ich erst seit diesen Tagen weiß, wem ich dafür dankbar sein soll. Eine Weile dachte ich, den zehn Franc, dann demjenigen, der es verloren hat, dann wieder dem Chef, der meinen Vater an diesem Tag in den Senkel gestellt hat, zuletzt aber der gescheiten Antwort meiner Mutter, mit der sie meinen Vater vom Gehen abhielt."
„Ich tippe auf deine Mutter."
Le mégot zieht genüsslich an einer unsichtbaren Kippe: „Unsinn, Unsinn. Nach all dem hier kann ich nur einem dankbar sein: Dem Mittagessen, zu dem sich die beiden verabredeten. Stell dir vor: Eine Vorsuppe, kräftig, mit viel Fett, dann Kaninchen …"
„Hör auf!!" Anthelme will es nicht hören.
„Sagte ich doch." Le mégot lehnt sich zurück. „Das Wunderbare am Krieg ist, dass er die Dinge so einfach werden lässt. Entweder hast du etwas zu fressen oder du hast nichts zu fressen. In der Wirklichkeit muss du zehn Franc finden und ein Mädchen einladen. Hier geht es nur um Nichts oder Nichts."

Einige Nächte, bevor Schnodder sterben würde, liegen er und Anthelme nebeneinander auf einem Strohsack. Durch die hölzernen Ritzen des Unterstandes können sie die Sterne sehen.
„Das ist wie früher", flüstert Schnodder.
„Wie viel früher?", will Anthelme wissen.
„Unglaublich viel früher. Alles, was wir jetzt *damals* nennen. Ach, Anthelme, mir kommt es vor, als hätte es unser Dorf in Sepia nie gegeben."
„Die Sterne hat es schon immer gegeben."
„Soweit man weiß ..."
„Kann dich das trösten?"
Schnodder rückt auf seinem Strohsack hin und her. Das ist so viel wie ein Nein.
Von draußen hören sie in unregelmäßigen Abständen Schüsse. „Das sind unsere Kirchturmglocken", hatte ihnen bei ihrem ersten Fronteinsatz Könnte-schlimmer-sein erklärt. „Gewöhnt euch dran."
„Und wenn da oben jemand ist?"
„Du meinst Gott?"
„Nein, ich meine, solche wie du und ich."
„Dann haben sie Pech, falls sie auch dort in so einem Scheißgraben hocken müssen."
Sie lachen; Schnodder stockend.

„Vielleicht sind sie gerade auf dem da und schauen uns zu.“ Schnodder hebt seinen Finger zu einem der Sterne. Er hätte genauso gut auf ein Sandkorn in der Wüste zeigen können.
„Möglich ist auch, dass sie genau wie wir hoffen, dass da draußen niemand ist. Mein Großvater ...“
„Opa Gustave?“
„Ja, der hat immer gesagt: Wer weiß, wie viel Idioten so ein Universum verträgt. Immerhin muss es einen Grund haben, warum alles voneinander so unglaublich weit entfernt ist. Stell dir vor, Deutsche, Briten, Franzosen und wer sonst noch alles wären nicht nur durch einen Fluss oder einen Berg oder durch eine bloße Linie auf eine Landkarte getrennt, sondern in Gestalt verschiedener Sterne.“
„Du meinst, jedem seine Sonne?“
„Wäre wohl das Beste.“
„Ich glaube, dann würden wir uns bald selbst massakrieren. Schau dir nur den Türspalt an. Der geht jetzt schon Le mégot dauernd an den Hals. Da hilft kein Universum zwischen ihnen.“
„Eigentlich ist das Liebe. Sie brauchen sich.“
„Anziehung durch Abneigung.“
„Genau.“
„Wie in so einem verdammten Sonnensystem. Es heißt, irgendwann verschluckt sich alles von selbst. Erde, Mars, Venus, Jupiter, alle – alles.“
„Jetzt weiß ich, warum dich das nicht tröstet.“
„Als Kind wollte ich gern hinaufschauen. Ich meinte, die Weite könnte mir Trost spenden, nur weil sie die Weite ist.“
„Da haben wir auch auf Stroh gelegen. In der Scheune meines Vaters.“
„Aber es hat weniger gestunken.“ Sie stoßen sich schmunzelnd in die Seiten.
„Bei einer Sternschnuppe darf man sich etwas wünschen.“
„Kannst du sie von den Leuchtraketen unterscheiden?“
„Wünsche dir einfach etwas.“
Schnodder schließt die Augen, seine Lippen beben. Anthelme schaut ihn an. Den Wunsch erahnt er.
„Hast du mal versucht, die Sterne zu zählen?“
„Warum sollte ich? Da schläft man nur bei ein.“
„Zu Hause habe ich das einmal versucht. Mein Vater hat mir ein Papprohr gebastelt, damit ich hindurchschauen könne.“

„Wie viele hast du gezählt?“
„Ehrlich gesagt, habe ich gar nicht angefangen. Am Abend fand ich es draußen zu kalt und durch das Dachfenster sah ich nicht genug. Dumm, nicht wahr? Ein Sternforscher, der nicht hinausgeht, liegt jetzt draußen, wo er nicht hinwill, und redet wieder nur davon.“
„Wenigstens das kannst du tun.“
„Ja, es gibt mir aber eine Ahnung von den Möglichkeiten – von der Vielzahl des Seins.“
„Schnodder, mir reicht diese eine, und die ist beschissen genug.“
„Dich interessiert wirklich nicht, ob da noch etwas ist?“
„Wir schauen einander nicht einmal richtig auf der Erde an. Warum dann gleich an die nächste Welt denken?“
Erst nach eine Weile bekommt Anthelme eine Antwort: „Du hast wohl Recht. Ich sollte meine Hoffnung nicht mehr an Sterne hängen. Das nutzt nichts. Es ist nur der Graben hier. Der zwingt mich, so dermaßen blöd ins All zu starren.“

In einer folgenden Nacht wacht Anthelme auf. Das ist nichts Besonderes. Meist wird er von einem Ruf, einem Schrei, einem Krachen in der Nähe geweckt. Und ebenso oft sind es seine Träume, die er lieber Träume sein lässt, als in ihnen zu leiden.
Das Merkwürdige in dieser Nacht ist, dass alles vollkommen ruhig ist. Dass es keinen Vogel mehr gibt, der sich in dieser zersprengten Gegend auch nur mit einem Triller verraten würde, daran hat er sich schon lange gewöhnt. Umso unwirklicher wirkt das Nichts aus Dunkelheit und Stille in diesem Totenland. Wo Frieden hätte sein können, lagern die schlimmsten Befürchtungen.
Er stützt sich auf und merkt, dass Schnodder nicht mehr neben ihm liegt. Dabei ist es gerade Schnodder, der alle mit seinem ewigen Schnarchen unterhält. Die verstopfte Nase des einen sorgt im Schlaf für die Unruhe der anderen.
Anthelme findet ihn bei der Métro. „Es gibt drei Dinge, die man hier in der Nacht tun kann“, scherzt ihr Sergent-chef gern, „scheißen, rauchen und sterben – und manchmal alles in einem.“
Das auf einen Pfahl gehängte Licht hat Anthelme aufmerksam gemacht und ihn dorthin geführt.
Vor ihm haben bereits der Türspalt und Pisser etwas bemerkt. Sie begrüßen ihn: „Das sind wir ja alle beisammen“, kommentiert der Türspalt. „Ein schöner Trupp Helden aus dem großen Sepiadorf steht mitten in der Latrine.“

Anthelme sieht Schnodders Schatten, wie er gegen eine Wand des Grabens lehnt:
„Was macht er da?"
„Nicht, was du und ich hier machen würden."
„Geht es ihm gut?"
„Keine gute Frage."
Dann hört Anthelme Schnodder reden. Nicht laut, eher ein Flüstern, eine Art Selbstgespräch: „Ja. Monsieur Gremiond, ich weiß, was ein Geheimnis ist. Ich weiß auch, dass ich nicht alles ausplappern soll, was ich denke. Denn es gibt ja auch Staatsgeheimnisse, es gibt Militärgeheimnisse, es gibt Beicht- und Banken- und Firmengeheimnisse, ja, das alles gibt es. Wenn jemand nicht will, dass ein anderer etwas weiß, obwohl es für ihn wichtig sein könnte, weil er dann zum Beispiel etwas nicht tun würde, es aber nun doch tut, weil er es eben nicht besser weiß, dann hat ein Geheimnis seinen Zweck erfüllt. So ist das. Monsieur, Sie haben uns beigebracht, dass *Geheimnis* im Lateinischen *secreta* heißt. Und mein Vater hat mir gesagt: ‚Siehst du Junge, das klingt schon so wie *Exkrement*, also die *Scheiße*.' Und die Römer mussten es wissen, die haben immerhin mit ihren Latrinen die halbe Welt erobert und entwässert. Was ich sagen will: Geheimnisse bedeuten kleine und große Lügen, und am Ende ist es der Belogene, der im Bann des Geheimnisses und damit in der Scheiße steht. Den Wörtern kann man nichts vormachen, aber den Leuten, die diesen Wörtern folgen müssen. Und darum stehe ich dort, wo ich hingehöre."
Traurig schaut Schnodder zu seinen Kameraden herüber und verbessert sich: „Und darum stehen *wir* dort, wo *wir* hingehören."
„Meint er das ernst?", will der Türspalt wissen.
„Schau ihn dir an, dann weißt du es." Anthelme geht auf Schnodder zu und berührt ihn sanft. „Komm!", sagt er, doch dieser wehrt sich. Unwirsch schlägt er Anthelmes Hände weg.
Pisser versucht es mit Humor: „Hey, Schnodder, hast wohl einen Scheißtraum. Lass uns lieber aufwachen und zurück in den Unterstand gehen."
„Ich bin wach! Ich bin wach! Begreift ihr nicht, wie wach ich bin!?"
Der Türspalt geht auf ihn zu, um ihn dem Mund zuzuhalten: „Schrei nicht so! Willst du Freund und Feind auf uns hetzen?"
Mit einem Ruck reißt sich Schnodder los und springt tiefer in den Latrinengaben.
„Ekelhaft", entfährt es dem Türspalt.
„Na ja, es wird auch ein Schoppen von dir dabei sein", bemerkt Pisser.

Sie können Schnodder in der Dunkelheit kaum sehen. Der Gestank ist gewaltig, aber doch altbekannt. So haben die Sickergruben zu Hause gerochen, wenn die Deckel gehoben wurden, um sie zu entleeren. Anthelmes Großvater hat dieser Arbeit stets mit Begeisterung beigewohnt, weil er meinte, dass erst der üble Geruch die wahren Krankheiten aus der Welt treiben würde. Minus und minus ergibt plus, das ist die logische Erklärung. Und stimmte es nicht? Wenn endlich der Wind mit seinen Luftfeudeln kam, duftete dann nicht nach geraumer Zeit alles besser denn je? Zumindest so lange, bis Menschen und Dinge nach und nach wieder den eigenen Moder hervorbrachten?

In der Latrine setzt Schnodder sein Selbstgespräch fort: „Ja. Monsieur Gremiond, ich weiß, was man bei uns im Sepiadorf sagt, wenn ein neues Kind zur Welt gebracht wird. Der Vater nimmt es in beide Hände, hält es in die Luft und ruft wie es der Brauch will: ‚Siehe, du wirst am meinem Grabe stehen, denn so soll es sein.' Ich aber weiß Monsieur, nichts wird mehr so sein, obwohl das auch mein Vater zu mir gerufen hat. Doch er ist dort, und ich bin hier. Wie kann ich da zu seinem seligen Grab kommen, wenn ich bereits in meinem eigenen stehe?"

„Heimaturlaub", sagt der Pisser, „er braucht dringend Heimaturlaub. Ich hole Könnte-schlimmer-sein."

Der Türspalt packt ihm am Kragen: „Nichts dergleichen wirst du tun. Der wird ihm höchstens den Kopf waschen. Unser Schnodder braucht jetzt seine Freunde und keinen Ärger."

„Siehe, du wirst am meinem Grabe stehen", wiederholt heult Schnodder heulend.

„Ich glaube, ich hau ihm lieber eins auf die Schnauze." Der Türspalt lässt Pisser los und marschiert mit staksenden Schritten ins Latrineninnere. Wenn es nur nicht so dunkel wäre.

Sie hören ein Keuchen, sie hören einige wenige Worte, sie hören Schritte. Zu ihrem Erstaunen lässt sich Schnodder anstandslos vom Türspalt führen. Offenbar hat er gesagt, was er zu sagen hatte. Der Türspalt hält ihn am Kragen fest. Schnodder ist vollkommen verdreckt.

Plötzlich sackt Türspalts Arm weg. Ob es der Geruch war oder die Erschöpfung, Schnodder hat sich einfach nicht mehr auf den Beinen halten können. Ohnmächtig und zusammengekrümmt liegt er auf dem Boden.

Eilig holen sie einen Eimer Wasser und schütten ihn Schnodder ins Gesicht. Keine Wirkung. Er bleibt völlig regungslos. So liegen Larven auf dem Boden – oder Tote, nur das sagen sie nicht.

Der Türspalt meint: „Gut, jetzt kann man ihn wenigstens einigermaßen anfassen. Wir sollten ihn schleunigst zu uns tragen und ihm seine stinkenden Sachen ausziehen. Pisser? Pisser? Verdammt, wo bist jetzt du?
Pisser kommt zurück aus dem Métrogang. Er nestelt an seinem Hosenlatz: „Wo ich schon einmal hier bin, kann ich auch die Gelegenheit nutzen."
„Du hast Nerven", flucht der Türspalt und bedeutet ihm mit einem Kopfnicken, dass er gemeinsam mit Anthelme Schnodders Beine anpacken soll.
Wie leicht Schnodder ist. Ob sie alle solche Windspiele geworden sind? Anthelme kann sich die Antwort gleich selbst geben, so sehr flattern die Hosen um seine eigenen Beine.
Behutsam betten sie Schnodder auf dessen Lager. Sie ignorieren seinen Geruch. Wichtiger ist, darauf zu achten, dass er ruhig atmet. Er tut ihnen den Gefallen und wagt nur ab und an ein Stöhnen.
Vollkommen ermattet, schlafen auch sie ein.
Umso furchtbarer ist der Weckbefehl. Zu sehr mit sich selbst beschäftigt, fällt ihnen nicht auf, dass Schnodder liegen bleibt. Endlich geht Anthelme zu ihm und schüttelt ihn. Sofort weiß er: Schnodder wird nie mehr aufstehen.
„Er ist tot", sagt er leise, „und wir werden an seinem Grabe stehen."
Der Türspalt holt den Sanitäter. Alles muss seine Ordnung haben.
„Ein sonderbarer Fall", gibt der Sanitäter nach eingehender Untersuchung zu.
„Der Türspalt hockt neben ihm: „Wieso sonderbar? Eine ansteckende Krankheit?"
Der Sanitäter lacht: „Als ob das hier eine Rolle spielen würde. Nein, wer stirbt im Feld in diesem Alter schon eines natürlichen Todes. Aber stinken kann er für zehn Leichen."
Könnte-schlimmer-sein ist empört. Das gehört sich nicht, so ohne Feindeinfluss wegzusterben. Das ist unprofessionell, auch für einen Laien, vollkommen unprofessionell. Die Moral der Truppe. Er versetzt dem Leichnam mehrere Fußtritte. Eingeschüchtert lassen sie es geschehen. Könnte-schlimmer-sein braucht eine Weile, bis er sich wieder beruhigt. Er wischt sich den Schweiß von der Stirn. Er weiß selbst, er hätte sich nicht so gehen lassen sollen. Rasch verabschiedet er sich mit den Worten: „Keine Bange, ein Toter bekommt keine blauen Flecke mehr."
Trotzdem beerdigt man Schnodder mit einigen Ehren in der Deckung eines kleinen Sandhügels. Er bekommt sogar einen Sarg. Wer hätte das gedacht oder erwartet? Ist selten genug in dieser Gegend, in diesen Jahren. Das schlichte Holzding ist nicht mehr als eine roh zusammengehauene Kiste, aber sie erinnert alle an die Tage, an denen

man sich noch Zeit für die Toten nahm. Diese Stunden oder Minuten hat man an der Front für sie nicht. Wie die an den Bootslaib genagelte Mannschaft des Geisterschiffs vergehen sie mit der Erde, sobald sie diese mit einer Kugel in der Brust berühren.
„Staub zu Staub“, heißt es, bevor sie nacheinander den Sarg mit Erde bewerfen. Und weil es bei einer Beerdigung jemanden geben musst, der lacht, ist es Le mégot, der diese Rolle übernimmt.
„Scheiße“, sagt er, „noch mehr Staub. Gibt es hier nicht schon genug davon? Da kann man gleich dem ganzen Sumpf der Gegend einen Orden verleihen.“
Am Abend will Anthelme einen Brief an die Eltern schreiben. Der Bleistift wiegt schwerer als ein Geschütz in seiner Hand. Am liebsten möchte er schreiben, dass Schnodder an gebrochenem Herzen gestorben ist, dann besinnt er sich eines Besseren. Das würde Mutter und Vater Varin kaum gefallen. Helden sterben nicht am Herzen, sondern höchstens mit dem Herzen. Also erfindet er eine typische Frontgeschichte. Plötzlicher Angriff, Schnodders wagemutiger Einsatz, eine verirrte Kugel und so weiter.
Am Ende schmeißt er den Brief weg. Aus manch einem Tod muss man ein Geheimnis machen, damit anderes eine Chance zum Gleichgewicht hat. Das hat er gestern Nacht in der Latrine von Schnodder gelernt.

Im Namen des Zweifels

Der künstlich hervorgerufene Abszess tat seine Wirkung. Anthelme fieberte und genau das sollte er.

Der behandelnde Arzt, ein gewisser Doktor Achamps, erklärte über seine Halbbrille hinweg: „Die Vermutung einer Verwandtschaft zur althergebrachten Methode, die Patienten mit Blutegeln zu schröpfen, liegt nah, ist aber dennoch falsch. In diesem Fall wollen wir nicht die Krankheit heraussaugen, sondern sein Fieber als gesunde Reaktion auf den Abszess begreifen. Denn, wie Sie ja wissen, das Fieber ist eine Antwort des Organismus, nicht die Ursache des Übels. Nehmen sie es im übertragenden Sinne: Wenn das Fieber antwortet, dann können es auch sein Geist und sein Mund. Lassen wir ihn ein bisschen delirieren, und wir werden mehr wissen."

Unter Fenayarous und meinen skeptischen Blicken – wir hatten mittlerweile zu viele Quacksalber und selbsternannte Wahrheitsfinder erlebt – befühlte er mit seinen langen, schmalen Fingern die Entzündung. Entgegen der sonstigen ärztlichen Gepflogenheit, den Eiter dort, wo er sich befindet, zu entleeren – *ubi pus, ibi evacua* – unternahm er nichts, um ihn zu beseitigen.

Das Thermometer wanderte vor Achamps Adlergesicht: „Bereits 38,7° Celsius. Noch ein halbes Grad hinzu, und er ist reif." Er sprach von Anthelme, als wäre er ein gar werdendes Mittageessen.

Die Verantwortung zu dieser Maßnahme hatte das hohe Gericht in Paris zu tragen. Man wolle alle möglichen Beweismittel ausschöpfen, um die Sachlage in der Angelegenheit L'Amot gegen Monjoin auszuloten, lautete die knappe Begründung. Sie hatte uns vor einigen Tagen in Schriftform in Rodez erreicht. Fenayarou vermutete wahrscheinlich nicht zu unrecht, dass hier ein Amtsdiener einen Gutachter kannte, der diesem einen Gefallen schuldete, indem er ihm den einen oder anderen stattlich dotierten Auftrag verschaffte.

Es hatte so kommen müssen. Ein Verfahren war angestrengt worden – wo man sich streitet, redet am Ende der Richter.

Mochte Fenayarou auch glauben, dass er in Octave Félicien Monjoin den wahren Anthelme ausfindig gemacht hatte, so ließen die Damen L'Amot und Vaysett, unsere Zwillingsmütter, nicht locker. Zuletzt vermochte aber nur Agnes L'Amot mit ihrem außerordentlichen Biss und Beharrungsvermögen die erforderlichen Summen und die nötigen Anwälte aufzutreiben. Die Vaysett hingegen musste sich, obwohl sie niemals

zugeben würde, nicht mit Anthelme verwandt zu sein, allein der Tatsache beugen, für ein Gerichtsverfahren zu mittellos zu sein.
Allein die Monjoins wurden mehr oder weniger dazugeladen. Ohne Aussicht auf eine Hinterbliebenenrente oder eine stattliche Pension besaß der Prozess für sie den Charakter einer Wasserstandsmeldung – im Unterschied zu Fenayarou, Malard und den Institutionen, die sie als mutmaßliche Angehörige vertraten. Von dorther übernahmen sie die Gegenposition zu Agnes L'Amot.
Endlich befand Doktor Achamps Anthelmes Zustand für geeignet, um die eigentliche Prozedur zu beginnen. Das Fieber hatte sich auf 39,2° Celsius eingependelt.
Anthelmes Augen, deren Sinn einzig darin zu bestehen schien, uns seine innere Abwesenheit mitzuteilen, erinnerten mich in dieser Verfassung an die dunklen und tiefen Augen von Neugeborenen. Fiebrig glänzend, hätte man in sie wie in einen See herabsteigen mögen, um dort ein erstes Zeichen von Erkennen zu finden.
Weil Achamps mich leicht zur Seite drückte, konnte ich Anthelme nicht mehr in Ruhe ansehen. Fast lässig, mit einem Schreibblock auf den Knien, setzte sich Achamps neben Anthelme aufs Bett und beugte sein Ohr an dessen Mund.
„Er wird sicher nicht sehr laut mit uns sprechen“, erklärte uns Achamps überflüssigerweise, und ich überlegte, ob Anthelme überhaupt sprechen würde. Schließlich sagte er auch sonst kaum etwas, nun aber wäre auch einem starken und sonst gesunden Mann nicht ernsthaft nach Gesprächen oder gar Verhören zumute gewesen.
Ich schreckte auf, da Achamps seine erste Frage fast herausschrie. Eine verborgene Seele will offenbar erreicht werden. Anthelme zuckte zusammen, ein ganz normaler Reflex, dem bei diesem Gebrüll vielleicht sogar ein Toter ereilt hätte.
„Wie heißen Sie? Vor- und Nachname?“
Anthelmes Antworten hingegen konnte niemand verstehen, der nicht auf Achamps rechtem Ohr gesessen hätte. Fleißig schrieb er mit, was er scheinbar hörte. Für mich klang es nach dem letzten Säuseln von Gardinen am offenen Fenster, nachdem ein kräftiger Wind vorbeigezogen ist.
„Wann wurden Sie geboren?“ – „Ich fragte, wann wurden Sie geboren?“
Natürlich hätte ich mich am liebsten gleich auf Achamps' Notizen gestürzt, aber das das stand mir nicht an. Ich hatte wie die anderen Jahre gewartet, die paar Minuten bis zu einem weiteren wissenschaftlichen Ergebnis würden auch noch vergehen.
„Wie lauten die Namen Ihrer Eltern? Haben Sie Geschwister“?
Es waren die gängigsten Fragen der Welt. Jeder hätte diese Fragen gestellt und jeder beantwortet sie regelmäßig, sobald er auf einem Amt sitzt. In Anthelmes Fall jedoch

glichen sie einem vermeintlichen Schlüssel, einer Art Sesam-öffne-dich zu einem verborgenen ägyptischen Grab. Würde der König im Fieber aufwachen oder stand uns nur ein neuer Fluch der Suche bevor?

„Wo sind Sie aufgewachsen? Welchen Schulabschluss haben Sie? Was sind Sie von Beruf?"

In Gedanken beantwortete ich für mich selbst die Fragen. Stellen sie nicht eine Art Brückenpfeiler unseres offiziellen Lebens dar? Im Wechselschritt von Nein und Ja, Jahreszahlen und anderen Tatsachen formieren sie sich zu einem persönlichen Werdegang, den man so auswendig kennt, als müsste man jemanden den Weg zum benachbarten Bäcker beschreiben.

Selbstverständlich durfte man bei Anthelme nicht so sicher sein. Er konnte einen leicht in eine Sackgasse mit der Aufschrift „Hereinspaziert" entführen.

„Sind Sie verheiratet? Haben Sie Kinder?"

Selten wiederholte Achamps seine Frage. Vermutlich erhielt er ausreichend Antwort. Sofort notierte er das Gehörte, um dann fortzufahren.

Nur einmal verließ Achamps seine Gewohnheit und wiederholte laut das, was Anthelme flüsterte: „Lieblingsfarbe?", fragte er. „Tatsächlich? Schwarzweiß?"

Nach etwa zehn Minuten legte Achamps eine Pause ein. Er prüfte das Fieber und betrachtete den Abszess.

Mit geschlossenen Augen lag Anthelme da. Er schien in einer Art Ohnmacht zu sein. Ich mochte kaum glauben, dass er in diesem Zustand Vernünftiges von sich gab. Allerdings tat er das auch nicht in seiner gewöhnlichen Verfassung.

„Wenn Sie sich an Ihr Zuhause erinnern, woran denken sie am meisten?"

Achamps begann mit seinem zweiten Fragenteil. Erneut verdeckte sein herabgeneigter Kopf Anthelmes Gesicht. Mir hätten die Antworten auf die ersten Fragen durchaus genügt. Reichten sie nicht, um die wahre Identität zu bestätigen? Dem Patienten mochte es ähnlich gehen, denn nun kreiste Achamps Stift die meiste Zeit über seinem Schreibblock. Für Notizen reichte es nur hin und wieder.

„Wenn Sie einen Ort nennen sollten, zu dem sie jetzt reisen dürften, welchen würden Sie nennen?

Welchen Menschen vermissen Sie am meisten?

Schauen Sie sich gern den Mond an?

Haben Sie in Ihrer Kindheit ein Tier begraben?

Mögen Sie es, mit nackten Füßen im Gras zu laufen?"

Achamps brannte ein ganzes Feuerwerk derartiger Fragen ab, die mir in keinem Zusammenhang mehr mit dem vom Gericht angeordneten Sachprüfung standen. Dass er sie weiterhin brüllte, ließen sie um keinen Deut gescheiter wirken. Fenayarou kräuselte seine Lippen. Die Höflichkeit und der formale Anlass dieser Zusammenkunft hielten ihn vor dem Einschreiten zurück.

Entsprechend unbeirrt fuhr Achamps fort. Wissenschaftliche Hartnäckigkeit war ihm nicht abzusprechen. Nach weiteren zehn Minuten endete auch der zweite Teil.

„Wissen Sie eigentlich, wo sie sich hier befinden?"

Ich war so erleichtert, dass ich nicht einmal mehr über diese zuletzt gestellte Frage lachen musste.

Fenayarou ging auf das Bett zu. Ich nahm an, er wollte sich die Notizen ansehen, oder sich bei Achamps direkt nach den Ergebnissen erkundigen. Ich hätte Fenayarou besser kennen sollen. Er beachtete Achamps gar nicht weiter, sondern fasste Anthelme am Handgelenk und maß dessen Puls, während er auf seine Taschenuhr schaute. Danach besah er sich die Pupillen und befühlte die Stirn. Er schaute erleichtert auf. Anthelme mochte einen verletzlich-verschütteten Geist haben, aber physisch besaß er trotzt aller Experimente eine Rossnatur.

Unser Kollege vermochte leidlich diesen Affront zu überspielen. Mit hervorgerecktem Kinn blätterte er in seiner Mitschrift. Mich interessierte schon, was er herausgefunden hatte, aber er äußerte sich solange nicht, bis er seine Durchsicht beendet und sich seinen Stift hinter das Ohr geklemmt hatte.

„So, so", sagte er.

In der folgenden Woche trafen wir uns in Paris. Da sowohl Fenayarou als auch ich Verwandtschaft in der Hauptstadt besaßen, konnten wir problemlos eine Unterkunft für einen längeren nicht ganz bestimmten Zeitraum finden. Beide hofften wir natürlich, die Gastfreundschaft nicht über Gebühr strapazieren zu müssen, zumal der gewissenhafte Fenayarou Rodez nicht zu lange ohne seine Aufsicht wissen wollte. Das Gerichtsverfahren durfte einfach nicht zu lange dauern. Für ihn waren es zwei Herzensangelegenheiten, und für welche er sich auch entschied, eine Hälfte hatte stets das Nachsehen.

Auf der Zugfahrt erzählte er mir von einem seiner seltenen Besuche in Paris in den Tagen seiner Kindheit. Die reiche Tante von damals lud notgedrungen zu ihren runden Geburtstagen ein und hieß – selbst kinderlos – ihre Angehörigen aus der Provinz herkommen. Fenayarou erinnerte sich an sie in besonderer Weise, nämlich dass sie nach Rosenseife roch und wahnsinnig große Hüte trug, von denen er als Kind nicht zu entscheiden wusste, ob sie ihr gleichzeitig als Kronleuchter dienten. Und was ihr Haus betraf, so würde er nie diese steile Treppe vergessen, die, mit einem roten Läufer beschlagen, direkt ins Untergeschoss zur Küche führte. Dort befand sich das Reich der Köchin Margarethe, dick, rotwangig und ständig verärgert über ihre Schürze, deren Bänder sich gern in Soßentöpfen und Suppentellern niederließen. Gleichsam aus einem Bilderbuch entstiegen, pflegte sie den kleinen Fenayarou sofort auf einen Tisch neben sich zu setzen, um ihn mit den leckersten Probierhäppchen zu füttern.

„Du bist mein Vorkoster aus dem Prinzenreich", hat sie immer gesagt, „und bis heute kann ich nur probieren und essen, aber nicht selbst kochen."

Mochte Margarethe auch Geflügel, Pasteten und Kräutersaucen zubereiten, am liebsten aß er ihre Speckpfannkuchen mit Birnen. „Von wegen Großstadt, Seine, Champs-Élysées und Eiffelturm, für mich bedeutet Paris immer nur eines", sagte Fenayarou, „nämlich Margarethes Küche gekrönt von ihren Pfannkuchen. Und einmal habe ich es sogar geschafft, dass ich diese ganz allein für mich oben im Salon bei der Tante essen durfte, während es für den Rest der Familie Krustenbraten und einen bunten Gemüseteller gab. In der Küche ließ sie mich mit den Händen essen, wenn es schwierig wurde, im Salon aber verlangte der Anstand den korrekten Umgang mit Besteck. Haben sie als kleiner Junge schon einmal versucht, geschälte Birnen auf einem öligen Teller zu schneiden? Ich jagte die widerspenstigen Stücke vor mir her. Ich hätte der Leithund auf einer Hatz sein können. Eines landete unter den erbosten Blicken meines Vaters auf dem Boden, das störrischste jedoch hatte wohl einen besonderen Freiheitsdrang. Es flog meiner Tante direkt auf den Krustenbraten. Mein Glück, dass sie gerade angeregt mit meiner Mutter sprach. Bei ihrem nächsten Bissen erwischte sie die Birne und das Fleisch mit einem einzigen Stich der Gabel, wofür ich sie sofort hell bewunderte. Sie führte das Ganze zum Mund, runzelte die Stirn und sagte nur leise: ‚Oh'. Das war ihr Ausdruck, wenn sie Dinge weder einzuordnen noch zu beurteilen wusste."

Im Unterschied zu Fenayarou war mein Weg zwischen Gericht und Unterkunft recht weit. Ich musste beinahe die halbe Stadt durchqueren, um zum Justizgebäude im Zentrum zu gelangen. Entsprechend kam ich am ersten Tag über eine halbe Stunde zu früh. Das ist eine meiner Angewohnheiten. Bevor ich Gefahr laufe, zu spät zu kommen, treibe ich mich lieber zur Eile an, als gälte es, den Nachmittag vor dem Morgengrauen zu erreichen.

Ich hatte zuvor noch nie ein Gericht betreten, dennoch entsprach es Stein für Stein meinen Vorstellungen. So sieht ein solches Gebäude aus. Die Außentreppe führte durch einen mächtigen, an ein Kirchenportal erinnernden Eingang, dessen Tür so schwer war wie manches Gewissen, in eine von einer Kuppel überwölbte Vorhalle. Der ausladende Zier- und Steinschmuck an Säulen, Treppengeländer und Umläufen musste einem zerklüfteten Wolkenhimmel abgeschaut sein. Es sollte wohl erhaben und bedrohlich wirken, und was ist erhabener und bedrohlicher als ein zum Sturm bereites Wetter? Die Vorhalle war auch genauso grau, sieht man einmal von den Porträts der Richter ab, die in einer Auswahl von streng oder gütig aus den in Reihen gehängten Bilderrahmen schauten.

Die Rechnung ist simpel: Wo man sich klein fühlen soll, muss die Architektur raumgreifend sein. Mickrig und mächtig, beides fängt mit demselben Buchstaben an. Ersteres steht für das Gefühl, wenn man eintritt, letzteres für das Selbstbild des Bauherrn und seiner Bewohner. Und hier sollte Anthelmes Identität ein für alle Mal festgestellt werden? Ich stellte ihn mir in seiner ewigen Ausdruckslosigkeit inmitten dieser Beredtheit aus Stein vor. Gut, dass er nicht wirklich in Paris war. Er wäre der Narr gewesen, der die Weisheit anderer auf sich beruhen lässt.

Am ersten Tag fasste Richter Berlot den bisherigen Fall „Anthelme Mangin" zusammen. Derart auf ein paar Punkte reduziert, kam mir die Geschichte vor wie ein Tischtennisspiel, bei dem der Ball einfach nicht von der Platte in eine Richtung springen will. Die Tragik spürte man nur, wenn man sich dabei die Menschen vorstellte, die miterleben mussten, dass jeder Satz die Todesnachricht bedeuten konnte. Aber nur eine Familie konnte nur gewinnen. Viele andere hatte bereits … ach, lassen wir das!

Die Vertretung der Monjoins hatte ein gewisser Poiteaux-Murant übernommen. Sein faltenlos kantiges Gesicht und der eckige Kopf sprachen Bände über seine Haltung zu Gefühlen, und die konnte er bei den eher pekuniären Interessen seiner Mandanten auch nicht gebrauchen. Entgegen der herkömmlichen Meinung, dass nur in einem runden Kopf die Gedanken die Richtung wechseln können, sollten wir uns aber in Poiteaux-Murant noch täuschen. Er würde uns bald zeigen, wie klar sein Denken sich der Situation anzupassen verstand.

Demgegenüber spielte der Anwalt L'Amots umso lieber auf der Gefühlsklaviatur, die er in Verbindung mit der Tagespresse gezielt einzusetzen verstand. Entsprechend fand sich sein Eingangsplädoyer an einem der folgenden Tage in der *La Petite Gironde* beinahe buchstabengetreu wieder, und ein unbeteiligter Leser musste sich fragen, warum man um alles in der Welt noch weiterverhandelte und nicht endlich der bedauernswerten Agnes L'Amot ihren Mann zurückgab. Übertitelt mit der Schlagzeile „Der Mann, der seinen Namen wiederfand", sah ich diesen Anwalt namens D. Raoul wieder förmlich im Gerichtssaal vor mir, wie er mit ausladenden Gesten und mehreren Taschentüchern, die er nach und nach zur L'Amot rüberreichte, seine Argumente in Stellung brachte.

Nüchtern betrachtet, beruhten seine Begründungen im Wesentlichen darauf, dass Anthelme entgegen seiner sonstigen autistischen Art die gute Madame L'Amot umarmt und geküsst habe. Auch das Datum seines Verschwindens ähnle ihren Angaben und über die Handschrift könne man sich streiten. Hervorheben müsse man jedoch ganz objektiv seine Fähigkeit, Mineralwassermarken mit fabrikinternen Abkürzungen zu bezeichnen, etwas, woran auch das mangelnde Erinnerungsvermögen eines vielbeschäftigten Firmengründers kaum rütteln könne. Zwar gab er bei diesem Punkt der L'Amot ein frisches Taschentuch, ihr zufriedenes Lächeln blieb dennoch nicht unentdeckt.

Auf etwaige Ähnlichkeiten zwischen Anthelme und Marcel L'Amot ging er dagegen nur wenig ein. Das habe alle schon zu oft in die Irre geführt. Inzwischen wisse sicher jeder Franzose über Anthelmes Narben Bescheid, weshalb jeder, der Zeitung läse, dessen Schramme am Schritt kennen würde, ohne ihn auch nur je ohne Hosen gesehen zu haben.

Mochte ich auch seine Ausführungen in gewisser Weise bestätigen, so sind Narben doch nicht alles und auf keinen Fall der ganze Mensch. Warum er ein derart fragwürdiges und angreifbares Argument brachte, wurde mir in dem Moment klar, als er eine bedeutungsvolle Pause einschob und aus seiner Aktenmappe ein Schriftstück zog, dass er als ein weiteres Beweisstück Richter Berlot überreichte.

La Petite Gironde zitierte das Weitere wörtlich: „Hohes Gericht", mit dieser Anrufung legte Anwalt D. Raoul ein ärztliches Gutachten vor, „in diesem beglaubigten Schriftstück ist nachzulesen, dass Marcel L'Amots Familie schon immer, sagen wir, unter gewissen mentalen Störungen litt. So sei dessen Vater in einer Anstalt in Clichy eingewiesen worden, nachdem er auf einem öffentlich Platz gedroht habe, die dort umherlaufenden Panther zu erschießen, was er auch dann mit seiner Holzpistole tatsächlich versuchte, während die Mutter sich selbst am ganzen Körper ritzte in dem Glauben, auf diese Weise unattraktiv für die Versuchungen des Teufels zu werden. Von der leiblichen Schwester sind keine Auffälligkeiten bekannt geworden, dafür aber vom Großvater mütterlicherseits, dem man einen absonderlichen Hang zu Hunden nachsagte, zumal dann, wenn er sie am Spieß seinen Gästen servierte.

Verrücktheit als Familienzeichen, das wirkte!
Das Verfahren wäre aber kaum Anthelmes gewesen, wenn nicht eine allgemeine Verwirrung für eine anständige Verzögerung gesorgt hätte. Wiederum war die *La Petite Gironde* mit im Spiel.
Denn die neu entfachte Berichterstattung über Anthelme sorgte wie schon in den Jahren zuvor dafür, dass Menschen, die fast schon ihre Hoffnung auf die Rückkehr ihres Vaters, Onkels, Bruders, Sohnes oder Enkels aufgegeben hatten, in Anthelme eben jenen oder jenen wieder erkennen wollten. Das war nicht weiter schlimm, ja sogar verständlich – und wir waren es gewohnt. Schlimm war, dass sich mit diesem erneut erwachten Interesse eine Falschmeldung verband, die es erst einmal auf dem Amtsweg auszuräumen galt.
Zu guter Letzt musste der Justizminister persönlich dementieren, jemals den Vorschlag gemacht zu haben, Anthelme in einer Art Rotationsverfahren für je zwei Wochen in die jeweiligen Familien zu geben, die ihn erkannt haben wollten. Vielleicht ergäbe sich auf diese Weise ein Erwachen. Ob sie einen Louis Monnet aus Champagneux vermissten oder einen Pierre Bounaix aus Allassac, mochte er Pierre Givet heißen und bereits einen Gedenkstein in Sainte-Anne besitzen oder auf den Namen Charles Spinasse getauft sein, eine Rotation kam nicht in Frage und war auch nie anberaumt worden. Vielmehr hatte man eine Anspielung des Ministers auf Anthelmes Besuch in Saint-Maur falsch gedeutet und verstanden, dass man zukünftig stets so verfahren wolle, weil dies, so seine eigentlichen Worte, immerhin ein recht aufschlussreiches Experiment gewesen sei.
„Wo kämen wir denn dahin?“, kritisierte Richter Berlot die Berichterstattung. „Selbst Journalisten müssten begreifen, dass ein solches Verfahren nicht nur ewig Zeit in Anspruch nehmen würde, sondern für Anthelme auf Dauer ein unwürdiges Leben nach sich zöge. Er mag ebenso unbekannt wie berühmt sein, doch eine Art Zuhause wollen wir ihm schon bieten. Wir unterstützen ja keinen Wanderzirkus …“
Allein D. Raoul nahm eine Gegenposition ein, berufsmäßig und mit viel Kalkül. „Es wäre nur gerecht“, meinte er, „immerhin haben diese Chance auch die Monjoins erhalten. Warum man seine Mandantin davon ausschließen würde, müsse man ihr und ihm erst erklären.
„Antrag abgelehnt!“ D. Raoul nahm die Entscheidung ohne sichtbare Reaktion entgegen. Sich darüber weiter aufzuregen war seine Aufgabe nicht.

Die Sache stand mit oder ohne diese Umschweife eh bestens für Agnes L'Amot. Es waren solche Tage, da hätte man ihr alles zugesprochen, wenn sie nur Anspruch darauf erhoben hätte.
In dieser Situation musste sich Poiteaux-Murant etwas Besonderes einfallen lassen, um die Monjoins im Rennen zu halten. Dass er es nicht tat, zeugte von seiner ungeheuren juristischen Selbstgewissheit.
Als ob er es geahnt hätte, spielte ihm zuletzt Agnes L'Amot persönlich in die Hände, indem sie entgegen dem Anraten von D. Raoul verlangte, dass Anthelme nach Paris überführt werden sollte.
„Was sollen wir sitzen und reden? Lasst Marcel herkommen, und man wird mit eigenen Augen sehen, dass er mich erkennt."
Also vergingen weitere Wochen, bis man alle Formalitäten erledigt hatte; ein Umstand, der die Partei der Monjoins auf den Plan rief. „Soll der alte Monjoin", so fragten ihre Anhänger, „mit seinen 84 Jahren über den Prozess hinwegsterben?"
Da man sich einmal entschieden hatte, wartete man, bis Anthelme eintraf.
Es wird wohl die neue Umgebung gewesen sein. Zwar machte sich Anthelme sonst nichts aus Besuchen oder anderweitigen Zudringlichkeiten, aber das angespannte Gegeneinander im Gerichtssaal spürte wohl selbst er. Ich meine sogar, ein Hauch von Verunsicherung in seinen Augen zu sehen. Und dies war L'Amots Unglück, hier hatte sie sich gründlich verrechnet. Anstatt Anthelme Trost spenden zu dürfen, indem er mit offenen Armen auf sie zukam, zog er sich umso mehr in sich zurück. Nehmen Sie ein Glas Wasser und stellen Sie es vom Kühlschrank ins Gefrierfach, dann haben sie die gleiche Wirkung.
Poiteaux-Murant nutzte die Gunst der Stunde. Er sprach ruhig und gelassen, ohne auf das Blatt in seiner Hand zu schauen, auf dem er wahrscheinlich die Stichpunkte notiert hatte, die ihm für die Position der Monjoins wichtig erschienen. Bei seinem Vortrag malte beständig sein eckiger Kiefer, als hätte er noch genügend Kraft übrig, hundert Anthelmes persönlich davon zu überzeugen, dass sie eigentlich alle Octave Félicien heißen würden.
„Hohes Gericht, werte Anwesende, bester", er legte eine kleine Kunstpause ein, „Octaaave. Ja, ich sage Octave, weil dieser Mann, nach dessen Identität man seit Jahren sucht und fragt, wieder zu uns gekommen ist, und zwar als ein Monjoin."
Er wandte sich zu Anthelme um, der in seiner Bank in der rechten Saalecke statuengleich mit dem Mauerwerk zu verschmelzen schien.

„Dort sitzt er und weiß nicht, wer er ist. Wir aber wissen es. Nun, werden manche einwenden, wir wissen auch, wer er ist, nur ist er nicht der, für den ihr ihn haltet, sondern ein anderer. Und schon ist das ganze Durcheinander im Gange."
Im Publikum wurde gekichert. Ruhig wartete Poiteaux-Murant diese beabsichtigte Unterbrechung ab. „Diejenigen also", fuhr er fort, „die behaupten, er sei nicht Octave, sondern ein gewisser Marcel L'Amot, gründen ihre Argumentation insbesondere auf zwei Punkte: Zum einen hätte unser tapferer Soldat Gefühle gegenüber Madame Agnes L'Amot gezeigt, zum anderen sei seine Familie von jeher nicht ganz richtig …"
Er beendete den Satz nicht, denn er wusste, dass der Richter eine solche Formulierung nicht für protokollwürdig erachten und daher ablehnen würde.
„Nun, was Gefühle betrifft, so sehen wir ja, wie sehr sich Octave darüber freut, Madame L'Amot hier in Paris zu sehen." Er deutete zur Ecke. „Nämlich gar nicht. Die Stadt der Liebe scheint auf ihn wenig Wirkung zu haben. Damit will ich nicht bestreiten, dass er die Mandantin der Gegenpartei tatsächlich umarmt hat …"
„Zweimal"; warf D. Raoul ein.
„Wie gesagt, ich bestreite es gar nicht. Gleichzeitig will ich zu bedenken geben, dass ein Gefühl mal so und mal so daherkommt. Gefühle sind unsichere Dinger. Sie sind – ich möchte fast sagen – in erster Linie Erregungen auf Grund äußerer Umstände. Ich möchte nicht vor einem Gericht ein Gefühl als Tatsache oder Beweis gelten lassen, noch dazu, wenn es von einem Menschen stammt, den man leider in seinem Verhalten nicht als normal bezeichnen kann."
Ich sah, wie die L'Amot rot anlief. Allein Raouls Hand auf ihren Arm hielt sie davon ab, Poiteaux-Murant anzuspringen.
„Kommen wir zum zweiten Punkt: seine vermeintliche Familienerbschaft oder, erlauben Sie mir den Ausdruck zum besseren Verständnis, Verrücktheit. Die Eltern jenes Marcel L'Amot mögen in der Tat sonderbar gewesen sein. Vielleicht hätte man das in früheren Zeiten einen netten Spleen genannt oder einen zu ahndenden Kontrollverlust, doch wie man es auch nennt, diese Leiden sind andere als das, unter dem dieser Mensch hier leidet. *Dementia praecox* lautet der wissenschaftliche Fachbegriff, und nicht Schizophrenie oder Selbstentgrenzung. Wenn man sich auf ein mögliches Erbe beruft, dann muss man das auch beweisen können, dass dies geht. Bisher gibt es meines Wissens nur die Vermutung, jedoch keine Studie, die das auch unumstößlich beweist. Es wäre fast so, als würde man häufig vorkommende Magengeschwüre in einer Familie mit der Lungenentzündung eines Verwandten in eins setzen."

Neben mir nickte Fenayarou dem Anwalt seine Bestätigung zu.
„Besser noch: Hier will man uns weismachen, dass diesem Mann dort eine Art allgemeine Veranlagung zum Wahnsinn vererbt worden sei, und sich ein Aspekt davon eben in jener Demenz entäußert habe. Seltsam. Das klingt für mich ungefähr so: Eine Kastanie trägt in sich die Baumheit. Sind die Kastanien als Samen in die Erde gebracht, wird man sehen, ob daraus eine Eiche, eine Birke oder eine Tanne wird."
Erneut wurde im Publikum leise gelacht. Der Vergleich war begriffen worden, selbst wenn wahrscheinlich die meisten nicht wussten, ob Poiteaux-Murants Bild überhaupt trug. Darauf kam es aber auch kaum an. Er hatte mit seinem Witz an einem Argument gekratzt, das zuvor beinahe unbestritten und trotz des eher unschmeichelhaften Charakters für die L'Amot gesprochen hatte.
Damit war der erste Gipfel seiner Gegenrede erreicht. Genau der richtige Zeitpunkt, um sich ins Tal hinabzuwagen und dabei mit den Schwächen der eigenen Position auseinanderzusetzen, ohne zu sehr ins Straucheln zu geraten.
„Wenn ich mich hier der Sache der Monjoins annehme, dann tue ich das in ihrer Abwesenheit. Nicht nur Alter, Krankheit und Armut binden sie an ihr Haus in Saint-Maur, Department Indre, sondern auch die bloße Überzeugung, dass die Wahrheit und Gerechtigkeit schon von selbst ihren Lauf nehmen wird. Mittlerweile wurde viel geschrieben, wie es sich mit ihrer Sache verhält. Immerhin gibt es so viele Familien in diesem Auflauf von Familien, die behaupten, in Octave ihren vermissten Verwandten eindeutig wiedererkannt zu haben." Poiteaux-Murant blickte L'Amot und Raoul vielsagend an. „Die Monjoins nicht. Auf sie sind die Behörden von sich aus aufmerksam geworden. Dazu später mehr. Sicher, wenn man von ihrem Interesse spricht, dann ist in erster Linie von Geld die Rede. Ich denke, ein Umstand, den man einem Vater und einem Bruder, die wie so viele Franzosen durch den Krieg einen bitteren Verlust erlitten und von dorther Armut erfahren haben, nicht übelnehmen darf."
Er schwieg für einen Moment und nahm die Stille zur Kenntnis, die seine Ansicht zu bestätigen schien.
„Aber nunmehr wollen sie auch nicht das Geld, denn es ist gar keines mehr da. Aufgebraucht für die langjährige Pflege in Rodez, aufgewendet für die Suche und das Verfahren. Jetzt geht es ihnen um Gewissheit! Uns allen geht es um Gewissheit! Jeder aufrechte Franzose, den das Schicksal seiner im Feld verschollenen Söhne kümmert, wird das verstehen. Man mag den Monjoins vorwerfen, dass sie gar nicht wollen, dass Octave zu ihnen nach Hause zurückkehrt, aber sie tun das nicht aus unbefriedigter Geldgier. Vielmehr wissen sie, dass sie sich nicht in der Art und Weise um ihn küm-

mern könnten, wie es notwendig wäre. Vater und Bruder wollen allein das Beste für ihn, und das wäre die Fortsetzung seiner bisherigen Unterbringung, das heißt in einer achtbaren und dafür eingerichteten Institution wie das Sanatorium von Rodez. Der einzige Unterschied: Er könnte dort zukünftig unter seinem vollen und richtigen Namen bleiben. Ein Fond zu diesem Zweck wäre leicht einzurichten, Spenden nach dieser Öffentlichkeit und Presse würden genügend fließen."

Ich sah Fenayarou an, der sichtlich bewegt Poiteaux-Murant zuhörte. Plötzlich wurde mir klar, dahin lief der Hase also. Die Monjoins waren ein Vorwand, um den Fall Anthelme nicht zu verlieren. Er war ihm ans Herz gewachsen. Hatte ich das nicht schon immer gewusst? Er sah in ihm nicht nur den außergewöhnlichen Patienten. Anthelme war zu einem Weggefährten Fenayarous geworden. Sagt man nicht von zwei Menschen, die sich zum ersten Mal auf einer gefährlich schwankenden Brücke begegnen, dass diese gemeinsame Erfahrung eine vertiefte Bindung herbeiführen kann, dass gerade dann Zuneigung und Beziehung möglich werden, wenn die Umstände ein Näherrücken erfordern? Und Fenayarou und Anthelme waren als Arzt und Patient über Jahre hinweg über eine schwankende Brücke gegangen – mochte auch die dabei entstandene Bindung etwas einseitig ausgefallen sein. Fenayarou, mein Fenayarou. War es anders als die Vaysett, die L'Amot und wie sie alle hießen? Besser? Ich blieb mir selbst die Antwort schuldig. Was half schon diese Betrachtung? Dort vorn sprach Poiteaux-Murant in der Sache Fenayarous und der Monjoins. Unverblümt brachte er seine Gesichtspunkte zur Sprache, er vergaß nur, die wahren Beweggründe zu nennen. Um wen ging es eigentlich?

Seine Schlussausführungen drehten sich um die Geschichte, die er uns bisher vorenthalten hatte und die doch längst durch die Zeugenaussage Malards allen im Saal bekannt war: das Eintreten der Monjoins in den Verlauf der Ereignisse, ihre Briefe und Bitten, die Recherchen und der Bericht aus Königsberg mit dem Vermerk, dass bei Octave, dem gesuchten Soldaten in damaliger Kriegsgefangenschaft, eine vorzeitige Demenz festgestellt worden war.

In diesem Zusammenhang scheute sich Poiteaux-Murant nicht, den Commissaire und seine Verdienste in Sachen Kriegsheimkehrer in höchsten Tönen zu loben: „Gibt es einen, der länger und intensiver damit beschäftigt ist? Selbst als die Regierung offiziell die Suche hat einstellen lassen, blieben die Fälle Malards Fälle. Gibt es jemanden, bis auf Doktor Fenayarou vielleicht, der in der Sache Anthelme-Marcel-Octave besser Bescheid weiß?"

Die Fragen waren rein rhetorisch gemeint. Selbstverständlich ging es nur zum einen Teil um Malard. Wichtiger war das Amt des Commisaires, das der Anwalt mit seiner Ansprache emporheben wollte. Ich hatte keine Ahnung, ob der Trick im Gericht verfangen würde, aber offenbar schien es Poiteaux-Murant wert, ihn auszuprobieren. Schließlich sagte er nichts anderes als: Wem wollt ihr glauben? Dieser Frau dort, die wie schon so viele vor ihr behauptet hat, dass der Unbekannte ihr Mann ist, nur weil er sich einmal zu einer Umarmung hatte hinreißen lassen, weil er Wasserflaschen zu bezeichnen wusste und ein bisschen Verrücktheit in der Familie erblich erschien? Oder haltet ihr euch doch besser an einen vereidigten Staatsdiener, dem es ohne persönliche Interessen allein objektiv um die Wahrheit geht? Und da Malard – wie im Übrigen Fenayarou auch – eindeutig auf Seiten seiner Mandanten stünde, sollte man sich seine Antwort nicht wirklich zweimal überlegen.
Das war schön gesprochen. Dennoch bemerkte ich, wie Richter Berlot seine Stirn runzelte. Entweder war Poiteaux-Murants Lobesrede auf Ämter und Würden zu dick aufgetragen, oder aber sein besorgter Blick galt den Fenstern, an denen heftiger Regen prasselte. Wie würde man trocken nach Hause kommen?
„Sind Sie fertig?“, fragte er schließlich.
Poiteaux-Murant nickte.
„Sie auch?“
Raoul hob zur Bestätigung die Hand.
„Dann werden wir uns morgen Mittag wieder zusammenfinden. Sie alle wissen, dass das eine schwere Aufgabe ist. Ich werde meine Entscheidung sorgsam abwägen. Letztlich geht es darum, gestatten Sie mir zum Abschluss des heutigen Tages die Wortspielerei, eine Identität nach Indizien festzustellen.“

Am Vorabend der richterlichen Entscheidung gingen Fenayarou und ich in Richtung Notre-Dame an der Seine entlang. Vorbeifahrende Boote trugen Kinnbärte aus Gischt, andere Spaziergänger taten, als ob sie in der Menge allein seien, und ein aufziehender Mond am frühabendlichen Himmel bewies, dass er wirklich so kitschig sein konnte wie auf den geschmacklosen Bildern der zahlreichen Ufermaler.
„Jede Stadt sollte einen Fluss haben“, meinte Fenayarou.
„Rodez kommt ohne einen solchen Strom aus“, erwiderte ich.
„Rodez ist keine Stadt. Rodez ist ein selbstzufriedenes Etwas, eine Art Kuchenform, in der der Teig bereits fertig gebacken ist.“
„Sie sind nervös?“

Fenayarou beachtete meine Bemerkung nicht und sinnierte weiter: „Ein Fluss reinigt die Luft und zeigt uns allen, die wir umherrennen, dass es auch langsamer geht. Ein Fluss ist besser als das Meer oder die See.“ Er blieb stehen, beide Hände auf das breite Steingeländer gelegt. „Haben Sie schon einmal versucht, einfach so ein See- oder Meeresufer zu erreichen?“

Ich überlegte: „Nun, man muss wissen, wo die besten Stellen sind, sonst wird es schwierig.“ In meiner Erinnerung sah ich mich als ein Kind von etwa zwölf Jahren, das mit seinen Freunden unter einem Metallgitter hindurchkroch, da die eindeutig großartigste Badebucht meines Heimatsees nur dem dörflichen Angelverein zustand, der sein Recht auf Fische und Ruhe durch eine gehörige Pacht bezahlte und gegen alle Nichtmitglieder durchzusetzen verstand.

„Genau das meine ich. Ein Zaun, eine Mauer, eine Böschung oder davor gebauter Privatbesitz. Alles, was einen davon abhalten kann, direkt ans Wasser zu gelangen. Nichts versteckt sich so sehr vor dem Meer wie das freie Land. So ist es, nicht andersherum.“

„Sie wollen sagen. Ein Fluss ist ehrlicher und übersichtlicher?“

„Wenn man die Quelle kennt.“

„Ach, Fenayarou, Sie werden ja richtig melancholisch. Falls Sie das gemeint haben, falls Sie mich deshalb hierher führten: Anthelme ist ein Mensch, ein vergessener zwar, aber keine Lethe oder ein Fluss, dem auf Dauer seine Quelle abhandengekommen ist. Sie mag verschüttet worden sein, zu viele Menschen mögen behauptet haben, sie zu kennen, am Ende aber wird es das Gericht entscheiden. Selbst dem Rhein wird bei seinen zahlreichen Zuläufen nur eine Quelle zugesprochen. Wahrscheinlich ist von uns allen Anthelme der klarste Fluss, eben weil nichts in ihm schwimmt, was uns tagaus, tagein beschäftigt.“

Er schaute von seinen Händen auf und lachte mich verstohlen an: „Und wir sind sein Ufer. Dann ist es doch ein guter Vergleich, nicht wahr?“

Sein Gesichtsausdruck brachte mich zum Lachen.

Wir blieben noch eine Weile stehen, bevor wir umkehrten, um schweigend zu unseren jeweiligen Unterkünften zu gehen. Das vorabendliche Blau des Himmels versuchte sich in einer Farbpallette. Ich erinnerte mich an einen der viele Beweisbriefe vermeintlicher Anthelme-Verwandter, in dem es hieß: Dunkelgrüne, violette und lila Farbtöne verlieren sich in einer Flotte von vorübersegelnden Wolken.

An der Pont de Sully verabschiedeten wir uns. Fenayarou winkte verhalten. Würde er morgen sein Urteil bekommen? Käme nun ein Erledigt-Stempel auf die bisher offene

Akte „Anthelme"? Ich dachte, auch ein Fluss erreicht irgendwann sein Ziel, und ich verstand plötzlich Fenayarous Sorge. Die meisten Flüsse fließen in einem unentwirrbaren Delta ins Meer.

Zu meiner Schulzeit bedeutete es eine Tortur für mich, wenn ein Lehrer eine Arbeit erst zurückgab, nachdem er sie lang und ausgiebig besprochen hatte. Immer klarer wurde einem bewusst, welches Menetekel einem bevorstand und die Nervosität stieg mit der Hoffnung, dass er bei der Korrektur einiges übersehen haben mochte. Entsprechend angenehm sind Gerichtsurteile, in denen wie in einer guten Erörterung der Rechtsspruch über eine Sache vor der ausführlichen Begründung mitgeteilt wird.
Die Anwälte der Parteien standen sich gegenüber. Zu meiner Rechten der ausdruckslose Poiteaux-Murant, links D. Raoul mit Agnes L'Amot, die ihre spitze Nase beinahe bis zur Decke emporreckte, so als ob das Urteil bereits dort oben niedergeschrieben wäre. Fast hätte ich mir mit ihr den Hals verrenkt, widerstand der Versuchung und behielt weiter die Tür hinter dem Richtertisch im Blick, durch die Berlot wie üblich im Saal erscheinen würde. Wir alle warteten. Wir wollten endlich das Urteil aus Berlots Mund hervorbuchstabiert sehen.
Auf einer kleinen Empore im Hintergrund hatte man Anthelme platziert. Zu oft hatte er schon die Namen Marcel L'Amot und Octave Félicien Monjoin vernommen. Ich glaubte keine Sekunde, dass ihm die Mitteilung, wer er denn nun sei, in irgendeiner Weise aus seiner inneren Abgeschiedenheit hervorlocken würde. Nach ihm hätte dieses Spektakel wahrscheinlich bis in alle Ewigkeit weitergehen können. Was ging ihn das an?
Presseleute waren besonders zahlreich anwesend. So lange Berlot auf sich warten ließ, blitzten die Fotografen munter im Saal umher. Ich habe mich immer gefragt, wie viele Bilder man von der gleichen Sache benötigt. Vermutlich handelte es sich bei diesen Fotografen um Hamster, die von Natur aus im Rad rennen müssen.
Schon oft hatte ich während der Verhandlungen die große Uhr über dem Saaleingang betrachtet. Bei aller stoischen Ruhe, die sie ausstrahlte, manchmal schien sie mir ein Auge zu sein, das nervös sein Lid flattern lässt. Für 15:00 Uhr hatte Berlot die Urteilsverkündung angesetzt, jetzt war es eine Minute davor. Die, die mit mir zu ihr hinschauten, wurden immer stiller, die anderen suchten diesen Verlust an äußerer Hektik offenbar durch noch größeren Gesprächstumult zu kompensieren.
Er verebbte schlagartig, als Berlot den Saal durch die Tür betrat.
„Bitte erheben Sie sich", rief der Gerichtsdiener.

So standen wir in Reihe und Glied, und ich hätte am liebsten ganz wie ein Pennäler Fenayarou an der Hand gefasst.
Gleich würde Berlot seine Papiere aus der roten Ledermappe nehmen, die er mit verschränkten Armen vor seinen Bauch hielt. Ich versuchte in seinem Gesicht zu lesen, und mit mir wahrscheinlich der ganze Saal. Für welche Seite hatte er sich entschieden? Blinzelte er zu D. Raoul und L'Amot hinüber oder eher zu Poiteaux-Murant? Natürlich schaute er weder zu diesen noch zu jenen hin, er blickte schlichtweg geradeaus und in dieser Manier hätte er es ohne Weiteres mit Anthelmes Gleichgültigkeitsstarren aufnehmen können.
Ich dachte an den gestrigen Spaziergang: Es ist nicht leicht, ein Ufer zu erreichen. Stehend klappte Berlot seine Mappe auf und sortierte seine Papiere, bevor er sich räusperte. War dies der Augenblick, der Anthelme wieder in sein Leben holte? Fenayarou und ich zuckten zusammen. Was der Richter verkündete, hatten weder er noch ich oder sonst jemand wirklich erwartet. Wahrscheinlich sollte das Urteil etwas Salomonisches haben, stattdessen klang es in unseren Ohren vollkommen idiotisch. Offenbar war es Berlots Idee gewesen, vor allem dem Familiensinn der Hinterbliebenen gerecht zu werden. Nicht der Staat oder eine Institution sollte zukünftig für Anthelme … pardon … Octave sorgen, sondern diejenigen, zu denen er nach Überzeugung des Gerichts gehörte. Den französischen Familien ihre Kinder. Kein Sanatorium mehr. Und so sprach er den ehemals unbekannten Soldaten den unglücklichen Monjoins zu. Er sollte zurück nach Saint-Maur, zurück zu seinem greisen Vater und seinem mürrischen Bruder Joseph – mithin zu jener Familie, die ihn als einzige in Frankreich mit Sicherheit nicht bei sich aufnehmen wollte.

Anthelmes Schlacht von …

In einer der vielen Nächten, in denen sich Anthelme daheim in seinem Dorf in Sepia, das es nicht gibt, mit seinem toten Großvater Gustave unterhielt, erzählte dieser, wie es sich angefühlt hatte, kurz nachdem die Großmutter von ihnen gegangen war.
„Ich spürte keine umfassende Leere, von der die Leute immer reden. Natürlich lag sie nicht mehr in ihrem Bett, das sah selbst ich, aber sie war immer noch da in allen Dingen, die mich umgaben. Der Schreck und die Trauer betrafen die Stille. Dass ich sie nicht mehr hören konnte, war schlimm. Umgekehrt jedoch schien sie überall im Haus anwesend zu sein, denn hier hatte sie alles tausendfach berührt, besorgt, gestaltet. In meinen Gedanken lebte sie ohnehin. Ich musste nur das Haus nicht verlassen, dann blieb sie auch bei mir."
„Deshalb hast du dich hingelegt? Um nicht mehr hinauszumüssen?"
„Nein, erinnere dich! Das war vier Wochen später?"
„Ich verstehe nicht."
„Weil dich jemand erst nach einer gewissen Zeit wirklich verlässt. Es geschieht schleichend: Die Stimme wird leiser, die du zunächst noch gehört hast. Am Anfang fragst du immer: *Was?* Doch bald wird dir klar, dass die Antworten mehr und mehr ausbleiben. Dann entzieht sich dir die Wärme, die du dir von dem Menschen so selbstverständlich bewahrt hast. Auf einmal fröstelt es dich abends im Nachthemd und du brauchst ganz gegen deine Gewohnheit mitten im Sommer Socken und eine zweite Decke. Schließlich bekommen auch deine Gedanken Löcher. Du ertappst dich dabei, wie du ab und an nicht an ihn denkst, weil Entscheidungen plötzlich allein abgewägt werden müssen, Entscheidungen, die ihren mitleidslosen Anspruch erheben, gefällt zu werden. Junge, es ist eine furchtbar langsame Guillotine, die nach einem solchen Verlust auf dich niedergeht."
Genau daran denkt Anthelme, als sie Schnodder beerdigen. Und er denkt an die Fragen, die Großvater sich stellte: Wie viel Erde hast du von hier nach dort getragen? Wie viel Brot hast du nach Hause gebracht? Wie viel Menschen hast du geküsst und geliebt, gehasst und geschlagen? Wie viel Kluges hast du gesagt? War es genug, um den ganzen anderen Unsinn aus deinem Mund zu überdecken? Hast du ein Kind geboren und es glücklich gemacht? Wie viel Knöpfe hast du verloren und wer hat sie für dich wieder angenäht? Wie viele Antworten hast du bekommen, obwohl du keine Frage stelltest, und wer ist für dies und das verantwortlich, wenn nicht du? Hast du

genügend Blumen zertreten, um deinen Pfad zu finden, und wie bist du darauf gekommen, dass du dich nicht verirrt hast?
Anthelme weiß, solche Fragen kann man sich stellen, wenn man alt ist. Schnodder jedoch war nicht alt, er war einfach nur dauernd verschnupft.
Sein Begräbnis ist ein seltsames Privileg, denn wer hat an der Front für gewöhnlich Zeit für ein religiöses Zeremoniell? Ein Akt der Vorsehung, wenn man dich überhaupt in ganzen Stücken findet. Schnodder war sein Freund, seit Anthelme denken kann. Er ist immer noch sein Freund, allerdings kein lebendiger mehr. Fast meint er, Schnodder müsse hinter ihm stehen und sich das Ganze anschauen. Natürlich ist kein Schnodder da, nur ein erstarrter Türspalt und ein weinender Pisser.
Eine vereinbarte Waffenruhe hat Schnodder zu seinem Beerdigungsglück verholfen. Das Grab war schnell ausgeschaufelt, denn graben können sie mittlerweile wie Maulwürfe und Teufel in einem.
Und so hübsch scheint die Sonne am blauen Himmel, während der Regimentspfarrer tröstende Worte sucht und für die Einfältigen auch findet.
Selbst Könnte-schlimmer-sein unterstreicht im Weggehen Schnodders Glück: „Er kann uns ein Vorbild sein“, sagt er, „wer bei einem solchen Wetter fällt, kommt wenigstens trocken unter die Erde.“

Ganz im Unterschied zu ihrer jetzigen Lage. Am besten, du denkst mit dem Rückgrat, hatte Le mégot Anthelme geraten, dann kann sich dein Kopf darauf beschränken, keinen Dreck in Mund, Nasen und Augen zu bekommen.
Er will es versuchen. Wie seine Kameraden liegt er in einer riesigen Pfütze, ein einziges Dreckloch aus steinigem Matsch und kaltem Wasser. Wer auch nur eine Haarspitze zeigt, gerät sofort in die Salven der Deutschen. Wir sind Schnecken, denkt Anthelme. Er hat gelernt, an irgendetwas zu denken, damit er nicht vor Angst wahnsinnig wird. Schnecken, denen das Haus abhandengekommen ist. Warum, verdammt noch mal, müssen wir hier liegen? Zu weit vorgewagt haben wir uns. Damals im Sepiadorf, wenn die Schnecken sich nach einem Gewitter auf der Straße versammelten, haben wir sie entweder aufgelesen, in den nächsten Busch geworfen oder einfach zertreten. Jetzt geht es an uns. Fehlt allein das Wagenrad, das uns zerquetschen wird. Er zittert.
Neben ihm liegt Könnte schlimmer-sein. Sein Blut würde die Pfütze rot färben, wenn sie nicht schon ganz schwarz von all dem anderen Unrat wäre. Das eine Auge des Sergent-chefs ist vom Wasser verdeckt, das andere starrt ihn unverwandt an.

Anthelme will nicht hinsehen, aber er spürt es. Aus dem Mund der Leiche perlen kleine Luftblasen, so als ob er leben würde. Wahrscheinlich ein Lungenschuss. Der letzte Atem flieht.
Es hätte ein Blitzangriff werden sollen. Die Artillerie sei in Stellung gebracht, die Unterstützung aus der Luft versprochen. Das war überhaupt das Neueste. Ihre schnellen und wendigen Maschinen hakten die schwerfälligen deutschen Geräte vom Himmel ab und schossen sie am Boden zu Schrott. Kaum hatten die Deutschen begriffen, dass man in der Luft nicht nur sehen, ausspähen und aufklären, sondern auch kämpfen kann, waren sie schon erblindet. Das versprach unschätzbare Vorteile. Mochten sie das Land vernebeln und verpesten, die Reinigung kam von oben mit MGs und leichten Geschützen daher. Ratatatata. Als „Bauernschreck“ hatten die Krauts die französischen Maschinen verlacht, jetzt bekamen sie die Quittung für ihre Selbstherrlichkeit. Ausnehmend gut war die Stimmung vor dem Angriff gewesen. Könnte-schlimmer-sein brauchte gar nicht großartig zu brüllen, ihr „En avant!“ kam vom Herzen. Nachdem sich die Front über Wochen verhärtet hatte und sie nur in Metern vor- oder zurückkrochen, schien es endlich möglich zu sein, daran etwas zu verändern.
Obwohl es zu Beginn in Strömen regnete, empfanden sie den Befehl zur Vorbereitung ihrer Attacke als eine Befreiung. Die Tage und Stunden im Unterstand waren so verkrustet und verdreckt geworden wie ihre ganze Behausung. Die paar Quadratmeter Schutz aus Erde und Balken lagen auf ihren Seelen, und nicht selten verwechselte Anthelme Pisser mit einem Kleiderbündel, der Türspalt Anthelme mit einem Pfosten und Le mégot wurden von allen dreien mit einer verlausten Ratte verglichen. Über den Türrahmen hatten sie mit einem Messer die Worte „Zeig mir deinen Hintern“ eingeritzt. Da jeder, selbst die Vorgesetzten, sich beinahe bis auf die Knie ducken musste, um herauszukommen, hatten den Befehl alle befolgt – ausgenommen Schnodder, der war mit den Füßen voran verschwunden.
Mit dem Rücken denken. Anthelme geht der Schlachtruf der Deutschen durchs Mark. „Zükleich“, hatten sie geschrien. So klang es in seinen Ohren. Und dann krachte es gewaltig.
Ohne Zögern rannten sie weiter, sie schienen ja im Vorteil. Es dröhnte. Das musste ihre Luftwaffe sein. Bestimmt würden die Deutschen an ihrem „Zükleich“ ersticken. Rauch stieg auf. Nebelbomben, um ihnen den Weg zu erschweren. Was sollte das helfen? Aus der Luft, aus der Luft würde es krachen. Tatsächlich stolperte Anthelme über ein im Boden verankertes Stück Stacheldraht. Ein Schmerz durchfuhr sein Bein. Wahrscheinlich hatte er sich die Wade aufgeschlitzt. Mit einem Ruck rappelte er sich

auf. Er wollte zurücklaufen. Er war verletzt. Da kam aus dem Nebel ein Kamerad gerannt, und was für einer, Könnte-schlimmer-sein in voller Montur. Immer hinter der Truppe her, damit bloß kein Zicklein entkommt. Ohne ein Wort riss er Anthelme am Arm herum und stieß ihn wieder in Richtung der feindlichen Stellungen.

Sein Bein brannte, aber er stolperte voran. Wind kam auf. Er spürte das nicht, doch plötzlich hatte er keine Mühe mehr, das Feld vor ihm zu überblicken. Als würde eine gute Fee Wolken sammeln, derart verschwanden die fürchterlichen Schleier und Schlieren im Nirgendwo.

Auch er hatte es gesehen. So abrupt war der vor ihm laufende Sergent-chef stehen geblieben. Unsanft krachte Anthelme auf ihn drauf. Ein Glück, denn der Zusammenprall riss sie beide zu Boden. „Vorsicht“ entfuhr es Könnte-schlimmer-sein. Die Warnung galt Anthelmes Unverstand. Denn kaum hob Anthelme den Kopf, wurde er schon wieder heruntergedrückt: „Lassen Sie Ihre Birne gefälligst unten!“

Er hatte jedoch genug gesehen. Schwere Tanks kamen auf sie zu. Es waren die Tanks, die ihre Flugzeuge hätten zerstören sollen. Wo waren sie? Warum tauchten sie nicht über ihnen auf? Es musste den Deutschen gelungen sein, ihr Vorhaben zu verhindern. Wahrscheinlich hatten sie ihre Luftwaffe abgefangen und durch Artilleriebeschuss in Schach gehalten. Warum niemand davon wusste, konnte nur den mangelhaften Nachrichtenverbindungen geschuldet sein, die selten mehr als einmal am Tag funktionierten. Das Dröhnen in seinen Ohren stammte allein von den Panzern, die sich eine Schneise durch ihren Angriff frästen. Es war beinahe ein lächerliches Bild. Wie ein Schwarm Fliegen kämpften seine Kameraden gehen diese Stahlungetüme, die in sie hineinbombten oder über sie hinwegrollten. Panik ergriff ihn. Sein ganzer Körper wollte sich gegen die nahe Gefahr auflehnen, am Boden zerquetscht zu werden. Nur Könnte-schlimmer-seins harter Griff hielt ihn unten.

Anthelme schluckte Wasser und musste husten. Um nicht zu ersticken, drehte er den Kopf einen knappen Zentimeter zur Seite. Unfähig zu entscheiden, ob die Erde um ihn herum sich wegen seiner zuckenden Glieder bewegte oder die schweren Geräte alles in Aufruhr versetzten, gehorchte er willenlos der Faust, die sich in seine Seite grub.

„Da rüber, Mann!“

Im letzten Augenblick drehte er sich herum. Dabei kam es ihm selbst endlos langsam vor. Als hätte jemand seinen Finger in Rélies Daumkinobuch gelegt, blättern sich die Seiten dieses Moments nur nach und nach vor ihm ab. Er sah sich selbst, wie er dem Tank auswich, der kaum einen armbreit an ihm vorbeidonnerte. Die Erde hob sich

und warf sich über ihn, das Reißen und Quietschen der Panzerketten vermischte sich mit seinen eigenen Schreien. Neben ihm brüllte der Sergent-chef, sein Gesicht eine Fratze des Entsetzens, die Gliedmaßen weit von sich gestreckt. Gleich ihm hatte er die Kontrolle über seinen Körper verloren. Steine prasselten auf sie, Wasser drang in jede ihrer Poren. Ertrinkende auf dem Land.
Und dann war das Ding vorbei. Mit rutschendem Hinterteil bahnte es sich seinen Weg durch den Schlamm, nichts als Zerstörung vor sich.
Wieder die Hand, dieses Mal an seinem Kragen: „Rückzug! Marsch! Rückzug!"
Die Worte klangen engelsgleich: Nur weg hier, nur raus aus dem Dreck und Tod. Könnte-schlimmer-sein lief bereits zwei, drei Meter vor ihm. Anthelme vergaß alle Schmerzen und hastete ihm hinterher. Bereit, sich die Lunge aus dem Leib zu laufen, holte er ihn ein. Überall um ihn her flohen seine Kameraden in panischer Hast. Da vorn, das musste der lange Türspalt sein! So kantig rannte nur einer. Die Beine stechschrittartig voran, die Arme nach hinten geworfen, alles in allem so, als verheddere er sich jeden Moment in sich selbst.
Mit dem Rücken denken. Nun blubbert es nicht mehr aus Könnte-schlimmer-seins Mund. Sobald sich Anthelme bewegt, schwappt die Schmutzlache in dessen offenen Schlund. Er will nicht aufstehen. Anthelme kann nicht aufstehen.
Er sieht sich im Schützengraben. Der Türspalt und Pisser keuchen neben ihm. Vor ihnen rollt der Angriff der Deutschen weiter. Allerdings haben die Tanks Probleme, aus den Gruben wieder hervorzukommen, die sie selbst in die Erde gebombt haben. Wie auch immer. Das würde ihnen nur Sekunden Zeit bringen. Klar ist, dass der Gegenangriff der feindlichen Infanterie bereits in vollem Gang sein musste. Nicht mehr lange, und sie würden heuschreckenartig über sie hinwegstürzen, in ihre Gräben fluten und ihnen in Erinnerung alter Kriegszeiten Mann gegen Mann hemmungslos die Gurgeln durchschneiden und die Eingeweide herausreißen.
Der Türspalt sagt etwas. Anthelme kann ihn nicht verstehen. Halb auf allen Vieren, fast auf der Erde kriechend, ist Anthelme zu ihm gerobbt. Er rückt an ihn heran. Immer noch nichts. Taub kann er nicht sein. Der alles zermalmende Lärm um ihn herum beweist es. Er will seinen Kopf ganz nah an Türspalts Mund halten, aber da ist keine Schulter, auf die er sich stützten könnte. Er will dem Türspalt in die Augen schauen, aber da sind keine Augen, mit denen er sich verständigen könnte. Da ist nur Nichts. Nein, nicht Nichts, sondern da ist der schlammverschmierte Mund des Toten neben ihm. Aus Könnte-schlimmer-seins Mund krabbelt ein Insekt.

Das hingegen ist keine Täuschung. Oder? Anthelme erinnert sich, obwohl er nicht will – er muss. Diese Bilder.
In Richtung des schützenden Grabens waren sie gelaufen. Der Türspalt kantig, Pisser im Zickzack eines Wiesels.
Man sieht, wenn ein Körper leblos zu Boden fällt. Dann ist jegliche Spannung aus ihm entschwunden, dann stürzt er nicht mit den Armen voran oder versucht, den Kopf hoch zu heben; er bricht einfach in sich zusammen. Das Gesicht mag aufschlagen, wo es will, die Gliedmaßen proben die schlimmsten Verrenkungen. So fiel der Türspalt, ein krummer Ast, der sich von großer Höhe herab mit Gewalt in den Boden staucht. Nein, schrie es in Anthelme. Und Nein muss es auch in Pisser geschrien haben, denn mit einem Satz kehrte er um und zurück zu seinem Freund. Die Selbstverständlichkeit dieser Reaktion widersprach der tumultartigen Flucht der anderen. Wo Panik herrscht, regiert der Kampf um das eigene Überleben. Als er den Türspalt zu Boden gehen sah, muss in Pisser etwas geschehen sein: Denn es war auch sein Leben, um das es ging, es war die Erinnerung an ihr gemeinsames Leben im Sepiadorf, das es nicht gibt.
Zu helfen war dem Türspalt nicht mehr. Das war sofort zu erkennen. Pisser machte sich gar nicht die Mühe, an ihm zu ziehen oder zu zerren, er wollte es nur nicht wahrhaben, obwohl er es wahrhaben musste.
Zu ihnen! Anthelme wusste, dass es falsch war. Verdammt, er wusste, dass es richtig war. Also kroch er hinüber zu der Stelle, an der sich die beiden befanden. Er spürte keine Angst mehr.
Pisser blickte auf. Sein Mund formte ein: „Ach du, Anthelme". Ein Schuss. Dann sackte Pisser zusammen. In der Truppe, zu dritt, zu zweit und doch allein. *Jungen aus der Nachbarschaft.* Licht aus.
Der nächste Schlag riss ihn selbst von den Beinen. So mochte es sich anfühlen, wenn einem eine Eisenstange durch das Gesäß gerammt wird. Hilflos zappelte er neben seinen toten Freunden.
Nicht einmal für ein Stoßgebet hatte er den Sinn. Dafür war er geboren worden, um hier …
„Idiot!" Zwei Hände packten ihn und stellen ihn wieder auf die Beine.
Anthelme schaute in das brüllende Gesicht des Sergent-chefs. Er merkte, sein Gesäß schmerzte zwar fürchterlich, aber laufen konnte er trotzdem. Splitter, dachte er.
Von alleine hätte er keinen Schritt mehr getan. Was war ihm geblieben? Dort lagen vereint im Schlamm der Türspalt und der Pisser. Gefallen für kein Leben. Drüben

schien nur Leere zu sein. Wenn ihn Könnte-schlimmer-sein nicht mitgeschliffen hätte, dann … Ein zerteilter Regenwurm, der weiterlebt.
Halt! Warum machten sie Halt? Er hatte sich gerade wieder ans Laufen gewöhnt. Es tat sogar gut, die Lunge zu spüren. Eine gesunde Lunge. Er würde jetzt alles tun, solange er rennen konnte. Seine Beine bebten, so sehr wollten sie weiter. Jetzt keinen Halt. Es ging doch. Er würde es schaffen.
Fragend blickte er Könnte-schlimmer-sein an. Der verzog sein Gesicht zu einem Ausdruck, als müsste er sich angestrengt an eine Adresse erinnern. Dann fiel er leblos in die Pfütze und mit ihm Anthelme, den keine Kraft mehr hielt.
Mit dem Rücken denken. Endlich kommen sie. Mit seinem Fuß schüttelt der Deutsche den Sergent-chef, stößt ihm sogar seinen Gewehrlauf in die Seite. Nichts, nur weiteres Blut, das ins Wasser rinnt.
Bevor der Gewehrlauf zu ihm kommt, stöhnt Anthelme auf. Jemand hält sein Ohr an seinen Mund, betastet ihn mit den Händen an der Brust, drückt. Ihre Fragen versteht er nicht. Er will nichts mehr wissen.
Zeit, sich zu vergessen.

Noch einmal am Bahnsteig

Malard trommelte auf den Aktendeckel. Bei Weitem sein merkwürdigster Fall, wahrscheinlich sein ältester, mit Sicherheit sein umfangreichster. Das Konvolut war gehörig dick. In gewisser Weise hatte sie sich, was die Umfänge betrifft, über die Zeit aneinander angeglichen.

„Anthelme“ stand in typischer Kanzleischrift auf dem Einband. Von ihm stammt diese Aufschrift nicht, im Unterschied zu den vielen Finger- und Fettflecken von längst verdauten Wurstbroten.

Zeit die Akte ins Archiv zu bringen, in jene Katakomben des Schweigens, in die man sich immer dann begab, wenn die Gegenwart ihren Erinnerungen nicht traute oder ein längst vergessener Fakt hervorgekramt werden musste, um die bisherige Welt aus den Angeln zu heben. „Akten sind Steine“, murmelte Malard, denn so hatte man es ihm es beigebracht, „du wirfst sie ins Wasser und sie sinken hinunter. Die meisten wirst du nicht mehr wiedersehen, manche aber tauchen auf wie aufgeschwemmte Leichen und dann hast du es: Alte Wahrheiten oder neue Scherereien.“

Was würde ihm diese hier bringen? So unbestimmt war sein Gefühl. Sicher, das Gericht hatte entschieden, und er glaubte daran: Anthelmes richtiger Namen lautete Octave und Mangin musste einfach Monjoin heißen, wenn man es weniger undeutlich sprach.

Die vielen Tagen, die diese Akte erlebt hatte, endeten an diesem einen Abend, an dem sein Daumen am Papierblock vorbeistrich. Die Akte war zu schließen. Eine seltsame Empfindung dieses „Erledigt“. Erledigt?

Berühmt war Anthelme geworden – zumindest für eine Zeitlang. Vielen Schriftstücken folgten Serien von Zeitungsartikeln. Ohne wahren Namen berühmt – auch ein Kunststück.

Die Raupe Anthelme war in Verkehrung der Natur einst der Schmetterling Octave Félicien gewesen. So musste es sein. Wäre die Kriminaltechnik fortgeschrittener, hätte er es auch beweisen können – zusätzlich sozusagen, um festzuklopfen, was schon festgeschraubt ist. Später, irgendwann, nicht jetzt, würde es sicher möglich sein, jemanden auf Grund der übergebliebenen Note seines schlechten Atems zu finden. Oder man könnte seinen Aufenthalt, sein Glück, seine üblen Gedanken und seine Vorliebe für die italienische Operette an einer Prise Nageldreck erkennen.

In einem Roman, wie er sie ungern las, würde er nun die Akte nehmen und sie ins Archiv bringen. Eine Rückkehr ins Nichts. Und dabei würde im letzten Moment, er hätte nur umständlich mit der einen Hand ein Taschentuch gesucht, ein Schriftstück heraussegeln sehen, ihm direkt vor die Füße oder seinethalben unter ein Regal, sodass noch Zeit blieb zu beschreiben, wie er sich ächzend und schwergewichtig nach unten begab, um es wieder aufzuheben und einzulegen. Natürlich würde er aus den Augenwinkeln heraus das Stück prüfen, es mustern, es lesen, und er würde sich nach wenigen Sekunden des Erstaunens und Nachdenkens vor die Stirn schlagen, um noch am selben Abend einen Mann aufzusuchen, den er bisher hatte vollkommen links liegen lassen.

Wozu solche Archive gut waren, mochten sie auch nur ein Keller im Gedankenspiel sein.

Malard wusste nur zu gut, wen er vergessen hatte, und wen es am Ende zu befragen galt. Schon vor Monaten, als ihm die Bitte der Monjoins erstmalig auf den Tisch gelegt wurde und er Anthelme-Octaves Odyssee durch Deutschlands Hospitäler nachverfolgte, hatte ihn etwas stutzig gemacht. Also gut, wenn nicht jetzt, dann jetzt!

Er stand auf, holte seinen Mantel vom Haken, legte ihn über seinen Arm und setzte den Hut auf. Die Akte ließ er auf seinem Schreibtisch liegen. Er grunzte. Ein Malard brauchte keine Zufälle, zumal er niemals höchstpersönlich ins Kellerarchiv gestiefelt wäre, um die Akte abzulegen.

Das Haus Paul Bringuiers glich einer Schachtel, um die herum man viele andere Schachteln gestapelt hatte. Es lag in einer kleinen Seitenstraße von Lyon und man durfte sich fragen, wann zuletzt die Fensterläden, die vor allem durch die großen Farbplacken, denn durch Leim zusammengehalten wurden, geöffnet worden waren. Da er nirgends eine Klingel fand, klopfte Malard gegen die Tür. Von drinnen hörte er so etwas wie: „Wer da? Einen Moment! Ich komme gleich!“, alles in einer gleichbleibenden Tonlage, so wie es sich für einen pensionierten Bahnhofsangestellten à la Bringuier gehörte, der mechanisch „Vorsicht am Bahnsteig!“ ruft, ohne dass er dabei aufblickt.

Der ranzige Geruch in der Wohnung verrieten Malard eines: Entweder war Bringuier Witwer oder nie verheiratet gewesen. Nach weiteren Blicken über den prähistorischen Schmier an Türrahmen, Lichtschaltern und Küchengeräten entschied er sich für nie verheiratet.

Im Wohnzimmer knatterte Musik aus einem Grammophon. Malard mochte das gar nicht. Wenn es Menschen gab, die Analphabeten waren, dann gehörte er zur Spezies

derjenigen, die vollkommen unmusikalisch waren. Es störte ihn. Seiner Meinung nach hätte man ebenso laufend Blechdeckel aneinanderschlagen können.
„Schön, nicht wahr?“ Bringuier zeigte auf den Apparat. „Früher war ich ein echter Tanzgalan. Haben mir meine Kollegen zum Abschied geschenkt.“
Malard nickte gequält und versuchte sich den dürren Exschaffner als flotten Junggalan vorzustellen. Es gelang ihm schlecht.
„Meiner Meinung nach sind Lieder die treuesten Menschen. Sie teilen mit dir die Erinnerungen, sind immer da, wenn man sie braucht, belügen einen nicht und werden höchstens kratzig so wie diese Platte hier. Aber ich rede. Machen Sie es sich gemütlich, Commissaire“, sagte Bringuier. „Was verschafft mir überhaupt die Ehre?“
Malard beschloss den alten Schaffner mit Vornamen anzureden, ganz unter Beamten. Das schaffte trotz der Berufs- und Rangunterschiede Vertrautheit: „Paul“, begann er, „erinnern Sie sich noch an jenen Soldaten, den Sie im Februar 1918 namenlos vom Bahnsteig Toulouse-Lyon aufgelesen haben?“
Bringuiers Augenbrauen verengten sich: „Das ist aber eine alte Geschichte. Und deswegen bemühen Sie sich her? Wollen Sie nicht erst einmal eine schöne heiße Tasse Tee?“
Malard verneinte. Zuvor war sein Blick in die Küche gefallen. Der Commissaire gehörte zu den Exemplaren, die es vorzogen, dass eine Teekanne und die dazugehörigen Tassen täglich sauber gespült wurden. Manch andere hatten ja eine regelrechte Religion darin, den Teegrind wegen des Aromas in der Kanne kleben zu belassen. Malard schüttelte sich jedes Mal und fragte sich, ob diese Leute überhaupt ihre Pfannen reinigten und es nicht gleichfalls vorzogen, das Fett der Bratkartoffeln von vorgestern für die Fleischbällchen von heute zu verwenden.
Demungeachtet brachte Bringuier ein Tablett mit zwei Tassen und einer dampfenden Kanne.
„Hübsch, nicht wahr?“ Bringuier zeigte auf ein kleines Metallstück, das an der Tülle klemmte. So tropft es nicht, wenn man die Kanne zurückstellt.“
Malard verlor sich für einen Augenblick im bräunlichen Belag im Tasseninneren. Einmal hatte er einen eingeschworenen Teetrinker über den Genuss einer bestimmten Sorte schwadronieren hören, die so wunderbar bekömmlich nach Moos und Waldboden schmecken würde. Genau diese musste hier wochenlang in dieser Tasse gehockt haben.
„Was wollten Sie noch?“

Der Commissaire wiederholte seine Frage und sah zu, wie der alte Schaffner gedankenverloren an seiner Tasse nippte.
„Ganz heiß mag ich ihn am liebsten. War ja auch oft genug mächtig kalt da draußen. Bedienen Sie sich!"
Vorsichtig führte Malard sein Tässchen zum Mund. Zwanghaft fühlte er sich in seine Kindheit zurückversetzt, hoffend, dass im nächsten Augenblick der Blitz einschlug oder irgendetwas anderes Schreckliches es unmöglich machte, dieses Gebräu da vor ihm schlucken zu müssen.
Er musste höflich bleiben. Also pustete er hilflos, stellte mit enttäuschter Miene die Tasse zurück und meinte: „Für mich noch zu heiß. Duftet aber herrlich."
„Man hat ja so selten Gäste. Sonst gäbe es öfter Gelegenheit, derart angenehm ein Schwätzchen zu halten."
„Februar 1918", hub Malard erneut vorsichtig an.
„Zucker? Brauchen Sie Zucker? Herrje, ich bin immer so vergesslich."
Malard zeigte auf seinen Bauch und lächelte: „Danke Paul, keinen Zucker. Muss so gehen."
Dennoch stand Bringuier auf und schlurfte aus dem Raum: „Ich will bestimmt nichts weiter", rief ihm Malard hinterher. „Machen Sie sich doch nicht eine solche Mühe."
„Mühe!?", krächzte Bringuier. „Das ist doch keine Mühe", wobei er einen kleinen Kasten schwenkte. „Die besten Zigarren, die ich kenne."
„Ihre guten Zigarren?", fragte der Commissaire.
„Ach was, kosten nur ein paar Centimes das Stück. Aus einem Tabakladen wenige Straßen weiter. Warten Sie, ich schreibe Ihnen die Adresse auf. Sie werden es mir danken."
Geduldig wartete er, bis der alte Schaffner sich sein Schreibzeug geholt und mit einem sagenhaft kleinen und abgebissenen Bleistiftstummel die Angaben notiert hatte: „Hier, bitte."
Malard versuchte erst gar nicht zu lesen, was auf dem Zettel stand. Er würde ihn draußen sofort in den nächsten Rinnstein schmeißen. Die angebotene Zigarre konnte er dagegen nicht verachten. Sie wirkte sauber und unangetastet. Und so lange er sie rauchte, musste er nicht vom Tee kosten.
Sie schmeckte sogar. Bringuier quittierte es mit einem befriedigenden Kopfnicken.
„Wie lange haben Sie es noch bis zu Ihrem verdienten Ruhestand, Commissaire?"
Malard schmauchte und schickte drei Genusswölkchen zur Decke. Während er zusah, wie dort oben eine Spinnenwebe sanft im Dunst dahinschaukelte, überlegte er sich

eine Änderung seiner Taktik. Wenn er endlich eine Antwort haben wollte, dann musste er den Alten anders anpacken. Es galt, selbst die Zügel in die Hand zu nehmen, und zwar energisch.

Zwei, drei weitere kräftige Rauchwolken, dann stand er auf, ging zum Grammophon und stellt es ab. Ein wohliges Gefühl rieselte seinen Rücken hinab. Schließlich sah er dem Alten direkt ins Gesicht: „Warum haben Sie damals gelogen?"

Bringuier wich alle Farbe aus dem Gesicht: „Ich verstehe nicht."

„Ach, Paul, ist das tatsächlich so? Kommen Sie, dieses ganze Hinhalten hier. All die Jahre haben Sie uns nicht die Wahrheit gesagt. Warum nur?"

Sein Gegenüber windete sich hilflos mit der Tasse in der Hand im Sessel. Dabei schwappte etwas vom Tee über: „Autsch", schrie Bringuier. Aufgeregt schüttelte er seine verbrannte Hand, bevor er sie in Mund steckte.

Malard wusste, er brauchte nur zu warten. Das kleine Malheur kam Bringuier wohl gerade recht. Doch niemand, der sich schuldig fühlte, konnte wie ein Idiot auf diese Weise ewig vor einem Polizisten sitzen.

Ruhig paffte der Commisaire seine Zigarre.

„Werden Sie mich mitnehmen?"

„Verhaften meinen Sie? Nichts für ungut, Paul, der Fall ist gelaufen. Sozusagen verjährt, wenn Sie so wollen. Darüber hinaus nicht meine Baustelle. Ich meine, ich bin nicht Ihr Vorgesetzter. Was sollte Ihnen noch passieren? Sie sind pensioniert."

„Meine Rente!"

Malard winkte ab: „Ich versichere Ihnen, ich will es nur wissen. Es geht mir nicht darum, Ihre Lüge groß herauszubringen. Das nützt niemanden mehr."

Bringuier schwieg. Nun ein wenig ruhiger. Er versuchte erneut, einen Schluck Tee zu nehmen. Er nahm die andere Hand.

Ein alter Grundsatz des Commissaires lautete: Willst du, dass man dir die rechte Tür öffnet, dann öffne zuvor selbst die linke. Entsprechend zeigte er auf eine Mappe mit Zeitungsartikeln, die ihm von Beginn an aufgefallen war, da sie ungewöhnlicherweise auf dem Vertiko gleich neben einer Fotografie des jungen Schaffners Bringuiers in Diensttracht stand. Sonst waren ja keine Bilder zu sehen – weder an den Wänden noch auf den Regalen. Malard kam seine eigene Behausung in den Sinn. Da gab es Bilder, ausgeschnittene Kalenderblätter im Rahmen. Alles andere wäre im zu teuer gewesen. Gute Drucke halt.

„Einmal berühmt sein. Ein bisschen mehr sein. Stimmt's?"

„Sie meinen den Presserummel damals? Der unbekannte Soldat. Nein, nein. Das war es nicht. Ich konnte vielmehr froh sein, dass es sich dahin entwickelte."
„Warum dann?"
„Wie haben sie es rausbekommen?", fragte Bringuier zurück.
„Durch einen Bericht. Ich bin quasi drüber gestolpert. Sie haben seinerzeit so eisern von Konstanz gesprochen, dass auch meine Recherchen allein dorthin gingen. In Konstanz allerdings konnte ihn niemand identifizieren. Wie denn auch? Er war ja nie dagewesen. Was lese ich aber in dem Bericht? Um es abzukürzen: Nicht in Konstanz, dafür in Königsberg kannte man Anthelme oder besser, Octave Félicien Monjoin, sehr wohl. Ein bisschen verrückt, jedoch eindeutig zuzuordnen. Was ist also passiert? Erzählen Sie."
„Das war", seufzte Bringuier beinahe erleichtert, dass er endlich frei erzählen durfte, „in den letzten Kriegsmonaten doch alles ein einziges Chaos. All diese Transporte, all diese Sonderzüge von dorthin nach hierin und umgekehrt. Tausende, die aus der Gefangenschaft zurückkehrten, verletzt, verstört, verdreckt. Was für Gestalten, unsere Söhne, aber das wissen Sie ja selbst! Da konnte dann mal ein Zug aus Königsberg kommen oder aus Konstanz, was wusste denn ich? – Klang bei dieser Hektik in meinen Ohren bald alles gleich."
„Namen?", wollte Malard wissen, „seit wann richten Sie sich intern nach Städtenamen? Alle Züge haben Nummern. Das ist doch die offizielle Zuordnung."
„Sicher, sicher, so ist es. Namen, Nummern. Haben Sie schon einmal die Brille vergessen oder nur einfach die falsche Telefonnummer gewählt? Natürlich haben Sie das. Da stehen 1007 und 1067, in einer Druckschrift, für die sogar Mücken eine Lupe bräuchten, direkt untereinander in einer Liste. Das alles bei Minusgraden, wo einem der eigene Atem wie Nebel vor den Augen wabert. Die eine Zahl steht für den Zug aus Königsberg, der soll durchfahren, und die andere für den aus Konstanz, der soll anhalten. Aber schon tanzen die Zahlen, und schon halten sie den falschen Transport an, während der andere auf Grund meines Signals unverrichteter Dinge durchfährt. So war das. Anstelle des Konstanzers hält der aus Königsberg. Bemerkt habe ich das erst, als mich der Lokführer auf seinen eigenen Fahrplan hinwies, nach dem er bei mir am Bahnsteig 7, Toulouse-Lyon, nie hätte halten sollen. Immer gleich durch nach Bron. Na ja, was soll's. Lachen mussten wir. Solche Dinge passieren in schwierigen Zeiten. Braucht man ja nicht an die große Glocke zu hängen. Hauptsache die Jungs sind zurück und wohlauf. Hätte ich wissen können, dass ihr Mann da diesen einen verflixten Augenblick nutzt und aussteigt!? Kein Mensch, kein Kamerad hat gerufen. Waren

vielleicht selbst zu betäubt oder froh ihn loszuwerden, merkwürdig wie er war. Tja, und da stand er nun, und ich hatte den Salat. Nur eine Zugnummer verwechselt. Ich sage Ihnen: Wo der Zufall regiert, hängt die Decke schief zwischen Einsturz und Nichteinsturz. Genau das ist mir passiert. Also habe ich mir gedacht, wenn sich das Leben mit mir einen Scherz erlaubt und die Wirklichkeit meinem Fahrplan entgegensetzt, dann brauchte ich nur zu behaupten, dass der Plan weiterhin die Wirklichkeit ist. Wer wollte bezweifeln, dass Dinge geschehen, die anders sind, als meine offiziellen Zahlen schwarz auf weiß? Deshalb kam der Mann nun aus Konstanz, mochte er die Stadt auch nie gesehen haben. Es würde ja andere Wege geben, ihn zu identifizieren – dachte ich."

Bringuier biss sich auf die Lippen. Eine derart lange Rede hatte er offenbar von sich selbst nicht erwartet. Nach all den Jahren des Schweigens.

Malard ließ eine Weile seinen Blick auf ihm ruhen, bevor er aufstand. „Ich danke Ihnen, Paul", sagte er kurz angebunden.

„Was? Das ist alles? Mehr haben Sie mir nicht zu sagen? Sie können doch nicht …"

Malard konnte. Er wollte gehen. Einmal müssen Geschichten enden. Warum nicht jetzt? Nach dem letzten Wort folgen der Punkt und ein Leerraum.

Nur Bringuier schien nicht in der Lage zu sein, ein solches Ende zu ertragen. Wild fuchtelte er herum und versuchte, den Commissaire durch Bitten und Flehen am Gehen zu hindern.

„Lassen Sie mich doch nicht allein." Schließlich fasste er sich und legte sanft eine Hand auf Malards Schultern: „Dann beantworten Sie mir zuletzt wenigstens dies: Wie geht es ihm? Ich meine, was ist jetzt eigentlich mit dem unbekannten Soldaten?"

Malard hatte sich entschlossen, dass es nun gut sei. Er fragte: „Mit wem?"

Februar 2010 – April 2012

Mit-ohne-Literatur

Allen voran:

Le Naour, Jena-Yves: The living unknown soldier. A story of grief and the great war. Translated by Penny Allen. London: Arrow books 2006.

Gefolgt von:

Anouilh, Jean: Der Reisende ohne Gepäck. Schauspiel in fünf Bildern. Übertragen v. Helma Flessa. In: Der Herr Ornifle/Der Reisende ohne Gepäck. Frankfurt a. M.: Fischer 1963, S. 101–156.

Bullion, Constanze von: Das Loch im Kopf. In: Der Tagesspiegel Nr. 19644. Mittwoch, 22. August 2007, S. 3.

Collins, Randall: Dynamik der Gewalt. Eine mikrosoziologische Studie. Eine mikrosoziologische Theorie. Übersetzt v. Richard Barth u. Gennaro Ghirardelli. Hamburg: Hamburger Edition 2011.

Englund, Peter: Schönheit und Schrecken. Eine Geschichte des Ersten Weltkriegs, erzählt in neunzehn Schicksalen. Rowohlt: Berlin 2011.

Foucault, Michel: Wahnsinn und Gesellschaft. Eine Geschichte des Wahns im Zeitalter der Vernunft. Aus dem Französischen v. Ulrich Köppen. Frankfurt a. M.: Suhrkamp ^{8}1989.

Giraudoux, Jean: Siegfried. Stück in vier Akten. In. Dramen. Hg. v. Otto F. Best. Frankfurt a. M.: S. Fischer 1961, S. 5–86.

Pirandello, Luigi: Mattia Pascal. Aus dem Italienischen v. Piero Rismondo. Frankfurt a. M.: Fischer 1967.

Quinkert, Babette u.a. (Hg.): Krieg und Psychiatrie 1914–1950. Göttingen: Wallstein 2010.

Sloterdijk, Peter: Luftbeben. An den Quellen des Terrors. Frankfurt a. M.: edition suhrkamp 2002.

Stachelbeck, Christian: Militärische Effektivität im ersten Weltkrieg. Die 11. Bayerische Infanteriedivision 1915 bis 1918 (Zeitalter der Weltkriege 6). Paderborn: Ferdinand Schöningh 2010.

Tardi, Jacques; Verney, Jean-Pierre: Elender Krieg, Bd. 1: 1914, 1915, 1916. Zürich: Edition Moderne 2009.

de Vigny, Alfred: Der Schnee. Aus dem Französischen v. Emanuel Geibel u. Heinrich Leuthold. In: Die Lyra des Orpheus. Lyrik der Völker in deutscher Nachdichtung. Hg. v. Felix Braun. München: Heyne 1978, S. 460.
Vonnegut, Kurt: Schlachthof 5 oder der Kinderkreuzzug. Deutsch v. Kurt Wagenseil. Reinbek bei Hamburg: Rowohlt 1995.

http://maerchenbasar.de/das-totenhemdchen-1456.html [23.08.2011]

Filmdokumentation:
Calmettes, Joël: Der Soldat, der sein Gedächtnis verlor, Frankreich 2004.